KB083065

황정견시집주 6
黃庭堅詩集注

Anotations of Hwang Jeong-gyeon's Poems

옮긴이

박종훈 朴鍾勳 Park Chong-hoon
자곡서당(芝谷書堂)에서 한학(漢學)을 연수했으며, 조선대학교 국어국문학부(고전번역전공)에 재직 중이다.

박민정 朴玟貞 Park Min-jung
고려대학교에서 중국고전시 박사학위를, 중국저장대학(浙江大學)에서 대외한어교학 박사학위를 취득했
다. 현재 세종사이버대학교 국제학과 교수로 재직 중이다.

이관성 李灌成 Lee Kwan-sung
곡부서당에서 서암 김희진 선생에게 한문을 배웠다. 현재 퇴계학연구원에 재직 중이다.

황정견시집주 6

초판발행   2024년 8월 15일

지은이   황정견
옮긴이   박종훈·박민정·이관성

펴낸이   박성모
펴낸곳   소명출판
출판등록   제1998-000017호
주소   06641 서울시 서초구 사임당로14길 15 서광빌딩 2층
전화   02-585-7840
팩스   02-585-7848
이메일   somyungbooks@daum.net
홈페이지   www.somyong.co.kr

ISBN   979-11-5905-920-9 94820
979-11-5905-914-8 (전14권)
정가   38,000원

ⓒ 박종훈·박민정·이관성, 2024

잘못된 책은 구입처에서 바꾸어드립니다.
이 책은 저작권법의 보호를 받는 저작물이므로 무단전재와 복제를 금하며,
이 책의 전부 또는 일부를 이용하려면 반드시 사전에 소명출판의 동의를 받아야 합니다.

이 저서는 2019년 대한민국 교육부와 한국연구재단의 지원을 받아 수행된 연구임 (NRF-2019S1A5A7069036).
This work was supported by the Ministry of Education of the Republic of Korea and the National Research Foundation of Korea (NRF-2019S1A5A7069036).

한국연구재단
학술명저번역총서

황정견시집주 6
黃庭堅詩集注

Anotations of Hwang Jeong-gyeon's Poems

황정견 저

박종훈 · 박민정 · 이관성 역

黃庭堅詩集注 第一册
© 2017 by 黃庭堅, 劉尚榮 校點
All Rights reserved.

Korean translation edition © 2024 by The National Research Foundation of Korea
Published by arrangement with Zhonghua Book Company
All rights reserved.

이 책의 한국어 판권은 저작권자와 독점 계약한 (재)한국연구재단에 있습니다.
저작권법에 의해 한국 내에서 보호를 받는 저작물이므로
어떠한 형태로든 무단 전재와 무단 복제를 금합니다.

일러두기

1. 본 번역은 『黃庭堅詩集注』(전5책)(北京 : 中華書局, 2007)를 저본으로 삼았다.
2. 위 저본에 있는 '교감기'는 해당 구절의 원문에 각주로 붙였고 '[교감기]'라고 표시해 두어, 번역자가 붙인 각주와 구별했다.
3. 서명과 작품명이 동시에 나올 때는 '『 』'로 모았고, 작품명만 나올 때는 '「 」'로 처리했다.
4. 번역문과 원문 중에 나오는 소자(小字)는 '【 】'로 표시해 묶어 두었다.
5. 번역문과 원문 중에 나오는 '○'는 저본에 있는 것을 그대로 옮겨온 것으로, 주석 부분에 추가로 주석을 붙인 부분이다.
6. 번역문에는 1차 인용, 2차 인용, 3차 인용까지 된 경우가 있는데, 모두 큰따옴표("")로 처리했다.

1. 황정견은 누구인가?

황정견黃庭堅, 1045~1105은 북송北宋의 대표 시인으로, 자는 노직魯直, 호는 산곡山谷 또는 부옹涪翁이며 홍주洪州 분녕分寧, 지금의 장시江西성 슈수이修水 사람이다. 소식蘇軾, 1036~1101의 문하생 중 가장 핵심적인 인물로, 장뢰張耒·조보지晁補之·진관秦觀 등과 함께 '소문사학사蘇門四學士'로 불린다. 어릴 때부터 총명했던 황정견은 23세에 진사에 급제하여 국사편수관까지 역임했으나 이후 여러 지방관과 유배지를 전전하는 등 벼슬길이 순탄치 않았다. 두보杜甫, 712~770를 존경했고 소식의 시학詩學을 계승했으며, 소식과 함께 소·황蘇·黃으로 불린다.

중국시가의 최고 전성기라 할 수 있는 당대唐代를 뒤이어 등장한 북송의 시인들에게는 당시에서 벗어난 송시만의 특징을 만들어 내야 하는 일종의 숙명이 있었다. 이러한 숙명은 북송 초 서곤체에 의해 시도되었으며 북송 중기에 이르러 비로소 송시다운 시가 시대를 풍미하기에 이르렀다. 황정견이 그 중심에 있었으며 그를 중심으로 진사도陳師道 등 25명의 시인이 황정견의 문학을 계승하며 하나의 유파로 활동했다. 이들을 일컬어 '강서시파江西詩派'라 했는데, 이 명칭은 남송 여본중呂本中, 1084~1145의 『강서시사종파도江西詩社宗派圖』에서 비롯되었다. 25인 모두 강서江西 출신은 아니지만, 여본중은 유파의 시조인 황정견이 강서출신이라는 점에서 강서시파로 붙인 것이다. 시파의 성원들은 모두 두 보를 배웠기에 송대 방회方回, 1227~1305는 두보와 황정견, 진사도, 진여 의陳與義를 강서시파의 일조삼종一祖三宗이라 칭하였다.

여본중이 『강서종파시집江西宗派詩集』 115권을 편찬했으며, 뒤이어 증 굉曾紘, 1022~1068이 『강서속종파시江西續宗派詩』 2권을 편찬했다. 송대 시 단에 있어서 황정견의 영향력은 남송南宋에까지도 미쳤는데, 우무尤袤, 양만리楊萬里, 범성대范成大, 육유陸游, 소덕조蕭德藻 같은 남송의 대가들도 모두 그 풍조에 영향을 받았다. 황정견강서시파의 시풍詩風은 송대 뿐 만 아니라 원대元代 및 조선의 시단에도 적지 않은 영향을 미쳤다.

2. 북송의 시대 배경과 문학풍조

송나라는 개국開國 왕조인 태조부터 인종조仁宗朝를 거치면서 만당晩唐 · 오대五代의 장기간 혼란했던 국면이 어느 정도 정리되어 나라가 안정 되고 백성들의 생활환경 또한 비교적 안정을 찾게 되었다. 전대前代의 가혹했던 정세가 완화됨에 따라 농업이 급속도로 발달하였고 안정된 농업의 경제적 기초 위에서 상공업이 번창하고 번화한 도시가 등장하 는 등 사회 전반에 걸쳐 전대에 비해 상당한 풍요를 구가하게 되었다. 이처럼 사회 전체가 안정되고 발전함에 따라 일반 백성들은 점차 단조로운 것보다는 복잡하고 화려한 것을 추구하게 되었다. 시대적·사회적 환경은 곧 문학 출현의 배경이고, 문학은 사회생활이 반영된 예술이라고 할 만큼 불가분의 관계에 있다. 유협劉勰이 "문학의 변천은 사회정황에 따르다文變染乎世情, 興廢繫乎時序"고 한 것처럼, 사회의 각종 요인은 문학적 현상을 결정하기 때문에 이러한 요소의 변화는 필연적으로 문학 풍조의 변혁을 동반한다. 송초 시체詩體의 변천은 이러한 사실을 보여주는 객관적인 증거이다. 특히 송대에는 일찍부터 학문이 중시되었다. 이는 주로 군주들의 독서열과 학문 제창으로 하나의 사회적 풍조로 자리잡게 되어 송대의 중문중학重文重學적 분위기가 마련되었다.

중국 시가의 전성기라 할 수 있는 당대唐代가 마무리되고 뒤이어 등장한 북송 초는 중국시가발전사 측면에서 보면 일종의 '답습의 시기'이면서 '개혁의 시기'였다고 할 수 있다. 이 시기 시단에서는 백체白體, 만당체晚唐體, 서곤체西崑體 등 세 시풍이 크게 유행했다. 이중 개국 초 성세기상盛世氣象 및 시대 분위기와 사람들이 추구하던 심미취향에 매우 적합했던 서곤체가 시간상 가장 늦게, 가장 긴 기간 동안 성행했고 결과적으로 이러한 시대적 문학적 요구는 황정견 시를 통해 꽃을 피우며 북송 시단 및 송대 시단을 대표하게 되었다.

3. 황정견 시의 특징과 시사적 위상

황정견은 시를 지을 때 힘써 시의 표현을 다지고 시법을 엄격히 지켜한 마디 한 글자도 가벼이 쓰지 않았다. 황정견은 수많은 대가들을 본받으려고 했지만, 그중에서도 두보杜甫를 가장 존중했다. 황정견은 두보시의 예술적인 성취나 사회시社會詩 같은 내용 측면에서의 계승보다는, 엄정한 시율과 교묘巧妙한 표현 등 시의 형식적 측면을 본받으려 했다. 『창랑시화滄浪詩話』·『시인옥설詩人玉屑』·『허언주시화許彦周詩話』·『후산시화后山詩話』·『왕직방시화王直方詩話』·『초계어은총화苕溪漁隱叢話』 등에 보이는 황정견 시론의 요점을 정리하면 대략 다음과 같다.

첫째, 시의 조구법造句法으로서의 환골법換骨法과 탈태법奪胎法이다. 이에 대해 황정견은 "시의 의미는 무궁한데 사람의 재주는 한계가 있다. 한계가 있는 재주로 무궁한 의미를 좇으려고 하니, 비록 도잠과 두보라고 하더라도 공교롭기 어렵다. 원시의 의미를 바꾸지 않고 그 시어를 짓는 것을 환골법이라고 하고, 원시의 의미를 본떠서 형용하는 것을 탈태법이라고 한다[詩意無窮, 而人才有限. 以有限之才, 追無窮之意, 雖淵明少陵, 不得工也. 不易其意而造其語, 謂之換骨法. 規摹其意而形容之, 謂之奪胎法]"라고 한 바 있다『시인옥설(詩人玉屑)』에보인다. 이로 보건대, 황정견이 언급한 환골법은 의경을 유사하게 하면서 어휘만 조금 바꾼 것을 일컫고, 탈태법은 의경을 변형하여 사용하는 방법이라고 할 수 있다.

예를 들면, 당대唐代 유우석劉禹錫의 "멀리 동정호의 수면을 바라보니, 흰 은쟁반 속에 하나의 푸른 고동 있는 듯[遙望洞庭湖水面, 白銀盤里一靑螺]"를 근거로 황정견이 "아쉬워라, 호수의 수면에 가지 못해, 은빛 물결 속에서 푸른 산을 보지 못한 것[可惜不當湖水面, 銀山堆裏看靑山]"이라 읊은 것은 환골법이고 백거이白居易의 "사람의 한평생 밤이 절반이고, 한 해의 봄철은 많지 않다오[百年夜分半, 一歲春無多]"라 한 것을 기반으로 황정견이 "한평생 절반은 밤으로 나눠 흘러가고, 한 해에도 많지 않노니 봄 잠시 오네[百年中去夜分半, 一歲無多春再來]"라고 읊은 것은 탈태법이다. 황정견이 환골법과 탈태법을 활용한 작품에 대해서는 『시인옥설詩人玉屑』에서 언급한 바 있다.

둘째, 요체拗體의 추구이다. 요체란 근체시의 평측平仄 격식을 반드시 엄정하게 따르지는 않은 것을 말한다. 이를테면, 평성이 들어가야 할 자리에 측성을 두거나 측성의 위치에 평성을 두어 율격적 참신성을 획득하는 방식으로 두보와 한유韓愈도 추구했던 것이다. 황정견은 더욱 특이한 표현을 추구하기 위해 시율에 어긋나는 기자奇字를 자주 사용하면서 강서시파 특징 중 하나가 되었다. 이와 관련하여, 송대 위경지魏慶之가 찬술한 『시인옥설詩人玉屑』에 '촉구환운법促句換韻法'과 '환자대구법換字對句法' 등을 소개하면서, "기세를 떨쳐 평범하지 않으려는 의도에서 비롯되었다. 이전에는 이러한 체제로 시를 지은 사람은 없었는데, 오직 황정견이 그것을 바꾸었다[欲其氣挺然不群, 前此未有人作此體 , 獨魯直變之]"라는 평어가 보인다.

  셋째, 진부한 표현이나 속된 말을 배척하고 특이한 말과 기이한 표현을 추구했다. 구체적으로는 술어를 중심으로 평이한 글자를 기이하게 단련鍛鍊시켰고 조자助字의 사용에 힘을 특히 기울였으며, 매우 궁벽하고 어려운 글자를 사용했고 기이한 풍격을 형성하기 위해 전대前代 시에서 잘 쓰지 않던 비속非俗한 표현을 시어로 구사하여 참신한 의경을 만들어내곤 했다. 이와 관련해 황정견은 "차라리 음률이 조화롭지 않을지언정 구句를 약하게 만들지 말아야 하며, 차라리 글자 구사가 공교롭지 않을지언정 시어를 속되게 만들어서는 안 된다[寧律不諧, 而不使句弱. 寧用字不工, 不使語俗]"라고 했으며『시인옥설(詩人玉屑)』, 황정견의 시구 중에는 "다른 사람을 따라 계획을 세우는 것은 결국 사람에게 뒤지게 된다[隨人作計終後時]"라는 구절과 "문장에게 가장 피해야 할 것은 다른 사람을 따라 짓는 것이다[文章最忌隨人後]"라는 구절도 있다.

  또한 엄우嚴尤는 『창랑시화滄浪詩話』에서 "소식과 황정견에 이르러 비로소 자신의 기법에서 나온 것을 시로 여기며, 당대 시인들의 시풍에서 벗어난 것이다. 황정견은 공교로운 말을 쓰는 것이 더욱 심해졌고, 그 후로 시를 짓는 자리에서 황정견의 시풍이 성행했는데 세상에서는 '강서종파'라 불렀다[至東坡山谷始自出己法以爲詩, 唐人之風變矣. 山谷用工尤深刻, 其後法席盛行, 海內稱爲江西宗派]"라고 했다. 송대 허의許顗의 『허언주시화許彦周詩話』에 "시를 지을 때 평이하고 비루한 기운을 제거하지 않으면 매우 잘못된 작품이 된다. 객이 묻기를 "어떻게 하면 그런 것을 제거할 수 있습니까"라 하였다. 이에 내가 "당의 의산 이상은의 시와 본조 황정견의 시를 숙독하여 깊이 생각하면 제거할 수 있다"라고 대답했다作詩淺易鄙陋之氣不除, 大可惡. 客問, 何從去之. 僕曰, 熟讀唐李義山詩與本朝黃魯直詩而深思之, 則去也"라는 구절이 보인다. 이밖에 『후산시화后山詩話』이나 『왕직방시화王直方詩話』 및 『초계어은총화苕溪漁隱叢話』 등에도 황정견이 시어 사용에 있어서의 기이한 측면에 대한 언급이 보인다.

넷째, 전고典故의 정밀한 사용을 추구했다. 이는 황정견 시론의 "한 글자도 유래가 없는 것은 없다[無一字無來處]"와 연관된다. 강서시파는 독서를 중시했는데, 이것은 구법의 차원에서 전대 시의 장점을 수용하기 위한 것이지만, 이는 전고의 교묘巧妙한 활용이라는 결과로 표현되기도 했다. 그러면서 전인의 전고를 그대로 답습하지 않고 자신의 의도에 맞게 변용했다.

이와 같은 황정견의 환골탈태법과 요체와 기이한 표현 및 전고의 활용이라는 창작법에 대해 부정적 평가도 적지 않다. 『예원치언』에서는 "시격이 소식과 황정견으로부터 변했다고 한 논의는 옳다. 황정견의 뜻은 소식이 불만스러워 곧바로 능가하려 했는데도 소식보다 못하다. 어째서인가? 교묘하게 하려고 하면 할수록 졸렬해지고 새롭게 하려고 하면 할수록 진부해지며, 가까워지려고 하면 할수록 멀어지기 때문이다[詩格變自蘇黃, 固也. 黃意不滿蘇, 直欲凌其上, 然故不如蘇也. 何者. 愈巧愈拙, 愈新愈陳, 愈近愈遠]", "노직 황정견은 소승이 되기에는 부족하고 다만 외도일 따름이며, 이미 방생 가운데 빠져 있었다[魯直不足小乘, 直是外道耳, 已墮傍生趣中]", "노직 황정견은 생경生硬한 기법을 구사했는데 어떤 경우는 졸렬하고 어떤 경우는 공교로우니, 두보의 가행체에서 본받았다[魯直用生拗句法, 或拙或巧, 從老杜歌行中來]"라고 평가했다. 이러한 부정적 평가는 황정견 시의 파급력에 대한 반증이기도 하다. 황정견을 중심으로 한 강서시파가 당대當代는 물론 후대 및 조선의 문인들에도 적지 않은 영향을 미쳤다.

한국 한시는 중종中宗 연간에 큰 성과를 이루어 이행李荇, 1478~1534, 박상朴祥, 1474~1530, 신광한申光漢, 1484~1555, 김정金淨, 1486~1521, 정사룡鄭士龍, 1491~1570, 박은朴誾, 1479~1504 등의 시인을 배출했고 선조宣祖 연간에는 이를 이어 노수신盧守愼, 1515~1590, 황정욱黃廷彧, 1532~1607, 최경창崔慶昌, 1539~1583, 백광훈白光勳, 1537~1582, 이달李達, 1539~1612 등 걸출한 시인을 배출했다. 이때 우리 한시의 흐름은 고려 이래 지속되어 온 소식을 위주로 한 송시풍宋詩風의 연장선상에 있다가, 황정견과 진사도를 배우게 되었으며, 다시 변해 당시唐詩를 배우게 되었다. 이에 따라 이 시기 시인은 송시를 모범으로 삼는 부류와 당시를 모범으로 삼는 경우로 대별된다. 또한 송시를 모범으로 삼는 경우도 다시 소식을 배우고자 했던 인물과 황정견이나 진사도를 배우고자 했던 인물로 나눌 수 있다. 그만큼 황정견의 영향력이 컸다는 것을 알 수 있다.

황정견과 진사도를 배웠다고 언급되는 시인으로는 박은, 이행, 박상, 정사룡, 노수신, 황정욱 등을 들 수 있다. 이들은 각기 한 시대를 대표하는 시인으로, 우리 한시사漢詩史에서 심도 있게 다루어지고 있다. 이들 시인을 '해동강서시파海東江西詩派'라고 규정하고 있는데, 그 이유는 황정견과 진사도로 대표되는 '강서시파'의 영향력 아래에서 찾아볼 수 있다.

이인로李仁老, 1152~1220는 『보한집補閑集』에서 "소식과 황정견의 문집을 읽는 것이 좋은 시를 짓는 방법이다"라고 했으니, 고려 중기에 황정견의 문집이 유통되고 있었음을 확인할 수 있다. 이후 공민왕恭愍王 때에는 『산곡시집주山谷詩集註』가 간행되었고 조선조에는 황정견을 중심으로 한 강서시파 시인의 작품을 뽑은 시선집이나 문집이 여러 차례 간행되었다. 안평대군安平大君도 황정견 등을 포함한 『팔가시선八家詩選』을 엮었고 황정견 시를 가려 뽑아 『산곡정수山谷精粹』를 엮은 바 있다. 성종成宗 때에도 한 차례 황정견 시집을 간행했고 성종의 명으로 언해諺解를 시도했지만 실행되지는 못했다. 이후 유호인俞好仁, 1445~1494이 『황산곡집黃山谷集』을 발간하였고 중종에서 명종 연간에 황정견의 문집이 인간印刊되었다. 황정견 시문집에 대한 잇닿은 간행은 고려와 조선의 시인들이 지속적으로 강서시파를 배우고자 했다는 당대當代 시단의 흐름을 반영한 것이다.

고려시대부터 조선 초기까지 강서시파의 영향을 확인할 수 있는 시인으로 이인로李仁老, 임춘林椿, ?~?, 이담李湛, ?~?, 이색李穡, 1328~1396, 신숙주申叔舟, 1417~1475, 성삼문成三問, 1418~1456, 조수趙須, ?~?, 김종직金宗直,

1431~1492, 홍귀달洪貴達, 1438~1504, 권오복權五福, 1467~1498, 김극성金克成, 1474~1540, 조신曺伸,1454~1529 등 셀 수 없을 정도이다. 이러한 흐름은 두보의 시를 배우고자 한 것으로 파악되는데, 앞서 보았듯이 황정견이 두시杜詩를 가장 잘 배웠다고 칭송되고 있었기에, 황정견을 통해 두보의 시에 접근해 보려는 노력도 깔려있었다고 할 수 있다. 정사룡도 이달에게 두시를 가르쳤고 노수신은 그의 시가 두시의 법도를 얻은 것으로 평가되고 있으며, 황정욱도 두보의 시를 엿보고 있다는 지적을 받고 있다. 그 밖에 박은, 이행, 박상의 시가 두시의 숙독에서 나온 것을 작품의 도처에서 확인할 수 있다. 이러한 경향으로 볼 때, 두보의 시를 배우는 한 일환으로 강서시파의 핵심인 황정견에 관심을 기울인 것으로 보인다. 이 밖에도 조선 초 화려한 대각臺閣의 시풍에 대한 반발도 강서시파의 작품을 배우고자 하는 한 배경으로 작용했다.

지속적인 강서시파 관련 서적의 수입과 인간印刊을 바탕으로 강서시파에 대한 학습이 고려에서부터 조선 초까지 지속되었고 이를 배경으로 강서시파를 배우고자하는 움직임이 성종 연간에 집중적으로 나타났으며, 한시사에게 거론되는 주요 시인들이 등장하게 되었다. 이러한 연장선상에서 소위 '해동강서시파'가 출현하게 된다.

해동강서시파는 강서시파의 영향을 받고 이에 따라 유사한 시풍을 견지했던 일군의 시인을 지칭하는 개념이다. 이 점에서 해동강서시파는 강서시파의 시풍이나 창작방법론을 대거 수용하고 이에서 한 걸음 더 나아가 자신만의 변용을 꾀한 시인들이라 평가할 수 있다. 황정견을 위주로 한 강서시파를 배웠다고 언급되는 해동강서시파의 시인으로는 박은, 이행, 박상, 정사룡, 노수신, 황정욱 등을 들 수 있다. 이들 시인들이 강서시파의 배웠다는 구체적인 기록도 남아 있다.

해동강서시파의 시가 중국 강서시파의 작법을 수용했다는 것은 단순히 자구를 모방하는 차원의 것이 아니라, 시를 쓰는 법을 배워 우리의 정서와 실정에 맞는 시를 쓰기 위해 노력한 것이다. 결국 해동강서시파의 작품에 대한 올바른 접근은 강서시파에 대한 접근에서부터 비롯되어야 한다. 시작법을 어떻게 수용하고 있는지, 또 어떠한 변용이 이루어진 것인지에 대한 입체적인 접근이 있어야만 해동강서시파에 대한 올바른 평가를 내릴 수 있다. 그 출발점이 바로 해동강서시파에 지대한 영향을 미쳤던 황정견 문집에 대한 완역이다.

4. 『황정견시집주黃庭堅詩集注』는?

『황정견시집주』는 북경北京 중화서국中華書局에서 2007년에 출간한 책이다. 전5책으로『산곡시집주山谷詩集注』권1~20,『산곡외집시주山谷外集詩注』권1~17,『산곡별집시주山谷別集詩注』상·하,『산곡시외집보山谷詩外集補』권1~4,『산곡시별집보山谷集別集補』권1로 구성되어 있다.

『산곡시집주』권1~20은 송宋 임연任淵이,『산곡외집시주』권1~17

은 송宋 사용史容이, 『산곡별집시주』 상·하는 송宋 사계온史季溫이 각각 주석을 붙여놓은 것이다. 『산곡시외집보』 권1~4와 『산곡시별집보』 권1은 청淸 사계곤謝啓崑이 엮은 것이다.

『황정견시집주』의 체계와 구성을 정리하면 다음 표와 같다.

책	권	비고
제1책	집주(集注) 권1~9	임연(任淵) 주(注)
제2책	집주(集注) 권10~20	
제3책	외집시주(外集詩注) 권1~8	사용(史容) 주(注)
제4책	외집시주(外集詩注) 권9~17	사용(史容) 주(注)
제5책	별집시주(別集詩注) 上·下	사계온(史季溫) 주(注)
	외보유(外補遺) 권1~4	사계곤(謝啓崑) 주(注)
	별집보(別集補)	

각 권에 수록된 시작품 수를 일람하면 다음 표와 같다.

권 수	수록 작품 수	권 수	수록 작품 수
山谷詩集注卷第一	22제(題) 30수(首)	山谷外集詩注卷第三	23제(題) 61수(首)
山谷詩集注卷第二	14제(題) 18수(首)	山谷外集詩注卷第四	18제(題) 31수(首)
山谷詩集注卷第三	19제(題) 30수(首)	山谷外集詩注卷第五	13제(題) 43수(首)
山谷詩集注卷第四	8제(題) 30수(首)	山谷外集詩注卷第六	20제(題) 25수(首)
山谷詩集注卷第五	9제(題) 29수(首)	山谷外集詩注卷第七	27제(題) 31수(首)
山谷詩集注卷第六	28제(題) 29수(首)	山谷外集詩注卷第八	27제(題) 40수(首)
山谷詩集注卷第七	25제(題) 40수(首)	山谷外集詩注卷第九	35제(題) 39수(首)
山谷詩集注卷第八	21제(題) 28수(首)	山谷外集詩注卷第十	30제(題) 33수(首)
山谷詩集注卷第九	28제(題) 44수(首)	山谷外集詩注卷第十一	29제(題) 45수(首)
山谷詩集注卷第十	17제(題) 23수(首)	山谷外集詩注卷第十二	28제(題) 50수(首)
山谷詩集注卷第十一	23제(題) 47수(首)	山谷外集詩注卷第十三	34제(題) 48수(首)
山谷詩集注卷第十二	28제(題) 50수(首)	山谷外集詩注卷第十四	23제(題) 46수(首)
山谷詩集注卷第十三	27제(題) 41수(首)	山谷外集詩注卷第十五	34제(題) 40수(首)

권 수	수록 작품 수	권 수	수록 작품 수
山谷詩集注卷第十四	14제(題) 43수(首)	山谷外集詩注卷第十六	35제(題) 47수(首)
山谷詩集注卷第十五	29제(題) 54수(首)	山谷外集詩注卷第十七	27제(題) 44수(首)
山谷詩集注卷第十六	18제(題) 42수(首)	山谷別集詩注卷上	36제(題) 37수(首)
山谷詩集注卷第十七	25제(題) 29수(首)	山谷別集詩注卷下	25제(題) 46수(首)
山谷詩集注卷第十八	17제(題) 27수(首)	山谷詩外集補卷第一	50제(題) 58수(首)
山谷詩集注卷第十九	28제(題) 45수(首)	山谷詩外集補卷第二	70제(題) 93수(首)
山谷詩集注卷第二十	19제(題) 27수(首)	山谷詩外集補卷第三	91제(題) 138수(首)
山谷外集詩注卷第一	24제(題) 29수(首)	山谷詩外集補卷第四	95제(題) 128수(首)
山谷外集詩注卷第二	22제(題) 30수(首)	山谷詩別集補	25제(題) 28수(首)
총 1,260제(題) 1,916수(首)			

『황정견시집주』에는 총 1,260제題 1,916수首의 시작품이 수록되어 있다. 이 거질의 서적에 임연任淵·사용史容·사계온史季溫·사계곤謝啓崑이 주석을 부기했는데, 이를 통해서도 황정견의 박학다식함을 재삼 확인할 수도 있다.

임연·사용·사계온·사계곤은 주석에서 시구의 전체적인 표현이나 단어 및 고사와 관련해 『시경』·『논어』·『장자』·『초사』·『문선』·『한서』·『사기』·『이아』·『좌전』·『세설신어』·『본초강목』·『회남자』·『포박자』·『국어』·『서경잡기』·『전국책』·『법언』·『옥대신영』·『풍토기』·『초학기』·『한시외전』·『모시정의』·『원각경』·『노자』·『명황잡록』·『이원』·『진서』·『제민요술』·『오초춘추』·『신서』·『이문집』·『촉지』·『통전』·『남사』·『전등록』·『초목소』·『당본초』·『왕자년습유기』·『도경본초』·『유마경』·『춘추고이우』·『초일경』·『전심법요』·『여씨춘추』·『부자』·『수훤록』·『박물지』·『당서』·『신어』·『적곡자』·『순자』·『삼보결록』·『담원』·『한서음의』·『공자가어』·『당척언』·『극담록』·『유양잡조』·『운서』·『묘법연화경』·『지도론』·『육도삼략』·『금강경』·『양양기』·『관자』·『보적경』 등의 용례를 들어 자세하게 구절의 의미를 부연 설명했다. 또한 두보를 필두로 ·도잠·소식·한유·백거이·유종원·이백·유몽득·소무·이하·좌사·안연년·송옥·장적·맹교·유신·왕안석·구양수·반악·전기·하손·송기·범중엄·혜강·예형·왕직방·사령운·권덕여·사마상여·매요신·유우석·노동·구준·조하·강엄·장졸 등의 작품에 보이는 구절을 주석으로 부연하여 작품의 전례前例와 전체적인 의미를 상세하게 서술했다. 이밖에도 여타의 시화집에 보이는 황정견의 작품과 관련된 시화를 주석으로 부기하여, 작품의 창작배경이나 자신의 상황 및 의미를 자세하게 설명한 있다.

이처럼 『황정견시집주』 전5책은 황정견 작품의 구절 및 시어詩語 하나하나가 갖는 전례와 창작배경 그리고 구절의 의미 및 전체적인 의미를 상세하게 주석을 통해 소개해 주어, 황정견 작품의 세밀한 이해를 돕고 있다.

5. 향후 연구 전망

황정견과 강서시파에 대한 연구는 지금까지 꾸준히 진행되어 왔다. 그러나 아직까지 황정견 시작품에 대한 전체적인 번역이 이루어지지 않았기에, 구체적인 실상의 일면만을 위주로 하거나 혹은 피상적으로 연구가 진행되었다는 점에서 아쉬움이 남는다. 이에 상세한 주석을 통해 작품에 대한 이해를 돕는 『황정견시집주』에 대한 완역은, 부족하나마 후학들에게 실질적으로 황정견 시를 이해하기 위한 토대 내지는 발판의 역할 정도는 할 수 있을 것으로 판단되며, 이를 계기로 유관 연구가 활발하게 진행되기를 기대하는 바이다.

첫째, 중국 문학 연구의 측면에서도 황정견을 중심으로 한 강서시파에 대한 연구가 활발하게 진행 될 것으로 기대한다. 강서시파 시론의 핵심이라고 할 수 있는 시의 조구법造句法으로서의 환골법換骨法과 탈태법奪胎法, 요체拗體의 추구, 진부한 표현이나 속된 말을 배척하고 특이한 말과 기이한 표현을 추구, 전고의 정밀한 사용 등에 대한 실제적인 접근이 이루어질 수 있는 계기가 될 것이며, 이로 인해 황정견뿐만 아니라 강서시파, 그리고 강서시파의 영향을 받았던 원대 시인에 대한 연구가 활발하게 진행 될 것이다.

둘째, 조선 문단에 대한 연구도 활발해질 것으로 기대한다. 고려 이

후 지속적인 강서시파 관련 서적의 수입과 인간印刊을 바탕으로 강서시파에 대한 학습이 고려에서부터 조선 초까지 지속되었고 이를 배경으로 강서시파를 배우고자하는 움직임이 성종 연간에 집중적으로 나타났으며, 한시사에게 거론되는 주요 시인들이 등장하게 되었다. 이러한 연장선상에서 소위 '해동강서시파'가 출현했다.

해동강서시파로 지목된 박은朴誾, 이행李荇, 박상朴祥, 정사룡鄭士龍, 노수신盧守愼, 황정욱黃廷彧 등 이외에도 이인로李仁老, 임춘林椿, 이담李湛, 이색李穡, 신숙주申叔舟, 성삼문成三問, 조수趙須, 김종직金宗直, 홍귀달洪貴達, 권오복權五福, 김극성金克成, 조신曺伸 등도 모두 황정견이 주축이 된 강서시파의 영향 하에 있다는 연구 성과도 보고된 바 있다.

이로 보건대, 『황정견시집주』 전5권의 완역은 강서시파의 영향을 받았던, 소위 해동강서시파의 실체를 밝히는데 적지 않은 도움이 될 것으로 보인다. 또한 어떠한 부분에서 적극적으로 수용하려고 했는지, 그 목적이 무엇이었는지에 대한 연구의 초석이 될 것이다. 더불어, 강서시파의 영향 하에서 해동강서시파는 어떠한 변용을 통해, 각 개인의 특장을 살려 나갔는지에 대한 연구도 활발하게 진행될 것이다. 시인 개개인에 대한 접근을 통해, 해동강서시파의 특장을 밝히는데 있어 출발점이 될 것으로 기대한다.

황정견시집의 완역은 황정견 시작품과 중국 강서시파의 실체를 밝힐 수 있는 계기가 될 것이며, 동시에 지속적인 관심을 쏟았던 조선의

해동강서시파의 영향 관계 및 변용에 대한 연구가 본격적으로 진행될
수 있는 초석이 되리라 기대한다.

대저 시로써 세상에 이름을 날린 자는 한 글자 한 구절을 반드시 달로 분기로 단련하여 일찍이 함부로 드러내지 않고서 반드시 심사숙고한 바가 있다. 옛날 중산中山 의 유우석劉禹錫이 일찍이 말하기를 '시에 벽자僻字를 사용할 때는 반드시 근거한 바가 있어야 한다'라고 했다. 공고功考 송지문宋之問의 「도중한식塗中寒食」에서 "말 위에서 한식을 맞으니, 봄이 와도 당락을 보지 못하네[馬上逢寒食, 春來不見餳]"라고 하였다. 일찍이 '당석餳'이란 글자가 벽자임을 의아하게 생각하였는데, 이윽고 『모시毛詩』의 고주䛬注를 읽고 나서 이에 육경 가운데 오직 이 주에서 이 '당석餳' 자에 대한 설명이 있는 것을 알게 되었다. 경문공景文公 송기宋祁 또한 이르기를 "몽득夢得 유우석이 일찍이 「구일九日」이란 시를 지으면서 '고餻'자를 쓰려고 하였는데 생각해보니 육경에 이 글자가 없어서 결국 쓰지 못하였다"라고 했다. 그러므로 경문공 송기의 「구일식고九日食餻」에서 "유랑은 기꺼이 '고餻'자를 쓰지 않았으니, 세상 당대의 호걸을 헛되이 저버렸어라[劉郞不肯題餻字, 虛負人間一世豪]"라고 했다. 이처럼 전배들의 글자 사용은 엄밀하였으니 이 시주詩注를 짓게 된 까닭이다.

본조 산곡山谷 노인의 시는 『이소離騷』와 『시경·이아雅』의 변체變體를 다하였으며 후산後山 진사도陳師道가 그 뒤를 이어 더욱 그 결정을 맺었다. 그러므로 두 사람의 시는 한 구절 한 글자가 고인古人 예닐곱 명을 합쳐 놓은 것과 같다. 대개 그 학문은 유儒, 불佛, 노老, 장莊의 깊은 이치를 통달하였으며, 아래로 의서醫術, 복서卜筮, 백가百家의 학설에 이르기까지 그 정수를 모두 캐어내어 시로 발하지 않음이 없다.

처음 산곡이 우리 고을에 와서 암곡 사이를 소요할 때 나는 경전經典을 배웠다. 한가한 날에는 인하여 두 사람의 시를 가지고 조금씩 주를 달았는데, 과문하여 그 깊은 의미를 자세히 파악하기 어려운 것이 한스러웠다. 일단 집에 보관하고서 훗날 나와 기호가 같은 군자를 기다려 서로 그 의미를 넓혀 나갔으면 한다.

정화政和 신묘년辛卯年, 1111 중양절重陽節에 쓰다.

大凡以詩名世者, 一字一句, 必月鍛季鍊, 未嘗輕發, 必有所考. 昔中山劉禹錫嘗云, 詩用僻字, 須要有來去處. 宋考功詩云, 馬上逢寒食, 春來不見餳. 嘗疑此字僻, 因讀毛詩有瞽注, 乃知六經中唯此注有此餳字, 而宋景文公亦云, 夢得嘗作九日詩, 欲用餻字. 思六經中無此字, 不復爲. 故景文九日食餻詩云, 劉郎不肯題餻字, 虛負人間一世豪. 前輩用字嚴密如此, 此詩注之所以作也. 本朝山谷老人之詩, 盡極騷雅之變, 後山從其游, 將寒冰焉. 故二家之詩, 一句一字有歷古人六七作者. 蓋其學該通乎儒釋老莊之奧, 下至於醫卜百家之說, 莫不盡摘其英華, 以發之於詩. 始山谷來吾鄉, 徜徉於巖谷之間, 余得以執經焉. 暇日因取二家之詩, 略注其一二. 第恨寡陋, 弗詳其祕. 姑藏於家, 以待後之君子有同好者, 相與廣之. 政和辛卯重陽日書.[1]

---

1 [교감기] 근래 사람 모회신(冒懷辛)이 상단의 문자를 고정(考訂)하면서 "이 편의 서문은 광서(光緒) 26년(1900)에 의녕(義寧) 진씨(陳氏)가 복각(復刻)한 『산곡시집주(山谷詩集注)』의 권 머리에 실려 있다. 원문(原文)과 파양(鄱陽) 허윤(許尹)의 서문은 함께 이어져 허윤 서문의 제1단락이 되어버렸다. 현재는 내용에

육경六經은 도道를 실어서 후세에 전해주는 것인데,『시경』은 예의禮義에 멈추니 도가 존재하는 바이다.『주시周詩』305편 가운데 그 뜻은 남아 있지만 그 가사가 없어진 것은 6편이다. 크게는 천지와 해와 별의 변화에서부터 작게는 충조초목蟲鳥草木의 변화까지, 엄한 군신과 부자, 분별이 있는 부부와 남녀, 온순한 형제, 무리의 붕우, 기뻐도 더러움에 이르지 않고 원망하여도 어지러움에 이르지 않으며 간하여도 고자질에 이르지 않고 화를 내어도 사람을 끊지 않으니, 이것이『시경』의 대략이다. 옛날 청묘淸廟에 올라 노래하며 제후들과 회맹할 때, 계자季子가 본 것과 정인鄭人이 노래한 것, 사대부들이 서로 상대할 때 이것을 제쳐두고 서로 마음을 통할 것이 없다. 공자孔子가 "이 시를 지은 자는 그 도를 아는구나"라고 했으며, 또한 "시를 배우지 말았으면 말을 할 수 없다"라고 했으니, 대개 세상에서 시를 사용하는 것이 이와 같다. 周나라가 쇠하여 관원이 제 임무를 못하고 학교가 폐하여 대아大雅가 지어지지 못한 지 오래되었다. 한나라 이후로 시도詩道가 침체되고 무너져서 진晉, 송宋, 제齊, 양에 이르러서는 음란한 소리가 극심해졌다. 조식, 유정劉楨, 심전기沈佺期, 사령운謝靈運의 시는 공교롭지 않은 것은 아니지만 화려한 비단에 아름답게 장식한 것 같아 귀공자에게 베풀 수는 있지만 백성들에게 쓸 수는 없다. 연명淵明 도잠陶潛과 소주蘇州 위응

근거하여 이것이 임연(任淵)이 손수 쓴 서문임을 확정하고서 인하여 허윤의 서문에서 뽑아내어 기록한다"라고 하였으니 이 말을『후산시주보전(後山詩注補箋)·부록(附錄)』과 참고하여 볼 것이다.

물위應物의 시는 적막하고 고고枯槁하여 마치 깊은 계수나무 아래 난초 떨기 같아 산림에는 어울리지만 조정에 놓을 수는 없다. 태백太白 이백李白과 마힐摩詰 왕유王維의 시는 어지러운 구름이 허공에 펼쳐지고 차가운 달이 물에 비친 것 같아 비록 천만으로 변화하지만 사물에 미치는 곳은 또한 적었다. 맹교孟郊와 가도賈島의 시는 산한酸寒하고 험루儉陋하여 새우와 조개를 한 번 먹으면 곧 마치니 비록 하루 종일 씹어도 배가 부르지 않는 것과 같다. 다만 두보杜甫의 시는 고금을 드나들어 천하에 두루 퍼져 충의忠義의 기氣가 성대하니 이를 능가하는 후대의 작자는 없다.

송宋나라가 일어나고 이백 년이 흘러 문장의 성대함은 삼대三代를 뒤좇을만한데, 시로 세상에 이름을 날린 자로 예장豫章의 노직魯直 황정견黃庭堅이 있으며 그 후로는 황정견을 배웠으나 그에 약간 미치지 못한 자로 후산後山 무기無己 진사도陳師道가 있다. 두 공의 시는 모두 노두老杜에서 근본 하였으나 그를 직접적으로 따라 하진 않았다. 용사用事는 대단히 치밀한데다 유가와 불가를 두루 섭렵하였으며, 우초虞初의 패관소설稗官小說과 『준영雋永』·『홍보鴻寶』 등의 책에다가 일상생활의 수렴까지 모두 망라하였다. 후대의 학자들이 이 시의 비밀을 보지 못하여 이따금 알기 어려움에 어려움을 느낀다. 삼강三江의 군자 임연任淵은 군서群書에 박학하고 옛사람을 거슬러 올라가 벗하였는데, 한가한 날에 드디어 두 사람의 시에 주해를 내었으며 또한 시를 지은 본의의 시말에 대해 깊이 따져 학자들에게 알려주었다. 그러나 세상의 전주箋注와 같지 않고 다만 출처만을 드러내었을 뿐이다. 이윽고 완성되자 나에게 주면서 그 서문을 지어달라고 하였다.

　내가 일찍이 두 시인의 시흥詩興이 고원高遠함에 의탁하여 읽어도 무슨 의미인지 알 수 없는 것을 걱정하였다. 임연 군의 풀이를 얻고서 여러 날에 걸쳐 음미해 보니 마치 꿈에서 깬 것 같고 술에 취했다가 깬 것 같으며, 앉은뱅이가 일어서게 된 것과 같으니 어찌 통쾌하지 않으랴. 비록 그러나 그림을 논하는 자는 형체는 비슷하게 할 수는 있지만 그림을 그려낸 심정을 포착하여 말로 표현하기 어렵고, 거문고 소리를 들은 자는 몇 번째 줄인 줄은 알지만 그 음은 설명하기 어렵다. 천하의 이치 가운데 형명도수形名度數에 관련된 것은 전할 수 있지만, 형명도수를 넘어서는 것은 전할 수 없다. 옛날 후산 진사도가 소장少章 진구秦覯에게 답하기를 "나의 시는 예장豫章의 시이다. 그러나 내가 예장에게 들은 것은 그 자상한 것을 말하고 싶지만, 예장이 나에게 말해주지 않았고 나 또한 그대를 위해 말하고 싶어도 못한다"라고 했다. 오호라, 후산의 말은 아마도 이를 가리킬 것이다. 지금 자연子淵 임연이 이미 두 공에게서 얻은 것을 글로 드러내었다. 정미하여 오묘한 이치는 옛말에 이른바 '맛 너머의 맛'이란 것에 해당한다. 비록 황정견과 진사도가 다시 태어난다 해도 서로 전할 수 없으니, 자연이 어찌 말해줄 수 있으랴. 학자들은 마땅히 스스로 얻는 것이 옳을 것이다.

　자연子淵의 이름은 연淵으로 일찍이 문예류시유사文藝類試有司로써 사천四川의 제일이 되었다. 대개 금일의 국중의 선비이며 천하의 선비이다.

　소흥紹興 을해년乙亥年,1155 12월 파양鄱陽 허윤許尹은 삼가 서문을 쓰다.

六經所以載道而之後世,[2] 而詩者, 止乎禮義, 道之所存也. 周詩三百五篇, 有其義而亡其辭者, 六篇而已. 大而天地日星之變, 小而蟲鳥草木之化, 嚴而君臣父子, 別而夫婦男女, 順而兄弟, 羣而朋友, 喜不至瀆, 怨不至亂, 諫不至訐, 怒不至絶, 此詩之大略也. 古者登歌清廟, 會盟諸侯, 季子之所觀, 鄭人之所賦, 與夫士大夫交接之際, 未有舍此而能達者. 孔子曰, 爲此詩者, 其知道乎! 又曰, 不學詩, 無以言. 蓋詩之用於世如此.

周衰, 官失學廢, 大雅不作久矣. 由漢以來, 詩道浸微陵夷, 至於晉宋齊梁之間, 哇淫甚矣. 曹劉沈謝之詩, 非不工也, 如刻繪染縠, 可施之貴介公子, 而不可用之黎庶. 陶淵明韋蘇州之詩, 寂寞枯槁, 如叢蘭幽桂, 可宜於山林, 而不可置於朝廷之上. 李太白王摩詰之詩, 如亂雲敷空, 寒月照水, 雖千變萬化, 而及物之功亦少. 孟郊賈島之詩, 酸寒儉陋, 如蝦蟹蜆蛤, 一啖便了, 雖咀嚼終日, 而不能飽人. 唯杜少陵之詩, 出入今古, 衣被天下, 藹然有忠義之氣, 後之作者, 未有加焉.

宋興二百年, 文章之盛, 追還三代. 而以詩名世者, 豫章黄庭堅魯直, 其後學黄而不至者, 後山陳師道無已. 二公之詩皆本於老杜而不爲者也. 其用事深密, 雜以儒佛. 虞初稗官之説, 雋永鴻寶之書, 牢籠漁獵, 取諸左右. 後生晚學, 此祕未覩者, 往往苦其難知. 三江任君子淵, 博極羣書, 尚友古人. 暇日遂以二家詩爲之注解, 且爲原本立意始末, 以曉學者. 非若世之箋訓, 但能標題出處而已也. 既成, 以授僕, 欲以言冠其首.

予嘗患二家詩興寄高遠, 讀之有不可曉者. 得君之解, 玩味累日, 如夢而寤,

---

2   [교감기] '而'는 전본에는 '傳'으로 되어 있는데, 의미가 더 분명하다.

如醉而醒, 如痿人之獲起也, 豈不快哉. 雖然論畫者可以形似, 而捧心者難言, 聞絃者可以數知, 而至音者難説. 天下之理涉於形名度數者可傳也, 其出於刑名度數之表者, 不可得而傳也. 昔後山答秦少章云, 僕之詩, 豫章之詩也. 然僕所聞於豫章, 願言其詳, 豫章不以語僕, 僕亦不能爲足下道也. 鳴乎, 後山之言, 殆謂是耶, 今子淵既以所得於二公者筆之乎. 若乃精微要妙, 如古所謂味外味者, 雖使黃陳復生, 不能以相授, 子淵相得而言乎. 學者宜自得之可也.

子淵名淵, 嘗以文藝類試有司, 爲四川第一, 蓋今日之國士天下士也.

紹興乙亥冬十二月, 鄱陽許尹謹叙.

산곡외집시주권제삼山谷外集詩注卷第三

황정견시집주 전체 차례

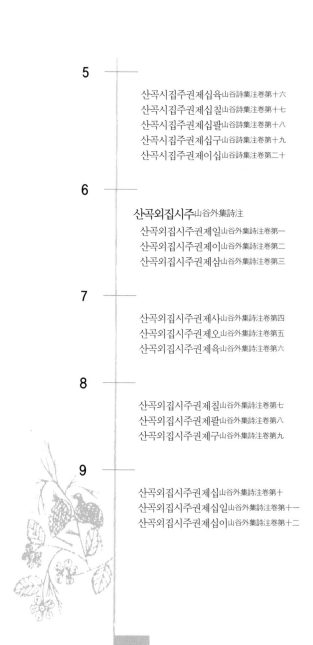

산곡외집시주

山谷外集詩注

송 사용 저

宋 史容 著

향실 사씨가 산곡외집시에 주한 것에 쓴

서문鄕室史氏注山谷外集詩序

세상의 책들 중에 오직 육경六經과 제자백기諸子百家 및 사마천司馬遷과 반고班固의 역사책[1]만이 그 아래에 주석이 달려 있다. 그러나 고금古今의 변화 때문에 고훈詁訓이 서로 통하지 않게 되었다. 지금 사람의 글에 지금 사람이 그 글에 따라 주석을 부기한 것은 소식蘇軾과 황정견의 시로부터 시작되었다.

시는 마음에서 동動하고 언어로 발현되며 음악으로 이루어진다. 그러니 사람들이 시를 짓고 시를 읊조리는 것은 의당 알기 어려운 것이 아니다. 그러나 소식과 황정견 두 공은 지금 사람으로 옛 책에 대해 박학했다. 비유하자면, 초楚나라 대부大夫가 제齊나라에 갔는데, 응대하기를 '예예'하면서 제나라 말만을 사용한다면, 초나라 사람은 무슨 말인지 알 수가 없는 경우와 같다. 장차 제나라 말로 초나라 사람을 일깨우려고 하니, 평소에 일찍이 제나라의 장악莊嶽[2] 사이를 왕래하지 못했다

---

1   사마천(司馬遷)과 반고(班固)의 역사책 : 사마천의 『사기(史記)』와 반고의 『한서(漢書)』를 가리킨다.
2   장악(莊嶽) : 전국시대 제(齊)나라 거리 이름이다. 사람이 선하게 되는 데 주위의 환경이 중요함을 비유하여 맹자(孟子)가 대불승(戴不勝)에게 말하기를, "초(楚)

면 누가 이를 알아듣겠는가. 산곡 황정견의 시는 소식의 시와 같은 율
조律調를 가지고 있지만 황정견 시어詩語가 더욱 우아하고 강건하다. 그
러나 황정견은 소식의 작품에서 가져와 쓴 것이 많다.

황정견 시집에 대해서는 이미 임연任淵과 사회경史會更이 주석을 붙였
다. 그러나 황정견 공이 스스로 편찬했다고 말하는 외집外集에 대해서
는 아직 쉽게 접근하지 못하고 있다. 그래서 의보儀甫 사용史容 공이 마
침내 앞의 것을 이어 주석을 붙였다. 위로는 육경과 제자백가 및 역대
의 역사서, 아래로는 불가佛家와 노가老家의 글 및 패관稗官의 기록까지
황정견의 시어와 관련된 것에 대해서는 궁구하지 않음이 없었다. 내가
성도成都에서 벼슬살이 하고 있을 때, 사용 공의 아들 숙렴叔廉에게 이
것을 얻어 보고 밤새도록 이것을 살펴보았다. 산곡 황정견의 시에 대
해 이미 모두 조리 있게 정리하여 다시 의문 나는 부분이 없었고 고문
古文과 구사舊事에 대해서도 공이 주석을 통해 밝힌 바가 많았다.

무릇 옛 사람의 책을 읽을 때, 마음에서 이를 얻고 손으로 응해야 하
니, 진실로 자질구레한 간책簡冊을 채집한 이후에야 쓸 수 있는 것은 아
니다. 주석을 붙이면서 여러 책들을 읽고 그 유래를 궁구해야 하니, 주
석을 붙인 공이 직접 시를 짓는 것보다 응당 어렵다. 그러니 공은 박학
다식한 능력으로 작품마다 훈석訓釋을 붙였으니, 이것은 선배를 추모하

나라 대부가 그 아들에게 제나라 말을 가르치고자 한다면 하나의 제나라 사람을
스승으로 삼게 하기보다 그 아들을 장·악(莊嶽) 사이에 몇 년을 두어 저절로 그
말을 배우게 하는 것이 낫다"라고 한 것이 있다. 『맹자·등문공(滕文公)』하(下)
에 보인다.

고 후학들에게 은혜를 베풀고자 한 의도에서 비롯된 것으로, 자못 세상 사람들이 그 의도를 알 수 있는 바가 아니다.

옛날 낙천樂天 백거이白居易는 시를 지으면 늙은 노비에게 그 작품을 읽게 하면서 쉽게 이해할 수 있게 하는 데에 힘을 쏟았다. 자운子雲 양웅揚雄이 『태현경太玄經』을 초草 잡았는데, 그 말이 어렵고도 오묘하여 사람들이 그 의미를 알지 못했다. 이에 양웅은 "뒷날 양자운이 있다면 반드시 이것을 좋아할 것이다"라고 하였다.

옛날 군자들 중에는 진실로 세속의 틀을 따르지 않으면서도 절로 후세에 자신을 알아주는 사람이 있을 것이라고 믿은 이들도 있었다. 그러하니 공과 산곡의 관계는 이미 양자운을 후세의 양자운이 알아준 것과 같은 경우라 하겠다. 산곡의 작품에 훈석訓釋을 붙였고 또한 어렵지 않게 알 수 있도록 다른 사람을 위해 풀이를 하였으니, 이것 또한 낙천 백거이의 뜻이라 하겠다.

공은 촉군蜀郡의 청의현靑衣縣 사람으로, 이름은 용용, 호는 향실거사薌室居士이며, 벼슬은 태중대부太中大夫에 이르렀다. 노년에는 세상일을 사절하고 책을 저술하면서 잠시도 쉬지 않았다. 일찍이 『보운補韻』과 『삼국지명三國地名』의 책을 저술하였는데, 모두 지극히 정밀했다. 금년 나이가 70여 세 인데도 귀와 눈이 맑고도 밝으며, 이와 머리털도 쇠하지 않았다. 그러니 뒷날 세상에 전해지는 것이 또한 장차 두세 권의 책에만 그치지 않을 것이다.

가정嘉定 원년元年 12월 을유乙酉에 진릉晉陵 문자文子 전굉錢宏[3]이 쓰다.

書存于世, 惟六經諸子及遷固之史有註其下方者, 以其古今之變, 詁訓之不相通也. 而今人之文, 今人乃隨而注之, 則自蘇黃之詩始也. 詩動乎情, 發乎言, 而成乎音, 人爲之, 人誦之, 宜無難知也. 而蘇黃二公乃以今人博古之書, 譬楚大夫而居於齊, 應對唯諾, 無非齊言, 則楚人莫喻也. 如將以齊言而喻楚人, 非其素嘗往來莊嶽之間, 其孰能之. 山谷之詩與蘇同律, 而語尤雅健, 所援引者乃多於蘇. 其詩集已有任淵史會更注之矣, 而公所自編謂之外集者, 猶不易通, 史公儀甫遂繼而爲之注. 上自六經諸子歷代之史, 下及釋老之藏稗官之錄, 語所關涉, 無不盡究. 予官成都, 得於公之子叔廉而夜閱之. 其於山谷之詩, 旣悉疏理, 無復凝結, 而古文舊事, 因公之注所發明者多矣. 夫讀古人之書, 得之於心, 應之於手, 固非區區采之簡冊而後用之也. 而爲之注者, 乃卽群書而究其所自來, 則注者之功宜難於作. 而公以博洽之能, 乃隨作者爲之訓釋, 此其追慕先輩嘉惠後學之意, 殆非世俗之所能識也. 昔白樂天作詩, 使嫗讀之, 務令易知, 而揚子雲草太玄, 其詞艱深, 人不能通, 乃曰, 後有揚子雲, 必好之矣. 古之君子, 固有不徇世俗, 而自信於後世之知我者, 若公於山谷, 旣以子雲而知子雲, 其爲之訓釋, 則又諄諄然爲人言之, 是亦樂天之志也.

3　전굉(錢玄, 1148~1220) : 중국 남송(南宋)의 학자로, 자는 문계(文季)이며 호는 백석산인(白石山人)이다. 오월왕(吳越王) 전류(錢鏐)의 후예로 1187년에 태학에 입학하였다. 1192년에 품행과 학문이 뛰어나 진사시를 거치지 않고 바로 관직에 나가 문림랑(文林郞), 종정시 소경(宗正寺少卿) 등의 벼슬을 역임했다. 『시훈고(詩訓詁)』·『논어전찬(論語傳贊)』·『중용집전(中庸集傳)』·『맹자전찬(孟子傳贊)』·『한당사요(漢唐事要)』·『한당제도(漢唐制度)』 등 총 8종 91권의 저술이 『사고전서총목(四庫全書總目)』에 실려 있으며, 특히 『백석시전(白石詩傳)』과 『보한병지(補漢兵志)』 등은 역대 명가의 추중을 받았다.

公, 蜀靑衣人, 名容, 號漱室居士, 仕至太中大夫. 晚謝事, 著書不自休, 嘗爲補韻及三國地名, 皆極精密. 今年餘七十, 耳目淸明, 齒髮不衰. 他日傳於世者, 又將不止於數書而已也.

嘉定元年十二月乙酉, 晉陵錢文子序.

예장豫章 황정견黃庭堅 찬撰

豫章黃庭堅撰

청신靑神 사용史容 주注

靑神史容注

부賦

1. 유명중의 묵죽부【원우 연간에 관사에서 짓다】

劉明仲墨竹賦【元祐間館中作】4

子劉山	유산이여
山川之英	산천의 영기가 모여
骨毛粹淸	모골이 순수하고도 맑다네.

4　[교감기] 전본에는 이 작품과 바로 아래에 있는 「放目亭賦」이란 작품이 실려 있지
　않다. 살펴보건대, 부(賦) 작품을 시집(詩集)에 실으면서, 체제가 엄정하지 못했
　다. 그러나 사용(史容)이 본래 엮은 것과 송(宋)·원(元) 선본(善本)이 모두 이와
　같기에, 일단 옛 그대로 두었다.

用意風塵之表	품은 뜻은 풍진 밖에 있어
如秋高月明	마치 가을 하늘 높아 달 밝은 듯.
游戲翰墨	한묵에서 노니니
龍蛇起陸	용과 뱀이 땅에 오르네.
嘗其餘巧	일찍이 남은 기교 시험하려고
顧作二竹	두 대나무 돌아보고 그림 그렸지.
其一枝葉條達	한 가지와 잎은 쭉쭉 뻗어나가
惠風擧之	봄바람이 불어오누나.
瘦地筍筕	척박한 땅의 대나무
夏篁解衣	여름 대숲에서 옷을 벗네.
三河少年	삼하 땅의 젊은이들
稟生勤剛	하늘로부터 굳세 기상 타고 났네.
春服楚楚	선명한 봄옷을 입고
俠游專場	노니는 협객 맘껏 누비는구나.
王謝子弟	왕 씨와 사 씨의 자제들
生長見聞	낳고 성장하는 것을 보고 들은 것이
文獻不足	문헌에서는 다 징험할 수 없지만
猶超人群	오히려 보통 사람보다 뛰어났다오.
其一折幹偃蹇	다른 한 가지는 꺾이고 쓰러진 채
斫頭不屈	머리 잘려도 굽히지 않았도다.
枝老葉硬	가지 늙고 잎은 딱딱해져

强項風雪	눈보라에도 목 숙이지 않네.
廉藺之骨成塵	염파 난상여의 뼈는 티끌 되었지만
凜凜猶有生氣	늠름하여 오히려 생기 있다네.
雖汲黯之不學	비록 급암이 배우지 못했지만
挫淮南之鋒於千里之外	천 리 밖에서 회남의 봉기 좌절시켰네.
劉⁵子淩⁶雲自許	유자는 구름 위로 솟는 의기 절로 허여하며
按劍者多	검 만지는 경우 많았지.
故以歸我	그래서 나에게 와서는
請觀謂何	어찌해야 하는지 살펴 달라 했지.
黃庭堅曰	이에 황정견이 다음과 같이 말했지.
吾子於此可謂能矣	"그대가 이것을 잘 할 수 있으리니
猶有脩篁之歲晚	오히려 세밑에도 긴 대나무 있고
枯枿之發春	마른 싹도 봄 되면 움이 튼다오.
少者骨梗	젊어서는 강직했고
老而日新	늙어서는 나날이 새로웠네.
附之以傾崖礜石	기운 벼랑과 독 있는 돌에 기대어
摧之以冰霜斧斤	어름 서리와 도끼로 부러뜨렸네.
第其曾高昭穆	다만 증고의 소목이
至于來昆仍雲	내손 곤손 잉손 운손에 이르렀구나.

---

5   [교감기] 원본에는 '劉'자 위에 '子'자가 있다.
6   [교감기] '淩'이 원본·건륭본에는 '陵'으로 되어 있다.

組練十幅	조련 열 폭에
煙寒雨昏	안개 낀 찬 비의 저녁을
迺爲能盡之	이에 능히 그리었다네.
蓋陽虎有若之似夫子	양호와 유약이 공자와 비슷하다고
市人識之	세상 사람들 알고 있지만
顔回之具體	안회가 그 체를 구비한 것을
門人不知	문인들도 알지 못했다오"
蘇子曰世之工人	소식이 "세상에서 그림 잘 그리는 사람 중에
或能曲盡其形	혹 그 형태를 곡진하게 잘 그리기는 하지만
至於其理	그것은 이치에 있어서는
非高人逸才	높은 인격과 뛰어난 재주가 아니면
不能辦	이에 힘쓸 수가 없다"라고 했네.
意其在斯	뜻한 바가 여기에 있기에
故藉外論之	다른 일을 가져와 논의한 것이네.
梓人不以慶賞成虛	목수는 경상에 대한 마음을 비우지 않았던가
痀僂不以萬物易蜩	구루는 만물을 매미처럼
	쉽게 여기지 않았던가
及其至也	그 지극한 데 이르러서는
禹之喻於水	우 임금은 물에서 깨달았고
仲尼之妙於韶	중니는 소에서 오묘함 얻었지.
蓋因物而不用吾私焉	대개 사물로 인해 자신의 사사로움

	쓰지 않은 것이네.
若夫燕荊南之無俗氣	마치 연남과 형남에 속기가 없는 것과 같노니
庖丁之解牛	포정이 소를 잡으면서
進技以道者也	도로써 그 기술을 발전시킨 것이네.
文湖州之得成竹於胸中	문호주는 마음속으로 대나무를 먼저 얻었고
王會稽之用筆	왕회계가 붓을 쓰는 것은
如印印泥者也	마치 인장에 도장을 찍는 것과 같았네.
詩云	『시경』에서
鶴鳴于九皋	"학이 구고에서 우니
聲聞于天	하늘까지 소리 들리네"라고 했네.
妙萬物以成象	만물을 묘하게 해서 상을 이루려면
必其胸中洞然好學者	반드시 마음속이 환하여
	배우기를 좋아해야 하네.
天不能掣其肘	그렇게 되면 하늘이 그 팔뚝 붙잡을 수 없나니
劉子勉旃	유자는 이에 힘을 쓰시게나.

【주석】

骨毛粹淸:『진서·원제기元帝紀』에서 "혜소嵆紹가 "낭야왕琅邪王의 모골毛骨이 평범하지 않습니다"라 했다"라고 했다. 두보의 「봉송위육장우소부지교광奉送魏六丈佑少府之交廣」에서 "뭇사람 가운데에서도 모골이 보이는데, 오히려 기린의 아이 같았네"라고 했다.

晉元帝紀, 嵇紹曰, 琅邪王毛骨非常. 老杜詩, 衆中見毛骨, 猶是麒麟兒.

用意風塵之表：『진서·왕융전王戎傳』에서 "왕연王衍은 저절로 풍진 밖의 인물이다"라고 했다.

晉王戎傳, 王衍自然是風塵表物.

如秋高月明：『문선』에 실린 사령운의 「초거군일수初去郡一首」에서 "들판 넓어 모래 언덕은 깨끗하고, 하늘 높아 가을 달은 밝구나"라고 했다.

文選謝靈運詩, 野曠沙岸淨, 天高秋月明.

游戲翰墨 龍蛇起陸：『음부경』에서 "하늘이 살기殺機를 발하면, 용과 뱀이 땅위로 오르게 된다"라고 했다.

陰符經曰, 天發殺機, 龍蛇起陸.

嘗其餘巧：『예기·단궁檀弓』에서 "너의 솜씨를 남의 어머니에게 시험하려 한다"라고 했다.

檀弓云, 爾以人之母嘗巧.

其一枝葉條達：『장자·지락至樂』에서 "이런 경우를 일러 모든 일에 조리條理가 통달해서 행복이 유지된다고 말한다"라고 했다. 『전국책』에서 "장의張儀가 위왕魏王에게 유세하면서 "위나라의 지세地勢는 사방이 평평하며, 사방의 제후들과 통하여, 마치 수레바퀴살이 모이는 바퀴통 같은 곳입니다"라 했다"라고 했다. 동파 소식이 일찍이 이 말을 가지고 여가與可 문동文소의 그림에 쓰기를 "여가與可는 죽석과 고목에서 진실로 그 이치를 터득했다고 할 만 하다. 이와 같이 태어나고 이와 같이 죽으며, 이와 같이 휘감고 올라가 말라비틀어지고, 이와 같이 가지가 쭉쭉 뻗어나가 무성하게 된다"라고 했다.

莊子至樂篇, 此之謂條達而福持. 戰國策, 張儀說魏王云, 魏地四平, 諸侯四通, 條達輻湊. 東坡嘗以是語記文與可畫云, 與可之於竹石枯木, 眞可謂得其理者矣. 如是而生, 如是而死, 如是而攣拳瘠蹙, 如是而條達遂茂.

惠風擧之 : 왕희지의 「난정서蘭亭序」에서 "봄바람이 화창하다"라고 했다.
蘭亭序, 惠風和暢.

瘦地箇箇 : '기箇'는 '고古'와 '아我'의 반절법으로 화살대이다. 두보의 「진주잡시秦州雜詩」에서 "척박한 땅이 도리어 조 심기 알맞네"라고 했다.
箇古我反, 箭莖也, 杜詩, 瘦地飜宜粟.

三河少年 : 『사기・화식전貨殖傳』에서 "옛날 당唐은 하동河東에 도읍하였고 은殷나라는 하내河內에 도읍하였으며, 주周나라는 하남河南에 도읍했었다. 무릇 삼하三河는 천하의 가운데 위치하여, 마치 솥발처럼 셋으로 갈라졌다"라고 했다.

史記貨殖傳, 昔唐都河東, 殷人都河內, 周人都河南. 夫三河在天下之中, 若鼎足.

稟生勅剛 : 퇴지 한유의 「산남정상공여번원외수운운山南鄭相公與樊員外酬酬云云」에서 "타고난 성품 굳센 것 닮았네"라고 했다. '초勅'는 가볍고 민첩한 것으로 '서鋤'와 '교爻'의 반절법이다.

退之詩, 稟生肖勅剛. 勅, 輕捷也, 鋤交切.

春服楚楚 : 『논어』에서 "봄옷이 이미 완성되었다"라고 했다. 『시경·부유蜉蝣』에서 "그 의상이 선명하다"라고 했다.

論語, 春服旣成. 國風, 衣裳楚楚.

俠游專場 : 『사기』에 「유협전游俠傳」이 있다. 『문선』에 실린 곽경순의 「유선시遊仙詩」에서 "경화는 유협객들의 소굴이네"라고 했다. 장형의 「동경부東京賦」에서 "진秦나라 영정嬴政이 예리한 부리와 긴 발톱으로 끝내 싸움판을 차지했네"라고 했는데, 주註에서 "'천擅'은 독차지했다는 것이다"라고 했다 명원 포조의 「대치조비代雉朝飛」에서 "두 사람 끼고 강한 힘 믿으면서 맘껏 누비네"라고 했다.

史記有游俠傳. 選詩, 京華游俠窟.[7] 東京[8]賦云, 秦政利觜長距, 終得擅場.

---

7 窟 : 중화서국본에는 '客'으로 되어 있으나, '窟'의 오자이다.
8 京 : 중화서국본에는 '都'로 되어 있으나, '京'의 오자이다.

註云, 擅, 專也. 鮑明遠雉朝飛云, 專場挾兩恃强力.

王謝子弟 生長見聞 文獻不足 猶超人群 : 양무제梁武帝가 글씨에 대해 평가하면서 "왕숭건王僧虔의 글자는 마치 양주揚州 왕사王謝[9] 집안 자제들의 글씨와 같으니, 비록 다시 바르지 못한 것이 있더라도 또한 한 종류의 풍기風氣가 있다"라고 했다. 『논어』에서 "문헌이 충분하지 않기 때문이다"라고 했다. 『장자』에서 "사람의 무리를 부린다"라고 했다. 두보의 「남극南極」에서 "풍속 다르니 종족도 다르네"라고 했다.

梁武帝評書云, 王僧虔書, 如揚州王謝家子弟, 縱復不 端正, 皆有一種風氣. 論語曰, 文獻不足故也. 莊子曰, 以馳[10]人群. 老杜云, 殊俗自人群.

斫頭不屈 : 『촉지・장비전張飛傳』에서 "장비가 파군巴郡을 격파하고 태수 엄안嚴顔을 사로잡았다. 장비가 엄안을 꾸짖으며 "대군大軍이 이르렀는데, 어찌 항복하지 않고 감히 대항하여 싸우는가"라 했다. 엄안이 "우리 고을에는 머리가 잘리는 장군이 있을 뿐, 항복하는 장군은 있지 않다"라고 했다. 이에 장비는 화를 내면서 좌우의 신하들에게 끌고 가서 목을 베라고 명령했다. 그러나 엄안은 얼굴빛이 전혀 변하지 않은 채 "머리를 베려면 머리를 베면 되지, 어찌하여 화를 내는가"라 했다.

---

9   왕사(王謝) : 육조(六朝) 진(晉)나라 때 명문거족인데, 여기서는 노장(老莊) 사상에 조예가 깊어 청담을 즐겼던 그 당시의 왕연(王衍)과 산천의 유람을 즐겼던 사안(謝安)을 가리킨다.
10   馳 : 중화서국본에는 '馭'로 되어 있으나, '馳'의 오자이다.

이에 장비는 그를 훌륭하다고 여겨 풀어주었다"라고 했다.

蜀志張飛傳, 飛破巴郡, 生獲太守嚴顔. 飛呵顔曰, 大軍至, 何不降而敢拒戰. 顔曰, 我州但有斷頭將軍, 無降將軍也. 飛怒, 令左右牽去斫頭. 顔色不變曰, 斫頭便斫頭, 何爲怒耶. 飛壯而釋之.

枝老葉硬 : 육구몽의 「기국부杞菊賦」에서 "여름 5월이 되면 가지와 잎은 늙고 딱딱해진다네"라고 했다.

陸龜蒙杞菊賦, 及夏五月, 枝葉老硬.

强項風雪 : 『후한서 · 동선전董宣傳』에서 "동선이 낙양의 수령이 되었다. 이때 호양공주湖陽公主의 종이 대낮에 사람을 죽여 공주의 집에 숨겨놓았다. 옥리獄吏가 그를 체포하지 못했는데, 뒤에 공주가 외출할 때 그 종을 옆에 태웠다. 동선이 공주의 잘못을 큰 소리로 따져 나열하고 그 종을 꾸짖어 수레에서 끌어내려 때려 죽였다. 공주가 임금에게 그 사실을 하소연했다. 임금이 동선을 불러다 놓고 억지로 머리를 조아리게 하자, 동선은 두 손으로 땅을 힘껏 버티고서 끝내 머리를 숙이지 않았다. 그러자 임금이 웃으면서 "목이 뻣뻣한 수령은 나가라"라고 하면서 돈 30만전을 하사했다"라고 했다.

後漢董宣傳, 宣爲洛陽令. 時湖陽公主蒼頭白日殺人, 因匿主家, 吏不能得. 及主出, 以奴驂乘. 宣大言數主罪, 叱奴下車, 格殺之. 主訴帝. 帝召宣, 使俯頭謝主, 宣不從. 强使頓之, 宣兩手據地, 終不肯俯. 帝笑, 因勑强項令出, 賜錢三十萬.

廉藺之骨成塵 凜凜猶有生氣 : 『세설신어』에서 "유도계庾道季가 "염파廉
頗와 인상여藺相如는 비록 천 년 전에 죽은 사람이지만 늠름하게 늘 생
기가 있고, 조여曹蜍와 이지李志는 비록 현재 살아 있지만 미미하여 구
천 아래 있는 사람 같다"라 했다"라고 했다. 명원 포조의 「대만가代挽
歌」에서 "팽월彭越과 한신韓信 및 염파와 난상여는, 옛날에 이미 재가 되
었네"라고 했다.

世說, 庾道季曰, 廉頗藺相如雖千載, 尙凜凜有生氣. 曹蜍李志雖在, 厭厭
如九泉下人. 鮑明遠云, 彭韓及廉藺, 疇昔已成灰.

雖汲黯之不學 挫淮南之鋒於千里之外 : 『한서·급암전汲黯傳』에서 "임금
이 "사람은 확실히 배움이 없어서는 안 된다. 급암의 말을 살펴보면 날
이 갈수록 심해진다"라 했다"라고 했다. 또한 "회남왕淮南王이 반역을
도모하다가 급암을 꺼려 "급암은 직간直諫하기를 좋아한다. 그러나 공
손홍公孫弘 등에 대해 얘기하자면, 뚜껑을 여는 것처럼 쉽다"라 했다"라
고 했다.

汲黯傳, 上曰, 人果不可以無學, 觀黯之言, 日益甚矣. 又曰, 淮南王謀反,
憚黯, 曰, 黯好直諫, 至說公孫弘等, 如發蒙耳.

劉子淩雲自許 : 『한서·사마상여전司馬相如傳』에서 "날아오르듯 구름

위로 치솟는 의기가 있다"라고 했다.

司馬相如傳. 飄飄有凌雲氣.

按劍者多 : 『한서·추양전鄒陽傳』에서 "명월주明月珠와 야광벽夜光璧을 어두운 밤에 길가에서 사람에게 던지면 모두들 칼을 어루만지면서 서로를 흘겨봅니다"라고 했다.

鄒陽傳, 明月之珠, 夜光之璧, 以暗投人於道, 衆莫不按劍相眄者.

枯枿之發春 : '얼枿'은 '아牙'와 '갈葛'의 반절법이다. 『전한서·서전敍傳』에서 "세 싹이 일어난다"라고 했는데, 그 주註에서 "『시경·장발長發』에서 "하나의 뿌리에서 세 싹이 나왔다"라 했다"라고 했다. 나무를 자르면 그루터기가 생기니, '얼枿' 또한 '얼蘗'로도 쓴다. 『맹자』에서 "싹이 나오는 것이 없지 않다"라고 했다.

枿, 牙葛切. 西漢敍傳, 三枿之起. 註, 詩云, 苞有三枿. 木斫而枿生也, 枿亦作蘗.[11] 孟子云, 非無萌蘗之生焉.

少者骨梗 : '경梗'은 마땅히 '경鯁'이 되어야 한다. 『한서·진평전陳平傳』에서 "항왕項王의 골경骨鯁[12] 신하이다"라고 했다. 『한서·두주전杜周

---

11 [교감기] '枿'이 살펴보건대, 『시경·제풍(齊風)』에는 '枿'로 되어 있고 『모시(毛詩)』에는 '蘗'로 되어 있다.

12 골경(骨鯁) : 강직함 또는 강직하여 임금의 허물을 간(諫)하는 충신을 말한다. 직언(直言)을 받아들이기 어려움을 물고기 뼈가 목에 걸린 것에 비유하여 이른 것

傳』에서 "조정의 골경骨鯁의 신하이다"라고 했는데, 그 주註에서 "'경骾'
은 곧 '경鯁'자이다"라고 했다.

梗當作鯁. 陳平傳, 項王骨鯁之臣. 杜周傳, 朝骨骾之臣. 註, 骾卽鯁字.

附之以傾崖礜石 : 『문선』에 실린 사령운의 「석문신영소주운운石門新營
所住云云」에서 "벼랑 기울어 햇빛 머물기 어렵구나"라고 했다. 구희범丘
希範이 「단발어포담旦發漁浦潭」에서 "벼랑 기울어 섬 옆에 있기 어렵네"
라고 했다. 당唐나라 이백은 「기상寄上」에서 "벼랑 기울어 달 둥글기 어
렵네"라고 했다.

文選謝靈運云, 崖傾[13]光難留. 丘希範云, 崖傾嶼難傍. 唐李白云, 崖傾月難圓.

第其曾高昭穆 至于來昆仍雲 : 『이아』에서 "현손玄孫의 자식이 내손來孫
이 되고 내손의 자식이 곤손晜孫이 되며, 곤손의 자식이 잉손仍孫이 되
고 잉손의 자식이 운손雲孫이 된다"라고 했다.

爾雅, 玄孫之子爲來孫, 來孫之子爲晜孫, 晜孫之子爲仍孫, 仍孫之子爲雲孫.

組練十幅 : 『좌전・양공襄公 3년』조에서 "조갑군組甲軍[14] 3백 사람과 피
련군被練軍[15] 3천 명을 거느리게 했다"라고 했는데, 이 글자를 빌려 사

이다.
13 傾 : 중화서국본에는 '頓'으로 되어 있으나, '傾'의 오자이다.
14 조갑군(組甲軍) : 조갑(組甲)은 죽에 옻칠을 하여 조문(組文)을 그린 것으로 군
    사의 장비이다.

용한 것이다. 『문선』에 실린 현휘 사조의 「화복무창등손권고성和伏武昌登孫權故城」에서 "서쪽 공격하여 조련組練을 거두었네"라고 했다.

左傳襄公三年, 帥組甲三百, 被練三千. 此借使其字. 文選謝玄暉詩, 西戡收組練.

蓋陽虎有若之似夫子 市人識之 : '양호陽虎'는 『공자세가』에 보인다. '유약有若'은 『사기·중니제자전仲尼弟子傳』에 보인다.

陽虎見孔子世家. 有若見仲尼弟子傳.

顔回之具體 門人不知 : 『맹자』에서 "자하子夏·자유子游·자장子張은 모두 성인의 한 부분을 가지고 있었고 염우冉牛·민자건閔子騫·안연顔淵은 그 전체를 소유했으나 광대하지 못했다"라고 했다.

孟子云, 子夏子游子張, 皆有聖人之一體, 冉牛閔子顔淵, 則具體而微.

蘇子曰世之工人 或能曲盡其形 至於其理 非高人逸才不能辦 : 이 말은 『동파집』 가운데 있는 「정인원화기淨因院畫記」에 보인다.

此語見東坡集中淨因院畫記.

梓人不以慶賞成虛 : 『장자』에서 "목수 경慶이 큰 나무를 깎아서 악기를 걸어놓는 대[鐻]를 만들었다. 이 거鐻가 완성되자, 그것을 본 사람들

---

15 피련군(被練軍) : 피련(被練)은 누인 베로 만든 전포(戰袍)이다.

은 모두 놀라서 마치 귀신과 같은 솜씨라고 했다. 노魯나라 임금이 보고 "그대는 어떤 기술로 이것을 만들었는가"라 묻자, 경이 대답하길 "신이 장차 거鐻를 만들 때에, 3일간 재계齋戒를 하면 감히 상으로 받는 물건이나 작록爵祿 따위를 마음에 품지 않게 되고, 7일간 재계를 하면 가만히 움직이지 않는 채로 내가 사지四肢와 육체를 가지고 있다는 것조차 잊어버리고 맙니다"라 했다"라고 했다.

莊子云, 梓慶削木爲鐻, 鐻成, 見者驚, 猶鬼神. 魯侯問焉, 對曰, 臣將爲鐻, 必齋三日, 而不敢懷慶賞爵祿, 齋七日, 忘吾有四肢形體也.

痀僂不以萬物易蜩 : 『장자』에서 "공자가 곱사등이 노인이 매미를 마치 물건을 줍는 것처럼 손쉽게 잡는 것을 보았다. 공자가 "재주가 좋군요. 무슨 비결이라도 있습니까"라 물었다. 이에 곱사등이 노인이 "나는 내 몸을 나무 그루터기처럼 웅크리고 비록 천지가 광대하고 만물이 많지만 오직 매미날개만을 알 뿐입니다. 나는 돌아보지도 않고 옆으로 기울지도 않아서 만물 중 어느 것과도 매미날개와 바꾸지 않으니 어찌하여 매미를 잡지 못하겠습니까"라 했다"라고 했다.

莊子云, 仲尼見痀僂者承蜩, 猶掇之也. 仲尼曰, 子巧乎, 有道邪. 曰, 吾處身也, 若橛株拘, 雖萬物之多, 而唯蜩之知, 吾不反不仄, 不以萬物易蜩之翼, 何爲而不得.

禹之喻於水 仲尼之妙於韶 : 『맹자』에서 "만일 지혜로운 자가 우 임금

이 물을 흘러가게 하듯이 한다면, 일삼은 바가 없는 것을 행하게 될 것이다"라고 했다.『논어』에서 "공자가 제齊나라 있으면서 소韶[16] 음악을 듣고 3개월 동안 고기 맛을 알지 못했다"라고 했다. 대개 그 오묘함을 얻었다는 것이다.

　孟子, 智若禹之行水, 行其所無事. 論語, 孔子在齊, 聞韶, 三月不知肉味. 蓋得其妙也.

　若夫燕荆南之無俗氣 : 산곡 황정견이 지은 「도진사묵죽서道臻師墨竹序」에서 "예전 천장각대제天章閣待制 연숙燕肅이 처음으로 생죽生竹을 그렸는데, 초월한 듯 해 유속流俗에서 벗어났었다. 근세 집현교리集賢校理인 문동文同이 마침내 그 변화하는 모습을 완전히 담아내어 그렸다"라고 했다. 곽약허郭若虛의『도화견문록圖畵見聞錄』에서 "연숙燕肅의 자는 목지穆之로, 지위는 용도각직학사龍圖閣直學士이었고 상서예부시랑尙書禮部侍郞으로 치사致仕했다. 산수山水와 찬 숲을 잘 그렸다. 대당사大堂寺에 연숙이 그린 병풍이 있고, 옥당玉堂·형부刑部·경녕방거제景寧坊居第 및 허경許京과 낙경洛京의 사찰에도 모두 연숙이 그린 벽화가 있다. 연숙이 그린 그림이 거의 백 폭이나 되는데, 모두 궁궐에서 거둬 갔기에 세상에 전해지는 것이 거의 없다"라고 했다.

　山谷作道臻師墨竹序云, 往時天章閣待制燕肅, 始作生竹, 超然免於流俗. 近世集賢校理文同, 遂能極其變態. 郭若虛圖畵見聞錄云, 燕肅字穆之, 位龍圖

16　소(韶) : 순 임금의 음악을 말한다.

閣直學士, 以尙書禮部侍郞致仕. 善畫山水寒林. 大堂寺有畫屛風, 玉堂刑部景寧坊居第, 及許洛佛寺, 皆有畫壁. 所畫近百軸, 皆取入禁中, 故世所傳無幾.

庖丁之解牛 進技以道者也 : 『장자』에서 "포정庖丁이 문혜군文惠君을 위해 소를 잡았다. 칼질하는 대로 싹둑싹둑 잘려 나갔는데, 그 음향이 모두 음률에 맞았다. 이에 문혜군이 "기술이 어찌 이런 경지에 이를 수 있는가"라 하자 포정이 칼을 내려놓고 대답하길 "제가 좋아하는 것은 도道인데, 이것은 기술에서 더 나아간 것입니다"라 했다"라고 했다.

莊子, 庖丁爲文惠君解牛, 奏刀騞然, 莫不中音. 文惠君曰, 技蓋至此乎. 庖丁釋刀而對曰, 臣之所好者道也, 進乎技矣.

文湖州之得成竹於胸中 : 동파 소식의 문집 중에 「문여가화언죽기文與可畫偃竹記」에서 대략 다음과 같이 말했다. "대나무를 그릴 대는 반드시 먼저 가슴속에 대나무를 그려 놓고서 붓을 잡고 오랫동안 바라보다가 그리고자 하는 대나무가 보이면 급히 일어나 그것을 따라가면서 붓을 휘둘러 곧장 완성하되, 본 바를 쫓아가기를 마치 토끼가 일어나자마자 송골매가 낙하하여 채어 가듯이 하여야 하니, 조금만 방심하면 그 대나무는 사라지고 만다"

東坡集中文與可畫偃竹記其略云, 畫竹必先得成竹於胸中, 執筆熟視, 乃見其所欲畫者, 急起從之, 振筆直遂, 以追其所見, 如兎起鶻落, 少縱則逝矣.

王會稽之用筆 如印印泥者也:『서계書訣‧묵수墨藪』에 실린 안노공顔魯公이 쓴 「장장사필법張長史筆法」에서 "장장사가 "저하남에게 들으니, 붓을 사용할 때에는 마땅히 인印이 인주에 찍힌 것과 같이 해야 하며, 붓을 들어 글씨를 쓸 때 송곳으로 모래를 긋듯이 해야 한다"라 했다"라고 했다. 애초부터 회계내사會稽內史 일소逸少 왕희지에게서 나온 말이 아니니, 마땅히 고찰해 보아야 한다.

書訣墨藪載顔魯公記張長史筆法云, 長史曰, 聞於褚河南云, 用筆當如印印泥, 錐畫沙. 初不言出於會稽內史王逸少也, 當考.

妙萬物以成象:『주역‧계사繫辭』에서 "신神이란 것은 만물을 묘하게 하는 것을 두고 말한 것이다"라고 했다.

繫辭曰, 神也者, 妙萬物而爲言也.

天不能製其肘 劉子勉旃:『공자가어』에서 "복자천宓子賤이 단보單父의 수령이 되었는데, 사양하고 떠나려 하면서 임금의 측근이 사관史官 두 사람과 함께 가기를 청하였다. 두 사관이 쓸려고 하면 복자천은 사관의 팔뚝을 잡아 끌었기에 사관의 글씨가 좋지 못하자, 이에 사관들은 화를 내었다"라고 했다.『한서‧양온전楊惲傳』에서 "말을 많이 하지 않는 것에 힘써라"라고 했다.

家語云, 宓子賤爲單父宰, 辭去, 請近史二人與俱. 二史書, 子賤製其肘, 書不善, 則怒之. 楊惲傳, 勉旃無多談.

2. 방목정부
放目亭賦

주마승수走馬承受 정군丁君이 관아 동북쪽에 정자를 지었다. 내 벗인 송무종宋楙宗이 그 정자에 대해 안팎 강산의 승경을 다 볼 수 있다고 하면서 그 정자의 이름을 방목放目이라고 했고 검강거사黔江居士가 이를 위해 부賦를 지었다.【산곡 황정견이 소성紹聖 2년 검주黔州에 안치安置되었고 삼 년이 지나 검강黔江으로 자신의 호號를 삼았다. 정군의 관아는 기주夔州에 있다. 살펴보건대, 전집前集에 지명知命에게 준 작품인 「행차무산송무종송절화주온行次巫山宋楙宗送折花厨醞」이라는 작품에서 "무산의 강항영을 불러 얻었으니, 꽃 꽂고 술 마시며 양대를 대하누나"라고 했다. 또한 「송무종기기주오십시宋楙宗寄夔州五十詩」의 세 번째 작품에서는 "무종이 이때에 무산의 수령으로, 정군을 위해 이 부를 지어주었네"라고 했다. 무종楙宗의 이름은 조肇이다】

走馬承受丁君作亭於其廨東北. 吾友宋楙宗以爲盡表裏江山之勝, 名其亭曰放目, 而黔江居士爲之賦.【山谷以紹聖二年安置黔州, 歷三歲, 以黔江自號. 丁君廨當在夔州. 按前集附載知命詩, 有行次巫山宋楙宗送折花厨醞詩云, 喚得巫山强項令, 挿花傾酒對陽臺. 又有宋楙宗寄夔州五十詩三首, 蓋楙宗時宰巫山, 爲丁君求作此賦. 楙宗名肇】

| 放心者逐指而喪背 | 마음을 놓으면 손을 쫓고 등을 잃고 |
| 放口者招尤而速累 | 입이 방자하면 허물 부르고 재앙 재촉한다네. |

自作訛訛	스스로 비방을 불러오며
自增憒憒	스스로 어지러움만 더할 뿐이네.
登高臨遠	높이 올라 멀리 임하여
唯放目可以無悔	맘껏 봐야 후회가 없을 수 있네.
防心以守國之械	나라 지키는 장치로 마음을 방어하고
防口以挈瓶之智	설병의 지혜로 입을 막아야 하네.
以此放目焉	이 방목으로
墨丈尋常而見萬里之外	묵장심상은 물론 만 리 밖도 보아야 하네.

【주석】

放心者逐指而喪背:『맹자』에서 "마음을 놓고서도 구할 줄 모른다"라고 했고 또한 "한 손가락을 기르고 어깨와 등을 잃었다"라고 했다.

孟子, 放心而不知求. 又云, 養其一指, 而失其肩背.

放口者招尤而速累 : 퇴지 한유의 「감이조부感二鳥賦」에서 "다만 허물 부르고 재앙 재촉한다네"라고 했다.

退之感二鳥賦, 祇以招尤而速累.

自作訛訛 :『시경·소민小旻』에서 "서로 화합하고 서로 비방하네"라고 했는데, 그 주에서 "'자자訛訛'는 비방하는 것이다"라고 했다.

詩, 翕翕訛訛. 註, 毀也.

自增憒憒：『장자』에서 "저들이 또한 어찌 어지럽게 하는가"라고 했다. 『세설신어』에서 "왕승王丞이 재상이 되었을 때, 만년에는 다시 일을 살피지 않았다. 그러면서 스스로 탄식하기를 "사람들이 나에게 건성으로 한다고 말을 하지만, 뒷사람들은 나의 이 건성으로 처리하는 것을 그리워할 때가 있을 것이다"라 했다"라고 했다.

莊子, 彼又惡能憒憒然. 世說, 王丞相末年, 不復省事, 自嘆曰, 人言我憒憒, 後人當思此憒憒.

防心以守國之械：『묵자』에서 "공수반公輸般이 구름사다리를 만들어 이로써 송宋나라를 공격하려 했다. 이에 묵자는 허리띠를 풀어 성城을 만들고 문서로 방어 장치를 만들었다. 공수반은 공격하는 무기들을 모두 써버렸지만, 묵자는 성을 방어하는데 견고하고 여유가 있었다"라고 했다.

墨子曰, 公輸般爲雲梯之械, 以攻宋. 墨子解帶爲城, 以牒爲械. 公輸般之攻械盡, 墨子之守固有餘.

防口以挈瓶之智：『좌전』에서 "비록 설병挈瓶[17]의 슬기만 있어도 제가 가진 그릇을 남에게 빌려주지 않는다"라고 했다. 산곡 황정견의 「여일승간與一僧簡」에서 "마음가짐이 성과 같고 입을 막는 것이 병과 같다면

---

17 설병(挈瓶)：병을 이끈다는 것은 물 긷는 자를 말한 것으로 소지(小智)를 비유한 것이다.

반드시 이에 응하는 사람이 있을 것이다"라고 했다.

左傳, 雖有挈瓶之智, 守不假器. 山谷與一僧簡云, 持心如城, 守口如瓶, 必有相應者.

墨丈尋常而見萬里之外：『국어』에서 "그 빛깔을 살피는 것은 묵墨, 장丈, 심尋, 상常의 사이에 불과합니다"라고 했는데, 그 주註에서 "5척이 묵이고 10척이 장이며, 8척이 심이고 16척이 상이다"라고 했다. 『후한서·두융전竇融傳』에서 "천자는 만 리밖도 밝게 봅니다"라고 했다.

國語, 其察色也, 不過墨丈尋常之間. 註, 五尺爲墨, 倍墨爲丈, 八尺爲尋, 倍尋爲常. 後漢竇融傳, 天子明見萬里之外.

1. 계곡 가에서 읊조리다【서문을 덧붙이다】
溪上吟【幷序】

이때 황정견의 나이는 17세였다. ○ 산곡 황정견은 경력慶歷 5년 을
유년에 태어났으니, 가우嘉祐 6년 신축년에는 나이가 17세였다. 살펴
보건대, 황순黃䇕이 작성한 『연보年譜』에 조백산趙伯山의 「중외구사中外舊
事」가 실려 있는데, 거기에서 "산곡 황정견은 젊어서부터 시로 명성이
있었고 섭현葉縣·대명大名·덕주德州·덕평德平에 있을 때, 시가 이미 탁
월해졌다. 뒤에 사사史事로 인해 진유현陳留縣에서 대죄待罪하고 있으면
서 우연히 스스로 『퇴청당시退聽堂詩』를 엮었다. 처음에는 마음에 들지
않는 젊은 시절의 작품을 제거했었다. 소급少汲 호직유胡直孺와 사홍帥洪
건염초建炎初가 함께 산곡 황정견의 시문詩文을 엮어 『예장집豫章集』을 만
들었는데, 낙양洛陽의 주돈유朱敦儒와 산방山房 이동李彤이 편집하고 옥보
玉父 홍염洪炎이 그 일을 도맡아 했다. 그리고는 마침내 『퇴청당
詩』로 단안斷案하였기에, 이전의 좋은 작품들이 수록되지 못하여 앞뒤
가 자못 맞지 않는다. 내[황순]가 일찍이 선인이 "선조인 상서尙書 황숙오
黃叔敖가 일찍이 시문을 엮었고 지금 『가문家問』 가운데, 산곡 황정견이
만년에 쓴 「답서答書」에서 "시문을 오랫동안 베껴 써서 보내고자 했는
데, 또한 스물아홉 글자 중에 스물한 글자 정도가 잘못되어 있어 이를

하지 못하고 있습니다. 다만 엮은 것을 사천師川 서부徐俯가 빌려가진 오래인데도 돌려주지 않아 한스러워, 마침내 근거할 만한 다른 판본에 없습니다"라 했다"라고 했다. 지금 『예장문집』은 홍 씨洪氏가 편차했고 산곡 황정견의 평생 득의한 시문과 일찍이 손수 쓴 작품들이 대부분 『외집外集』에 실려 있다. 내황순가 일찍이 홍 씨洪氏와 이 씨李氏가 예전에 편집한 것을 보니, 홍 씨는 「고풍이수古風二首」를 맨 처음 작품으로 삼아 고부古賦와 초사楚辭는 실지 않았다. 그리고 이 씨가 편찬한 문집은 제1권의 맨 앞에 고부와 초사가 실려 있고 제2권에서야 고시古詩를 실으면서 「별이차옹別李次翁」이란 작품으로 시작했으며, 고풍古風 두 작품은 오히려 권말卷末에 두었다. 『외집』 권5 제목의 앞에 다만 "행역병잡체시行役幷雜體詩"라는 여섯 글자가 있을 뿐, 그 강목綱目에 대해서는 상세하게 설명하지 않았고 다만 고시와 율시만을 구분해 두었다. 그리고 『외집』 끝의 「발문」에서 "이동은 산곡 황정견이 파릉巴陵에서 통성通城으로 가는 길에 황룡산黃龍山에 들어가 청선사淸禪師가 편찬한 『남창집南昌集』을 보았고 스스로 그 속에 있는 작품을 취사선택하여, 옛 구절을 고쳤다라고 들었다. 내[이동]가 뒤에 그 본을 얻어 그것으로 바르게 교정하는데 사용했다. 황정견이 말한 "내 시가 아닌 것인 오십여 편이다"라 했는데, 내가 또한 다른 사람의 문집에 보이는 것을 곧바로 삭제했다"라고 했다. 그러나 자신이 쓰지 않았다고 말한 것을 어찌 감히 버릴 수 있겠는가. 지금 『외집』은 11권에 그쳤지만, 14권이어야 맞다. 또한 제11권 뒤의 「발문」에서 "『전집前集』 안에 있는 「휴정부休亭賦」·「묵희

부墨戯賦」·「백산다부白山茶賦」·「목지빈빈木之彬彬」·「비추悲秋」·「연아演雅」·「차운답왕신중次韻答王愼中」·「제장징거사은거삼수題張澄居士隱居三首」·「제소장기적재사종선사업題少章寄寂齋謝從善司業」·「송혜산천送惠山泉」·「송유사언부복건운판送劉士彦赴福建運判」·「논어단편論語斷篇」이란 작품을 모두 산곡 황정견이 만년에 삭제했는데, 그 취사선택을 여기에 의거했을 뿐이다"라 했다"라고 했다.

時年十七. ○ 山谷生於慶歷五年乙酉, 至嘉祐六年辛丑年十七. 按黃𥌓年譜載趙伯山中外舊事云, 山谷少有詩名, 在葉縣大名德州德平, 詩已卓絕. 後以史事待罪陳留, 偶自編退聽堂詩. 初無意盡去少作. 胡直孺少汲建炎初帥洪, 幷爲山谷類詩文爲豫章集, 命洛陽朱敦儒山房李肜編集, 而洪炎玉父專其事. 遂以退聽爲斷, 以前好詩皆不收, 前後殊低迮. 𥌓嘗聞先人言, 先祖尚書叔敖嘗編類詩文, 今家問中, 山谷晚年答書有云, 詩文久欲令寫寄, 亦爲念九三七書字多誤, 故未能就. 獨恨所編爲徐俯師川久假不歸, 遂無別本可據. 今豫章文集, 卽洪氏所次, 而山谷平生得意之詩及嘗手寫者, 多在外集. 𥌓嘗考洪氏李氏舊編, 洪氏以古風二首爲首, 不及古賦楚辭. 而李氏所編文集, 則第一卷首載古賦楚辭, 第二卷方及古詩, 乃以別李次翁爲首, 而古風二章反實卷末. 至外集第五卷題目之首, 獨注行役幷雜體詩六字, 竟莫詳其綱目, 但分古詩律詩. 而於外集之末跋云, 肜聞山谷自巴陵取道通城, 入黃龍山, 爲清禪師徧閱南昌集, 自有去取, 仍改定舊句. 肜後得本, 用以是正. 其言非予詩者五十餘篇, 肜亦嘗見於他人集中, 輒已除去. 其稱不用者, 安敢棄遺. 今外集十一卷止, 十四卷是也. 又於第十一卷後跋曰, 前集內休亭賦墨戲賦白山茶賦木之彬彬悲秋演雅次韻答王愼中題張澄居士隱居三首題少章寄寂齋謝從善司業送惠山泉送劉士彦赴福建運判, 論語斷篇, 皆山谷晚年刪去, 其去取據此而已.

【서문】봄 산에는 새가 지저귀고 내리던 비가 갓 개었다. 물가의 풀은 훌쩍 자랐고 대나무 가지는 서로 얽혀 그늘을 이루었다. 황자黃子가 못 아래에서 물고기를 보다가 작은 도원桃源으로 봄을 찾아 나섰는데, 계곡에서 놀던 아이와 어린 아이 및 젊은 농부 서너 명이 따라왔다. 차 솥과 술 잔 및 연명 도잠의 시편을 비록 가지고 가자고 말하지 않아도 일찍이 주변 사람이 이것들을 챙기지 않은 적이 없었다. 푸른 물결에 임하여 흰 돌을 쓸면서 도잠의 시 몇 수를 읊조렸다. 그러자 맑은 바람이 나를 위해 내 옷깃에 불어오고 예쁜 새가 내게 술을 권했다. 아득히 얽매이는 바가 없었고 희미하게 보이는 잘 정돈된 곳에 절로 멋진 곳이 있었다. 이에 백련시사白蓮詩社의 사람들이 도잠의 마음을 헤아리지 못한 것이 많았다는 것을 알게 되었다. 술을 과하게 마시었고 또한 더 마셨는데도 그리 취하지 않았다. 대개 보았던 풍경은 필탁畢卓과 유영劉伶의 무리들과 같았지만, 얻은 바는 이 두 사람과 다르다고 스스로 생각하는데, 사람들 또한 자못 이를 알지 못했다. 술이 얼큰하게 취한 채 종이를 가져다가 써서 「계상음溪上吟」을 지었다.

【序】[18] 春山鳥啼, 新雨天霽. 汀草怒長, 竹篠交陰. 黃子觀漁於塘下, 尋春

---

18 【序】: 중화서국본에는 '序'라는 표기는 없지만, 이 부분이 '序文'이기에 번역자가 원주와 구분하기 위해 표시했다.

于小桃源, 從以溪童稚子畦丁三四輩. 茶鼎酒瓢, 淵明詩編, 雖不命戒, 未嘗不取諸左右. 臨滄波, 拂白石, 詠淵明詩數篇. 清風爲我吹衣, 好鳥爲我勸飮. 當其瀏然無所拘係, 而依依規矩準繩之間, 自有佳處. 乃知白蓮社中人, 不達淵明詩意者多矣. 過酒肆則飮, 亦無量也, 然未始甚醉. 蓋其所寓[19]與畢卓劉伶輩同, 而自謂所得與二子異, 人亦殊不[20]能知之也. 酒酣, 得紙, 書之, 爲溪上吟.

【주석】

春山鳥啼 新雨天霽 : 송옥의 「고당부高唐賦」에서 "하늘이 갓 개이어 온 계곡이 모두 보이누나"라고 했다.

宋玉高唐賦, 遇天宇之新霽兮, 觀百谷之俱集.

汀草怒長 : 『장자』에서 "봄비가 때에 맞춰 내리니, 초목이 훌쩍 자란다"라고 했다. 승僧 선환善懽의 시에서 "복사 도리 어지럽게 이미 꽃 피웠고, 죽순 고사리 모두 훌쩍 자랐구나"라고 했다.

莊子, 春雨日時, 草木怒生. 僧善懽詩, 桃李紛已華, 筍蕨俱怒長.

竹篠交陰 : 『시경』에서 "크고 작은 대나무가 이미 두루 퍼졌다"라고 했다. '소篠'는 작은 대나무이다.

書, 篠簜旣敷. 篠, 小竹.

---

19 [교감기] '寓'가 영원본에는 '遇'로 되어 있다.
20 [교감기] '不'이 영원본에는 '未'로 되어 있다.

從以溪童穉子畦丁三四輩：두보의 「구수자적창이驅豎子摘蒼耳」에서 "밭의 젊은이는 힘들다 하소연하네"라고 했다.

杜詩, 畦丁告勞苦.

淸風爲我吹衣 好鳥爲我勸飮：구양수의 「제조제조啼鳥」에서 "꽃은 예쁘게 나를 돌아보고 웃고, 새는 내게 술 권하니 정이 있는 듯"이라고 했다.

歐公詩, 花能嫣然顧我笑, 鳥勸我飮非無情.

乃知白蓮社中人 不達淵明詩意者多矣：'백련사白蓮社'는 여산廬山에 있다. 진晉나라 태원太元 연간에 안문雁門의 정각선사正覺禪師 혜원惠遠이 이 산에 거주하면서 두 못을 파고 흰 연꽃을 심었다. 후에 백련으로 시사詩社의 이름을 정했는데, 이 시사에는 열여덟 명이 있었다. 혜원선사가 연명 도잠을 초대하여 이 시사에 들어오게 했는데, 도잠은 이맛살을 찌푸리고 떠나버렸다.

白蓮社在廬山. 晉太元中, 雁門正覺禪師惠遠卜居此山, 鑿二池, 種白蓮. 後以名其社, 社中合十八人. 遠師招淵明入社, 淵明攢眉而去.

短生無長期	짧은 생애 장수 기약 못하노니
聊假²¹日婆娑	애오라지 날 빌려 즐겁게 노닐리.
出門望高丘	문 나와 높은 언덕 바라보니

21 　[교감기] '假'가 영원본·고본에는 '暇'로 되어 있다.

拱木漫春蘿	한 아름 나무에 봄 넝쿨 우거졌네.
試爲省鬼錄	시험 삼아 귀신의 명부 살펴보니
不飮死者多	술 못 마시고 죽은 사람도 많다네.
安能如南山	어찌 남산처럼 장수하여
千歲保不磨	천년토록 사라지지 않을 수 있을까.
在世崇名節	세상 살 때는 명절을 숭상하여
飄如赴燭蛾	표연히 나방이 촛불 치는 것 같아야 하네.
及汝知悔時	네가 후회할 때가 되면
萬事蓬一窠	모든 일은 쑥대 자란 봉분 되리라.
靑靑陵陂麥	푸르고 푸른 무덤 가의 보리
姸暖亦已花²²	따뜻해져 또한 이미 꽃 피웠네.
長煙淡平川	긴 안개에 너른 냇물은 희미하고
輕風不爲波	가벼운 바람 물결 못 일으키네.
無人按律呂	악기를 연주하는 사람은 없지만
好鳥自和歌	예쁜 새 절로 화답하며 노래하네.
杖藜山²³中歸	지팡이 짚고 산 속에서 돌아오니
牛羊在坡陀	소와 양은 언덕에 있구나.
本自無廊廟	본디 나는 낭묘에 뜻이 없으니

---

22 [교감기] '已花'가 고본에는 '娭嫛'로 되어 있는데, 고본의 의미가 더 낫다. 살펴보
건대, '花'자는 운자에 맞지 않기에, 일단 작품의 주(注)를 따른다.
23 [교감기] '山'에 대해 건륭본에서는 옹방강(翁方綱)이 "다른 판본에는 '田'으로
되어 있다"라고 언급한 것을 인용했다.

政爾樂澗阿	바라는 것은 물가에서 노니는 것이네.
念昔揚子雲	예전 양자운을 생각해 보니
刻意師孟軻	마음을 억제하고 맹자를 스승 삼았지.
狂夫移九鼎	미치광이처럼 구정을 옮기었으며
深巷考四科	깊은 골목에서 사과를 고찰했었지.
亦有好事人	또한 호사가가 있어
時能載酒過	때때로 술 실고 찾아왔다네.
無疑擧爾酒	네 술을 드는 걸 의심하지 마시게
定知我爲何	진정 나를 알아주는 이 누구인가.

【주석】

短生無長期 : 사령운의 「예장행豫章行」에서 "짧은 인생으로 긴 세상 살아가니, 항상 태양이 기우는 것 느끼네"라고 했다. 손작의 「천태부天台賦」에서 "아, 인생은 짧노니, 누가 오래 살아갈 수 있으리오"라고 했다.

謝靈運豫章行, 短生旅長世, 恒覺白日欹. 天台賦, 嗟人生之短期, 孰長年之能執.[24]

聊假日婆娑 : 왕찬의 「등루부登樓賦」에서 "애오라지 날을 빌려 근심 달래네"라고 했는데, 이선李善은 원래 '가일暇日'로 썼으며 그 주註에서

24　天台 (…중략…) 能執 : 이 구절은 응당 육기(陸機)의 「탄서부(嘆逝賦)」인데, 사용(史容)이 작가와 작품명을 잘못 인용했다.

"'가가暇'가 다른 판본에는 '가假'로 되어 있다"라고 했다. 『이소경』에서 "애오라지 날을 빌려 즐겁게 노니네"라고 했는데, 보주補注에서 "안사고顔師古가 "마음이 근심스러우면 해와 달을 끌어와 진실로 노닐면 될 뿐이다"라 했다"라고 했다. 지금 세상에서는 오히려 "석시도일借時度日"이라고 말하니, '가暇'라고 말하는 것은 잘못이다. 『시경 · 국풍 · 완구宛丘』에서 "그 아래에서 노니네"라고 했다.

王粲登樓賦, 聊假日以消憂. 李善本作暇日, 註云, 暇或作假. 離騷經, 聊假日以婾樂. 補注云, 顏師古曰, 中心愁悶, 假延日月, 苟爲娛樂耳. 今俗言猶言借時度日, 言暇者非. 風風宛丘云, 婆娑其下.

拱木漫春蘿 : 『맹자』에서 "한아름의 오동나무와 가래나무"라고 했는데, 그 주註에서 "두 손으로 안는 것을 '공拱'이라 한다"라고 했다. 『좌전』에서 "진 목공秦穆公이 건숙蹇叔에게 "네 무덤 위에 심은 나무가 이미 한 아름은 되었을 것이다"라 했다"라고 했다.

孟子, 拱把之桐梓. 註, 兩手曰拱. 左傳, 秦穆[25]公謂蹇叔, 爾墓之木拱矣.

試爲省鬼錄 : 위 문제魏文帝의 「여오질서與吳質書」에서 "그 성명姓名을 살펴보니 이미 귀신의 명부冥府에 올라있다"라고 했다.

魏文帝與吳質書云, 觀其姓名, 已爲鬼錄.

---

25 穆 : 중화서국본에는 '繆'로 되어 있으나, '穆'의 오자이다.

不飮死者多 : 구양수의 「답성유막음주答聖兪莫飮酒」에서 "예로부터 마시지 않으면 죽지 않은 경우 없네"라고 했다.

歐公詩, 自古不飮無不死.

安能如南山 : 『시경·천보天保』에서 "남산처럼 장수하여"라고 했다.

毛詩, 如南山之壽.

千歲保不磨 : 퇴지 한유의 「송궁문送窮文」에서 "우리는 선생님의 명성을 세워서, 백세 뒤에도 지워지지 않게 하려는 것입니다"라고 했다.

退之送窮文, 吾立子名, 百世不磨.

在世崇名節 飄如赴燭蛾 : 『한서·누호전婁護傳』에서 "논의論議가 항상 명예와 절개에 의지했다"라고 했다. 『문서』에 실린 소경少卿 이릉李陵의 「여소무시與蘇武詩」에서 "명덕을 숭상함에 힘쓰시게"라고 했다. 『남사·부량전傅亮傳』에서 "궁궐에서 숙직을 하고 있는데, 밤에 나방이 날아와 촛불 가에 이르는 것을 보고서는 「감물부感物賦」를 지어 뜻을 부쳤다"라고 했다. 낙천 백거이의 「불여래음주不如來飮酒」에서 "물고기가 문드러지는 것은 미끼를 삼켰기 때문이고, 나방이 타는 것은 등불을 쳤기 때문이네"라고 했다.

漢婁護傳, 論議常依名節. 選詩, 努力崇名德. 南史傅亮傳, 直宿禁中, 覩夜蛾赴燭, 作感物賦以寄意. 白樂天詩, 魚爛綠呑餌, 蛾焦爲撲燈.

萬事蓬一窠 : 태백 이백의 「방도안릉우개환운운訪道安陵遇蓋還云云」에서 "지난 날 만승천자의 무덤도, 오늘 날에는 한 무더기 쑥대밭이 되고 말았구나"라고 했다. 또한 「상류전上留田」에서 "쑥대 자란 봉분封墳[26]은 지금 이미 평평해졌네"라고 했다.

李太白詩, 昔日萬乘墳, 今成一科蓬. 又云, 蓬科馬鬣今已平.

靑靑陵陂麥 姸暖亦已花 :『장자』에서 "유자儒者가『시경』과『예기』를 근거로 하여 남의 무덤을 도굴했다. 소유小儒가 말하기를 "『시경』에도 본디 이르기를, "푸르고도 푸른 보리가 무덤가에서 자라고 있네"라고 했다"라 했다"라고 했다. 두보의 「희청喜晴」에서 "푸릇푸릇한 무덤가 보리, 아리땁게 활짝 핀 도리 꽃"이라고 했다.

莊子, 儒以詩禮發冢. 小儒曰, 詩固有之, 靑靑之麥, 生於陵陂. 老杜詩, 靑熒陵陂麥, 窈窕桃李花.

長煙淡平川 : 맹호연의 시구에서 "옅은 구름에 은하수 희미하네"라고 했다.

孟浩然詩, 微雲淡河漢.

無人按律呂 :『율력지』에서 "양陽 여섯이 율律이 되고 음陰 여섯이 여呂가 된다"라고 했다.

---

26 봉분(封墳) : '마렵(馬鬣)'은 말갈기처럼 된 분묘(墳墓) 형태의 하나이다.

律歷志, 陽六爲律, 陰六爲呂.

好鳥自和歌 : 자건 조식의 「공연公宴」에서 "헤엄치는 물고기는 맑은
물에서 뛰고, 예쁜 새는 높은 가지에서 노래하네"라고 했다.

曹子建詩, 潛魚躍淸波, 好鳥鳴高枝.

杖藜山中歸 :『장자』에서 "원헌原憲이 명아주 지팡이를 짚고 나갔다"
라고 했다.

莊子, 原憲杖藜而出.

本自無廊廟 :『진서·왕희지전王羲之傳』에서 "왕희지가 은호殷浩에게
보답하는 편지에서 "나는 본래 스스로 낭묘廊廟[27]에 뜻이 없다"라 했다"
라고 했다.

王羲之傳, 報殷浩書曰, 吾素無廊廟.

政爾樂澗阿 : 연명 도잠의 「잡시雜詩」에서 "겨울 추위를 막는 데엔 발
이 굵은 베면 족하고, 거친 갈포로 여름 햇볕을 가리면 되네. 바라는
것은 그뿐이거늘 그조차 얻을 수 없으니, 슬프고 또 가슴이 아프구나"
라고 했다.『홍구보시화洪駒父詩話』에서 산곡 황정견이 "연명 도잠의 시
에서 "정뢰고인서政賴古人書"와 "정이불능득政爾不能得" 그리고 "정의위운

---

27   낭묘(廊廟) : 대신들이 정사를 의논하고 집행하는 곳인 묘당(廟堂)을 가리킨다.

거政宜委運去"라는 표현은 모두 당대 쓰던 말인데, 어떤 사람이 이를 고쳐 "상뢰고인서上賴古人書"와 "지이불능득止爾不能得"이라고 하니 대단히 구법句法을 잃은 것이다"라고 했다. 『시경·고반考槃』에서 "시냇가에서 은거하네"[28]·"언덕에서 은거하네"라고 했다.

淵明詩, 御冬足大布, 麤絺以應陽. 政爾不能得, 哀哉亦可傷. 洪駒父詩話稱山谷云, 淵明詩云, 政賴古人書, 政爾不能得, 政宜委運去, 皆當時語, 而或者改作上賴古人書, 止爾不能得, 甚失句法. 詩, 考槃在澗, 考槃在阿.

念昔揚子雲 刻意師孟軻 狂夫移九鼎 深巷考四科 亦有好事人 時能載酒過 無疑學爾酒 定知我爲何 : 양웅揚雄의 자는 자운子雲이다. 『한서·양웅전揚雄傳』의 찬贊에서 "양웅은 3세世의 임금이 바뀌는 동안 벼슬이 옮겨지지 않았다. 왕망王莽이 임금의 자리를 빼앗자, 담론談論하고 유세하는 선비들은 하늘에서 내린 명이라면서 왕망의 공덕을 칭찬해 벼슬을 얻은 자들이 대단히 많았지만, 이때에도 양웅은 제후에 봉해지지 못했다. 그래서 양웅의 집에 오는 사람들이 드물었다. 때때로 호사가들이 술과 안주를 가지고 와 양웅을 좇아 배웠다"라고 했다. '사과四科'는 덕행德行과 언어言語, 정사政事와 문학文學을 말하는데, '사과四科'라는 글자는 『논어정의論語正義』에 보인다. 퇴지 한유의 「귀팽성歸彭城」에서 "술을 만나면 곧바로 진탕 취하노니, 그대가 날 알아주지 않으면 누가 알아주리오"라고 했다. 『장자』에서 "어떤 사람들은 마음을 억제하고 행동을 고

---

28 은거하네 : '고반(考槃)'은 은거하면서 도를 즐기는 것을 말한다.

결하게 하여 속세를 떠나고 세속과 달리 행동한다"라고 했다.

揚雄字子雲. 其贊云, 雄三世不徙官. 及王莽簒位, 談說之士用符命稱功德
獲封爵者甚衆, 雄復不侯. 人希至其門. 時有好事者, 載酒肴, 從游學. 四科謂
德行言語政事文學, 而四科字見論語正義. 退之詩, 遇酒卽酩酊, 君知我爲誰.
莊子云, 刻意尙行, 離世異俗.

2. 청강인【이때 나이 열일곱이었다】
淸江引【時年十七】

江鷗搖蕩荻花秋	강 갈매기 갈대숲에서 푸덕이는 가을
八十漁公百不憂	여든 어부는 모든 일에 근심 않네.
淸曉采蓮來瀶槳	맑은 새벽 연 따서 국을 만들고
夕陽收網更橫舟	석양엔 그물 걷으려 노 젓는다오.
群兒學漁亦不惡	아이들은 물고기 잡이 또한 지칠 줄 모르고
老妻白頭從²⁹此樂	흰머리의 늙은 아내 이를 즐기는구나.
全家醉著篷底眠	온 식구들 취해 초가집에서 잠드니
舟在寒沙夜潮落	찬 모래톱에 배 있고 저녁 물결 빠지네.

【주석】

江鷗搖蕩荻花秋 : 두보의 「구일곡강九日曲江」에서 "국화 술 마실 때 떠
도네"라고 했다. 낙천 백거이의 「비파인琵琶引」에서 "단풍잎 갈대에 가
을은 쓸쓸해라"라고 했다.

老杜詩, 搖蕩菊花期. 樂天詩, 楓葉荻花秋索索.

八十漁公百不憂 : 두보의 「서경이자가徐卿二子歌」에서 "서공이 어떤 일

---

29 [교감기] '從'에 대해 건륭본의 원교(原校)에서 "다른 판본에는 '同'으로 되어 있
다"라고 했다.

에도 근심치 않음을 내 아노라"라고 했다.

　杜詩, 吾知徐公百不憂.

　淸曉采蓮來盪槳 : 『악부』에 「채련곡采蓮曲」이 있다. 두보의 「성서피범

주城西陂泛舟」에서 "작은 배 노를 젓지 않는다면, 많은 술동이에 어찌 샘

같은 물 채울까"라고 했다.

　樂府有采蓮曲. 老杜詩, 不有小舟能盪槳, 百壺那送酒如泉.

　群兒學漁亦不惡 : 『진서・사도온전謝道蘊傳』에서 "왕랑王郞은 일소逸少 왕

희지의 자식으로 나쁘지 않다"라고 했다.

　晉謝道蘊傳, 王郞, 逸少子, 不惡.

　全家醉著篷底眠 : 당唐나라 한악韓偓의 「취착醉着」에서 "고기잡이 늙은

이 취해 자니 부르는 이 없고, 한낮 지나 술 깨니 눈이 배에 가득하네"

라고 했다. 『남당근사南唐近事』에 실린 사허백史虛白의 「은사隱士」에서

"비바람이 지붕 걷어내도, 온 집안 술 취해 모른다오"라고 했다. 두순

학杜荀鶴의 「계흥溪興」에서 "산 비 계곡 바람에 낚싯줄 걷고, 초가집 아

래서 술병 들고 홀로 마시네. 술 취해 자면 부르는 이 없어, 앞개울 흘

러가는 것도 모른다오"라고 했다.

　唐韓偓詩, 漁翁醉著無人喚, 過午醒來雪滿船. 南唐近事史虛白詩, 風雨揭

却屋, 渾家醉不知. 杜荀鶴詩, 山雨溪風卷釣絲, 瓦甌篷底獨斟時. 醉來睡著無

人喚, 流下前溪也不知.

3. 숙부 성모의 「영영천곡」이란 작품에 차운하다

次韻叔父聖謨詠嬰遷谷

鴉舅頗强聒	갈까마귀 자못 시끄럽게 울어대며
僕姑常勃磎	복고와 항상 자리를 다툰다네.
黃鳥懷好音	황조가 멋진 소리로 위로해 주고
秋菊染春衣	가을 국화는 봄옷을 물들이네.
嚶嚶求朋友	지저귀며 벗을 구하노니
憂患同一枝	근심 걱정이 한 가지로구나.
提壺要酤我	제호는 내게 술 사오라 하고
杜宇賦式微	두견은 초라함을 노래한다오.
黃鳥在幽谷	황조가 깊은 골짜기에 있으면서
韜光養羽儀	빛 감추고 우의를 기르누나.
晴風曜桃李	개인 바람에 도리가 활짝 피었으니
言語自知時	말을 스스로 알 때라오.
先生丘中隱	선생은 언덕 가운데 숨어
喬木見雄雌	높은 나무에서 자웅을 본다오.
引子遷綠陰	그대 이끌고 녹음 속으로 들어가
相戒防禍機	서로 재앙의 기미 막을 것 경계하네.
李杜死刀鋸	이두는 칼날에 죽었으며
陳張怨棄遺	진장은 버린 것을 원망했었지.

| 不如聽黃鳥 | 황조의 울음소리 듣는 것만 못하니 |
| 永晝客爭棋 | 긴 낮 동안 길손과 바둑을 둔다오. |

【주석】

鴉舅頗强聒 : 『장자·천하편天下篇』에서 "떠들썩하게 주장하며 그만두지 않았다"라고 했다. 육구몽의 「도래시桃萊詩」에서 "가고 쉼 늘 아구鴉舅의 그림자에 의지하고, 마음 다 잡으며 때로 서고鼠姑의 마음 보노라"라고 했다. 살펴보건대, 『본초강목』에서 "목단牡丹의 다른 이름은 서고鼠姑인데 사용할 때는 속을 제거한다"라고 했다. 이로 미루어본다면, '아구鴉舅' 또한 일종의 초목 이름이어야 마땅하다. 그러나 산곡 황정견은 다만 '아구'라는 글자를 빌려 '갈까마귀[鴉]'를 말했을 뿐이다.

莊子天下篇, 强聒而不舍者也. 陸龜蒙桃萊詩[30]云, 行歇每依鴉舅影, 挑頻時見鼠姑心. 按本草, 牡丹一名鼠姑, 用之去心. 以類推之, 則鴉舅亦當是一種草木之名. 山谷特借鴉舅字以名鴉耳.

僕姑常勃豀 : 구양수의 「화성유춘우和聖俞春雨」에서 "병들었어도 흐리고 갬이 마치 발고勃姑 같음 알겠어라"라고 했고 또한 「명구鳴鳩」에서 "하늘 비 그치자 비둘기 울고, 아낙네 돌아오자 지저귀며 기뻐하네"라고 했다. '발고勃姑'와 '복고僕姑'는 모두 비둘기이다. 원장元章 미불米芾의

---

30 [교감기] '桃萊詩'가 『전당시(全唐詩)』에는 「우철야소기습미유작(偶掇野蔬寄襲美有作)」으로 되어 있다.

『화사畫史』에서도 또한 '발구勃鳩'라고 했다. 『장자』에서 "방 안에 공간이 없으면 며느리와 시어미가 서로 다투게 되듯이"라고 했는데, 그 주注에서 "'발계勃磎'는 서로 다툰다는 것이다"라고 했다.

歐陽公詩云, 病識陰晴似勃姑. 又云, 天雨止鳩呼, 婦還鳴且喜. 勃姑僕姑, 皆鳩也. 米元章畫史又稱勃鳩. 莊子曰, 室無空虛, 則婦姑勃磎, 注, 勃磎, 爭處也.

黃鳥懷好音 : 『시경 · 주남 · 갈담葛覃』에서 "황조가 날아오네"라고 했는데, 그 주注에서 "'황조'는 '박서摶黍'[31]이다"라고 했다. 육기陸璣의 소疏에서 "황조는 황리류黃鸝留이며 혹은 황속류黃粟留라고 하는데, 유주幽州 사람들은 황앵黃鶯 혹은 창경倉庚, 혹은 상경商庚, 혹은 여황鵹黃, 혹은 초작楚雀이라고 하며, 제齊 땅 사람들은 박서摶黍라고 한다"라고 했다. 『시경 · 패풍 · 개풍凱風』에서 "꾀꼬리 쟁반에 옥 구르듯, 그 소리가 좋건만"이라고 했다. 『시경 · 회풍 · 비풍匪風』에서 "좋은 소리로 그를 위로해줄 텐데"라고 했다.

周南葛覃云, 黃鳥于飛. 注, 摶黍也. 陸璣疏云, 黃鳥, 黃鸝留也, 或謂之黃粟留, 幽州人謂之黃鶯, 一名倉庚, 一名商庚, 一名鵹黃, 一名楚雀, 齊人謂之摶黍. 邶國風凱風云, 睍睆黃鳥, 載好其音. 檜[32]國風匪風云, 懷之好音.

31　박서(摶黍) : 황조(黃鳥) 즉, 꾀꼬리의 별칭이다.
32　[교감기] '檜'가 저본에는 '陳'으로 잘못되어 있다. 『모시정의(毛詩正義)』와 전본에 따라 고친다.

秋菊染春衣 : 『서경잡기』에서 "황곡黃鵠이 태액지太液池에 날아오자, 황제가 노래하길 "황곡이 날아와서 건장궁建章宮에 앉음이여, 금으로다 윗옷 해 입고 국화로다 치마 해 입었네"라 했다"라고 했다. 태백 이백의 「대붕부大鵬賦」에서 "어찌 저 봉래蓬萊의 황곡黃鵠의 금빛 윗옷과 국화 치마를 자랑하는 것에 견줄 수 있으랴"라고 했다.

西京雜記, 黃鵠下太液池, 上爲歌曰, 黃鵠飛兮下建章, 金爲衣兮菊爲裳. 太白大鵬賦, 豈比夫蓬萊之黃鵠, 誇金衣與菊裳.

嚶嚶求朋友 : 『시경·소아·벌목伐木』에서 "쩡쩡 나무를 베거늘, 삑삑 새가 우는구나"라고 했고 또한 『시경·소아·벌목伐木』에서 "삑삑 우는 새 소리, 벗을 구하는 소리로세"라고 했다.

小雅云, 伐木丁丁, 鳥鳴嚶嚶. 又云, 嚶其鳴矣, 求其友聲.

憂患同一枝 : 『장자·소요편逍遙篇』에서 "뱁새가 깊은 숲에 보금자리 만드는 데는 나무 한 가지에 불과하다"라고 했다.

莊子逍遙篇, 鷦鷯巢於深林, 不過一枝.

提壺要酤我 杜宇賦式微 : 성유 매요신의 「사금언四禽言·자규子規」에서 "돌아가는 것만 못하니, 봄 산이 이미 저물었다네"라고 했다. 또한 「사금언四禽言·제호提壺」에서 "호리병을 들고 맛있는 술을 사자"라고 했다. '자규子規'의 다른 이름은 두견杜鵑이다. 『촉왕본기』에서 "두우杜宇는 망

제望帝이니, 망제가 죽어 변하여 이 새가 되었다"라고 했다. 『시경 · 벌목伐木』에서 "술이 있으면 술을 거르고, 술이 없으며 술을 사온다"라고 했다. 『시경 · 패풍 · 식미式微』에서 "초라하고 초라하거늘, 어찌 돌아가지 않는가"라고 했다.

梅聖俞四禽言子規云, 不如歸去, 春山云暮. 提壺云, 提壺蘆, 沽美酒. 子規一名杜鵑. 蜀王本紀, 杜宇爲望帝, 亡去, 化爲此鳥. 伐木云, 有酒湑我, 無酒酤我. 邶[33]國風, 式微式微, 胡不歸.

黃鳥在幽谷 : 『시경 · 벌목伐木』에서 "깊은 골짜기에서 나왔네"라고 했다.

詩, 出自幽谷.

韜光養羽儀 : 혜강의 「혜중산嵇中散」에서 "신령스런 봉황 두 날개 휘젓네"라고 했다. 『주역』에서 "기러기가 공중에 점진漸進함이니, 그 깃이 의법儀法이 될 만하다"라고 했다.

嵇康詩, 靈鳳振羽儀. 易曰, 鴻漸于陸, 其羽可用爲儀.

晴風曜桃李 : 퇴지 한유의 「기노동寄盧仝」에서 "우연히 밝은 달에 도리 빛나는 것 보았네"라고 했다.

退之寄盧仝詩云, 偶逢明月曜桃李.

---

33 [교감기] '邶'가 저본에는 '衛'로 잘못되어 있다. 『모시정의(毛詩正義)』와 전본에 따라 고친다.

相戒防禍機 : 『문선』에 실린 명원 포조의 「고열행苦熱行」에서 "산 몸뚱이로 죽음의 땅 밟고, 왕성한 의지로 재앙 그물에 오르네"라고 했는데, 이선李善이 주注에서 『장자』의 "활 틀에 건 화살과 같이 튕겨나가는 것 같다"[34]라고 했다. 사마표司馬彪가 "재앙과 패망이 오는 것이 활 틀에 건 화살이 튕겨나가는 것과 같다"라고 했다. 반고의 『전한서 · 서전敍傳』에서 "재앙이 마치 활 틀에 건 화살이 튕겨나가는 것 같다"라고 했다.

文選鮑明遠苦熱行, 生軀蹈死地, 昌志登禍機. 李善注引莊子曰, 其發若機括. 司馬彪曰, 禍敗之來若機括之發. 班固漢書述曰, 禍如發機.

李杜死刀鋸 : 후한後漢의 이고李固와 두교杜喬는 모두 양기梁冀에게 재앙을 입어 감옥에서 죽었다. 이응李膺과 두밀杜密은 당고黨錮에 걸려 죽었는데, 그 당시 사람들이 또한 '이두李杜'라고 칭했다.

後漢李固杜喬皆爲梁冀所害, 死獄中. 李膺杜密死於黨錮, 時人亦稱李杜焉.

陳張怨棄遺 : 전한前漢의 장이張耳와 진여陳餘는 서로 문경지교刎頸之交를 맺었다. 뒷날 둘 사이에 틈이 생겼고 진여가 조趙나라의 재상이 되었는데, 한漢나라에서 장이와 한신韓信을 보내어 조나라를 격파하고 진여의 목을 베었다. 『시경 · 곡풍谷風』에서 "편안해지고 즐거울만하니, 날 버

---

34 활 (…중략…) 같다 : '기발약기괄(其發若機栝)'은 그 움직임이 마치 쇠뇌의 오늬처럼 빠르다는 말이다. '기괄(機栝)'은 쇠뇌의 오늬(화살의 머리를 활시위에 끼도록 에어 낸 부분)로 여기서는 모질게 튀어나가는 모습을 나타낸다.

리기를 잊은 듯하구나"라고 했다.

前漢張耳陳餘相與爲刎頸交. 後有隙, 餘相趙, 漢遣耳與韓信破趙, 斬餘.

詩, 將安將樂, 如遺.

4. 십구 숙부 대원의 작품에 차운하다
次韻十九叔父臺源

황순黃㽦이 작성한 『연보年譜』에서 "산곡 황정견 숙부의 휘는 양襄, 자는 성모聖謨, 자호는 대원선생臺源先生이다"라고 했다. 이 몇 편의 시작품은 모두 집안사람들이 마을에 모여 살 때 지은 것이다. 무릇 여러 숙부와 형제가 서로 시를 지어 읊조리고 이에 수창하면서 세월 가는 것에 구애 받지 않았으니, 모두 젊은 시절 고을에 거처할 때 지은 작품 속에 둔다.

黃氏年譜, 山谷叔父諱襄, 字聖謨. 自號臺源先生. 此數詩, 皆是聚族居鄕日所作, 凡諸父昆弟相與題詠, 賡唱, 不可繫以歲月者, 悉附于早年鄕居之時.

聞道臺源[35]境	듣자니, 도원이 사는 곳
鋤荒三徑通	잡초 호미질 해 삼경이 통했다네.
人曾夢蟻穴	사람들 일찍이 개미구멍 꿈을 꾸나
鶴亦怕雞籠	학도 또한 닭장을 두려워한다오.
萬壑秋聲別	온 골짜기에서 가을 소리 떠나고
千江月體同	모든 강에는 달의 모습 똑 같다네.
須知有一路	모름지기 알아야 하리, 한 길 있노니
不在白雲中	흰 구름 사이에 있지는 않다오.

---

35 [교감기] '臺源'이 영원본에는 '桃源'으로 되어 있다.

【주석】

鋤荒三徑通 : 연명 도잠의 「귀거래사歸去來辭」에서 "세 갈래 길 이미 황폐해졌지만, 소나무 국화는 여전히 있네"라고 했다. 두보의 「추야秋野」에서 "접시꽃 황폐해져 절로 호미질 하고 싶네"라고 했다.

陶淵明歸去來辭, 三徑就荒, 松菊猶存. 杜詩, 葵荒欲自鋤.

人曾夢蟻穴 : 상세한 것은 뒤에 실려 있는 「숙관음원宿觀音院」이란 작품의 주注에 보이는데, 『이문집異聞集』에 실린 순우분淳于棼이 꿈에 괴안국槐安國에 들어갔다는 고사를 이용했다.[36]

---

36 『이문집(異聞集)』에 (…중략…) 이용했다 : 『이문집(異聞集)』에서 "순우분(淳于棼)이 병이 났는데, 꿈에 두 사자(使者)를 보았다. 그 두 사자는 순우분을 데리고 집의 남쪽에 있는 오래된 홰나무 구멍 속으로 들어갔다. 앞쪽으로 수십 리를 가니 큰 성이 있었고 문루(門樓)에 "대괴안국(大槐安國)"이라고 쓰여 있었다. 괴안국의 왕은 자신이 딸 요방(瑤芳)을 순우분의 아내로 삼게 했으며, 순우분을 남가군수(南柯郡守)로 삼았다. 순우분은 그 고을을 이십 년 동안 다스렸는데, 단라국(檀蘿國)이 침범해 왔고 왕의 명으로 인해 순우분이 가서 토벌했으나 패하고 말았다. 순우분의 아내가 병으로 죽자, 왕은 순우분에게 "잠시 고향으로 돌아가는 것이 좋겠네"라 했다. 이에 순우분이 수레에 올라 길을 갔는데, 잠시 후 하나의 구멍을 빠져나오자 고향 마을이 보였다. 그 문으로 들어가 보니 자신의 몸이 처마 아래 누워 있는 것이 보였다. 이에 처음처럼 잠에서 깨어났다. 꿈속에 한 순간이 마치 일생을 보낸 듯하여, 드디어 두 객을 불러, 옛 홰나무 아래 구멍을 찾아보았다. 큰 구멍을 보니 훤히 뚫려 있고 흙이 쌓여 있었는데 성곽이나 대전의 모습이었다. 개미 몇 곡(斛)이 그 가운데 숨어서 모여 있었다. 가운데에 작은 누대가 있었고 두 마리의 큰 개미가 거기에 거처했는데, 곧 괴안국의 도읍이었다. 또 다른 구멍 하나를 파고 들어가 곧장 남쪽 가지 위로 오르니 또한 토성의 작은 누대가 있었으니, 이것이 바로 남가군이다. 집에서 동쪽으로 1리쯤 가니, 계곡 옆에 큰 박달나무가 있었고 등나무 넝쿨이 박달나무를 칭칭 감고 있었다. 그 옆에는 개미굴이 있었으니, 이것이 단라국이 아니겠는가"라고 했다.

詳見後宿觀音院詩注, 用異聞集淳于棼夢入槐安國事.

鶴亦怕雞籠 : 진晉나라 혜소嵇紹의 '학처계군鶴處雞群'의 의미를 이용한
것이다. 이백의 「송조사서送趙四序」에서 "조소옹趙少翁을 또한 닭처럼 학
처럼 울에 가둔다고 해도 난봉鸞鳳을 궁핍하게 하거나 얽어매기에는 충
분하지 않을 뿐이다"라고 했다.

用晉嵇紹鶴處雞群之意. 李白送趙四序, 趙少翁亦雞栖鶴籠, 不足以窘束鸞
鳳耳.

萬壑秋聲別 千江月體同 : 『심주도장의心珠道場儀』에서 "모든 강에 달은
하나요, 온갖 집은 모두 봄이로세"라고 했다. 이로써 빈두賓頭의 존자尊
者를 천하에서 응당 떠받든다고 말한 것이다. 형공 왕안석의 「기몽記夢」
에서 "달이 저물어 천강의 모습 분별 안 되고, 도인은 세상사람 가운데
는 없어라"라고 했다.

心珠道場儀, 千江同一月, 萬戶盡皆春. 以言賓頭尊者應四天下供. 王荊公
詩, 月[37]入千不分, 道人非復世間人.

37　月 : 중화서국본에는 '日'로 되어 있으나, '月'의 오자이다.

5. 숙부의 조정

叔父釣亭

檻外溪風拂面凉	난간 너머 계곡 바람 시원하게 불어오니
四圍春草自鋤荒	사방 둘러싼 봄풀을 스스로 호미질 하네.
陸沉霜髮爲鉤直	은거하며 흰머리로 낚시 바늘 폈는데
柳貫錦鱗緣餌香	버들에 꿴 물고기는 미끼 향기 때문이네.
影落華亭千尺月	화정에 천 척의 달그림자 떨어지고
夢通岐下六州王	꿈에 기하의 여섯 고을 왕 만났다네.
麒麟臥笑功名骨	기린 넘어져 공명의 뼈대 웃노니
不道山林日月長	산림에서의 세월 유장하다 말 마시게.

【주석】

四圍春草自鋤荒 : 두보의 「봉수엄공기야정지작奉酬嚴公寄野亭之作」에서 "풀이 얽어 길 뒤덮으니 호미질 시켜야지"라고 했다. 또한 「추야秋野」에서 "접시꽃 황폐해져 절로 호미질 하고 싶네"라고 했다.

杜詩, 草茅無徑欲自鋤. 又云, 葵荒欲自鋤.

陸沉霜髮爲鉤直 : 『사기 · 골계전滑稽傳』에서 "동방삭이 "세속에 묻혀 살면서, 세상을 금마문金馬門에서 피하네"라는 노래를 했다"라고 했다. 『초사』에서 "바늘 바르게 펴서 낚시 바늘로 삼으니, 어떤 물고기 잡을

수 있겠는가"라고 했다. 노동盧仝의 「직구음直鉤吟」에서 "사람들 낚시 바늘 굽히지만, 나는 낚시 바늘 곧게 펴니, 아, 내 낚시 바늘에는 도리에 미끼도 없다네"라고 했다.

史記滑稽傳, 東方朔歌曰, 陸沉於俗, 避世金馬門. 楚辭曰, 以直針而爲鉤, 維何魚之能得. 盧仝詩, 人鉤曲, 我鉤直, 嗟哉我鉤反無食.

柳貫錦鱗緣餌香 : 「석고문石鼓文」에서 "그 생선은 무엇인가, 연어와 잉어라네. 무엇으로 꿸 것인가, 버드나무 줄기라네"라고 했다. 『여씨춘추』에서 "낚시 잘하는 사람이 열길 물속에서도 물고기를 낚는 것은 미끼가 달기 때문이다"라고 했다. 문공 한유의 「독작獨釣」에서 "새는 사람 없는 걸 보고 내려앉고, 물고기는 미끼 향기 맡고 온다네"라고 했다.

石鼓文, 其魚維何, 維鱮與鯉. 何以貫之, 維楊與柳. 呂氏春秋, 善釣者, 漁于十仞之下, 餌香也. 韓文公詩, 鳥下見人寂, 魚來聞餌香.

影落華亭千尺月 : 동파 소식의 「답문여가答文與可」에서 "세상에 또한 천 길이나 되는 대나무가 있어, 달 진 빈 뜰에 그림자 길게 드리우네"라고 했다. 자세한 것은 문집文集中에 있는 「운당곡언죽기篔簹谷偃竹記」에 보인다.

東坡答文與可詩云, 世間亦有千尋竹, 月落庭空影許長. 詳見集中篔簹谷偃竹記.

夢通岐下六州王 : 강태공이 위수渭水의 물가에서 낚시를 하고 있다가 문왕文王을 만났다. 『제왕세기帝王世紀』에서 "제후로 주周나라에 귀의한 것이 여섯 주州였는데, 문왕文王은 신하의 절개를 잃지 않아 여섯 주의 제후를 모아 주紂에게 조회했다"라고 했다. 『모시정의·부이芣苢』에서 "문왕文王이 여섯 주州를 평정했고 무왕武王은 천하를 평정했다"라고 했다. 『사기·주기周紀』에서 "기하岐下로부터 풍豊으로 옮겨와 천도했다"라고 했다.

太公釣於渭濱, 而遇文王. 帝王世紀曰, 諸侯歸周者六州, 文王不失臣節, 合六州之諸侯以朝紂. 毛詩芣苢正義曰, 文王平六州, 武王平天下. 史記周紀曰, 自岐下而徒都豊.

麒麟臥笑功名骨 : 두보의 「곡강曲江」에서 "강가 작은 정자에 비췻새가 둥지를 틀고, 부용원 옆 높은 무덤엔 기린 석상 누워 있네"라고 했다. 형공 왕안석의 「장차상주將次相州」에서 "개미 돌아가 농단은 텅 비었고, 기린 묻힌 지 얼마나 되었나. 공명으로 세상 덮은 것 누가 알까, 기력이 하늘로 돌아가 쉬게 되었네"라고 했다. 강서종파江西宗派의 승僧 선권善權의 작품에 보이는 "그대 보니 공명의 뼈대 있는데, 천 년 후엔 옛 무덤이 되리라"라 한 구절을 이용했다.

杜詩, 江上小堂巢翡翠, 苑邊高塚臥麒麟. 王荊公詩, 螻蟻往還空壟斷, 麒麟埋沒幾春秋. 功名蓋世知誰是, 氣力回天到此休. 江西宗派善權用詩, 君看功名骨, 千載同古丘.

不道山林日月長 : 낙천 백거이의 「봉화배령공신성오교장록야당즉사
奉和裴令公新成午橋庄綠野堂卽事」에서 "멀리 있어 세상 먼지 적어, 한가로움
가운데 세월이 유장해라"라고 했다.

白樂天詩, 遠處塵埃少, 閑中日月長.

6. 암벽 아래에서 맘껏 읊조리다. 5수

巖下放言. 五首

『문선文選』에 사형 육기의 「연주連珠」 50수가 있는데, 산곡 황정견이 그 체제를 모방하면서 그 이름을 고쳐 '방언放言'이라 했다. 『문선』의 주註에서 "'연주連珠'[38]는 뭇 사물에 의탁해서 뜻을 펼쳐, 이로써 풍유諷諭의 방식을 통하게 했다. 한漢나라 장제章帝 때에 반고班固와 고규賈逵가 이미 이런 작품을 지었다"라고 했다. 당唐 미지 원진元稹 또한 「방언」의 시작품을 지었는데, 낙천 백거이가 그 서序에서 "원진이 강릉江陵에 있을 때, 「방언」 장구長句 다섯 수를 지었는데, 그 시운詩韻이 높고 체제와 율격을 갖추었으며, 시의詩意는 예스러우나 시어詩語는 참신하다"라고 했다.

文選陸士衡有連珠五十首, 山谷效其體, 而更其名曰放言也. 文選註云, 連珠者, 假託衆物陳義,[39] 以通[40]諷諭之道,[41] 漢章帝時, 班固賈逵已有此作. 唐元微之亦有放言詩, 白樂天序曰, 元九在江陵時, 有放言長句詩五首, 韻高而體律, 意古而詞新.

---

38 연주(連珠) : '연'은 꿰뚫는 것[貫]으로, 그 정리(情理)를 꿰뚫는 것이 마치 구슬을 꿰뚫는 것과 같다는 의미이다.

39 [교감기] '衆物' 아래 '陳義' 2글자가 빠져 있었는데, 『육신주문선(六臣注文選)』 장선(張銑)의 주(注)에 따라 보충한다.

40 [교감기] '以' 아래 '通'자가 빠져 있었는데, 『육신주문선(六臣注文選)』 장선(張銑)의 주(注)에 따라 보충한다.

41 [교감기] '諷諭' 아래 '之道' 2글자가 빠져 있었는데, 『육신주문선(六臣注文選)』 장선(張銑)의 주(注)에 따라 보충한다.

6-1. 조대釣臺

林居野處	숲과 들판에 거처하면서도
而貫萬事	모든 일 다 아네.
花落鳥啼	꽃 지고 새 울며
而成四時	사시가 이루어진다네.
物有才德	재덕을 갖춘 사물도 있고
水爲官師	물은 관사가 된다네.
空明湛群木之影	공명을 나무의 그림자 아래에서 즐기고
搏擊下諸峯之巘	공격하러 여러 산봉우리 꼭대기에서 내려오네.
游魚淨[42]而知機	헤엄치는 물고기 고요히 보면 그 기미 아니
君子樂而忘歸	군자는 즐기며 돌아가는 걸 잊네.

【주석】

林居野處 而貫萬事 : 퇴지 한유의 「송이원귀반곡서送李愿歸盤谷序」에서 "궁벽한 곳에 거처하고 들판에 살면서, 높은 곳에 올라 멀리 바라다보리"라고 했다.

韓退之送李愿歸盤谷序, 窮居而野處, 升高而望遠.

花落鳥啼 : 『양태진외전楊太眞外傳』에서 "명황明皇이 "새 울고 꽃 지며, 물과 산은 푸르네"라 했다"라고 했다.

---

42 [교감기] '淨'이 전본에는 '靜'으로 되어 있다.

楊太眞傳, 明皇云, 鳥啼花落, 水綠山靑.

而成四時 : 『서경·요전堯典』에서 "윤월閏月을 두어야 사시四時의 한 해가 정해진다"라고 했다.

堯典, 以閏月定四時成歳.

物有才德 : 나무에도 재목이 아닌 것이 있고[43] 천리마는 그 덕을 이른다[44]는 것이 이러한 부류이다.

木有不材, 驥稱其德, 若此類也.

---

43 나무에도 (…중략…) 있고 : 『장자·인간세(人間世)』에 "장석이 제나라로 가다가 곡원에 이르러 신사(神社)의 상징으로 심은 상수리나무를 보았다. 그 크기는 수천 마리의 소를 가릴 정도였으며, 굵기는 재어보니 백 아름이나 되었고, 높이는 산을 내려다볼 정도였으며, 여든 자쯤 되는 데서 가지가 나와 있었는데 배를 만들 수 있을 정도의 것도 수십 개나 되었다. 옆에서 구경하는 사람이 시장처럼 많았으나 장석은 돌아보지 않더니 마침내 그곳을 떠나면서 발걸음을 멈추지 않았다. (…중략…) 말하기를 "쓸모없는 나무이다. 이것으로 배를 만들면 가라앉고 널을 짜면 곧 썩을 것이며, 기물을 만들면 곧 망가지고 문을 만들면 진이 흐를 것이며, 기둥을 만들면 좀이 생길 것이다. 이것은 재목이 되지 못하는 나무이다. 아무 소용도 없기 때문에 이처럼 오래 살 수 있었던 것이다"라 했다[匠石之齊, 至於曲轅, 見櫟社樹. 其大蔽牛, 絜之百圍, 其高臨山, 千仞而後有枝, 其可以爲舟者, 旁十數. 觀者如市, 匠伯不顧, 遂行不輟. (…중략…) 散木也, 以爲舟則沈, 以爲棺槨則速腐, 以爲器則速毀, 以爲門戶則液樠, 以爲柱則蠹, 是不材之木也. 無所可用, 故能若是之壽]"라고 한 내용이 보인다.
44 천리마는 (…중략…) 이른다 : 『논어·헌문(憲問)』에 "공자가 이르길 "준마는 그 힘이 센 것을 일컫는 게 아니라, 그 덕이 있는 것을 일컫는 것이다"라 했다[子曰, 驥不稱其力, 稱其德也]"라고 한 내용이 보인다.

水爲官師: 『서경·윤정胤征』에서 "관사官師[45]들은 서로 바로잡고, 백공百工은 각자 맡은 기예技藝의 일을 가지고 임금을 간하라"라고 했다. 관사는 마치 물처럼 서로 바로 잡아주는 의리가 있다는 말이다. 『순자』에서 "공자가 동쪽으로 흐르는 물을 보고 있자, 자공子貢이 공자에게 묻길, "큰물을 보면 반드시 바라보는 것은 어째서입니까"라 했다. 공자가 "무릇 물은 부드러우면서 하지 않는 일이 없기에 덕德과 같고 넓고 넓어 다하는 때가 없으니 도道가 있는 것과 같다. 백 길이나 되는 골짜기를 만나도 두려워하지 않으니 용勇과 같고 양이 차면 반드시 평평하게 되니 법法과 같다. 가득 차더라도 평평하게 되기를 구하지 않으니 정正과 같고 발원하면 반드시 동쪽을 향하는 것은 지志와 같다. 이 때문에 군자는 큰물을 보면 반드시 바라보는 것이다"라 했다"라고 했다. 『예기·대대례大戴禮』 및 『공자가어』에도 모두 이 구절이 실려 있다.

書云, 官師相規, 工執藝事以諫. 言水如官師, 有相規正之義也. 荀子曰, 孔子觀於東流之水, 子貢問於孔子, 所以見大水必觀焉, 何也. 孔子曰, 夫水柔而無爲也, 似德. 其浩浩乎不屈, 似有道. 其赴百仞之谷不懼, 似勇. 主量必平, 似法. 盈不求槩, 似正. 發源必東, 似志. 是以君子見大水必觀焉. 大戴禮及家語皆有此段.

空明湛群木之影: 퇴지 한유의 「제이사군문祭李使君文」에서 "북호의 광활하고 깨끗한 곳으로 배 저어 가네"라고 했다.

---

45 관사(官師): 직위가 낮은 관리를 말한다.

退之祭李使君文, 航北湖之空明.

搏擊下諸峯之巘 : 매[鷹隼]와 같은 것을 말한다.

言鷹隼之屬.

6-2. 지정池亭

水嬉者游魚	물놀이 즐거운 건 물고기 노닐기 때문이고
林樂者啼鳥	숲 즐거운 것은 새가 노래하기 때문이네.
志士仁人觀其大	지사 인인에게서 그 큰 것을 살펴보고
薪翁筍婦利其小	땔나무 하는 늙은이 통발의 부인에게
	그 작은 것 이롭네.
有美一人	아름다운 사람 한 명 있으면서
獨燕居萬物之表	홀로 만물의 밖에서 편안히 거처하누나.

【주석】

水嬉者游魚 林樂者啼鳥 : 『문선』에 실린 장형의 「서경부西京賦」에서 "뱃사공에게 물놀이 하자고 명했네"라고 했다. 『장자・천운편天運篇』에서 "숲은 즐겁지만 즐겁게 하는 것의 형체는 보이지 않네"[46]라고 했다.

---

46   숲은 (…중략…) 없네 : '임락이무형(林樂而無形)'은 모두 크게 즐거워하면서도 그렇게 만든 음악의 모습은 보이지 않는다는 것이다.

두보의「추야秋野」에서 "물이 깊어야 물고기 대단히 즐겁고, 숲 무성해야 새 돌아올 줄 아네"라고 했다.

文選西京賦, 命舟牧爲水嬉. 莊子天運篇, 林樂而無形. 杜詩, 水深魚極樂, 林茂鳥知歸.

志士仁人觀其大 : 『논어·위령공衛靈公』에서 "지사志士와 인인仁人은 삶을 구하느라 인仁을 해치지 않는다"라고 했다.

論語, 志士仁人, 無求生以害仁.

薪翁筍婦利其小 : 『시경·어려魚麗』에서 "물고기가 통발에 걸렸네"라고 했는데, 『모시毛詩』에서 "과부의 통발이다"라고 했다.

詩, 魚麗于罶. 毛云, 寡婦之筍也.

有美一人 : 『시경·야유만초野有蔓草』에서 "아름다운 한 사람, 맑고 넓은 게 예쁘구나"라고 했다.

詩野有蔓草, 有美一人, 淸揚婉兮.

6-3. 관오대冠鼇臺

| 石生涯于寒藤 | 돌은 찬 등나무 옆에 서 있고 |
| 藤耇造于崖樹 | 등나무는 벼랑 나무 가에서 늙었네. |

鼇揷翼而成鵬	거북이 날개 꽂아 붕새가 되었는데
隘六合而未翥	육합이 좁아 날아오르지 못한 듯.
我來兮自東	내가 동쪽에서 오면서
攀桂枝兮容與	계수나무 부여잡고 머뭇거렸네.
倚嵌巖兮顧同來	암벽에 기대 함께 온 이들 돌아보고
謂公等其皆去	그대들은 모두 가시게나.

【주석】

藤耉造于崖樹 : 『서경·군석君奭』에서 "노성한 원로의 덕이 장차 내려지지 않으면"이라고 했다. '구耉'는 '노老'이고 '조造'는 '성成'이다.

書, 耉造德不降. 耉, 老. 造, 成也.

鼇揷翼而成鵬 : 『열자』에서 "귀허歸墟 가운데 다섯 산이 있는데, 황제가 큰 거북이 열다섯 마리로 하여금 지고 있게 했다"라고 했다. 또한 『장자』에 보이는 곤鯤이 변해 붕鵬이 되었다는 의미를 사용했다.[47]

列子, 歸墟中有五山, 帝使巨鼇十五戴之. 且用莊子鯤化爲鵬之意.

隘六合而未翥 : 『문선』에 실린 자건 조식의 「칠계七啓」에서 "마치 육합六合이 협소하고 구주九州가 좁은 듯"이라고 했다.

---

47 『장자』에 (…중략…) 사용했다 : 『장자』에서 "곤(鯤)이 변해 붕(鵬)이 되었다[鯤化爲鵬之]"라고 했다.

文選曹子建七啓云, 若狹六合而隘九州.

我來兮自東:『시경·빈풍·동산東山』에서 "내가 동쪽에서 오는데, 가랑비에 흐릿했네"라고 했다.

豳風東山云, 我來自東, 零雨其濛.

攀桂枝兮容與:『초사·구가九歌』에서 "애오라지 소유하며 머뭇거리네"라고 했다. 『초사·초은사招隱士』에서 "계수나무 부여잡고 올라 애오라지 머뭇거리네"라고 했다.

九歌云, 聊逍遙兮容與. 招隱士云, 攀援桂枝聊淹留.

謂公等其皆去:『전한서·고제기高帝紀』에서 "공들이 모두 가니, 나 또한 그대들 따라 가리라"라고 했다.

漢高紀, 公等皆去, 吾亦從此逝矣.

6-4. 박산대博山臺

石蘊瑰璠	돌이 여번을 품고서
山得其來之澤	산에 와서 은택을 베풀고 있네.
木無犧象	희상으로 만드는 나무는 없노니
天開不材之祥	하늘이 재목 안 되는 복을 내려주었네.

屹金爐之突兀	금빛 화로가 우뚝하게 솟아 있어
其山海之來翔	산과 바다에서 새가 날아오누나.
然以明哲之火	명철의 불로 태우고
熏以忠信之香	충신의 향기로 그을렸네.
俯仰一時	한 시대를 우러러 보고 굽어보니
非智所及	지혜가 미칠 바가 아니로세.
付與萬世	만세에 전해 주리니
其存者長	보존하는 자는 장수하리라.

【주석】

石蘊瑾瑤 山得其來之澤 : 『문선』에 실린 육기의 「문부文賦」에서 "돌 속에 옥이 있어 산에서 빛이 나네"라고 했다. 『문선』에 실린 위魏나라 문제文帝의 「여종대리서與鍾大理書」에서 "노魯나라의 여번瑾瑤"[48]이라고 했다. 『장자』에서 "불모지[49]에서 등용하면서 이르기를 "그가 와서 은택 베풀기를 바란다"고 했다"라고 했다.

文選文賦, 石蘊玉而山輝. 魏文帝書, 魯之瑾瑤. 莊子, 擧之童土之地曰, 冀得其來之澤.

---

48 여번(瑾瑤) : 노(魯)나라에서 생산되는 보옥(寶玉)의 이름이다.
49 불모지 : '동토(童土)'는 불모지로, 아직 성숙하지 못한 땅이라는 뜻에서 어리다는 뜻인 '동(童)'자를 붙인 것이다.

木無犧象 天開不材之祥 : 『장자』에서 "백 년 묵은 나무를 잘라서 제사에 쓰는 술통[犧樽]을 만들어 청색, 황색으로 곱게 칠하고, 그 잘라 버린 토막은 도랑에 내버리는데, 뒤에 그 술통을 저 도랑에 버린 토막에 비교한다면 아름답고 추악한 차이는 있지만, 그 나무의 본성을 잃은 것은 마찬가지이다"라고 했다. 『예기』에서 "희상犧象[50]은 주나라 술잔이다"라고 했다. 『좌전』에서 "희상은 문 밖으로 나가지 않는다"라고 했다. '불재지목不材之木'[51] 또한 『장자』에 보인다. 한유의 「제유자후문祭柳子厚文」에서 "세상에 있는 모든 사물은 쓸모 있는 재목이 되길 원치 않는다. 제사용 술잔이 되어 청색 황색의 장식을 하는데, 이것은 오히려 나무에게 재난이다"라고 했다.

莊子曰, 百年之木, 破爲犧樽, 靑黃而文之, 其斷在溝中, 比犧樽於溝中之斷, 則美惡有間矣, 其於失性一也. 禮記, 犧象, 周尊也. 左傳, 犧象不出門. 不材之木亦見莊子. 韓文, 凡物之生, 不願爲材. 犧象靑黃, 乃木之災.

50　희상(犧象) : 고대의 주기(酒器)인데, 그 모양에 대해서는 여러 이설(異說)이 있다. 『예기·명당위(明堂位)』의 '준용희상(尊用犧象)' 소(疏)에는 "춤추는 봉황의 그림을 그리고 상아(象牙)로 장식한 것이다"라고 했고 『춘추좌전』 정공(定公) 11년 소(疏)에는 "희상은 주기(酒器)로 희준(犧尊)과 상준(象尊)인데, 희준은 비취로 장식한 것이고, 상준은 봉황 모양으로 만든 것이다"라고 했으며, 『삼례도』에는 "희준은 소 그림을 그린 것이고, 상준은 코끼리 그림을 그린 것이다"라고 했다.

51　불재지목(不材之木) : 『장자·산목편(莊山木篇)』에서 "제자가 장자에게 묻길 "어제 산중의 나무가 쓸모가 없어 천수(天壽)를 누렸습니다"라 했다[弟子問於莊子曰, 昨日山中之木, 以不材得終其天年]"라고 했다.

屹金爐之突兀 其山海之來翔 : 비래봉飛來峯을 말한 것이다.

謂飛來峯也.

然以明哲之火 熏以忠信之香 : 이문요李文饒의 「황야부黃冶賦」에서 "요임
금과 순임금의 교화는 대도大道를 화로로 삼았고 중화中和를 대장장이로
삼았으며, 성교聲敎를 풀무로 삼고 문명文明을 불로 삼았다"라고 했다.

李文饒黃冶賦, 堯舜之化, 大道爲爐, 中和爲冶, 聲敎爲囊, 文明爲火.

6-5. 영춘대靈椿臺

蒼苔古木	푸른 이끼와 고목이
相依澗壑之濱	계곡 가에 서로 기대 있네.
黃葛女蘿	황갈과 여라가
自致風雲之上	절로 바람 구름 위에 이르렀네.
人就陰而息迹	사람은 그늘에 가서 자취를 숨기고
鳥投暮而來歸	새는 저녁이면 둥지로 돌아온다네.
水影林光	물 그림자와 숲의 빛이
常相助發	늘 어울려 서로 발하누나.
溪聲斧響	계곡 소리와 도끼 소리가
直下稱提	곧바로 칭제[52]라오.

---

52 칭제(稱提) : 남송(南宋) 때 '교자(交子)' 또는 '회자(會子)'라 불리는 어음 비슷

【주석】

黃葛女蘿 : 『시경·규변頍弁』에서 "누홍초와 새삼이, 소나무와 잣나무에 뻗어가네"라고 했다. 『이아』에서 "당唐과 몽蒙은 여라女蘿이다. 여라는 토사兔絲이다"라고 했다.

詩頍弁, 蔦與女蘿, 施于松栢. 爾雅, 唐蒙女蘿. 女蘿, 兔絲.

自致風雲之上 : 『사기·범수전范睢傳』에서 "그대가 절로 청운의 위에 오르리라 생각지도 못했다"라고 했다.

史記范睢傳, 不意君能自致靑雲之上.

人就陰而息迹 : 『장자·어부漁父』에서 "어떤 사람이 자신의 그림자를 두려워하고 자신의 발자국을 싫어하여 이것을 떨쳐내려고 달음질쳤는데, 발을 들어 올리는 횟수가 많아질수록 발자국도 더욱 많아졌고 달리는 것이 빠를수록 그림자가 몸에서 떨어지지 않았다. 이 사람은 그늘에 처하면 그림자가 사라지는 것을 몰랐으니, 어리석음이 또한 심한 것이다"라고 했다.

莊子漁父篇, 人有畏影惡迹而去之走者, 擧足愈數而迹愈多, 走愈疾而影不離身. 不知處陰以休影, 愚亦甚矣.

한 지폐(紙幣)를 발행하였는데, 발행한 액수만큼 현금(現金)을 갖추어 저축하였다가 기한이 되면 태환(兌換)을 하였다. 이러한 명목으로 비축(備蓄)하는 현금을 '칭제(稱提)'라고 하였다.

7. 같은 해 급제한 부군의에게 부치다

寄傅君倚同年

군의君倚의 이름은 견肩으로 산곡 황정견의 종고從姑에게 장가들었다. 작품 가운데 '방책명方策名'이라 구절이 있다. 그래서 정미년丁未年의 작품을 모아둔 이곳에 붙여둔다.

君倚名肩, 娶山谷從姑. 詩中有方策名之句, 附丁未歲.

有情淸江水	맑은 강물은 정이라도 있는 듯
東下投豫章	동쪽 아래로 예장으로 흘러가누나.
故人江上居	옛 벗이 강가에서 사는데
不寄書一行	편지 한 장 보내오지 않누나.
相思對明月	그리움에 밝은 달 대하면서
談笑如淸光	담소 나무니 마치 맑은 얼굴 보는 듯.
向風長歎息	바람 향해 길게 탄식하노니
孤雁起寒塘	외론 기러기 찬 못에서 날아오르네.
傾寫鬱結懷	답답한 마음을 쏟아내려고
因之東南翔	인하여 동남쪽으로 배회하누나.
姑氏有淑質	고씨는 맑은 기질 타고 났으며
幽林蘭靜芳	그윽한 숲에 난초 향기롭구나.
願因奉箕帚	바라건대 키질과 청소로 받들고자 하니

蘋藻羞烝嘗	부평초 마름을 제사에 올릴 수 있네.
念君方策名	그대가 바야흐로 벼슬할 때 생각하니
要津邁騰驤	요로에 달려가 날아올랐었지.
引車入里門	수레 타고 마을 문으로 들어오면
觀者塞路傍	구경하는 사람 길가를 메웠었지.
邕邕[53]求匹好	울면서 좋은 벗을 구하면서
羔雁委潘楊	새끼 양과 기러기 번씨 양씨에게 맡겼네.
顧惟蓬茅陋	돌아보건대, 초가의 비루함 있지만
豈能屈東床	어찌 능히 동상이 되지 못하겠나.
眷言南鳴雁	기러기 우는 남쪽 돌아보니
七子伊在桑	일곱 자식 뽕나무에 있구나.
幸緣一日雅	다행히 하루의 정분으로 인해
結好永不忘	우호 맺어 영원히 잊지 않으리.

【주석】

不寄書一行 : 두보의 「기고삼십오첨사寄高三十五詹事」에서 "서로 보니 반백이 넘었는데, 한 줄의 편지라도 보내오지 않네"라고 했다.

杜詩, 相看過半百, 不寄一行書.

---

53 [교감기] '邕邕'이 전본에는 '雝雝'으로 되어 있다. 살펴보건대, '邕'은 '雍'과 같으며 또한 '雝'과도 통하니, 화(和)라는 의미이다. 이하 거듭 나와도 교정하지 않겠다.

相思對明月 : 이백의 「자양원지경정산견회공담운운自梁園至敬亭山見會公談云云」에서 "그리움은 밝은 달과 같아, 볼 수 있을 뿐 부여잡을 수 없구나"라고 했다.

李白詩, 相思如明月, 可望不可攀.

孤雁起寒塘 : 두보의 「화배적등신진사기왕시랑和裴迪登新津寺寄王侍郞」에서 "새 그림자 찬 못을 지나가누나"라고 했다.

杜詩, 鳥影度寒塘.

傾寫鬱結懷 :『초사』에서 "혼탁한 세상을 만나 더럽혀져, 홀로 가슴 답답하니 뉘와 함께 말을 하리"라고 했다.

楚辭, 遭沈濁而汙穢兮, 獨鬱結其誰語.

因之東南翔 :『문선』에 실린 강엄의 「휴상인원별休上人怨別」에서 "계수桂水는 하루에 천 리를 가니, 여기에 평소의 마음 띄워 보내네"라고 했다. 태백 이백이 일찍이 이 말을 이용하여 「기노중이자寄魯中二子」에서 "흰 천을 찢어 멀리 있는 마음을 적나니, 이로부터 문수汶水 남쪽 여울에 이르러라"라고 했다.

文選休上人詩, 桂水日千里, 因之平生懷. 太白嘗用此語, 寄魯中二子云, 裂素寫遠意, 因之汶陽川.

姑氏有淑質 : 맹자는 맑은 기운을 타고 났다.

孟子, 生有淑質.

願因奉箕帚 :『전한서 · 고제기高帝紀』에서 "키질하고 청소하는 첩이
되고자 합니다"라고 했다.

漢高紀, 願爲箕帚妾.

蘋藻羞烝嘗 : '채빈采蘋'과 '채조采藻'는『시경 · 소남』에 보인다. 무릇
제사는 가을의 쌀쌀한 기운이 비로소 일어나면 상제嘗祭를 지내고, 벌
레가 땅속으로 들어가면 증제烝祭를 지낸다고 했는데,『좌전』에 보인
다.『춘추좌씨전』에서 "빈번蘋蘩과 온조蘊藻 같은 변변치 못한 야채라도
왕공王公에게 바칠 수 있다"라고 했다.

采蘋采藻, 見詩召南. 凡祀, 始殺而嘗, 閉蟄而烝, 見左傳. 左氏, 蘋蘩蘊藻
之菜, 可羞於王公.

念君方策名 : 퇴지 한유의「감이조부感二鳥賦」에서 "하물며 천거하는
글에 이름을 씀에랴"라고 했다.

退之感二鳥賦, 況策名於薦書.

要津邁騰驤 :『문선』에 실린「고시십구수古詩一十九首」에서 "어찌하여
자기의 높은 뜻을 발휘하여, 요로의 사람을 먼저 잡지 아니한가"라고

했다. 장형의 「서경부西京賦」에서 "이에 날개 떨쳐 날아오르네"라고 했다. 두보의 「수마행瘦馬行」에서 "아마도 내달리려는 마음이 있어서인가"라고 했다.

選詩, 何不策高足, 先據要路津. 西京賦, 乃奮翅而騰驤. 杜詩, 此豈有意仍騰驤.

引車入里門 : 『사기·만석군전萬石君傳』에서 "여러 아들들이 마을의 문에 들어서면 수레에서 빠른 걸음으로 집에 이른다"라고 했다.

史記萬石君傳, 諸子[54]入[55]里門, 趨至家.

觀者塞路傍 : 『옥대신영』에 실린 「고악부시古樂府詩」에서 "형제 두세 사람, 가운데가 시랑이 되었네. 5일에 한 번 돌아오는데, 그 길가에는 광채가 났네. 황금으로 말머리를 꾸미어, 구경하는 사람들 길가에 가득했네"라고 했다.

玉臺新詠詩云, 兄弟兩三人, 中子爲侍郎. 五日一來歸, 道上自生光. 黃金絡馬頭, 觀者滿路傍.

邕邕求匹好 羔雁委潘楊 : 『시경·포유고엽匏有苦葉』에서 "끼룩끼룩 하면서 우는 기러기"라고 했는데, 그 주注에서 "'옹옹離離'은 기러기의 소

---

54 [교감기] 『사기』에는 '子' 아래 '弟' 자가 있다.
55 [교감기] '入' 위에 '史記' 2글자가 빠져있는데, 『사기』 권103에 따라 보충한다.

리가 조화로운 것이다. 채납納采에는 기러기를 쓴다"라고 했다. 『문
선』에 실린 안인 반악의 「양중무뢰楊仲武誄」에서 "반씨潘氏와 양씨楊氏의
두 가문이 화목하게 지내 온 것이 이미 오래되었다"라고 했다.

詩, 雝雝鳴雁. 注, 雝雝, 雁聲和也, 納采用雁. 文選潘安仁作楊仲武誄云,
潘楊之睦, 有自來矣.

顧惟蓬茅陋 : 『예기·유행儒行』에서 "쑥대를 엮은 문을 통해서 방을
출입하고, 깨진 옹기 구멍의 들창을 통해서 밖을 내다본다"라고 했다.

禮記儒行, 篳門圭竇, 蓬戶甕牖.

豈能屈東床 : '동상東床'[56]은 『진서·왕희지전王羲之傳』에 보인다.

東床見晉王羲之傳.

眷言南鳴雁 : 『모시毛詩·대동大東』에서 "돌아보아 회고하네"라고 했
다. 사령운의 「여릉왕묘하작廬陵王墓下作」에서 "돌아보며 군자를 회상하
니, 마음이 아파 창자가 끊어지네"라고 했다.

毛詩, 眷言顧之. 謝靈運詩, 眷言懷君子, 沈痛切中腸.

---

56 동상(東床) : 사위의 별칭이다. 진(晉)나라 태부(太傅) 치감(郗鑒)이 왕 씨(王氏)
    가문에 사람을 보내 사윗감을 고를 적에, 모두 의관(衣冠)을 단정히 하고 나와서
    극진하게 맞았는데, 오직 왕희지(王羲之)만은 이를 아랑곳하지 않고서 동상에
    누워 배를 내놓은 채 호떡을 먹고 있었다. 이를 기특하게 여긴 치감이 그를 사위
    로 선발한 고사에서 유래한 것이다.

七子伊在桑 : 『시경·조풍·시구鳲鳩』에서 "뻐꾸기가 뽕나무에 있으니, 그 새끼는 일곱이네"라고 했다.

曹國風, 鳲鳩在桑, 其子七兮.

幸緣一日雅 結好永不忘 : 『한서·곡영전谷永傳』에서 "하루 정도 만난 정분과 좌우의 소개도 없다"라고 했다.

谷永傳, 無一日之雅, 左右之介.

8. 덕보 동생에게 답하다

答德甫弟

鳥啼花發獨愁思	새 울고 꽃 피는데 홀로 근심하는
憐子三章怨慕詩	그대의 원모하는 세 시작품 좋구나.
鴻雁雙飛彈射下	기러기 짝 지어 날다 탄활처럼 내려오고
脊令同病急難時	척령은 함께 근심하다 어려움을 구하누나.
功名所在猶爭死	공명 있는 곳에서 오히려 죽음을 다투고
意氣相須尙不移	의기 서로 갖추면 오히려 옮겨지지 않네.
何況極天無以報	어찌 하물며 하늘에 보답하지 못하랴
林回投璧負嬰兒	임회는 옥을 버리고 아이 얻고 도망쳤지.

【주석】

鳥啼花發獨愁思 : '조제화발鳥啼花發'은 위에 보인다.

鳥啼花發見上.

憐子三章怨慕詩 : 『맹자』에서 "원망하고 그리워한다"라고 했다.

孟子曰, 怨慕也.

脊令同病急難時 : 『시경·상체常棣』에서 "척령이 언덕에 있으니, 형제
가 어려움을 구하도다"라고 했다.

詩常棣, 脊令在原, 兄弟急難.

功名所在猶爭死: 후한後漢의 강굉姜肱과 동생 계강季江이 밤에 도적을
만났는데, 도적이 이들을 죽이고자 했다. 그러자 강굉과 계강 형제가
서로 먼저 죽겠다고 다투자, 도적이 두 사람을 모두 풀어주었다.
後漢姜肱與弟季江, 夜遇盜, 取殺之. 兄弟爭死, 盜兩釋之.

意氣相須尙不移: 『문선』에 실린 장형의 「서경부西京賦」에서 "죽음은
가볍고 의기는 무거우니, 서로 무리를 이루네. 의기를 서로 갖추어, 마
땅히 서로 투합해야 하네"라고 했다. 태백 이백의 「부풍호사가扶風豪士
歌」에서 "의기가 서로 투합하니 산도 옮기겠네"라고 했다.
文選, 輕死重氣, 結黨連群. 意氣相須, 當是相傾. 太白扶風豪士歌, 意氣相
傾山可移.

何況極天無以報: 『시경·요아蓼莪』에서 "그 덕에 보답하려하니, 호천
이여 끝이 없구나"라고 했다.
詩, 欲報之德, 昊天罔極.

林回投璧負嬰兒: 원주元注에서 "이때 아버지의 일로 인해 형제가 모
두 감옥에 갇혀 있었다"라고 했다. 『장자·산목편山木篇』에서 "임회林回
가 천금의 구슬을 버리고 어린아이를 등에 업고 도망쳤다"라고 했다

元注云, 時以父事, 兄弟俱在縲絏. 莊子山木篇, 林回棄千金之璧, 負赤子而趨.

9. 원발 동생에게 주다【거침없이 말하다】

贈元發弟【放言】57

虧功一簣	한 삼태기 흙이 부족하면
未成丘山	산을 만들 수가 없다네.
鑿井九階	우물을 아홉 길을 파더라도
不次水澤	물이 나오지 않을 수 있네.
行百里者半九十	백 리 가는 사람은 구십 리를 반으로 여기고
小狐汔濟濡其尾	작은 여우가 거의 건넜는데 꼬리를 적신다네.
故曰時乎	그래서 "때여
時不再來	때는 다시 오지 않는다"라고 한 것이네.
終終始始	처음부터 끝까지 유지하는 것이
是謂君子	바로 군자라오.

【주석】

虧功一簣 未成丘山 : 『서경·여오旅獒』에서 "이는 마치 아홉 길 산을 만들 적에 한 삼태기의 흙이 부족하기 때문에 그 공이 허물어지는 것과 같다"라고 했다. 『논어』에서 "공자가 "비유하자면, 산을 만들 적에 마지막 한 삼태기의 흙을 붓지 않아 산을 못 이루고서 중지하는 것도 내 자신이 중지하는 것과 같으며, 평지에 흙 한 삼태기를 부어 산을 만

---

57 [교감기] '放言' 2글자가 영원본·고본·전본에는 제목에 포함되어 있다.

들기 시작해서 점점 만들어 나가는 것도 내가 해 나가는 것과 같다"라
했다"라고 했다.

旅獒, 爲山九仞, 功虧一簣. 論語, 子曰, 譬如爲山, 未成一簣, 止吾止也.
譬如平地, 雖覆一簣, 進吾往也.

鑿井九階 不次水澤 : 『맹자』에서 "무엇을 하는 자를 비유하자면 우물
을 파는 것과 같으니, 우물을 아홉 길을 팠더라도 샘물에 미치지 못하
면 오히려 우물을 버리는 것이다"라고 했다.

孟子曰, 有爲者, 譬若掘井. 掘井九仞, 而不及泉, 猶爲棄井也.

行百里者半九十 : 『전국책』에서 "시에서 "백 리를 가는 사람은 구십
리를 반으로 여기네"라 했다. 이것은 마지막이 어렵다는 말이다"라고
했다.

戰國策, 詩云, 行百里者, 半於九十. 此言末路之難.

小狐汔濟濡其尾 : 『주역·미제未濟』에서 "형통하니, 작은 여우가 거의
물을 건너다가 그 꼬리를 적셨다"라고 했는데, 그 주注에서 "작은 여우
는 큰물을 건널 수가 없는데, 모름지기 거의 다 건넌 이후에야 능히 건
널 수 있다"라고 했다. 『석음』에서 "'흘汔'은 '허許'와 '흘訖'의 반절법이
다"라고 했다. 『설문해자』에서 "'흘汔'은 물이 마른 것이다"라고 했다.
『사기·춘신군전春申君傳』에서 "『주역』에서 "여우가 물을 건너다가 그

꼬리를 적시었다"라 했는데, 이것은 처음은 쉽지만 끝이 어렵다는 것
을 말합니다"라고 했다.

易未濟, 亨, 小狐汔濟, 濡其尾. 注云, 小狐不能涉大川, 須汔然後乃能濟.
釋音, 汔, 許訖反. 說文云, 水涸也. 史記春申君傳, 易曰, 狐涉水, 濡其尾. 此
言始之易, 終之難.

故曰時乎 時不再來 終終始始 是謂君子 : 『사기·이사전李斯傳』에서 "조
고趙高가 "때가 때인 만큼 생각할 틈이 없습니다. 식량을 짊어지고 말을
달려도 때에 늦을까 염려됩니다"라 했다"라고 했다. 『국어』에서 "범려
范蠡가 "좋은 때를 얻었을 때 게을리 하지 말라, 좋은 때는 다시 오지 않
는다"라 했다"라고 했다. 『사기·회음후전淮陰侯傳』에서 "때여, 때여, 다
시 오지 않누나"라고 했다.

史記李斯傳, 趙高曰, 時乎時乎, 間不及謀. 贏糧躍馬, 惟恐後時. 國語, 范
蠡曰, 得時無怠, 時不再來. 淮陰侯傳, 時乎時不再來.

10. 청명

淸明

佳節淸明桃李笑	가절인 청명에 복숭아 도리 웃음 짓는데
野田荒壠只生愁	황폐한 들판 언덕에서 시름이 이네.
雷驚天地龍蛇蟄	천지에 우레 울려 용과 뱀은 놀라고
雨足郊原草木柔	들판에 비 내려 초목이 부드럽구나.
人乞祭餘驕妾婦	사람들은 제삿밥 남겨 처첩에게 뽐내지만
士甘焚死不公侯	선비는 불타 죽을지언정 공후 원치 않누나.
賢愚千載知誰是	현우는 천 년이 지나면 누구인지 알지만
滿眼蓬蒿共一丘	눈 가득 쑥으로 덮인 모두 무덤 하나일세.

【주석】

佳節淸明桃李笑 : 『본사시本事詩』에서 "박릉博陵 사람 최호崔護가 청명절에 홀로 도성의 남쪽을 유람하다가 그곳에 사는 사람의 정원을 방문했다. 술을 마신 뒤라 목이 말라 문을 두드리며 물을 구했다. 이에 한 여인이 사발에 물을 담아가지고 이르러 물을 건네고는 작은 복숭아나무에 기대에 우두커니 서 있었는데, 그 마음이 자못 깊었다. 다음 해 청명절에 그곳에 가서 찾아보았는데, 대문과 정원은 옛 그대로였는데, 대문이 굳게 잠겨 있었다. 이 일로 인하여 "지난해 오늘 이 문 안에서, 그대 얼굴 복사꽃의 붉은 빛 아롱거렸지. 그대가 어디로 갔는지 모르

겠지만, 복사꽃은 예전처럼 봄바람에 웃고 있구려"라는 시를 지었다"
라고 했다. 의산 이상은의 「이화李花」에서 "달 뜨지 않은 밤에도 절로
밝고, 바람 불려고 하자 애써 웃는구나"라고 했으며, 또한 「조도嘲桃」에
서 "수많은 예쁜 복사꽃, 새벽녘 우물 동쪽에 활짝 피었네. 봄바람은
불어오고 있지만, 도리어 봄바람을 비웃는 듯"이라고 했다.

本事詩, 博陵崔護, 淸明獨游都城南, 得居人莊. 酒渴, 扣門求飮. 有女子以
盃水至, 倚小桃佇立, 而意屬殊厚. 來歲淸明往尋之, 門庭如故, 而扃鎖之. 因
題詩曰, 去年今日此門中, 人面桃花相映紅. 人面不知何處去, 桃花依舊笑春
風云云. 李義山李花詩, 自明無月夜, 强笑欲風天. 又嘲桃詩, 無賴夭桃面, 平
明露井東. 春風爲開了, 却擬笑春風.

雷驚天地龍蛇蟄 : 이미 경칩驚蟄의 절기가 지났다는 말이다.
謂已過驚蟄節.

人乞祭餘驕妾婦 : 『맹자』에 제齊나라 사람이 무덤 사이에서 제사 지내
는 곳을 찾아가 먹을 것을 구걸하고 돌아와서는 그 처첩에게 교만하게
굴었다는 내용이 있는데,[58] 이로써 청명절에 묘소에 올랐음을 말했다.

---

58 『맹자』에 (…중략…) 있는데 : 제(齊)나라 사람 중에 아내와 첩을 둔 자가 있었다.
그는 외출했다 하면 반드시 술과 고기를 배불리 먹은 뒤에 돌아오곤 하였는데,
그 아내가 누구와 먹었는가 물어보면 모두 부귀(富貴)한 사람이었다. 아내가 첩
에게 말하기를 "남편이 외출하면 반드시 술과 고기를 배불리 드신 뒤에 돌아오기
에 내가 누구와 더불어 먹었는가 물어보니, 모두 부귀한 사람이었다. 그런데도
일찍이 현달한 자가 우리 집에 찾아오는 일은 없으니, 내가 남편이 어디를 가는

孟子所稱齊人乞墦間之祭, 歸而驕其妻妾. 以言淸明上塚.

土甘焚死不公侯: 육홰陸翽의 『업중기鄴中記』에서 "한식일에 불을 끊는 것은 개자추介子推에서 비롯되었다"라고 했다. 『좌전』과 『사기』를 살펴 보아도, 개자추가 불에 타 죽은 일은 실려 있지 않다. 『주례·사훤씨司 烜氏』에서 "중춘仲春에는 목탁을 쳐서 온 나라에 불을 피우는 것을 금한 다"라고 했으니, 불 피우는 것을 금지한 것은 아마도 주周나라의 옛 제 도인 것 같다.

陸翽[59]鄴中記, 寒食斷火, 起於子推. 據左傳史記, 無介推被焚事. 周禮司烜氏, 仲春, 以木鐸修火禁于國中.[60] 則禁火蓋周之舊制.

滿眼蓬蒿共一丘: 이백의 「옥진공주별관고우증위위장경玉眞公主別館苦雨 贈衛尉張卿」에서 "명아주잎 콩잎 눈에 차지도 않네"라고 했고 또한 「남릉 별아동입경南陵別兒童入京」에서 "하늘 우러러 크게 웃으며 문을 나서니, 나 같은 이가 어찌 초야에 묻혀 살다 죽으랴"라고 했다. 『한서·양운전

지 살펴보려 한다" 하고는, 아침 일찍 일어나 남편이 가는 곳을 몰래 따라가 보았 다. 그러나 온 장안을 두루 다니는 동안 서서 말을 나누는 이가 하나도 없었다. 이윽고 동쪽 성곽의 무덤 사이[東郭墦間] 제사하는 자에게 가서 남은 음식을 빌 어먹더니, 거기에서 부족하면 또 둘러보고 딴 곳으로 찾아갔다. 『맹자·이루 하 (離婁下)』에 보인다.

59 翽: 중화서국본에는 '劌'로 되어 있으나, '翽'의 오자이다.
60 [교감기] '氏仲 (…중략…) 國中'이라는 구절이 저본에는 본래 빠져 있는데, 『주례 (周禮)』에 따라 보충한다.

에서 "예와 지금이나 똑같이, 한 언덕의 담비라네"라고 했는데, 안사고顔師古는 "같은 부류임을 말한 것이다"라고 했다.

　李白詩, 藜藿不滿眼. 又仰天大笑出門去, 我等豈是蓬蒿人. 漢楊惲傳, 古與今同, 一丘之貉. 師古曰, 言其同類也.

11. 하조성이 호연당을 지었는데, 그 뜻을 펼침이 대단히 훌륭하여 자못 세상을 뛰어넘어 날아가고자 하는 말이 있었다. 건물을 지은 반방사가 육기를 타고 천지 사이에서 노닐기를 바라는 마음에 호연사 2장을 지어 보낸다

何造誠作浩然堂, 陳義甚高然, 頗喜度世飛昇之說.[61] 築屋飯方士, 願乘六氣遊天地間, 故作浩然詞二章, 贈之

첫 번째 수其一

公欲輕身上紫霞	그대 가볍게 자줏빛 노을 타서
瓊廘[62]玉饌厭豪奢	옥가루와 옥 반찬 맘껏 누리려 하네.
百年世路同朝菌	한평생 세상 길 조균과 같고
九鑰天關守夜叉	구중구궐은 야차가 지키고 있다네.
霜檜左紐空白鹿	서리 맞은 회나무 새끼 매어 흰 사슴 없고
金爐同契漫丹砂	참동계 금화로의 단사 허무맹랑하네.
要令心地閑如水	마음을 물처럼 한가롭게 한다면
萬物浮沈共我家	부침하는 만물이 모두 내 집이라오.

---

61 [교감기] '說'이 고본에는 '術'로 되어 있다.
62 [교감기] '廘'가 저본에는 '糜'로 되어 있고 영원본·고본·건륭본에는 '糜'로 되어 있다. 전본 및 『이소(離騷)』에 의거해 고친다.

【주석】

公欲輕身上紫霞 : 『황정경』에서 "상청자하上淸紫霞 허황존虛皇尊"[63]이라
고 했다. 사형 육기의 악부樂府 중 「전완성기前緩聲歌」에서 "가벼운 몸짓
으로 자하를 탔네"라고 했다. 태백 이백의 「고풍古風」에서 "지인至人은
하늘의 이치에 통달하여, 고답한 행동거지로 자줏빛 노을을 탔네"라고
했다.

黃庭經, 上淸紫霞虛皇尊. 陸士衡樂府前緩聲歌, 有輕擧乘紫霞. 李太白古
風, 至人洞元象, 高擧凌紫霞.

瓊麋玉饌厭豪奢 : 『이소경』에서 "경옥 가루를 빻아 양식을 만들리라"
라고 했다. '미麋'의 음은 '미糜'이다. 좌사의 「오도부吳都賦」에서 "구슬
옷과 옥 반찬"이라고 했다.

離騷經云, 精瓊麋以爲粻. 麋音糜. 吳都賦, 珠服玉饌.

百年世路同朝菌 : 『장자』에서 "조균朝菌[64]은 그믐과 초하루를 알지 못
한다"라고 했다.

莊子, 朝菌不知晦朔.

63　허황존(虛皇尊) : 허공의 황제라는 뜻으로, 도교에서 말하는 옥황상제를 말한다.
64　조균(朝菌) : 음습한 퇴비 위에 아침에 생겨났다가 햇빛을 보면 말라 버리는 버섯
　　을 말한다.

九鑰天關守夜叉 : 『초사·초혼招魂』에서 "호랑이와 표범이 천제天帝의 궁궐 문을 지키면서 아래에서 올라오려고 하는 사람들을 물어 해친다"라고 했다. 노동의 「억금아산심산인憶金鵞山沈山人」에서 "야차夜叉[65]가 낮에도 관문을 열지 않노니, 한밤중 초제醮祭 지낼 때 문 연다오"라고 했다. 동파 소식의 「화소동년희증가수수재和邵同年戲贈賈收秀才」에서 "옥천자玉泉子는 언제나 금빛 궁궐에 들려나, 대낮에도 문 닫고 야차가 지키고 있으니"라고 했다.

楚辭招魂曰, 虎豹九關, 啄害下人些. 盧仝詩, 夜叉當晝不啓關, 夜半醮祭夜半開. 東坡詩, 玉川何日朝金闕, 白晝關門守夜叉.

霜檜左紉空白鹿 : 『환우기』에서 "초현譙縣의 태청궁太淸宮에 회나무가 있는데, 거기에 사슴의 발자국에 남아 있다"라고 했다. 문정공 범중엄의 「태청궁구영서太淸宮九詠序」에서 "새끼 맨 회나무가 그 하나이다"라고 했다. 석만경이 시를 지으면서 「태청기太淸記」를 인용했는데, "늙은이가 손수 심은 이 나무, 뿌리 밑동 가지 줄기 모두 새끼 매어 있네"라고 했다.

寰宇記, 譙縣太淸宮有檜樹, 鹿跡存焉. 范文正公太淸宮九詠序, 左紉檜其一也. 石曼卿詩引太淸記云, 老子手植此檜, 根株枝幹皆左紉.

金爐同契漫丹砂 : 위백양이 『참동계』를 찬술하면서, 단사비결丹砂祕訣

---

65 야차(夜叉) : 불법(佛法)을 수호하는 여덟 신장(神將) 중 하나이다.

을 논한 바 있다. 낙천 백거이의 「대주對酒」에서 "부질없이 참동계 잡으니, 단사를 굽기가 어렵구나"라고 했다.

魏伯陽撰參同契, 其書論丹砂祕訣. 白樂天詩, 漫把參同契, 難燒伏火砂.

要令心地閑如水 萬物浮沈共我家 : 『능엄경』에서 "마음의 땅[心地]을 평탄平坦하게 하라. 그러면 세계의 땅과 일체 모든 것들도 평탄하게 될 것이다"라고 했다. 『장자』에서 "다르다는 관점에서 보면 간담肝胆도 초월楚越처럼 멀기만 하고, 같다는 시각에서 보면 만물이 한 집이 된다"라고 했다.

楞嚴經, 當平心地, 則世界地一切皆平. 莊子, 自其異者視之, 肝胆楚越也. 自其同者觀之, 萬物一家也.

두 번째 수其二

萬物浮沈共我家	부침하는 만물이 모두 내 집이니
淸明心水徧河沙	맑고 밝은 마음이 하수 모래에 두루 비치네.
無鉤狂象聽人語	고리 없는 미친 코끼리가 사람 말을 듣고
露地白牛看月斜	땅 위의 흰 소가 달 기우는 것을 본다네.
小雨呼兒蓺桃李	가랑비에 아이 불러 도리를 심고
踈簾幃客轉琵琶	성긴 주렴 장막에서 손님과 비파를 타시게.
塵塵三昧開門戶	티끌 세상에 삼매의 문호가 열리었으니

不用丹田養素霞　　　단전에서 소하 기르는 것 하지 마소서.

【주석】

淸明心水徧河沙 : 『전등록』에서 "장졸張拙의 송頌에서 "그 빛줄기가 항하사 세계를 두루 비추니, 범부와 성인이 모두 나와 한 가족이네"라 했다"라고 했다.

傳燈錄, 張拙頌云, 光明寂照徧河沙, 凡聖含靈共我家.

無鉤狂象聽人語 : 불경佛經의 『유교경遺敎經』에서 "너희들은 마땅히 마음을 잘 절제해야 한다. 마음은 두려워할 만하니, 독사나 사나운 짐승, 원수나 도적, 큰 불이 넘쳐 번지는 것과는 비교가 되지 않을 정도로 심한 것이 있다. 마치 미친 코끼리를 잡아 매어둘 고리가 없고 날뛰는 원숭이가 나무에 올라 이러지러 날뛰어 제어하기가 힘든 것과 같다. 마땅히 서둘러 욕심을 꺾고 맘껏 날뛰지 못하게 해야 한다. 이 마음을 풀어버리는 자는 좋은 일이 사라진다"라고 했다. 당唐나라 엄숙오嚴叔敖의 「흥선사대광지불공삼장비興善寺大廣智不空三藏碑」에서 "서역은 골목이 좁아, 미친 코끼리가 날뛰는데 자애로운 눈으로 이를 바라보면 날뛰지 않고 코끼리가 엎드려 일어나지 않는다"라고 했다. 재지載之 권덕여權德輿가 이와 관련해 묘갈명을 지었는데, "곧은 말을 읊조리니 바닷바람이 고요히 그치었고 비인祕印을 맺어 미친 코끼리를 길들였다"라고 했다.

佛遺敎經, 汝等當好制心. 心之可畏, 甚於毒蛇, 惡獸怨賊, 大火越逸, 未足喩也. 譬如狂象無鉤, 猿猴得樹, 騰躍踔躑, 難可禁制. 當急挫之, 無令放逸. 縱此心者, 喪人善事. 唐嚴叔敖興善寺大廣智不空三藏碑, 西城隘巷, 狂象奔突, 以慈眼視之, 不旋踵而象伏不起. 權載之爲作碣, 諷直言而海風恬息, 結祕印而狂象調伏.

露地白牛看月斜 : 『전등록』에서 "대안선사大安禪師가 "내가 위산潙山에서 30년 동안 지내면서 다만 한 마리 물소를 보았을 뿐이다. 그 놈이 풀밭으로 들면 곧 끌어냈고, 남의 밭에 침범하면 즉시 채찍으로 길들였는데, 이것이 오래되자 물소가 사람의 말을 잘 들어서 지금은 맨땅의 흰소로 변했다. 항상 눈앞에 있으면서 종일토록 훤하게 드러나 있어서 쫓아도 가지 않는다"라 했다"라고 했다.

傳燈錄, 大安禪師曰, 安在潙山三十年, 只看一頭水牯牛, 若落路入草, 牽出, 若犯人苗稼, 卽鞭撻調伏. 旣久受人言語, 如今變作箇露地白牛. 常在面前, 終日露迥迥地, 趕亦不去.

塵塵三昧開門戶 不用丹田養素霞 : 『화엄경』에서 "찰찰진진제십회刹刹塵塵第十會"라는 말이 있다. 『조정사원祖庭事苑』에서 "삼매三昧란 것은 삼三은 정正이며 매昧는 정定이며, 또한 정수正受라고 하니, 정정正定이 불란不亂하여 능히 제법諸法을 받음을 말한다"라고 했다. 『황정경』에서 "자줏빛을 돌고 황금빛을 품어 단전으로 들어간다"라고 했다. 당唐나라 도사道士 오균吳筠의 「보허사步虛詞」에서 "강수絳樹에 단실丹實이 맺히고 자하紫

霞가 벽진碧津에 흐르네. 이로써 어린 모습 보존하며, 영원히 형신을 뛰어넘는다네"라고 했다. 이 작품의 의미는 불가의 삼매를 권하면서 도가의 수양의 방법을 배우지 말라는 것이다.

華嚴經, 有利利塵塵第十會. 祖庭事苑, 三昧者, 三之曰正, 昧之曰定. 亦云正受, 謂正定不亂, 能受諸法. 黃庭經, 迴紫抱黃入丹田. 唐道士吳筠步虛詞, 絳樹結丹實, 紫霞流碧津. 以茲保童嬰, 永用超形神. 詩意勸以釋氏三昧, 勿學道家修養之法.

12. 서유자의 사당

徐孺子祠堂

喬木幽人三畝宅	교목 아래 그윽한 사람의 삼묘의 집
生芻一束向誰論	꼴 한 다발을 누구와 함께 논할까.
藤蘿得意干雲日	넝쿨은 우거져 구름과 해를 가리었는데
簫鼓何心進酒樽	무슨 마음으로 음악 연주하며 술잔 들었나.
白屋可能無孺子	초야에는 유자가 없어도 되지만
黃堂不是欠陳蕃	황당에는 진번이 없는 것 아니라오.
古人冷淡今人笑	고인의 냉담함을 지금 사람 비웃지만
湖水年年到舊痕	호수 물은 해마다 옛 자취에 이르네.

【주석】

喬木幽人三畝宅 : 『시경·벌목伐木』에서 "깊은 골짜기에서 나와, 높다란 나무 위로 옮겨갔구나"라고 했다. 『환우기』에서 "홍주洪州는 남창현南昌縣에 있다"라고 했다. 서유자의 집이 고을 동북쪽 삼십 리에 있는데, 서유자는 매복梅福의 덕을 아름답게 여기어 매복의 집 동쪽에 집을 마련했다.

詩, 出自幽谷, 遷于喬木. 寰宇記, 洪州, 南昌縣. 徐孺子宅在州東北三里, 孺子美梅福之德, 於福宅東立宅.

生芻一束向誰論：『시경・백구白駒』에서 "꼴 한 다발을 주노니, 옥처럼 아름다운 사람이여"라고 했다. 『후한서・서치전徐穉傳』에서 "곽림종郭林宗이 어머니의 상喪을 당하자, 서치가 가서 조문했는데, 꼴 한 다발을 여막 앞에 두고 돌아왔다"라고 했다.

詩, 生芻一束, 其人如玉. 後漢徐穉傳, 郭林宗有母憂, 穉往弔之, 置生芻一束於廬前而去.

藤蘿得意干雲日：『후한서・정홍전丁鴻傳』에서 "구름 막고 해 가리는 나무가 푸르게 솟아 있다"라고 했다.

後漢丁鴻傳, 干雲蔽日之木, 起於蔥青.

白屋可能無孺子：『공자가어』에서 "주공周公은 총재冢宰의 존귀한 자리에 있으면서도, 초야의 선비에게 몸을 낮추었다"라고 했다. 『문선』에 실린 「악부樂府」에서 "주공은 초야의 선비에게도 몸 낮추었고, 먹은 것 토해내며 제대로 밥 먹지 못했네"라고 했다.

家語, 周公居冢宰之尊, 下白屋之士. 文選樂府云, 周公下白屋, 吐哺不及餐.

黃堂不是欠陳蕃：『후한서・서치열전徐穉列傳』에서 "진번陳蕃이 태수가 되었는데, 빈객들을 만나지 않았었다. 다만 서치가 오면 특별히 걸상 하나를 설치했다"라고 했다. 『후한서・곽단전郭丹傳』에서 "조서를 내려 곽단의 관사를 황금빛으로 엮게 했는데, 이것이 후대 본보기가 되었

다"라고 했는데, 그 주注에서 "'황당黃堂'은 태수의 관사를 말한다"라고
했다. 『계척집雞跖集』에서 "소주蘇州 태수의 거처가 여러 차례 화재를 겪
었기에 자황빛으로 칠하게 했기에 황당이라고 했다"라고 했다.

敕以丹事編署黃堂 以爲後法

本傳, 陳蕃爲太守, 不接賓客, 惟穉來, 特設一榻. 後漢郭丹傳, 以丹事編署
黃堂, 以爲後法. 注, 黃堂, 太守之廳事. 雞跖集, 蘇州太守所居堂, 以數遭火,
因塗雌黃, 故曰黃堂.

古人冷淡今人笑 湖水年年到舊痕 : 두보의 「춘수春水」에서 "강물은 예전
흔적처럼 흐르네"라고 했다.

杜詩, 江流復舊痕.

13. 부모님을 생각하며 여주에서 짓다
思親汝州作

이 작품과 「환가정백씨還家呈伯氏」라는 작품은 의미가 동일하다. 또한 살펴보건대, 황순黃ꢔꢔꢔ이 작성한 『연보年譜』에서 옥산玉山 왕씨汪氏가 산곡 황정견의 이 작품의 진적眞蹟을 가지고 있는데, 그 제목에서 "무신년 9월 여주汝州에 도착했는데, 이때 재상 부정공富鄭公이 이곳을 다스리고 있었다"라고 했다. (지금 이 작품에서 '세만歲晚'이라고 말한 것은 반드시 이때까지 구유拘留되어 있었기 때문이다.) 수구首句는 문집 속의 수구와 같지 않으니, 문집에서는 "풍력상위침단의風力霜威侵短衣'라고 했다.

此詩與還家呈伯氏同意. 又按黃氏年譜載, 玉山汪氏有山谷此詩眞蹟, 題云, 戊申九月到汝州, 時鎭相富鄭公.(今詩言歲晚, 必是拘留至此時也.) 而首句與集中不同, 云, 風力霜威侵短衣.

歲時寒侵遊子衣	세밑의 찬바람이 유자의 옷 파고들 때
拘留幕府報官移	막부에 구류되어 있다 전근 소식 들었네.
五更歸夢三百里	한밤중 삼백 리 떨어진 고향 가는 꿈꾸고
一日思親十二時	하루 중 십이시를 부모님 생각하누나.
車上吐茵元不逐	수레 위에 토하여도 본래 쫓겨나지 않고
市中有虎竟成疑	저자의 호랑이는 결국 의심을 사게 되네.
秋毫得失關何事	조금이라도 득실과 관련된 것 무슨 일인가

總爲平安書到遲　　온통 편안하다는 편지가 늦게 도착하는 것.

【주석】

歲時寒侵遊子衣 : 『고악부』에서 "자애로운 어머니 손 안의 실, 떠나는 자식 입을 옷. 떠남에 꼼꼼히 바느질 하니, 다만 늦게 돌아올까 염려해서네"라고 했다.

古樂府, 慈母手中線, 遊子身上衣. 臨行密密縫, 但恐遲遲歸.

拘留幕府報官移 : 산곡 황정견의 「환가정백씨還家呈伯氏」에서 "힘써 수판 들고 여양성에 갔다가, 다시 기약 어겨 꾸짖음 받았네"라고 했는데, 이 일은 다만 이 작품과 「환가정백씨還家呈伯氏」라는 작품에만 보인다.

呈伯氏詩云, 强趨手版汝陽城, 更責愆期被訶詬. 此事獨見於此兩詩.

五更歸夢三百里 一日思親十二時 : 『복재만록』에서 "당唐나라 주주朱晝의 「희진의로시신제喜陳懿老示新製」에서 "한 번 헤어져 천 일 지나니, 날마다 열두 번 생각한다오. 괴로운 마음에 한가할 때 없었는데, 지금 고향 땅 빛 보노라"라 했다. 산곡 황정견의 '오경귀몽삼백리五更歸夢三百里, 일일사친십이시一日思親十二時'의 구절이 여기에서 취한 것임을 알았다"라고 했다.

復齋漫錄云, 唐朱晝詩曰, 一別一千日, 一日十二憶. 苦心無閑時, 今日見土色. 乃知山谷五更歸夢三百里一日思親十二時之句取此.

上吐茵元不逐 : 『한서·병길전丙吉傳』에서 "병길이 승상이 되었는데, 마부가 술을 좋아하여 자주 할 일을 잊고 제멋대로 놀았다. 한 번은 마부가 병길을 따라 수레를 함께 타고 가다가 술이 취하여 승상의 수레 위에 토했다. 상급 관리가 아뢰어 마부를 파직하려고 하니, 병길이 말하기를 "술에 취해서 실수한 것을 가지고 사람을 버린다면, 저 사람이 어디에 붙어 있을 수 있겠는가. 그대는 참도록 하라. 이것은 승상의 수레 좌석을 더럽힌 것에 불과하다"라고 하고서는 마침내 버리지 않았다"라고 했다. 이때 부정공富鄭公이 전재상前宰相으로 여주汝州를 다스리고 있었다. 시의 의미는 승상이 애초에 이것으로 죄를 삼지 않았는데, 어떤 이들이 참소하니 삼인성호三人成虎일 따름이라는 것이다.

漢丙吉傳, 吉爲丞相, 馭吏嗜酒, 數連蕩, 嘗從吉出, 醉吐丞相車上. 西曹主吏白欲斥之, 吉曰, 以醉飽之失去士, 使此人將復何所容. 西曹第忍之. 此不過汗丞相車茵耳. 遂不去也. 時富鄭公以前宰相判汝州. 詩意謂丞相初不以此爲罪, 而或讒之, 三人成虎耳.

市中有虎竟成疑 : 『한비자』에서 "위魏나라 사신 방총龐葱과 태자太子가 한단邯鄲에 인질로 가기 전에 위왕魏王에게 "지금 어떤 사람이 시장에 호랑이가 나타났다고 하면 왕은 믿으시겠습니까"라 하자, 왕은 "믿지 않겠다"라 했다. 그러자 "두 사람이 말을 하면 왕은 믿으시겠습니까"라 하자, 왕은 "나는 의심을 하게 될 것이요"라 했다. 이에 방총이 "시장에는 호랑이가 나타나지 않는 것이 분명한데, 세 사람이 말하면 호

랑이가 나타나게 됩니다. 지금 한단과 대량大梁의 거리는 시장보다도 먼 곳입니다. 신을 헐뜯는 자도 세 사람에 지나지 않으니, 왕께서 살펴주시기 바랍니다"라 했다"라고 했다.

韓非子, 魏使龐恭與太子質于邯鄲, 謂魏王曰, 今一人言市有虎, 王信之乎. 曰否. 兩人言, 王信之乎. 曰寡人疑之矣. 三人言, 王信之乎. 王曰寡人信之矣. 恭曰, 市之無虎明矣, 然三人言而成虎. 今邯鄲去大梁也, 遠於市, 而議臣者過於三人, 願王察之.

14. 언화의 작품에 차운하여 장난스레 답하다【원주에서 "언화는 나이 마흔에 벼슬을 버리고 두문불출했다"라고 했다】

次韻戱答彦和【元注云, 彦和年四十, 棄66官杜門不出】

本不因循老鏡春	본디 늘그막이 되어서가 아니니
江湖歸去作閑人	강호로 돌아와 한가로운 이 되었네.
天於萬物定貧我	하늘이 만물 중에 나를 가난하게 했노니
智效一官全爲親	지혜로 관리 된 것은 모두 부모 때문이네.
布袋形骸增磈磊	살찐 모습이었는데 더욱 살이 졌지만
錦囊詩句愧淸新	비단 주머니의 시구 청신함에 부끄럽네.
杜門絶俗無行迹	문 닫고 세상 떠나 행적이 없어
相憶猶當遣化身	그리워하니 화신이라도 보내주시게.

【주석】

江湖歸去作閑人 : 조하趙嘏의 「기귀寄歸」에서 "조만간 내 몸의 일 대략 끝내고, 물가로 돌아가 한가로운 사람 되리라"라고 했다.

趙嘏詩, 早晩粗酬身事了 水邊歸去一閑人.

天於萬物定貧我 : 『장자·대종사大宗師』에서 "자상子桑이 "나는 나를 이렇게 곤궁한 지경에 이르도록 만든 자를 아무리 생각해도 알 수가 없

---

66 [교감기] '棄'가 고본에는 '休'로 되어 있다.

다. 아버지, 어머니가 어찌 내가 빈궁하기를 바랐겠는가. 하늘은 사사로이 덮음이 없고, 땅은 사사로이 실음이 없으니, 하늘과 땅이 어찌 사사로이 나를 빈궁하게 했겠는가"라 했다"라고 했다.

莊子大宗師篇, 子桑曰, 吾思夫使我至此極者, 而弗得也. 父母豈欲吾貧哉. 天無私覆, 地無私載, 天地豈私貧我哉.

智效一官全爲親 : 『예기』에서 "사마가 관리로 등용할 만한 인재를 변론하니, 지혜도 하나의 관직을 차지하고 재주도 마땅히 직에 어울려야 한다"라고 했다. 『장자·소요유逍遙遊』에서 "지식知識은 한 관직을 맡아 공적을 올릴 만하고, 행실은 한 고을의 인망人望에 부합한다"라고 했다. 『후한서』에서 "모의毛義는 집이 가난했지만, 효행으로 칭송받았다. 장봉張奉이 그 이름을 사모하여 찾아왔다. 자리에 앉았는데 부府의 격서檄書가 마침 왔고 모의를 수령으로 삼는다는 것이었다. 모의는 격서를 받고서 기뻐하는 얼굴빛이 있다. 이에 장봉은 이를 천하게 여겨 사양하고 가버렸다. 그러자 모의의 어머니가 죽자, 모의는 벼슬을 버리고 사복을 입었는데, 관청에서 자주 부르고 관청의 수레가 이르러도 나가지 않았다. 이에 장봉은 탄식하며 "어진 사람은 진실로 예측할 수가 없구나. 지난날 기뻐하던 것은 이에 부모님을 위해 굽힌 것이었구나"라 했다"라고 했다.

禮[67]記, 司馬辨[68]論官材, 智效一官, 才宜稱職. 莊子逍遙篇云, 知效一官,

---

67 [교감기] '禮'자가 본래 빠져 있었는데, 전본에 따라 보충한다. 살펴보건대, 이 조

行比一鄉. 後漢, 毛義家貧, 以孝行稱. 張奉慕其名, 往候之. 坐定而府檄適至, 以義守令. 義奉檄, 喜動顏色. 奉心賤之, 辭去. 及義母死, 去官行服, 數辟公府, 公車徵, 不至. 奉乃嘆曰, 賢者固不能測, 往日之喜, 乃爲親屈也.

布袋形骸增磈磊 : 『전등록』에서 "명주明州 봉화현奉化縣 포대화상布袋和尙은 생김새가 비대하고 이마에 주름이 잡혔다"라고 했다. '외腲'는 '오烏'와 '죄罪'의 반절법이고 '퇴脮'는 '노奴'와 '죄罪'의 반절법이다. 언화彥和가 비대한 것을 이를 빌려 말한 것이다. 또한 황정견의 전집前集에 실린 「형강정즉사荊江亭卽事」에서 "미륵의 모습인 한 분의 포대화상이요"라고 한 바 있는데, 대개 문잠 장뇌를 가리키는 말이다. 장뇌가 본디 살이 져 있었는데, 늘그막에 더 심해졌다.

傳燈錄, 明州奉化縣布袋和尙, 形裁腲脮, 蹙額皤腹. 腲, 烏罪反. 脮, 奴罪反. 意彥和肥偉, 借以言之. 又前集荊江亭卽事詩, 形骸彌勒一布袋. 蓋屬張文潛. 文潛素肥, 晚益甚.

錦囊詩句愧淸新 : 이상은의 「이하소전李賀小傳」에서 "이하가 매일 아침 나가면서 항상 어린 종을 뒤따르게 하여, 노새를 타고는 낡고 해진 비단주머니를 어린 종의 등에 메게 했다. 시를 짓게 되면 주머니 속에 던졌다. 저녁에 돌아오면 지은 시들이 충분했다"라고 했다. 두보의 「춘

목은 『예기·왕제(王制)』에서 인용한 것이다.
68   辨 : 중화서국본에는 '辯'으로 되어 있으나, '辨'의 오자이다.

일억이백춘日憶李白」에서 "유개부庾開府[69]의 청신함 같고, 포참군鮑參軍[70]의 빼어남 같네"라고 했다.

李賀小傳, 每旦日出, 常從小奚奴, 騎距驢,[71] 背古錦囊. 遇有所得, 投囊中. 暮歸, 足成詩. 杜詩, 清新庾開府, 俊逸鮑參軍.

相憶猶當遣化身：『유마경』에서 "유마힐이 자리에서 일어나지 않은 채, 모든 대중들 앞에서 보살의 모습으로 변했다. 이때 보살로 변하여 상방上方으로 올라가 중향계衆香界에 이르렀다. 부처님 발에 예배하고 세존께서 드시고 남은 음식을 얻어다가 불사佛事에 베풀고자 했다. 그 곳의 모든 보살들이 유마힐이 보살로 변화한 것을 일찍이 없었던 일이라 찬탄하며 곧바로 부처에게 물으니, 부처가 '하방下方에 세계가 있는데, 사바婆婆라 하고 부처님의 이름은 석가모니이다. 그곳에 한 보살이 있는데, 이름은 유마힐인데 모든 보살들을 위해 설법하고 있기에 보내어 변하게 한 것이다'라 했다"라고 했다. 불가에는 법신法身[72] · 화신化身[73] · 보신報身[74]과 또 천백억 개의 화신化身이 있다. 자후 유종원의 「여

---

69 유개부(庾開府)：북주(北周)의 문장가 유신(庾信)이 표기대장군(驃騎大將軍)과 개부의동삼사(開府儀同三司)를 역임했기에 세상에서 '유개부'라고 일컫는다.
70 포참군(鮑參軍)：남조(南朝) 송(宋)의 저명한 문학가 포조(鮑照)를 말한다. 전군참군(前軍參軍)이 되었기에 '포참군'이라고 일컫는다.
71 驢：중화서국본에는 '虛'로 되어 있으나 '驢'의 오자이다.
72 법신(法身)：절대적 지혜의 지고한 상태, 즉 진리 그 자체를 가리키는 것으로 빛깔이나 형상이 없다.
73 화신(化身)：중생을 교화하기 위하여 지상에 나타나는 몸으로, 현실 속에 보살, 왕, 그림, 연꽃과 같은 꾸밈없는 사물 그 자체로 나타난다.

호초상인동간산기경화친고_{與浩初上人同看山寄京華親故}」에서 "만약 이 몸이 천억 개로 변화할 수 있다면, 산봉우리에 두루 올라 고향을 바라볼 텐데"라고 했다.

維摩詰經云, 維摩詰不起于座, 居衆會前, 化作菩薩. 時化菩薩, 昇于上方, 到衆香界. 禮彼佛足, 願得世尊所食之餘, 施作佛事. 彼諸大士, 見化菩薩, 歎未曾有, 卽以問佛. 佛告之曰, 下方有世界, 名婆娑, 佛號釋迦牟尼. 有菩薩, 名維摩詰, 爲諸菩薩說法, 故遣化來. 釋氏有法身化身報身, 又千百億化身. 柳子厚詩, 若爲化作身千億, 遍上峯頭望故鄉.

---

74 보신(報身) : 한량없는 노력과 정진의 결과 깨달음에 이른 부처의 영원한 몸으로, 진리를 깨닫는 데서 오는 기쁨[法悅]을 누린다.

15. 같은 해 급제한 배중모에게 차운하다

【이때 중모가 무양위였다】

次韻裴仲謀同年【時仲謀爲舞陽尉】

交蓋春風汝水邊	봄바람 부는 여수 가에서 서로 교유하며
客床相對臥僧氈	길손 책상 서로 대하고 스님 포단에 누웠지.
舞陽去葉纔百里	무양과 섭현은 겨우 백 리의 거리로
賤子與公皆[75]少年	그대와 나는 모두 어린 나이였네.
白髮齊生如有種	심어 놓은 듯 흰머리 일제히 자라니
靑山好去坐無錢	청산 좋아 가고자 하지만 돈이 없다오.
煙沙篁竹江南岸	이내 긴 모래사장과 대나무의 강남 언덕
輸與鸕鷀取次[76]眠	가마우지와 함께 옮겨가 잠을 자리라.

【주석】

舞陽去葉纔百里 : 배중모가 영창潁昌의 무양舞陽에서 벼슬살이 하고 있었고 산곡 황정견은 여주汝州 섭현葉縣의 위尉로 있었다.

裴官于潁[77]昌之舞陽, 山谷尉汝州葉縣.

---

75 [교감기] '皆'가 고본에는 '俱'로 되어 있다.
76 [교감기] '次'가 영원본에는 '自'로 되어 있다.
77 [교감기] '潁'이 원래 '穎'으로 되어 있는데, 전본·건륭본에 따라 고친다.

賤子與公皆少年 : 산곡 황정견의 이때 나이는 스물셋이었다.

山谷時年二十四.

白髮齊生如有種 : 형공 왕안석의 「우성우성偶成」에서 "세월 빨리 흘러 곱
던 얼굴 사라지고, 세상일은 곱절 많아져 흰머리 생겨나네"라고 했다.
『한서 · 진승전陳勝傳』에서 "왕후王侯 장상將相이 어찌 씨가 있더냐"라고
했다.

玉荊公詩, 風光斷送朱顏去, 世事裁培白髮生. 陳勝傳, 侯王將相, 寧有種耶.

靑山好去坐無錢 : 당唐나라 부재符載가 우적于頔에게 산 살 돈을 빌린
일이[78] 『운계우의雲溪友議』에 보인다.

唐符載乞買山錢於于頔, 見雲溪友議.

煙沙篁竹江南岸 輸與鸕鶿取次眠 : 원지 왕우칭의 「재범오강再泛吳江」에
서 "눈 가득한 푸른 물결은 들새에게 옮겨가고, 한 도롱이의 가랑비는
어부에게 전해지네"라고 했다. 성유 매요신의 「서호한망西湖閑望」에서
"한가롭게 흰 새를 보면서, 종일토록 물가 모래밭에 서 있네"라고 했
다. 『본초강목』에서 "노자鸕鶿는 수로아水老鴉를 말한다"라고 했다.

---

78 당(唐)나라 (…중략…) 일이 : 당나라 때에 우적(于頔)이라는 사람이 양양(襄陽)
    을 진무(鎭撫)할 때에, 여산(廬山)의 부대산인(符戴山人)이 산을 구매하기 위한
    매산전(買山錢) 100만 전(錢)을 빌려 달라고 청하니, 우적이 100만 전을 내주고
    지필묵과 의복 등을 함께 주었다고 한다.

王元之詩, 滿眼碧波輸野鳥, 一蓑疎雨屬漁人. 梅聖俞詩, 愛閑輸白鳥, 盡
日立沙汀. 本草, 鸕鷀謂之水老鴉.[79]

79　鴉 : 중화서국본에는 '雛'로 되어 있는데, '鴉'의 오자이다.

16. 유민탄
流民歎

『실록』을 살펴보건대, 희녕熙寧 2년 정월, 판여주判汝州 부필富弼이 "당唐·등鄧·양襄·여汝 지역은 땅은 넓지만 경작하지 못해, 하북河北으로 밀려오는 백성들이 날로 많아지고 있습니다. 만약 놀고 있는 땅을 모두 지급해 주어, 이로써 살아갈 수 있는 방도를 얻게 된다면 실로 두 지역이 편리함을 얻을 것입니다"라고 했다. 이 작품에서는 하북에 재앙이 들어 유민이 양襄과 섭葉 사이로 몰려든 것이니, 섭현葉縣에 있을 때 지은 작품임을 알 수 있다.

按實錄, 熙寧二年正月, 判汝州富弼言, 唐鄧襄汝, 地廣不耕, 河北流民至者日衆. 若盡給以閑田, 使獲生養, 實兩得其便云云. 此詩言河北災傷, 流民至襄葉間, 可見在葉縣作.

朔方頻年無好雨	북방에는 해마다 좋은 비 없어
五種不入虛春秋	오곡을 심지 못해 봄가을이 비게 되었네.
邇來后土中夜震	이래로 후토가 한밤중에 벼락을 치니
有似巨鼇復戴三山遊	마치 큰 거북이 다시 세 산을 이고 노니는 듯.
傾墻摧棟壓老弱	담장 기울고 용마루 꺾여 노약자 위협하니
冤聲未定隨洪流	원성이 그치지 않고 홍수가 이어졌다네.
地文劃劙[80]水觺沸	땅을 갈라지고 물을 용솟음 쳐서

十戶八九生魚頭	열 가구 중 여덟아홉은 물고기 머리 되었네.
稍聞澶淵渡河日數萬	날마다 수만 백성이 전연에서
	하수 넘는다 들었으니
河北不知虛幾州	하북의 몇 고을이 텅 비었는지 모를 정도이네.
纍纍襁負襄葉間	양섭의 사이에 자식 들쳐 맨 사람 많노니
問舍無所耕無牛	거주할 집도 없고 밭 갈 소도 없다네.
初來猶自得曠土	처음엔 온 사람은 오히려 넓은 땅 얻었지만
嗟爾後至將何怙	아, 뒤에 오는 사람은 장차 무엇에 의지할까.
刺史守令⁸¹眞分憂	자사와 수령이 진실로 근심을 나누었고
明詔哀痛如父母	부모처럼 애통해하는 조서가 내려왔지.
廟堂已用伊呂⁸²徒	조정에서 이미 이윤과 여상⁸³ 무리 등용했지만
何時眼前見安堵	어느 때나 편안하게 살아가는 걸 볼거나.
疏遠之謀未易陳	소원한 계책을 쉽게 아뢸 수가 없노니
市上三言或成虎	저자의 세 사람 말이면 호랑이 나타난다네.
禍災流行固無時	재앙이 흘러 다니며

---

80 [교감기] '劉'가 본래 '甀'로 되어 있고 주(注)에서도 동일하다. 전본을 참고하고 한유(韓愈)의 「조주제신문(潮州祭神文)」에 따라 고친다.
81 [교감기] '令'이 원래 '今'으로 되어 있는데, 영원본·고본·전본·건륭본에 따라 고친다.
82 [교감기] '呂'가 영원본에는 '周'로 되어 있다. 살펴보건대, '周'는 주공(周公)을 말하기에 또한 통한다.
83 이윤과 여상: '이려(伊呂)'는 상나라 탕왕(湯王)의 승상인 이윤(伊尹)과 주나라 무왕(武王)을 보좌하여 은나라를 멸망시킨 여상(呂尙)의 병칭으로, 두 사람 모두 고대의 저명한 재보(宰輔)이다.

	진실로 일정한 때가 없지만
堯湯水旱人不知	요와 탕의 홍수 가뭄을 사람들은 알지 못하네.
桓侯之疾初無證	환후의 질병은 처음에는 증세가 없었지만
扁鵲入秦始治病	편작이 진나라로 들어갔으니
	병 치료 할 수 있었지.
投膠盈掬俟河淸	아교 던지고 손 움켜 진 채
	하수 맑아지길 기다리니
一簞豈能續民命	한 바구니 밥으로 어찌 백성 목숨 이어갈거나.
雖然猶願及此春	비록 그렇지만 오히려 올해 봄날에 미쳐
略講周公十二政	주공의 열두 정책을 강구하길 바란다오.
風生群口方出奇	시급한 일에 여러 사람들 좋은 계책 내니
老生常談幸聽之	노생이 다행스럽게 들었다고 늘 말 하누나.

【주석】

朔方頻年無好雨 : 두보의 「춘야희우春夜喜雨」에서 "좋은 비는 때를 알아, 봄이 되니 싹을 띄우는구나"라고 했다.

杜詩, 好雨知時節, 當春乃發生.

五種不入虛春秋 : 『한서·오피전伍被傳』에서 "진秦나라 때 서복徐福이 바다에 들어가서 오곡의 씨앗을 많이 가져왔다"라고 했는데, 그 주注에서 "'오종五種'은 오곡의 씨앗이다"라고 했다. 『예기·월령月令』에서 "먼

저 씨앗이 땅에 들어가지 않았다"라고 했다.

漢伍被傳, 秦時徐福入海, 多齎五種而行. 注, 五穀之種也. 月令, 首種不入.

有似巨鼇復戴三山遊 :『열자』에서 "다섯 개의 산의 뿌리가 잠시도 솟아 있지 못했다. 그래서 황제가 큰 거북 열다섯 마리에게 명하여 머리를 들고 이고 있게 했는데, 두 개의 산은 북극으로 흘러가버렸다"라고 했다.

列子, 五山之根, 不得暫峙, 帝使巨鼇十五, 擧首而戴之, 二山流於北極.

地文劃劙水鬻沸 : 퇴지 한유의 「제신문祭神文」에서 "음산한 구름이 감돌아 해와 달을 가리었다"라고 했다. '이劙'는 '역力'과 '지支'의 반절법이다. 『시경 · 대아 · 첨앙瞻卬』에서 "솟아오르는 샘물에서"라고 했다. '비沸'의 음은 '불拂'이다.

退之祭神文, 劃劙雲陰, 卷日月也. 劙, 力支切. 大雅瞻卬篇, 鬻沸檻泉. 沸音拂.

十戶八九生魚頭 :『남사 · 강현전康絢傳』에서 "회수淮水가 엄청나게 불어나 방죽이 무너지고 바다로 흘려가면서 수만의 사람들을 죽였다. 괴물이 물을 따라 흘러갔는데, 어떤 것은 사람의 얼굴에 물고기의 몸이었고 어떤 것은 용의 형상에 말의 머리를 하고 있었다"라고 했다. 퇴지 한유의 「월식月蝕」에서 "요 임금이 큰물을 불러 열 개의 해를 침수시키

되, 만국 백성이 물고기 머리처럼 떠오르는 걸[84] 애석해하지 않았네"
라고 했는데, 대개 옥천자玉川子 노동盧仝의 「월식月蝕」에서 "하늘 높고
해 달려 물을 대지 못하니, 다만 만국 백성이 물고기 머리처럼 떠오르
는 것만 보이누나"라고 했다.

南史康絢傳, 淮水瀑漲, 堰壞, 奔流于海, 殺數萬人. 怪物隨流而下, 或人頭
魚身, 或龍形馬首. 退之月蝕詩, 堯呼大水浸十日, 不惜萬國赤子魚頭生. 蓋效
玉川子詩, 天高日走沃不及, 但見萬國赤子(魚+戜)(魚+戜)生魚頭也.

纍纍襁負襄葉間 : "그 자식을 포대기에 매어 등에 업는다"[85]라는 것은
『논어』에 보인다.

襁負其子, 見論語.

問舍無所耕無牛 : 『삼국지』에서 "유비劉備가 허사許汜에게 "그대는 밭

---

84 물고기 (…중략…) 걸 : '어두생(魚頭生)'은 익사한 백성들의 머리가 물고기 머리
처럼 수면 위로 떠올랐다는 말이다.
85 그 (…중략…) 업는다 : 『논어·자로(子路)』의 "번지가 농사짓는 법을 가르쳐 달
라고 청했다. 공자가 "노련한 농부가 나보다 나을 것이다"라 했다. 또 채소 재배
법을 가르쳐 달라고 청했다. 공자가 "채소 전문가가 나보다 나을 것이다"라 했다.
번지가 물러난 뒤 공자가 "번지는 소인이구나. 위정자가 예절을 좋아하면 백성은
자연히 그를 존경하게 된다. 위정자가 정의를 좋아하면 백성은 자연히 그를 믿고
따르게 된다. 위정자가 신의를 존중하면 백성도 자연히 진정으로 부응하게 된다.
그렇게 되면 사방의 백성이 자식을 등에 업고 달려올 텐데, 직접 농사를 배울 필
요가 있겠느냐"라 했다[樊遲請學稼. 子曰, 吾不如老農. 請學爲圃. 曰, 吾不如老圃.
樊遲出, 子曰, 小人哉, 樊須也. 上好禮則民莫敢不敬, 上好義則民莫敢不服, 上好信則
民莫敢不用情. 夫如是則四方之民, 襁負其子而至矣. 焉用稼]"라는 구절에 보인다.

이나 집을 구하노니, 취할 만한 말이 없구나"라 했다"라고 했는데, 그 글자를 차용한 것이다.

三國志, 劉備謂許汜云, 君求田問舍, 言無可采. 此借使其字.

初來猶自得曠土 嗟爾後至將何怙 : 퇴지 한유의 「도원桃源」에서 "처음 와서는 고향 그렸지만, 세월 오래되니 여기가 집이 되네"라고 했다. 『시경・요아蓼莪』에서 "아버지가 없으니 누굴 의지할까"라고 했다.

退之桃源詩, 初來猶自念鄕邑, 歲久此地還成家. 詩, 無父何怙.

刺史守令眞分憂 : 두보의 「동원사군용릉시서同元使君春陵詩序」에서 "천 자의 근심을 나눠 지방을 다스린다"라고 했다.

老杜同元使君春陵詩序曰, 當天子分憂之地.

明詔哀痛如父母 : 『전한서・서역전西域傳』에서 "무제武帝 말년에 마침 내 윤대輪臺의 땅을 버리고 애통해하는 조서를 내리었다"라고 했다.

前漢西域傳, 武帝末年, 遂棄輪臺之地, 而下哀痛之詔.

廟堂已用伊呂徒 : 부공富公이 이미 재상에 제수되었다는 것을 말한다.

謂富公已拜相也.

何時眼前見安堵 : 두보의 「모옥위추풍소파가茅屋爲秋風所破歌」에서 "언

제나 눈앞에 이런 집이 솟구치려나"라고 했다.『사기·전단전田單傳』에서 "즉묵卽墨이 항복하면, 원컨대 우리 가족과 처자들을 사로잡지 마시고 안전하게 해 주십시오"라고 했다.『한서·고조기高祖紀』에서 "아전과 백성들이 모두 예전처럼 편안해졌다"라고 했다.

杜詩, 何時眼前突兀見此屋. 田單傳, 卽墨卽降, 願無虜掠吾族家妻子, 令安堵. 漢高祖紀, 吏民皆按堵如故.

市上三言或成虎 : '삼인성호三人成虎'[86]는 위의 주注에 보인다.

見上.

禍災流行固無時 堯湯水旱人不知 :『좌전』에서 "하늘의 재앙이 흘러 다니면서 국가마다 번갈아 발생하고 있습니다"라고 했다.『한서·화식지食貨志』에서 "요 임금에게는 9년의 홍수가 있었고 탕 임금에게는 7년의 가뭄이 있었다"라고 했다.

左傳, 天災流行, 國家代有. 漢食貨志, 堯有九年之水, 湯有七年之旱.

86　삼인성호(三人成虎) :『한비자』에서 "위(魏)나라 사신 방총(龐葱)과 태자(太子)가 한단(邯鄲)에 인질로 가기 전에 위왕(魏王)에게 "지금 어떤 사람이 시장에 호랑이가 나타났다고 하면 왕은 믿으시겠습니까"라 하자, 왕은 "믿지 않겠다"라 했다. 그러자 "두 사람이 말을 하면 왕은 믿으시겠습니까"라 하자, 왕은 "나는 의심을 하게 될 것이요"라 했다. 이에 방총이 "시장에는 호랑이가 나타나지 않는 것이 분명한데, 세 사람이 말하면 호랑이가 나타나게 됩니다[市之無虎明矣, 然三人言而成虎] 지금 한단과 대량(大梁)의 거리는 시장보다도 먼 곳입니다. 신을 헐뜯는 자도 세 사람에 지나지 않으니, 왕께서 살펴주시기 바랍니다'라 했다"라고 했다.

桓侯之疾初無證　扁鵲入秦始治病 : 『사기 · 편작전扁鵲傳』에서 "편작이 제齊나라를 지나다가 제나라 환후桓侯를 보고 "임금은 병이 있는데, 피부에 있습니다. 치료하지 않으면 심해질 것입니다"라 했다. 이에 환후는 "나는 병이 없다"라 했다. 5일이 지난 뒤, 다시 환호를 보고 "병이 혈맥까지 미쳤습니다"라 했다. 이에 환후는 대꾸하지 않았다. 5일이 지난 뒤 다시 환우를 보았는데, 멀리서 환후를 보고서는 달아나 버렸다"라고 했다.

史記扁鵲傳, 扁鵲過齊, 謂桓侯曰, 君有疾, 在腠[87]理, 不治將深. 桓侯曰, 寡人無疾. 後五日, 復見曰, 疾在血脉. 桓侯不應. 後五日復見, 望見桓侯而走.

投膠盈掬侯河淸 : 『포박자』에서 "얼마 안 되는 아교阿膠로는 흐린 황하를 맑게 할 수가 없다"라고 했다. 『좌전』에서 "주周나라의 시에 "황하가 맑아지길 기다리냐, 사람의 수명이 얼마나 되기에"라 했다"라고 했다.

抱朴子云, 寸膠不能理黄河之濁. 左傳云, 周詩有之, 侯河之淸, 人壽幾何.

一箪豈能續民命 : 『맹자』에서 "한 대그릇의 밥과 한 그릇의 국을 얻으면 살고 얻지 못하면 죽는다"라고 했다. 『남사』에서 "유회진劉懷珍의 족제族弟 선명善明은 청주靑州에 기근이 들자, 자신이 저장해 놓은 곡식이 있어 창고를 열어 진휼하여 고을의 마음 사람들의 목숨을 살렸다. 그래

87　腠 : 중화서국본에는 '湊'로 되어 있으나, '腠'의 오자이다.

서 백성들이 그 집의 밭을 일컬어 '속명전續命田'이라고 했다"라고 했다.

孟子, 一簞食, 一豆羹, 得之則生, 弗得則死. 南史, 劉懷珍族弟善明, 靑州

饑, 善明有積粟, 開倉以賑, 鄕里多獲全濟, 百姓呼其家田爲續命田.

雖然猶願及此春 略講周公十二政 : 『주례・지관地官・사도司徒』에서 "흉

년에는 12가지 정책으로 모든 백성들을 취합한다. 첫째는 산리散利로

씨앗을 대여하는 것이다. 둘째는 박정薄政으로 세금을 가볍게 하는 것

이다"라고 했다. 이 작품의 의미는 편작은 이미 떠나갔기에 처음에 병

을 치료할 수 있는 상황에는 진실로 미칠 수 없다는 것이다. 한 그릇의

밥과 한 그릇의 물로 죽어가는 백성을 구제하고자 한다는 것은 진휼하

는데 도움이 되지 않는다는 말이다. 비록 이와 같지만 올 봄에 미쳐 황

정荒政을 강구한다면 오히려 조금은 나을 것이다.

周禮地官司徒, 以荒政十有二, 聚萬民. 一曰散利, 二曰薄政云云. 詩意謂

扁鵲已去, 而始治病, 固無及矣. 以一簞食, 一瓢飮, 而欲救民死, 言賑濟無益

也. 雖如此, 而及今春講荒政, 猶庶幾焉.

風生群口方出奇 : 조광한趙廣漢은 일을 보면 바람을 일으켰다.[88] 『사기

---

88 조광한(趙廣漢)은 (…중략…) 일으켰다 : "조광한은 대대로 아전을 한 자손 중에
    신진으로서 나이가 젊은 자들을 등용하기 좋아하여 오로지 강장(强壯)과 예기
    (銳氣)를 힘쓰니, 일을 보면 바람이 일어나듯 신속히 처리하여 회피하는 바가 없
    어서 대부분 과감한 계책이 많고 잡아 지키며 신중히 하는 바가 없었다[趙廣漢,
    好用世吏子孫, 新進年少者, 專厲强壯鋭氣, 見事風生, 無所回避, 率多果敢之計, 莫爲
    持難]"라는 내용이 『한서・조광한전(趙廣漢傳)』에 보인다. '견사풍생(見事風

· 백기전白起傳』의 찬贊에서 "백기는 적을 헤아려서 재빠르게 변화해 대응하고 기묘한 계략은 무궁하였다"라고 했다. 진평陳平은 여섯 차례나 기괴한 계책을 내었다.[89]

趙廣漢見事風生. 史記白起贊, 料敵合變, 出奇無窮. 陳平六出奇計.

老生常談幸聽之:『삼국지·관로전管輅傳』에서 "등양鄧颺이 "이 노인이 늘 하는 말이다"라 했다"라고 했다.

三國志管輅傳, 鄧颺曰, 此老生常談.

生)'은 일처리를 신속하게 한다는 말이다.
89 진평(陳平)은 (…중략…) 내었다 : 육출기계(六出奇計), 즉 한(漢)나라 진평(陳平)이 고조(高祖) 유방(劉邦)을 위해 모획(謀畫)한 여섯 가지 기이한 계책이라는 말로, 승리를 보장하는 뛰어난 작전을 뜻한다. 여섯 가지 내용은 『사기·진승상세가(陳丞相世家)』에 나온다.

17. 활주의 외숙의 작품에 차운하여 보내다

次韻寄滑州舅氏

국사國史를 살펴보건대, 희종熙寧 3년 4월 임오일에 우정언右正言 이상李常이 비각교리祕閣校理에서 태상박사太常博士로 강등되었고 활주滑州 통판通判이 되었다. 지금 그 해에 지은 작품을 모아둔 이곳에 이 작품을 붙인다.

按國史, 熙寧三年四月壬午, 右正言李常落祕閣校理, 降太常博士, 通判滑州. 今附是年.

舫齋聞有小溪山	방재에게 소계산이 있다고 들었노니
便是壺公謫處天	이곳은 호공이 하늘로부터 유배 온 곳이네.
想聽瑣窻深夜雨	쇄창에서 깊은 밤 빗소리 듣는 것 생각해 보니
似看葉水上江船	마치 섭수葉水가 강의 배에 오르는 것 보는 듯.
瞻相白馬津亭路	멀리 백마진의 정자 길을 바라다보니
寂寞雙鳧古縣前	쓸쓸히 옛 고을 앞에 두 마리 오리 나네.
舅氏知甥最疎懶	장인은 사위가 가장 성글고 게으르다는 것 아니
折腰塵土解哀憐	세상에 허리 굽힌 가련함을 이해하시겠지.

【주석】

便是壺公謫處天 : 『후한서·비장방전費長房傳』에서 "비장방이 시장을

관리하는 벼슬아치가 되었는데, 시장에는 약을 파는 노인이 있었고 그 노인은 호리병 하나를 걸어두고 시장이 파하면 호리병 안으로 뛰어 들어갔다. 시장 사람들은 이것을 보지 못했는데, 오직 비장방이 이것을 보았다. 그래서 그 노인을 찾아가 거듭 절을 하였고 그 늙은이와 함께 호리병 속으로 들어갔다. 호리병 속에서는 오직 옥당玉堂의 엄숙하고 화려함만을 보았고 맛 좋은 술과 감미로운 안주가 그 가운데 가득 넘쳤다. 노인이 뒷날 "나는 신선神仙인데 과실 때문에 문책을 당했다. 그런데 지금 그 문책이 끝났으니 마땅히 떠나갈 것이다. 그대는 나와 함께 가겠는가"라 했다"라고 했다. 낙천 백거이의 「수오칠견기酬吳七見寄」에서 "누가 알랴, 시장의 남쪽에, 호리병 속 천지가 있다는 것을"이라고 했다.

後漢費長房傳, 長房爲市椽, 市有老翁賣藥, 縣一壺, 市罷, 跳入壺中. 市人莫見, 惟長房見之, 因往再拜, 翁與俱入壺中, 惟見玉堂嚴麗, 旨酒甘肴盈衍其中. 翁後曰, 我神仙之人, 以過見責, 事畢當去. 子能相隨乎. 白樂天詩, 誰知市南地,[90] 轉作壺中天.

想聽瑣窗深夜雨:『문선』에 실린 「경복전부景福殿賦」에서 "청색 연환 장식과 은색 문고리"라고 했는데, 그 주注에서 "'청쇄靑瑣'는 창문으로, 청색으로 그려 옥무늬를 만들었다"라고 했다.

景福殿賦, 靑瑣銀鋪. 注云, 靑瑣, 窻也, 以靑畫爲瑣文.

---

90   地 : 중화서국본에는 '北'으로 되어 있으나, '地'의 오자이다.

瞻相白馬津亭路 : 퇴지 한유의 「독동방삭잡사시讀東方朔雜事詩」에서 "북두의 자루 바라보니, 두 손이 닿을 듯"이라고 했다. 낙천 백거이의 「조춘서호한유창연홍회운운早春西湖閑遊悵然興懷云云」에서 "모든 아전이 서로 얼굴 마주보고, 천 명의 장부가 몸을 부둥켜안았네"라고 했다. 활주滑州의 치소治所인 백마현白馬縣에는 여양진黎陽津이 있는데 또한 백마진白馬津이라고도 한다. 여이기酈食其가 "백마진을 지킨다"라고 한 것이 바로 이것이다.

退士讀東方朔雜事詩, 瞻相北斗柄, 兩手自相接. 白樂天詩, 百吏瞻相面, 千夫捧擁身. 滑州治白馬縣, 有黎陽津, 亦曰白馬津. 酈食其云, 守白馬之津, 是也.

寂寞雙鳧古縣前 : 명제明帝 때에 왕교王喬가 섭령葉令이 되었는데, 매달 초와 보름에 두 마리 오리를 타고 조정에 들어갔다. 지금 그 묘소가 여주汝州의 섭현葉縣에 있다. 여주汝州와 활주滑州는 모두 경京 서북쪽 길에 있다.

明帝時, 王喬爲葉令, 每朔望, 乘雙鳧入朝. 今有墓在汝州葉縣. 汝滑皆隷京西北路.

舅氏知甥最疎懶 : 두보의 「좌환산후기삼수佐還山後寄三首」에서 "서툴고 게으른 삼촌인지 예부터 알았으리니, 너는 나를 잘 이끌어야 할 것이야"라고 했다.

杜詩, 舊諳疎懶叔, 須汝故相携.

折腰塵土解哀憐 : 이때 막 위尉가 되었기에, 연명 도잠이 오두미五斗米
에 허리를 굽혔던 일[91]을 이용했다.

時方作尉, 故用淵明五斗米折腰事.

---

91 연명 (…중략…) 일 : 진(晉)나라 도잠(陶潛)이 팽택 현령(彭澤縣令)으로 있을 적
에, 군(郡)에서 파견한 독우(督郵)의 시찰을 받게 되었는데, 아전이 도잠에게 의
관을 갖추고 독우에게 인사를 해야 한다고 하자, 도잠이 탄식하면서 "내가 쌀 다
섯 말 때문에 허리를 꺾어 향리의 어린아이에게 굽실거릴 수는 없다[我不能爲五
斗米折腰向鄕里小兒]"라고 하고는, 즉시 수령의 인끈을 풀어 놓고 고향으로 돌아
갔던 고사가 전한다. 『진서 · 도잠열전(陶潛列傳)』에 보인다.

18. 장중모의 집 앞에서 도미주를 땅에 쏟았기에

【중모의 이름은 순이다】

張仲謀家堂前酴醾委地【仲謀名詢】

沈水衣籠白玉苗	물에 잠긴 의롱에선 백옥이 싹 띄우나
不蒙洮拂苦無聊	씻어 내지 않으면 고달픔 심하다오.
煩君斫取西莊柳	그대 번거롭게 서장의 버들을 꺾어
扶起春風十萬條	만 가지에서 봄바람 일으키누나.

【주석】

沈水衣籠白玉苗 : 『급취장急就章』의 주注에서 "'구篝'의 다른 이름은 '낙笿'이고 또한 훈롱薰籠이라고 한다"라고 했다. 『수신기搜神記』에서 "양공羊公 옹백雍伯은 성품이 독실하게 효성스러웠다. 부모님이 죽자, 무종산無終山에 장사지내고 마침내 그곳에서 살았다. 산은 높고 물은 없어서 공이 의장義漿을 만들었다. 한 사람이 와서 물을 마시고는 돌 한 되를 꺼내어 심게 하면서 "이 돌을 심으면 옥이 그 가운데서 마땅히 나올 것이다"라 했다. 공이 이를 심어서 백옥 다섯 쌍을 얻었다"라고 했다.

急就章注云, 篝, 一名笿, 亦以爲薰籠. 搜神記曰, 羊公雍伯, 性篤孝. 父母亡, 葬無終山, 遂家焉. 山高無水, 公作義漿. 有一人就飲, 以一斗石子與種之, 云, 玉當生其中. 種之得白璧五雙.

煩君斫取西莊柳　扶起春風十萬條：이의산의 「급제동귀차패상각기동년及第東歸次灞上却寄同年」에서 "패릉의 버들 빛에 이별의 한 없노니, 멋대로 긴 가지 꺾어 그리움에 주지 마시게"라고 했다.

李義山詩, 灞陵柳色無離恨, 莫枉長條贈所思.

19. 등봉의 왕회지가 「등루」라는 작품을 보내왔기에 화답하다

和答登封王晦之登樓見寄

縣樓三十六峯寒	고을 누대 서른여섯 봉우리는 추운데
王粲登臨獨倚闌	왕찬은 올라 홀로 난간에 기대었네.
淸坐一番春雨歇	청아함 속에 앉노니 봄비가 개이었고
相思千里夕陽殘	그리움 속에 천 리에 석양이 물들어갔네.
詩來嗟我不同醉	시 보내와 나와 함께 취하지 못해 탄식하나
別後喜君能自寬	이별 뒤 그대 스스로 관대해져 좋다네.
擧目盡妨人作樂	눈길 드니 모두 즐겁게 노는 사람에 방해 되니
幾時歸得釣鯢桓	어느 때나 돌아가 예환을 낚을거나.

【주석】

縣樓三十六峯寒 : 태백 이백의 「증숭산초련사서贈嵩山焦練師序」에서 "내가 그를 만나기 위해 소실산少室山에 갔다가 서른여섯 봉우리를 모두 올라 보았다"라고 했다. 살펴보건대, 『하남지河南志』에서 "하남부河南府 영안현永安縣에 소실산少室山이 있는데, 영안현 서남쪽 70리 거리에 있고 서른여섯 봉우리가 있다"라고 하고서 그 봉우리의 이름을 모두 나열했다. 형공 왕안석의 「송서경첨판왕저작送西京簽判王著作」에서 "서른여섯 봉우리 응당 좋으리니, 와서 놀자는 소식 자주 전해주시게나"라고 했다.

李太白贈嵩山焦練師序云, 余訪道少室, 盡登三十六峯. 按河南志, 河南府

永安縣少室山, 在縣西南七十里, 有三十六峯. 具列其名. 王荊公詩, 三十六峯
應好在, 寄聲多謝欲來遊.

王粲登臨獨倚闌 : 『문선』에 중선 왕찬의 「등루부登樓賦」가 실려 있다.
文選有王仲宣登樓賦.

別後喜君能自寬 : 『열자』 제1편에서 "좋구나, 능히 스스로 너그러울
줄 아는 사람이여"라고 했다. 두보의 「구일남전최씨장九日藍田崔氏莊」에
서 "늙어가는 슬픈 가을에 억지로 마음 너그럽게 하네"라고 했다.
列子第一篇, 善乎, 能自寬者也. 杜詩, 老去悲秋强自寬.

擧目盡妨人作樂 : 『진서·향수전向秀傳』에서 "처음 향수가 『장자』에
주注를 달았는데, 혜강嵆康이 "이 책에 어찌 다시 주석을 붙이랴, 사람들
즐겁게 노는 데에 방해가 될 뿐이라오"라 했다"라고 했다.
晉向秀傳, 始秀注莊周書, 嵆康曰, 此書詎復須注, 正是妨人作樂耳.

幾時歸得釣鯢桓 : 『장자·응제왕應帝王』에서 "고래가 이리저리 헤엄치
는 깊은 물도 연못이며, 고요히 멈추어 있는 깊은 물도 연못이며, 흘러
가는 깊은 물도 연못이니, 연못에는 아홉 가지의 유형이 있는데, 이것
이 세 가지에 해당한다"라고 했다. 『음의音義』에서 "예鯢와 환桓은 물고
기 이름이다"라고 했으며 또한 "'예鯢'는 경鯨이고 '환桓'은 반盤이며,

'심審'은 처處이다"라고 했다.

莊子應帝王篇, 鯢桓之審爲淵, 止水之審爲淵, 流水之審爲淵. 淵有九名, 此處三焉. 音義云, 鯢桓, 魚名. 又云, 鯢, 鯨也. 桓, 盤也. 審, 處也.

20. 손불우가 보내온 작품에 화답하다

和答孫不愚見贈

詩比淮南似小山	시를 회남에 비유하면 소산과 같고
酒名淘[92]米出雲安	명주인 도미주는 운안에서 나온다네.
且憑詩酒勤春事	시와 술에 기대 봄 흥취 즐기나니
莫愛兒郞作好官	아랑이 좋은 관리 됨 부럽지 않다네.
簿領侵尋台相筆	문서더미는 태상의 붓에 쌓여만 가고
風埃蓬勃使星鞍	바람 먼지 사성의 안장에 일어나누나.
小臣才力堪爲掾	소신의 재력은 낮은 관리에 마땅하니
敢學前人便掛冠	전인이 관 걸어둔 걸 감히 배우랴.

【주석】

詩比淮南似小山 : 『문선』에 실린 유안劉安의 「초은사招隱士」 첫 번째 수首의 주注에서 "회남淮南의 소산小山이 지은 것이다. 대산大山·소산小山이라고 칭하는 것은 『시경』에 대아大雅·소아小雅가 있는 것과 같다"라고 했다.

文選有劉安招隱士一首, 注云, 淮南小山之所作也. 稱大山小山, 猶詩有大雅小雅.

---

92 [교감기] '淘'가 영원본·고본·전본에는 '麴'으로 되어 있다.

酒名淘米出雲安 : 두보의 「발민撥悶」에서 "듣자니, 운안의 국미춘은, 한 잔만 기울여도 곧 사람을 취하게 한다네"라고 했다. 동파 소식의 「녹차상수이대취漉且嘗遂以大醉」에서 "도미춘淘米春의 향기가 집안에서 풍겨오네"라고 했다.

杜詩, 聞道雲安麴米春, 試傾一盞便醺人. 坡詩, 淘米春香竝舍聞.

且憑詩酒勤春事 : 두보의 「곡강배정팔장남사음曲江陪鄭八丈南史飲」에서 "백발노인 봄날 흥취에 어울리지 않지만, 향내 가득한 술 비우며 아름다운 경치 그리네"라고 했다.

老杜詩, 自知白髮非春事, 且盡芳樽戀物華.

莫愛兒郎作好官 : 유지기劉知幾의 『사통史通』에서 "병사들 중에 '아랑兒郎'이라 불리는 것이 있다"라고 했다.

劉知幾史通云, 師人有兒郎之稱.

簿領侵尋台相筆 : 『한서·교사지郊祀志』에서 "점차 태산泰山에 이르게 되었다"라고 했다. 왕유王維와 왕진王縉 형제는 문명文名이 있었기에 당대에 "조정에서는 우상의 필법이요, 천하에서는 우승의 시로다"라는 말이 있었다. '대상台相'은 부정공富鄭公을 말한다.

漢郊祀志, 侵尋於泰山矣. 王維縉兄弟以文名, 當代語曰, 朝廷左相筆, 天下右丞詩. 台相當謂富鄭公.

風埃蓬勃使星鞍 : 『문선』에 실린 좌사左思의 「오도부吳都賦」에서 "물안개가 피어오르네"라고 했다. '봉漨'의 음은 봉蓬이고 '발㳍'의 음은 발勃이다. 안인 반악의 「생부笙賦」에서 "빽빽하게 기운이 솟아오르네"라고 했다. 이것은 맞이하는데 힘들다는 것을 말한다. '사성使星'[93]은 『후한서·이합전李郃傳』에 보인다.

文選吳都賦, 歊霧漨㳍. 漨音蓬, 㳍音勃. 潘安仁笙賦, 鬱蓬勃以氣出. 此謂困於將迎. 使星見後漢李郃傳.

小臣才力堪爲掾 敢學前人便掛冠 : 『남사』에서 "도홍경陶弘景이 신무문神武門에 관冠을 걸어두었다"라고 했다. 이 두세 말은 반드시 그렇게 했기 때문에 한 말일 것이다.

南史, 陶弘景掛冠神武門. 此數語必有爲.

93　사성(使星) : 보통 사신을 가리키는 말이다. 『후한서·이합전(李郃傳)』에 "한(漢)나라 화제(和帝)가 즉위한 뒤 사자(使者)들을 파견했는데 모두 평상복을 입고 혼자 행동하면서 따로따로 여러 지방의 풍속과 노래 등을 살펴 모으게 했다. 사자 두 사람이 익부(益部)에 당도하여 이합이 일하는 객관으로 들어갔다. 이때가 여름밤이어서 밖에서 앉아 있으면서 이합이 하늘을 올려다보며 두 사람에게 "두 분께서 도성을 출발할 때 조정에서 사자 두 사람을 보낸 것을 아셨습니까'라 물었다. 이에 두 사람은 아무 말도 하지 않고 놀란 얼굴로 서로를 바라본 뒤 '들어보지 못했네'라고 하고서는 "그런데 자네는 그것을 어찌 아는가"라고 물었다. 이에 이합이 하늘의 별들을 가리키며 "사자 두 사람이 익주로 향하고 있어서 알았습니다"라고 했다[和帝卽位, 分遣使者, 皆微服單行, 各至州縣觀采風謠. 使者二人當到益部, 投郃候舍. 時夏夕露坐, 郃因仰觀, 問曰, 二君發京師時, 寧知朝廷遣二使邪. 二人默然, 驚相視曰, 不聞也. 問何以知之. 郃指星示云, 有二使星向益州分野]"라는 구절에서 연유했다.

21. 자다가 일어나
睡起

彷佛江南一夢中	강남의 한 꿈과도 같았는데
虛堂盡日轉溫風	종일 텅 빈 집에 온화한 바람 불어오네.
春深稍覺袷衣重	봄 깊어 겹옷 두툼함 조금씩 깨닫노니
晝永不知樽酒空	긴 낮 동안 술잔 비는 것도 몰랐어라.

【주석】

虛堂盡日轉溫風 : 『예기·월령月令』에서 "맹하孟夏의 달이 되면 온화한 바람이 비로소 불어온다"라고 했다.

月令, 孟夏之月, 溫風始至.

春深稍覺袷衣重 : 반악의 「추흥부秋興賦」에서 "왕골과 부들 깔고 겹옷을 입었네"라고 했는데, 그 주注에서 "'겹의袷衣'는 솜이 없는 옷이다"라고 했다. 두보의 「운안구일정십팔휴주雲安九日鄭十八攜酒」에서 "외진 곳이라 처음으로 겹옷을 입었네"라고 했다. 장뢰張耒[94]의 「삼월십이일작시동씨욕위당동축택三月十二日作時董氏欲爲堂東築宅」에서 "늙고 병들어 겹옷도 오히려 추운데, 봄 깊자 술 데우니 점차 향기나네"라고 했다.

94 　장뢰(張耒) : 중화서국본에는 '荊公詩'라고 되어 있는데, 이 작품이 『세시잡영(歲時雜詠)』에는 장뢰의 작품으로 실려 있다.

潘岳秋興賦, 藉莞蒻, 御袷衣. 注, 袷衣無絮也. 杜詩, 地偏初衣袷. 荊公詩,
老病袷衣猶怯冷, 春深賣酒漸聞香.

畫永不知樽酒空 : 공융孔融이 "술동이에 술은 비지 않는다"라고 했다.
孔融云, 樽中酒不空.

22. 집에 돌아와 큰 형에게 드리다

還家呈伯氏

원주元注에서 "섭현葉縣에 있을 때 지은 작품이다"라고 했다. ○ 산곡 황정견이 이때 나이 스물셋이었다. 치평治平 4년 정미년에 진사에 급제 하여 여주汝州 섭현 위葉縣尉를 제수 받았다. 다음 해에 원년을 희녕熙寧 으로 고쳤다.

元注云, 葉縣作. ○ 山谷年二十三. 治平四年丁未, 登進士第, 授汝州葉縣 尉. 明年改元熙寧.

去日櫻桃初破花	떠날 때는 앵도화가 막 꽃을 피웠었는데
歸來着子如紅豆	돌아오니 홍두처럼 열매가 맺었구나.
四時驅逼95少須曳	사계절 지나가는 것이 잠깐 사이이지만
兩鬢飄零成老醜	두 귀밑머리 영락하여 추한 늙은이 되었다네.
永懷往在江南日	지난 날 강남에서 노닐던 일 길이 그리운데
原上急難風雨後	비바람 지난 뒤에 언덕 위에 어려움 있구나.
私田苦薄王稅多	밭은 척박하기만 한데 세금은 많노니
諸弟號寒諸妹瘦	여러 동생 춥다 울부짖고
	여러 누이는 수척해졌네.
扶將白髮渡江來	흰머리 부축하며 강을 건너오니

95 [교감기] '逼'이 영원본·고본·건륭본·전본에는 '迫'으로 되어 있다.

吾二人如左右手	우리 두 사람 마치 좌우의 손인 듯해라.
苟從祿仕我遭回	진실로 벼슬 쫓다보니 내 늦게서야 돌아와
且慰家貧兄孝友	또한 집 가난하지만 효도하고
	우애하는 형 위로하네.
强趨手板汝陽城	힘써 수판 들고 여양성에 갔다가
更責愆期被訶詬	다시 기약 어겨 꾸짖음 받았네.
法官毒螫草自搖	법관의 해독에 풀은 절로 흔들렸고
丞相霜威人避走	승상의 서리 같은 위엄에
	사람들 피해 도망쳤네.
賤貧孤遠蓋如此	빈천하게 홀로 멀리 있는 것이 이와 같으니
此事端於我何有	이 일이 나와 진실로 무슨 연관이 있겠는가.
一囊粟麥七十⁹⁶錢	녹봉은 한 가마 곡식이요 칠십 전인데
五人兄弟二十口	다섯 형제의 식구는 스물 명이네.
官如元亮且折腰	벼슬은 원량처럼 또한 허리를 굽혔지만
心似次山羞曲肘	마음은 원차산처럼 팔 굽힘이 부끄럽네.
北窗書冊久不開	북창의 서책은 오래도록 펴 보지 못했고
筐篋黃塵生鎖鈕	상자 속 누런 먼지에서 쌓인 채 묵혀 있어라.
何當略得共討論	어찌하면 대략이나 함께 토론할 수 있을까
況乃雍容把杯酒	하물며 다정하게 술잔을 잡는 것
	말해 무엇 하랴.

---

96 [교감기] '十'이 영원본·고본·건륭본에는 '千'으로 되어 있다.

意氣敷腴貴壯年	의기 넘쳐 남이 젊은 시절에는 귀했지만
不早計之且衰朽	이렇게 늙고 쇠할 줄 미처 생각도 못했네.
安得短船萬里隨江風	어찌하면 강바람 따라 만 리 가는 배 띄워
養魚去作陶朱公	도주공의 어양법 배워 떠나갈거나.
斑衣奉親伯與儂	채색 옷에 부모 봉양 형님과 내가 해야 하니
四方上下相依從	사방 천지에 서로 의지하며 따르리라.
用舍由人不由己	용사는 내가 아닌 다른 사람 손에 달렸으니
乃是伏轅駒犢耳	이에 나귀가 끌채를 짊어질 뿐이라오.

【주석】

四時驅逼少須曳 兩鬢飄零成老醜 : 『찬이纂異』의 탁본蜀本에는 "사시략무
일일한四時略無一日閑, 양빈이락년소후兩鬢以落年少後"라고 되어 있다. 두보
의 「술회述懷」에서 "친구는 늙어 추해빠진 날 마음 아파했네"라고 했다.

纂異蜀本作, 四時略無一日閑, 兩鬢以落年少後. 老杜云, 親故傷老醜.

永懷往在江南日 原上急難風雨後 : '원상급난原上急難'[97]은 위의 주注에 보
인다.

見上.

---

[97]　원상급난(原上急難) : 『시경·상체(常棣)』에서 "저 할미새 들판에서 있노니, 형
제가 어려움에 급히 돕도다[鶺鴒在原, 兄弟急難]"라고 했다.

諸弟號寒諸妹瘀 : 퇴지 한유의 「진학해進學解」에서 "겨울이 따뜻하나 아이는 추위에 부르짖네"라고 했다.

退之進學解云, 冬暖而兒號寒.

扶將白髮渡江來 : 『전한서·효경왕황후전孝景王皇后傳』에서 "딸이 책상 아래로 도망쳐 숨으니, 데리고 나와 절을 하게 했다"라고 했다. 『악부』의 「목란가木蘭歌」에서 "아비 어미 딸자식 온다는 소리 듣고, 성문 나와 서로 기다리네"라고 했다.

漢孝景王[98]皇后傳云, 女逃匿, 扶將出拜. 樂府木蘭歌, 爺孃聞女來, 出郭相扶將.

吾二人如左右手 : 좌우의 손을 잃은 것 같다[99]는 것은 『한서·한신전韓信傳』에 보인다. 또한 『진서·소속전邵續傳』에서 "소속이 성도왕成都王에게 간하여 장사왕長沙王을 치자고 하면서 "형제는 좌우의 손과 같습니다"라 했다"라고 했다.

如失左右手, 見韓信傳. 又晉邵續傳, 續諫成都王討長沙王云, 兄弟如左右手.

苟從祿仕我遭回 : 굴원의 「구가九歌」에서 "내 길을 돌아 동정호로 가

---

98 王 : 중화서국본에는 '于'로 되어 있으나, '王'의 오자이다.
99 좌우의 (…중략…) 같다 : 『한서·한신전(韓信傳)』에 "어떤 자가 왕에게 "승상 소하가 도망쳤습니다"라 하자, 왕이 크게 화를 내며 마치 좌우의 손을 잃은 것처럼 여겼다[人有言王曰, 丞相何亡. 上大怒, 如失左右手]"라는 구절이 보인다.

려네"라고 했는데, 그 주注에서 "'전遭'은 도는 것이다. '척陟'과 '연連'의 반절법이다"라고 했다. 굴원의 「석송惜誦」에서 "머뭇거리며 머물고 싶구나"라고 했는데, 그 주注에서 "'천儃'은 '지知'와 '연然'의 반절법이다"라고 했다.

屈原九歌云, 遭吾道兮洞庭. 注, 遭, 轉也, 陟連切. 惜誦云, 欲儃徊儃個[100] 以干[101]俙兮. 注, 儃,[102] 知然切.

强趨手板汝陽城: 『진서·여복지興服志』에서 "옛날에는 벼슬의 귀천을 막론하고 모두 홀笏을 들어 군상의 교령을 이곳에 받아 적었다. 그러나 뒤에는 오직 팔좌八座만이 홀을 들고 그 나머지 경사卿士들은 다만 수판手板을 들어 기사관記事官이 아님을 표시했다"라고 했다. 안석安石 사인謝安이 왕탄지王坦之와 함께 환온桓溫을 보았는데, 왕탄지가 수판을 거꾸로 들고 있었다. 퇴지 한유의 「증장적서贈張籍書」에서 "말 위에서 수판을 꽂았다"라고 했다. 퇴지 한유의 「화로랑중和盧郞中」에서 "가면서 수판을 뽑아 승상에게 주었네"라고 했다. 퇴지 한유의 「제장급사문祭張給事文」에서 "붉은 옷에 상아로 만든 수판"이라고 했다. 대개 당唐나라 사람들은 홀을 수판으로 생각하여, 처음에는 구분하지 않았다.

晉興服志, 古者貴賤皆執笏, 主書君上之教令. 後惟八座執笏, 其餘卿士但

---

100 儃個 : 중화서국본에는 '徻徊'로 되어 있는데, '儃個'의 오자이다.
101 干 : 중화서국본에는 '千'으로 되어 있는데, '干'의 오자이다.
102 儃 : 중화서국본에는 '徻'로 되어 있는데, '儃'의 오자이다.

執手板, 示非記事官也. 謝安石與王坦之見桓溫, 坦之倒執手板. 韓退之贈張籍書, 上馬插手板. 和盧郎中詩, 行抽手板付丞相. 祭文云, 朱衣象板. 蓋唐人以笏爲手板, 初無分別也.

更責愆期被訶詬 : 『시경·맹氓』에서 "내가 기일을 어긴 것이 아니라, 그대에게 변변한 중매인이 없어서라네"라고 했다.

詩, 匪我愆期, 子無良媒.

法官毒螫草自搖 : 반고의 「서도부西都賦」에서 "진나라의 해독을 쓸어냈네"라고 했다. '석螫'은 '서舒'와 '역亦'의 반절법이다.

西都賦, 蕩亡秦之毒螫. 螫, 舒亦切.

丞相霜威人避走 : '승상丞相'은 부문충공富文忠公을 말한다. 『실록』을 살펴보건대, 희녕熙寧 원년 2월 황정견이 판하양判河陽이었고 부필이 판여주判汝州였다. 다음 해 2월에 부공은 다시 재상에 제수되었다. 산곡 황정견이 판하양을 맡고 있을 때는 희녕熙寧 원년 무신에 해당한다. 대개 『외집』의 「서무양서사구제처書舞陽西寺舊題處」라는 작품의 서序에서 "기유년 2월, 싸우다 죽은 사람을 다스렸는데, 무양의 벽 사이에서 지난해에 써 놓은 글씨를 보고 먼지를 떨어내고 글씨를 썼던 것을 생각하니 바라보는 자가 주변에 가득했다"라고 했다. '거세去歲'는 곧 무신년이다. 반악의 「서정부西征賦」에서 "가을 서리의 위엄이 사라지고, 봄 못

은 두터운 은혜가 흐르네"라고 했다. 산곡 황정견은 일찍이 "부모님 그리워하며 처음 여주汝州에 도착했을 때, 진상鎭相 부공富公은 내가 관아에 도착하자 더욱 하리下吏로 기약했다"라고 했다.

丞相謂富文忠公也. 按實錄, 熙寧元年二月, 判河陽, 富弼判汝州. 明年二月, 富公復拜相. 山谷之官, 當是熙寧元年戊申. 蓋外集有詩, 其序云, 己酉二月, 按鬪死者, 於舞陽壁間, 得往歲書, 思拂塵落筆之時, 觀者左右. 去歲卽戊申也. 潘岳西征賦, 弛秋霜之威嚴, 流春澤之渥恩. 山谷嘗云, 思親初到汝州時, 鎭相富公以予到官, 逾期下吏.

一囊粟麥七十錢: 『한서·동방삭전東方朔傳』에서 "주유侏儒는 키가 세 자 남짓하지만, 녹봉은 곡식 한 가마에 이백사십 전을 받습니다. 신 동방삭은 키가 아홉 자를 넘는데도 또한 녹봉은 곡식 한 가마에 이백사십 전을 받습니다"라고 했다.

東方朔傳, 侏儒長三尺餘, 奉一囊粟, 錢二百四十. 臣朔長九尺餘, 亦奉一囊粟, 錢二百四十.

官如元亮且折腰: 『진서』에서 "도잠陶潛의 자는 원량元亮이다"라고 했다. 『송서宋書』에서 "도잠의 자는 연명이다. 어떤 이는 연명의 자는 원량이라고 한다"라고 했다. 『남사』에서 "도잠의 자는 연명이다. 어떤 사람은 자는 심명深明이고 이름은 원량이라고 한다"라고 했다. 소명태자가 지은 「도연명전陶淵明傳」에서 "도연명의 자는 원량이다. 어떤 사람은 도잠의 자가 연명이라고 한다"라고 했다. 그러나 모든 책에서는 "팽택의 현령이 되었다. 군郡에서 독우督郵를 보내 현縣에 이르렀는데, 아전이 "마땅히 띠를 두르고 뵈어야 합니다"라고 아뢰었다. 도잠이 탄식하며 "내가 오두미五斗米 때문에 허리를 굽히고 굽실굽실 향리의 소인을 섬길 수는 없지 않겠는가"라 하고서는 관인을 벗고 현을 떠났다"라고 말했다.

晉書云, 陶潛字元亮. 宋書云, 陶潛字淵明. 或云, 淵明字元亮. 南史云, 陶潛字淵明, 或云, 字深明, 名元亮. 昭明太子作傳云, 陶淵明字元亮. 或云, 潛字淵明. 諸書皆云爲彭澤令, 郡遣督郵至縣, 吏白應束帶見之. 潛歎曰, 吾不能爲五斗米折腰, 事鄕里小人. 解印去縣.

心似次山羞曲肘 : 원결元結의 『차산집次山集』에 「오곡惡曲」 한 편이 있는데, 그 작품에서 "옛사람 중에 굽히는 것을 싫어하는 자가 있어 팔을 굽혀 물건을 취하지 않고 무릎을 굽혀 편히 앉지도 않았네"라고 했다. 『찬이纂異』의 촉본蜀本에는 이 구절이 "홀여독우교승두忽與督郵較升斗"라고 되어 있다.

元結次山集有惡曲一篇, 古人有惡曲者, 不曲臂以取物, 不曲膝以便坐. 纂異蜀本作, 忽與督郵較升斗.

筐篋黃塵生鎖鈕 : 가의賈誼의 소疏에서 "세속의 관리들이 힘쓰는 것은 칼과 붓과 상자[筐篋]에 있어서 대체大體를 알지 못 합니다"라고 했는데,

안사고顔師古는 "'광협筐篋'은 서류를 담는 상자이다"라고 했다.

賈誼疏云, 俗吏之所務, 在於刀筆筐篋, 而不知大體. 師古曰, 筐篋, 所以盛書.

何當略得共討論 : 『논어』에서 "세숙世叔이 토론했다"라고 했다.

論語, 世叔討論之.

意氣敷腴貴壯年 : 포조의 「행로탄行路難」에서 "의기가 넘쳐나는 것은 한창 때에 있네"라고 했다. 두보의 「견회遣懷」에서 "두 분은 문사가 장엄하였는데, 나를 보고 매우 기뻐하였네"라고 했다.

鮑照行路難云, 意氣敷腴在盛時. 老杜詩, 兩公壯藻思, 思我色敷腴.

不早計之且衰朽 : 『장자』에서 "자네 또한 너무 성급하다"라고 했다. 문공 한유의 「차남관시질손상湘次藍關示姪孫湘」에서 "늙은 몸으로 남은 생애 뭘 따질 것인가"라고 했다.

莊子, 汝亦太早計. 韓文公詩, 豈將衰朽計殘年.

養魚去作陶朱公 : 조주공陶朱公이 양어법養魚法에 대해 말한 것이 『제민요술齊民要術』에 보이는데, 그 대략은 "여섯 묘畝의 넓이로 연못을 만들고 연못 안에 아홉 개의 섬에 여섯 물굽이를 만들어 잉어를 구하여 연못 안에 집어넣는다"라고 했다.

陶朱公養魚法, 見齊民要術, 其略云, 以六畝地爲池池, 池中有九洲六谷,求鯉魚納池中.

斑衣奉親伯與儂：『열녀전』에서 "노래자老萊子가 양친을 섬기는데 나이 일흔이 되어서도 오색의 색동옷을 입고 어린 아이 울음소리를 내었다"라고 했다. 『대업습유기大業拾遺記』에서 "황제가 나랑羅娘을 비웃으며 "내 곁에 머물면서 함께 자도 좋을 텐데, 어찌하여 내 뜻 따라 머물지 않는가"라 했다. 황제가 광릉廣陵으로부터 왔기에 오吳나라 말을 흉내 낸 것이 많았기에 '농儂'이라고 한 것이다"라고 했다. 문공 한유의 「농리瀧吏」에서 "저는 다행히 죄를 지은 일이 없으니, 무슨 까닭으로 가 보아 알겠습니까"라고 했다.

列女傳, 老萊子養二親, 行年七十, 著五色采衣, 爲小兒啼. 大業拾遺記, 帝嘲羅娘云, 幸好留儂伴成夢, 不留儂住意如何. 帝自達廣陵, 多效吳語, 故稱儂云. 韓文公瀧吏詩, 儂幸無負犯, 何由到而知.

四方上下相依從：퇴지 한유의 「취유동야醉留東野」에서 "예전 이백 두보의 시를 읽고서는, 두 사람이 서로 어울리지 못한 것을 길이 한스러워했네"라고 했고 또한 「취유동야醉留東野」에서 "천지사방으로 동야를 쫓아다녀도, 비록 헤어짐은 있지만 만날 길 없다네"라고 했다. 『찬이纂異』의 촉본蜀本에는 이 구절이 "절승이치삼천종絶勝已致三千鍾"으로 되어 있다.

退之醉留東野詩, 昔年因讀李白杜甫詩, 長恨二子不相從. 又云, 四方上下逐東野, 雖有離別無由逢. 纂異蜀本下句作, 絶勝已致三千鍾.

用舍由人不由己 : 『논어』에서 "인을 행하는 것은 자기로 말미암는 것
이지 다른 사람에게 말미암는 것인가"라고 했다.

論語, 爲仁由己, 而由人乎哉.

乃是伏轅駒犢耳 : 『전국책』에서 "천리마가 소금 수레를 끌고 태산을
오르는데, 끌채를 짊어지고 능히 오르지 못했다"라고 했다. 『한서·전
분전田蚡傳』에서 "오늘의 논의에서는, 수레 끌채 아래에 매인 망아지처
럼 움츠리고 있는가"라고 했다.

戰國策, 驥伏鹽車而上泰山, 負轅不能上. 田蚡傳, 今日廷論, 局趣效轅下駒.

23. 시진숙의 스물여섯 운에 차운하다

次韻時進叔二十六韻

時子河上園	시진숙은 하수 물가 정원을
竹間開棟宇	대나무 사이에 지었네.
大兒勝衣冠	큰 아이는 의관을 입을 만하고
小兒豐頰輔	작은 아이는 뺨이 볼록하다네.
嫁女與朱公	딸은 주공에게 시집을 가니
伏臘可稱擧	복랍에는 술을 마실 만해라.
髮踈雖蒼浪	성긴 머리 비록 흰빛이 되었지만
齒嚼未齟齬	주저 없이 이로 씹어 먹는다네.
雞棲牛羊下	닭 깃들고 소와 양 내려오니
各自有室處	각기 절로 자신의 집이 있다네.
四墻規摹小	사방 벽의 규모는 작지만
易守若滕莒	등거처럼 지키기는 쉽다네.
舍前花木深	집 앞엔 꽃과 나무 우거졌으니
春物麗觀覰	아름다운 봄 경치 볼 수 있네.
舍後曲池蛙	집 뒤에는 굽은 못에 개구리 있어
齋堂風月苦	온 집에는 풍월이 예스럽다네.
豈此不足歟	어찌 이것이 부족하리오
歎歲不我與	세월이 나와 함께 하지 않음 탄식하네.

客宦孤雲耳	외론 벼슬아치 외론 구름일 뿐이니
未知秦吳楚	진인지 오인지 초인지도 모르겠네.
向來千馴公	예전의 천사의 공도
果愧一丘土	결국 한 봉분의 흙엔 부끄럽다네.
寧當攀軒昂	차라리 헌앙에 오르지 못할지언정
聊欲效俯傴	애오라지 겸손함을 본받고자 하네.
時子听¹⁰³然笑	시자가 입을 벌리고 웃노니
吾已悟倉鼠	나는 이미 창고 쥐인 걸 깨달았네.
少猶守章句	젊어서는 오히려 문장을 고수했지만
晚實愛農圃	늘그막에 진실로 농사일이 좋다네.
鵲巢最知風	까치 둥지에서도 바람 부는 것 잘 알고
蟻穴識陰雨	개미 구멍에서도 흐려 비오는 것 아네.
世網事諳委	세상 그물의 일 상세히 알았으며
醉鄉俗淳古	취향의 세상은 순박하고 예스럽구나.
坐忘兩家說	두 사람의 말을 좌망하니
肉堅與腸腐	고기 오래가고 창자 썩는 것.
酒至卽使傾	술이 이르면 곧바로 마시면서
客來敢辭窶	손님 오면 가난하다고 감히 사양하랴.
時邀五柳陶	때때로 오류선생 도잠을 맞이하여
共過三徑詡	함께 장후의 세 오솔길 거닐었네.

---

103 [교감기] '听'이 고본에는 '忻'으로 되어 있다.

往在少年場	지난 날 젊은 시절에는
豪氣壓潁汝	호기로움이 영여를 압도했었지.
借令今尚爾	가령 지금도 오히려 그렇다면
眞復難共語	진실로 다시 함께 말하기 어려우리.
稍知憐麴蘖	조금씩 술을 좋아하는 마음 알게 되어
漸解等灘渚	점차 옹수와 초수의 맛을 이해하네.
朋友半山阿	벗과 구불구불 산길을 함께 하며
光陰共行旅	세월 속에 함께 나그네로 지내리.
人故義當親	사람 오래되면 의리상 마땅히 친해지고
衣故義當補	옷 오래되면 의리상 마땅히 기워야 하네.
飛鳧王[104]令尹	나는 물오리를 탔던 왕교
期我向君所	내가 그대에게 바라는 바라오.
君爲拂眠床	그대 잠 자는 침상 털고 일어나
淹留莫城阻	성에 막혀 오래 머물지 마시게.

【주석】

竹間開棟宇 : 『주역·계사繫辭』에서 "위에는 들보를 얹고 아래에는 서까래를 얹었다"라고 했다.

繫辭云, 上棟下宇.

---

104 [교감기] '王'이 영원본에는 '至'로 되어 있다.

大兒勝衣冠 小兒豐頰輔：『후한서·예형전禰衡傳』에서 "큰 아이는 공문거孔文擧요, 작은 아이는 양덕조楊德祖로다"라고 했다. 『사기·삼왕세가三王世家』에서 "황자皇子는 하늘에 의지하여 능히 옷을 입고 나아가 절을 할 수 있게 되었다"라고 했다. 『예기·단궁檀弓』에서 "마치 옷을 이기지 못하는 것처럼 한다"라고 했다. 『사기·만석군전萬石君傳』에서 "자손 중에 관을 쓴 사람"이라고 했다. 한유의 「고공원외노군묘표考功員外盧君墓表」에서 "비로소 약관弱冠의 나이가 되어"라고 했다. 『주역』에서 "그 볼과 뺨과 혀로 느낀다"라고 했다. 『좌전』에서 "곡穀은 아래턱이 풍만하니 반드시 노魯나라에서 후손이 창성할 것이다"라고 했다.

後漢禰衡傳, 大兒孔文擧, 小兒楊德祖. 史記三王世家, 皇子賴天, 能勝衣趨拜. 檀弓云, 如不勝衣. 萬石君傳云, 子孫勝冠者. 韓文, 始任戴冠. 易, 咸其輔頰舌. 左傳, 穀也豐下, 必有後於魯國.

伏臘可稱擧：술잔을 들고 술을 마신다는 말이다. 『한서·양운전楊惲傳』에서 "세시복랍歲時伏臘[105]이 되면 양羊을 삶아 안주로 삼고 두주斗酒를 마신다"라고 했다. 낙천 백거이의 「서덕서정사십敍德書情四十」에서 "봉양하는데 아침저녁 반찬이 부족하고, 거처하는데 복랍의 밑거름 없어라"라고 했다.

---

105 세시복랍(歲時伏臘): 복(伏)은 삼복(三伏), 즉 하지 뒤 세 번째 경일(庚日)의 초복(初伏), 네 번째 경일의 중복(中伏), 입추 뒤 첫 번째 경일의 말복[終伏]을 말하며, 납(臘)은 동지 뒤 세 번째 술일(戌日)을 말한다.

謂稱觴擧酒也. 漢楊惲傳, 歲時伏臘, 烹羊炮羔, 斗酒自勞. 白樂天詩, 養乏晨昏膳, 居無伏臘資.

髮踈雖蒼浪 : 장작張鷟의 『첨재보유僉載補遺』에서 "왕능王能이 낙양령洛陽령이 되자, 판부인判婦人 아맹阿孟의 모습을 보고서는 "아맹은 나이 여든인데, 머리는 일찍이 창랑[106]이었지"라 했다"라고 했다.

張鷟僉載補遺云, 王能爲洛陽令, 判婦人阿孟狀云, 阿孟身年八十, 鬢髮早已蒼浪.

齒齟未齟齬 : 『초사 · 구변九辯』에서 "나는 그것이 맞지 않아 들어가기 어렵다는 것을 잘 안다"라고 했다.

楚辭, 吾固知其齟齬而難入.

雞棲牛羊下 : 『시경 · 국풍 · 군자우역君子于役』에서 "닭은 홰에 깃들고 해가 저무니 양과 소가 내려오누나"라고 했다.

國風, 雞棲于塒, 日之夕矣, 羊牛下來.

各自有室處 : 두보의 「일모日暮」에서 "소와 양이 내려온 지 오래되자, 각각 사립문을 닫는구나"라고 했다. 『시경 · 칠월七月』에서 "이 집으로 들어가네"라고 했다. 『좌전』에서 "위강魏絳이 "백성은 집과 사당이 있

---

106 창랑(蒼浪) : 흰머리를 말한다.

고, 짐승은 무성한 초원이 있으니 각기 편히 살 곳을 얻었다"라 했다"
라고 했다.

杜詩, 牛羊下來久, 各自閉柴門. 詩, 入此室處. 左傳, 魏絳曰, 民有寢廟,
獸有茂草, 各有攸處.

舍前花木深 : 당唐나라 상건常建의 「제파산사후선원題破山寺後禪院」에서
"대나무 길은 그윽한 곳으로 통했고, 선방에는 꽃과 나무 우거졌구나"라
고 했다.

唐常建詩, 竹徑通幽處, 禪房花木深.

舍後曲池蛙 : 『초사』에서 "집에 앉아 위로는 난간에 엎드리고 아래로
는 굽은 못에 임하네"라고 했다.

楚辭, 坐堂伏檻臨曲池.

齋堂風月苦 : 노동의 「소택이삼자증답시蕭宅二三子贈答詩」에서 "사군의
못가 정자엔 풍월이 예스럽네"라고 했다.

盧仝詩, 使君池亭風月古.[107]

豈此不足歟 : 퇴지 한유의 「별조지別趙子」에서 "머리 흔들며 웃고 또
말하니, 내 어찌 부족하겠는가"라고 했다.

---

107 古 : 중화서국본에는 '苦'로 되어 있으나, '古'의 오자이다.

退之詩, 擺頭笑且言, 我豈不足歟.

歲不我與 : 『논어』에서 "양화陽貨가 공자에게 "해와 달이 흘러가 세월이 나와 함께 하지 않네"라 했다"라고 했다. 오질吳質의 「답위태자전答魏太子牋」에서 "해와 달이 그렇게 흘러가, 세월이 나와 함께 하지 않네"라고 했다.

論語, 陽貨謂孔子曰, 日月逝矣, 歲不我與. 吳質答魏太子牋, 日月冉冉, 歲不我與.

客宦孤雲耳 : 적인걸狄仁傑이 태항산太行山에 올라 부모님이 계시는 남쪽을 바라보니 흰 구름이 외롭게 떠 있었다.

狄仁傑登太行山南望, 見白雲孤飛.

向來千駟公 果愧一丘土 : 『논어』에서 "제경공齊景公은 말 천사千駟가 있었지만, 죽을 때에는 백성들이 칭송하는 것이 없었다"라고 했다. 『문선』에 실린 장맹양의 「칠애시七哀詩」에서 "옛날엔 만승의 임금이었는데, 지금은 산의 흙이 되었네"라고 했다.

論語, 齊景公有馬千駟, 死之日民無得而稱焉. 選詩, 昔爲萬乘君, 今爲丘山土.

寧當損軒昂 : 퇴지 한유의 「청금聽琴」에서 "불현 듯 치솟아 오르더니"

라고 했다.

退之聽琴詩, 劃然變軒昂.

聊欲效俯偃 : 『좌전』에서 "정고보正考父는 상경上卿이 되자 더욱 공경스러운 자세를 취하였다. 그래서 그 정명鼎銘에서 "대부大夫 때에는 고개를 수그리고, 하경下卿 때에는 등을 구부리고, 상경上卿 때에는 몸을 굽혔다'라 했다'라고 했다.

左傳, 正考父, 三命玆益共, 故其鼎銘曰, 一命而傴, 再命而傴, 三命而俯.

時子听然笑 : 사마상여의 「자허부子虛賦」에서 "망시공亡是公이 입을 벌리고 웃었다'라고 했다.

子虛賦, 亡是公听然而笑.

吾已悟倉鼠 : 『사기·이사전李斯傳』에서 "이사가 젊은 시절 고을의 하급 관리가 되었었다. 이사는 관사吏舍의 변소 안에서 쥐들이 불결한 것을 먹다가도 사람이나 개가 가까이 가면 자주 놀라고 두려워하는 것을 보았다. 이사가 창고에 들어가 창고 안의 쥐를 보았는데 쌓아 놓은 곡식을 먹고 큰 지붕 아래에 살면서 사람이나 개를 봐도 두려워하지 않았다. 이에 이사는 탄식하며 "사람의 현명함과 현명하지 않음을 비유하면 쥐와 같으니, 자신이 처한 환경에 달려있구나'라 했다. 그리고는 순경荀卿을 섬기며 제왕의 학문을 배웠다'라고 했다.

史記李斯傳, 斯年少時, 爲郡小吏. 見吏舍厠中鼠食不潔, 近人犬, 數驚恐之. 斯入倉, 觀倉中鼠, 食積粟, 居大廡之下, 不見人犬之憂. 斯歎曰, 人之賢不肖如鼠矣, 在所自處耳. 乃從荀卿學帝王之術.

晚實愛農圃 : 『논어』에서 "나는 늙은 농부보다 못하다. 나는 늙은 채소 전문가보다 못하다"라고 했다.

論語, 吾不如老農. 吾不如老圃.

鵲巢最知風 蟻穴識陰雨 : 『한서・익봉전翼奉傳』에서 "둥지에 있어도 바람 부는 줄 알고, 개미구멍에 있어도 비 오는 줄 아네"라고 했다. 『문선』에 실린 무선 장화張華의 「정시情詩」에서 "둥지에 있어도 바람 차가운 것 알고, 개미구멍에 있어도 흐려 비오는 줄 아네"라고 했다.

漢翼奉傳, 巢居知風, 穴處知雨. 文選張茂先詩, 巢居知風寒, 穴處識陰雨.

世網嬰事詻委 : 『문선』에 실린 육기의 「부낙도중작시赴洛道中作詩」에 "세상의 그물이 나의 몸을 얽어매네"라고 했다. 퇴지 한유의 「여유중승서與柳中丞書」에서 "적과 마주할 때 그 정황을 상세하게 알지 못하면"이라고 했다.

文選詩, 世網嬰我身. 退之與柳中丞書, 與賊不相諳委.

醉鄕俗淳古 : 당唐나라 왕적王績의 「취향기醉鄕記」의 끝부분에서 "술 나

라의 풍속은 어찌 옛 화서華胥[108]의 나라인가, 어찌 그리 순박하고 평온
한가"라고 했다.

唐王績醉鄉記末[109]云, 醉鄉之俗, 豈古華胥之國乎, 何其淳寂也.

坐忘兩家說 肉堅與腸腐 : 안회顏回가 좌망坐忘한 것[110]과 같다는 말이
다. 매승의 「칠발七發」에서 "달고 무르고 기름지고 맛이 진한 음식은 이
름하여 창자를 썩게 하는 약이라고 한다"라고 했다.『진서 · 공군전孔羣

---

108 화서(華胥) : 전설상의 이상국(理想國)인데, 황제(黃帝)가 꿈속에서 그 나라를
유람한 다음에 스스로 깨우친 바가 있어 천하에 크게 덕정(德政)을 펼쳤다는 이
야기가 있다.『열자 · 황제(黃帝)』에 보인다.
109 [교감기] '末' 아래 본래 '不'자가 더 있었는데, 영원본 · 전본에 따라 삭제한다.
110 안회(顏回)가 좌망(坐忘)한 것 : 이와 관련해『장자 · 대종사(大宗師)』에 다음과
같은 구절이 보인다. "안회가 "저는 더 나아간 것 같습니다"라고 했다. 그러자 공
자가 "무슨 말이냐"라 했다. 안회가 "저는 인의(仁義)를 잊어버렸습니다"라 했
다. 공자가 "좋기는 하지만 아직 멀었다"라 했다. 다른 날 다시 공자를 뵙고 "저는
더 나아간 것 같습니다"라 했다. 공자가 "무슨 말이냐"라 했다. 안회가 "저는 예악
(禮樂)을 잊어버렸습니다"라 했다. 공자가 "좋기는 하지만 아직 멀었다"라 했다.
다른 날 다시 공자를 뵙고 "저는 더 나아간 것 같습니다"라 했다. 공자가 "무슨
말이냐"라 했다. 안회가 "저는 좌망(坐忘)의 경지에 도달했습니다"라 했다. 공자
가 깜짝 놀라 얼굴빛을 고치면서 "무엇을 좌망이라 하는가"라 했다. 안회가 "사지
백체(四肢百體)를 다 버리고, 이목(耳目)의 감각작용을 물리치고 육체를 떠나고
지각작용을 없애서 대통(大通)의 세계와 같아졌을 때, 이것을 좌망이라 합니다"
라 했다. 이에 공자가 "대통의 세계와 같아지면 좋아하고 싫어하는 것이 없게 되
며, 큰 도의 변화와 함께하면 집착이 없게 되니, 너는 과연 현명하구나. 나는 청컨
대 너의 뒤를 따르고자 한다"라 했다[顏回曰, 回益矣. 仲尼曰, 何謂也. 曰, 回忘仁
義矣. 曰, 可矣, 猶未也. 他日復見曰, 回益矣. 曰, 何謂也. 曰, 回忘禮樂矣. 曰, 可矣,
猶未也. 他日復見曰, 回益矣. 曰, 何謂也. 曰, 回坐忘矣. 仲尼蹴然曰, 何謂坐忘. 顏回
曰, 墮枝體, 黜聰明, 離形去知, 同於大通, 此謂坐忘. 仲尼曰, 同則無好也, 化則無常
也, 而果其賢乎. 丘也, 請從而後也]."

傳』에서 "공군은 술을 좋아하였다. 이에 왕도王導가 조심하라고 하면서 "그대는 술집에서 술독을 덮는 헝겊을 보지 못했는가. 세월이 오래되면 썩어가는 것을"이라 했다. 이에 공군이 "공께서는 술지게미에 저린 고기가 썩지 않고 더 오래가는 것을 보지 못했습니다"라 했다"라고 했다.

顔子如坐忘.[111] 枚乘七發云, 甘脆肥濃, 命曰腐腸之藥. 晉孔群傳, 群嗜酒, 王導戒之曰, 卿不見酒家覆瓿布, 日月久, 糜爛耶. 答曰, 公不見肉糟淹更堪久耶.

酒至卽使傾 : 두보의 「회일심최집이봉晦日尋崔戢李封」에서 "매번 찾아가 술동이 비우네"라고 했다.

杜詩, 每過得酒傾.

客來致辭襄 : 『예기·곡례曲禮』에서 "손님이 젓갈을 마시면 주인이 가난하여 맛을 제대로 내지 못했다고 사례한다"라고 했다.

曲禮云, 客歠醢, 主人辭以襄.

時邀五柳陶 : 『도잠집』에 「오류선생전五柳先生傳」이 있다.

陶潛集有五柳先生傳.

共過三徑訏 : 『한서·포선전鮑宣傳』의 뒤에 실린 글에서 "성제成帝 때부터 왕망王莽의 때까지 청명淸明한 선비로 열두 명이 있었다. 원경元卿 장

---

111 [교감기] '顔子如坐忘'이 전본에는 '莊子回如坐忘矣'로 되어 있다.

후蔣詡가 연주자사兗州刺史가 되었는데, 청렴과 정직으로 명성이 있었다. 왕망이 섭정攝政을 하자, 병을 핑계로 벼슬을 내놓고 고향으로 돌아와, 누워 문을 열지 않았다"라고 했다. 『도연명집』에 실린 「성현집록聖賢集錄」에서 "구중求仲과 양중羊仲은 모두 낮추고 깨끗하여 이름 숨겼다"라고 했다. 장후는 연주를 떠나 두릉杜陵으로 돌아와 가시나무로 대문을 막았다. 집 가운데 세 오솔길이 있었는데, 오직 구중과 양중 두 사람과만 노닐었다. 당시 사람들이 이를 '이중二仲'이라 불렀다. 혜강嵇康의 『고사전』에 보인다.

漢書鮑宣傳後載, 自成帝至王莽時, 淸明之士十二人. 蔣詡元卿爲兗州刺史, 以廉直爲名. 王莽居攝, 以病免官, 歸鄕里, 臥不出戶. 陶淵明集有聖賢集錄112云, 求仲羊仲皆挫廉逃名. 蔣元卿之去兗州, 還杜陵, 荊棘塞門. 舍中有三徑, 惟二人從之遊, 時人謂之二仲.113 見嵇康高士傳.

往在少年場 : 『한서·윤상전尹賞傳』에서 "윤상이 장안 령長安令으로 있을 때에, 경박한 잡배들과 악한 젊은이들이 수백 명의 사람을 죽여 절문의 푯말 동편에 묻었다. 이에 장안에서는 "그대 죽어 어디로 갈까, 푯말 동편 젊은이들 무덤이네. 살아서는 참으로 경박했으니, 마른 해골 훗날 어디에 묻으랴"라 했다"라고 했다. 『악부』에 「결객소년장행結

---

112 [교감기] '聖賢集錄'이 전본에는 '聖賢群譜錄'으로 되어 있다. 살펴보건대, 도연명의 문집에는 이 글이 없다.
113 [교감기] '二仲'의 일은 『초학기(初學記)』에서 인용한 『삼보결록(三輔決錄)』에 보인다.

客少年場行」이 있는데, 대개 이 일에서 나왔다.

漢尹賞傳, 賞守長安令, 雜擧輕薄少年惡子, 殺數百人, 瘞寺門桓東. 長安中歌之曰, 安所求子死, 桓東少年場. 生時諒不謹, 枯骨後何葬. 樂府有結客少年場行, 蓋出於此.

豪氣壓潁汝 : 『진서·주의전周顗傳』에서 "여주汝州과 영주潁州에는 진실로 기이한 선비가 많다"라고 했다. 『진서·조납전祖納傳』에서 "나는 여영汝潁의 선비인지라 날카롭기가 송곳과 같다"라고 했다.

晉周顗傳, 汝潁固多奇士. 祖納傳, 汝潁之士利如錐.

眞復難共語 : 『진서·석륵전石勒傳』에서 "석륵이 웃으며 "호인胡人이란 바로 스스로 함께 말하기도 어렵지"라 했다"라고 했다.

晉石勒傳, 勒笑曰, 胡人正自難與言.

稍知憐麴蘖 : 퇴지 한유의 「증최립지평사贈崔立之評事」에서 "고사들은 모름지기 술을 좋아했었고, 대장부는 끝내 밭두둑에 살지 않았다네"라고 했다. 이 구절에 쓰인 글자는 본래 『서경·열명說命』의 "내가 술과 단술을 만들거든 네가 누룩과 엿기름이 되어라"라는 구절에서 나왔다.

退之詩, 高士例須憐麴蘖, 丈夫終莫生畦畛. 字本出書說命, 若作酒醴, 爾惟麴蘖.

漸解等灘湜: 원주元註에서 "하수河水로부터 나오면 옹수灘水가 되고 제수濟水로부터 나오면 초수湜水가 된다"라고 했는데, 『이아·석수釋水』에 보인다. 태충 좌사의 「위도부魏都賦」에서 "맑은 술은 제수와 같고, 탁한 술은 하수와 같네"라고 했으니, 옹수와 제수의 물로 그 맛을 구분한다.

元註云, 水自河出爲灘, 自濟出爲湜. 見爾雅釋水. 如左太沖魏都賦, 淸酤如濟, 濁醪如河, 以灘湜之水而辨酤味也.

光陰共行旅: 태백 이백의 「연도리원서宴桃李園序」에서 "천지라는 것은 만물이 잠시 쉬어가는 여관이요, 광음은 백대를 지나가는 길손이네"라고 했다.

李太白宴桃李園序, 夫天地者, 萬物之逆旅, 光陰者, 百代之過客也.

人故義當親 衣故義當補: 옛 「염기艷歌」에서 "의지할 곳 없는 흰 토끼, 동쪽으로 달리며 서쪽을 돌아보네. 옷은 새 옷만 한 것이 없고 사람은 오래된 것 만한 것이 없네"라고 했다. 『후한서』에서 "두현竇玄의 옛 처가 두현에게 편지를 보내어 이별하면서 "옷은 새 옷이 싫지 않고 사람은 옛사람이 싫지 않습니다"라 했다"라고 했다.

古艷歌曰, 煢煢白兔, 東走西顧. 衣不如新, 人不如故. 後漢, 竇玄舊妻與玄書別曰, 衣不厭新, 人不厭故.

飛鳧王令尹: 『후한서·왕교전王喬傳』에서 "왕교가 섭현 령葉縣令이 되었는데, 신비로운 술재術才가 있었다. 매월 초하루와 보름이면, 항상 섭현으로부터 조정에 나갔다. 현종은 왕교가 자주 오는데도 그 수레와 가마와 보이지 않은 것을 괴이하게 여겨, 몰래 살펴보라고 명령을 내렸다. 그랬더니 "왕교가 올 때에는 문득 두 마리의 물오리가 동남쪽에서 날아왔습니다"라 했다. 이에 들오리가 오는 것을 기다렸다가 그물을 들어 펼쳤더니 다만 한 짝의 신발이 있을 뿐이었다. 이에 상방을 불러 살펴보게 했더니, 그 신발은 상서성尙書省에 있을 적에 하사받은 것이었다"라고 했다.

後漢王喬傳, 爲葉令, 有神術. 每月朔望, 常自縣詣臺朝. 顯宗怪其來數, 而不見車騎, 密令伺之. 言其臨至, 輒有雙鳧從東南飛來. 於是候鳧至, 擧羅張之, 但得一雙舃. 乃詔尙方診視, 則四年中所賜尙書官屬履也.

君爲拂眠床 : 『남사·어홍전魚弘傳』에서 "잠을 자는 침상을 펼쳐 놓으면 모두 축백상纛栢床이었다"라고 했다.

南史魚弘傳, 有眠床一張, 皆是纛栢.

淹留莫城阻 : 당唐나라 구양첨歐陽詹이 지은 「도중기태원소사途中寄太原所思」에서 "높은 성도 이미 보이지 않는데, 어찌 성 안의 사람이 보이겠는가"라고 했다. 『좌전』에서 "우리 고을이 넉넉하지는 못하지만, 따르는 자들을 위해 오래 머물게 하리"라고 했다.

唐歐陽詹初發太原, 途中寄太原所思云, 高城已不見, 況復城中人. 左傳, 不腆弊邑, 爲從者之淹留久也.

24. 황종선에게 부치다

寄黃從善

　　종선從善의 이름은 항降으로 원풍元豊 말에 국자사업國子司業이 되었다.
종선과 관련된 산곡 황정견의 작품에 「사혜산천謝惠山泉」이 있고 뒷날
어사중승御史中丞이 되었다. 이 작품에서 "부비섭현낭관재鳧飛葉縣郞官宰"
라는 구절로 보면, 이전에 지은 작품이다. 그래서 지금 섭현에 있을 때
지은 작품 뒤에 붙였다.

　　從善名降, 元豊末爲國子司業. 山谷有謝惠山泉詩, 後爲御史中丞. 此詩言
鳧飛葉縣宰, 乃先作. 今附葉縣詩後.

故人千里隔談經	그대와 천 리 떨어져 경전 얘기하니
想見牛刀刃發硎	우도의 칼날을 숫돌에 가는 것 같구려.
渴雨芭蕉心不展	파초에 가문 비 내려도 마음 전하지 못하는데
未春楊柳眼先靑	봄 되기 전에 버들눈은 먼저 푸르구나.
鳧飛葉縣郞官宰	물오리 나는 섭현의 낭관 수령
虹貫江南處士星	무지개 관통하는 강남의 처사 별.
天子文思求逆耳	천자의 문사는 직언하는 사람 구하노니
吾宗一爲試雷霆	우리 그대 시험 삼아 한 번 벼락 되시게.

【주석】

想見牛刀刃發硎 : '우도牛刀'[114]는 위의 注에 보인다.

見上.

渴雨芭蕉心不展 : 『문선』에 실린 사령운의 「종근죽간월령계행從斤竹澗
越嶺溪行」에서 "삼을 꺾어도 마음 전할 수가 없구나"라고 했는데, 이것을
차용한 것이다.

文選謝靈運詩, 折麻心莫展. 此借用.

未春楊柳眼先青 : 낙천 백거이의 「양류지楊柳枝」에서 "잎에 아롱진 이
슬은 눈물 같고, 가벼운 바람에 흔들리는 여린 가지는 춤추는 허리 같
아라"라고 했다.

白樂天楊柳枝詞云, 葉含濃露如啼眼, 枝嫋輕風似舞腰.

鳧飛葉縣郎官宰 : '부비鳧飛'[115]는 앞의 注에 보인다. 『후한서』에서

---

114 우도(牛刀) : 『논어』에서 "닭을 잡는데 어찌 소 칼을 쓰는가[割雞焉用牛刀]"라고
　　했다.
115 부비(鳧飛) : 『후한서·왕교전(王喬傳)』에서 "왕교가 섭현 령(葉縣令)이 되었는
　　데, 신비로운 술재(術才)가 있었다. 매월 초하루와 보름이면, 항상 섭현으로부터
　　조정에 나갔다. 현종은 왕교가 자주 오는데도 그 수레와 가마가 보이지 않은 것
　　을 괴이하게 여겨, 몰래 살펴보라고 명령을 내렸다. 그랬더니 "왕교가 올 때에는
　　문득 두 마리의 물오리가 동남쪽에서 날아왔습니다[輒有雙鳧從東南飛來]"라 했
　　다. 이에 들오리가 오는 것을 기다렸다가 그물을 들어 펼쳤더니 다만 한 짝의 신
　　발이 있을 뿐이었다. 이에 상방을 불러 살펴보게 했더니, 그 신발은 상서성(尙書

"낭관郎官은 나가면 백 리 고을의 수령이 된다"라고 했다.

見上. 後漢書, 郎官出宰百里.

虹貫江南處士星 : 『제왕세기帝王世紀』에서 "옥 같은 빛의 별이 무지개
처럼 해를 관통했네"라고 했다. 『사기・형가전荊軻傳』에서 "흰 무지개
가 해를 관통했다"라고 했다. 『진서・은일隱逸・사부전謝敷傳』에서 "초승
달이 소미성少微星을 범했다. 소미성의 다른 이름은 처사성處士星으로,
별을 보고 점을 치는 사람들은 은사隱士에게 변고가 있을 것이라고 했
다. 초국譙國의 대규戴逵는 아름다운 재주를 가지고 있었기에, 사람들은
그에게 변고가 있을 것이라고 걱정했다. 그러나 얼마 후에 사부謝敷가
죽고 말았다"라고 했다. 이 작품에서 이 말이 누굴 가리키는 것인지는
모르겠다.

帝王世紀, 瑤光之星, 貫日如虹. 史記荊軻傳,[116] 白虹貫日. 晉隱逸謝敷傳,
初月犯少微. 少微一名處士, 星占者以隱士當之. 譙國戴逵有美才, 或憂之. 俄
而敷死. 此語不知謂誰.

天子文思求逆耳 : 두목의 「봉화백상공성덕화평운운奉和白相公聖德和平云
云」에서 "문사文思를 갖춘 천자가 하황河湟[117]을 회복했네"라고 했다. 한

省)에 있을 적에 하사받은 것이었다"라고 했다.
116 **[교감기]** '史記荊軻傳'이는 구절이 원래 빠져 있는데, 전본에 따라 보충한다.
117 하황(河湟) : 황하(黃河)와 황수(湟水)를 합칭한 말이다.

漢나라 장량張良이 고조高祖에게 간하면서 "충성스런 말은 귀에 거슬리지만 행동으로 옮기면 이롭고, 독한 약은 입에는 쓰지만 병에는 이롭습니다"라고 했다.

杜牧詩, 文思天子復河湟.[118] 漢張良諫高祖云, 忠言逆耳利於行, 毒藥苦口利於病.

吾宗一爲試雷霆 : 『한서·가산전賈山傳』에서 "인주人主의 위엄은 벼락뿐만이 아니다"라고 했다.

漢賈山傳, 人主之威, 非特雷霆也.

---

118 湟 : 중화서국본에는 '隍'으로 되어 있으나 '湟'의 오자이다.

1. 설락도가 남양으로부터 도성에 들어가면서 유숙하기에, 모여 술을 마시고 시를 지어 전별했다【섭현은 대개 남양에서 도성으로 들어가는 길에 있다. 또한 황정견이 지은 「송설락도지운향」이란 작품에서 "황산의 섭현에서 담장 마주하고 살았네"라는 구절이 있다. 그러니 이 작품은 섭현에 있을 때 지은 작품이다】

薛樂道自南陽來入都留宿會飲作詩餞行1【葉縣蓋南陽入京之路. 又有送薛樂道知鄠鄉詩, 有黃山葉縣連牆居之句, 此詩當是葉縣作】

薛侯本貴冑	설후는 본래 귀한 집안 맏아들로
射策一矢中	책문 시험 한 번에 통과했었지.
金蘭託平生	평생 금란지교를 맺었으며
瓜葛比諸從	과갈처럼 여러 사람들 따르네.
數面尙成親	자주 만나도 오히려 친해지는 법인데
況乃居連棟	하물며 담장을 잇대고 사는 사이랴.
交游及父子	서로의 교유가 부자에까지 이어졌고
講學連伯仲	강학하는 것도 형제들 함께 했다오.

---

1 [교감기] 영원본에서는 작품 제목 아래 '入都謂至北京, 京卽都也. 後漢有五都. 明皇行蜀, 改成都爲南京. 杜詩云, 城闕秋生畫角哀. 自注云, 南京同兩都得云城闕'이라는 주(注)가 있다. 또한 영원본에는 작품의 제목 아래 있는 '葉縣 (…중략…) 縣作'이라는 36글자의 주(注)가 없다.

奴人通使令	종들이 두 집 심부름을 했었고
孩稚接戲弄	어릴 때 장난치며 함께 놀았지.
相憐負米勤	서로 부모 봉양 열심히 하는 것 좋아하며
同力采蘭供²	함께 힘 쏟아 부모님 봉양했다오.
每持君家書	언제나 그대 집 편지 가지고
平安覷款縱	편안하신지 늘 여쭈었다네.
憂樂一體共	근심과 즐거움을 한 몸처럼 함께 했네.
釋之廷尉曹	장석지는 정위의 벼슬에 있으면서
秦人與吾炙	진나라 사람과 내가 불고기 좋아하는 것처럼
微過成繫訟	사소한 잘못으로 송사에 걸리었다네.
從此張長公	이로부터 장장공도
不肯爲時用	세상에 쓰이는 것을 달게 여기지 않았네.
丘阿無梧桐	언덕에 오동나무가 없으니
曲直不在鳳	굽고 곧은 나무에도 봉황이 없구나.
生涯谷口耕	한평생 곡구처럼 밭 갈며 지냈고
世事邯鄲夢	세상일은 한단지몽처럼 여겼네.
自君抱憂端	스스로 그대는 근심을 켜 안은 채
酒椀未忍齅	술잔의 향기 차마 맡지 못하네.

---

2 [교감기] '同力采蘭供'과 관련해 영원본에는 '第三卷過家上冢云, 保身以爲供'이라
는 주(注)가 있다. 살펴보건대, 이 작품은 「明叔知縣和示過家上冢二篇復次韻」이
라는 작품을 가리키는 것 같은데, 영원본 권5와 『山谷外集詩注』 권14에 보인다.

高秋自南歸[3]	하늘 높은 가을에 남쪽에서 돌아오니
意氣稍寬縱	의기가 조금은 더 너그러워졌구나.
黃花尙滿籬	누런 국화 오히려 울타리에 가득하고
白蟻方浮甕	흰 개미가 바야흐로 술독에 떠 있어라.
私言助[4]燕喜	나는 잔치해 기쁘게 하는 일을 돕노니
且莫戒輈重	또한 치중을 경계하지 마시게나.
霜風獵帷幕	서리 바람은 휘장에 사납게 불어대고
銀燭吐蠟蜍	은빛 촛불은 무지개를 토해내네.
密坐幸頗歡	가까이 앉노니 자못 즐거우니
劇飲寧辭痛	맘껏 마시는 것을 어찌 사양하리오.
疎鐘鳴曉撞	성긴 종소리 새벽녘에 들려오고
小山作寒霿	작은 산에는 찬 안개 자욱해라.
廄馬蕭蕭鳴	마구간에선 쓸쓸히 말이 울고
征人稍稍動	떠나는 사람 조금씩 움직이누나.
九衢槐柳中	큰길의 홰나무 버들나무 가운데서
縱緩靑絲鞚	푸른 줄 매인 재갈 늦추시게나.
朱樓豪士集	붉은 누대에 호걸들 모이었고
紅袖淸歌送	붉은 소매로 맑은 노래 부르며 보내네.
河鯉獻鱠材	하수의 잉어는 증재로 바쳐졌지만

---

3   [교감기] '高秋自南歸'라는 구절이 고본에는 '今秋忽來歸'로 되어 있다.
4   [교감기] '助'가 고본에는 '願'으로 되어 있다.

江橙[5]解包貢	강수의 등나무는 포공에서 풀려났다네.
蟹螫鶩子黃	게 집게와 거위 새끼는 누렇고
酒傾琥珀凍	술 기울이자 호박은 얼어붙었네.
舉觴遙酌我	잔 들어 멀리서 내게 술 따르며
發嚏知見頌	눈물 흘리니 공의 마음 알겠어라.
行行鞭箠倦	가는 길 천천히 가시면서
短句煩屢諷	짧은 시구 지어 자주 읊조리시게나.

【주석】

薛侯本貴胄 射策一矢中: 『한서·유림전儒林傳』의 찬贊에서 "책문策文을 짓는[6] 시험 과목을 만들어 이로써 관록官祿을 권면했다"라고 했다. 『주역·여괘旅卦』의 육오六五에서 "꿩을 쏘아 맞춰 한 화살에 잡는다"라고 했는데, 이 말을 모방한 것이다. 『좌전』에서 "초왕楚王이 양유기養由基를 불러 화살 두 대를 주어 여기呂錡를 쏘게 하니, 여기는 목에 화살을 맞고 활집에 엎어져 죽었다. 양유기는 남은 한 대의 화살은 가지고 와서 초왕에게 복명復命했다"라고 했는데, 그 주注에서 "한 번 쏘아 적중했다"라고 했다. 공안국孔安國의 『상서전尙書傳』에서 "'주주胄'는 큰 아들이다. 공경公卿의 자식을 주자胄子라고 한다"라고 했다.

漢書儒林傳贊曰, 設科射策, 勸以官祿. 易旅之六五曰, 射雉一矢亡. 此倣

5　[교감기] '橙'이 영원본에는 '澄'으로 되어 있다.
6　책문(策文)을 짓는: '사책(射策)'은 대책(對策)에 응시하는 것을 말한다.

其語. 左傳, 王召養由基, 與之兩矢, 使射呂錡, 中項伏弢, 以一矢復命. 注云,
一發而中. 孔安國尙書傳曰, 冑, 長也, 公卿之子爲冑子.

金蘭託平生 : 『주역 · 대전大傳』에서 "두 사람이 마음을 같이하면 쇠도
자를 수 있고 그들의 말은 난초 향기와 같다"라고 했다. 유효표劉孝標의
「광절교론廣絶交論」에서 "예로부터 팔을 끌어당기는 영화로움과 쇠와
난초 같은 우정"이라고 했다.

大傳, 二人同心, 其利斷金. 同心之言, 其臭如蘭. 劉孝標廣絶交論云, 自
昔把臂之英, 金蘭之友.

瓜葛比諸從 : 『후한서 · 예의지禮儀志』에서 "제왕의 선왕 능묘에 올라
가서 제례祭禮 의식"이라고 했는데, 그 주注에서 "진실로 선제先帝에게
과갈瓜葛의 관계[7]에 있는 남녀가 마침내 모인다"라고 했다. 『진서 · 왕
도전王導傳』에서 "왕도와 그 자식 왕열王悅이 바둑을 두었다. 왕도가 웃
으며 "서로 사이가 과갈瓜葛인데, 어찌 이렇게까지 하느냐"라 했다"라
고 했다.

後漢禮儀志, 上陵儀. 注, 苟先帝有瓜葛之屬, 男女畢會. 晉王導傳, 導與其
子悅, 奕棋爭道. 導笑曰, 相與有瓜葛, 那得爲爾耶.

---

7   과갈(瓜葛)의 관계 : 외와 칡이란 뜻으로, 모두 넝쿨이 있어서 서로 얽히는 식물
     이다. 보통 친인척 관계를 말할 때 쓰는 표현이다.

數面尚成親 : 『연명집』에 실린 「답방참군시서答龐參軍詩序」에서 "세속에서 "자주 얼굴을 보면 친해진다"라고 했는데, 하물과 정이 이보다 더한 경우야 말해 무엇 하랴"라고 했다.

淵明集答龐參軍詩序云, 俗諺曰, 數面成親. 況情過此者乎.

相憐負米勤 : 『공자가어』에서 "자로子路가 공자를 보고 "옛날에 제가 부모님을 모실 때에 항상 명아주 나물과 콩밥을 먹었는데, 부모님을 위해 백리 밖에서 쌀을 지고 왔습니다. 부모님께서 돌아가신 뒤에 남쪽 초楚나라로 유세하러 갈 때는 따르는 수레가 백 대나 되고 쌓아놓은 곡식이 만 종鍾이나 되고 자리를 포개 놓고 앉고 솥 여러 개를 벌여놓고 먹었는데도 명아주 나물과 콩밥을 먹고 부모님을 위해 쌀을 지고 싶어도 그럴 수 없었습니다"라 했다"라고 했다.

家語, 子路見於孔子曰, 昔者由也事二親之時, 常食藜藿之實, 爲親負米百里之外. 親歿之後, 南游御楚, 從車百乘, 積粟萬鍾, 累茵而坐, 列鼎而食. 願欲食藜藿, 爲親負米, 不可復得也.

同力采蘭供 : 『문선』에 실린 광미廣微 속석束晳의 「보망시補亡詩」에서 "「남해南陔」라는 작품은 효자가 부모님을 봉양하는 것으로 서로 경계한 노래인데, 그 가운데 "남쪽 섬돌을 따라 올라가, 난초 캐리라. 어버이 계신 곳 돌아보고 생각하느라, 마음이 편안할 겨를 없다네"라고 했다"라고 했다. 퇴지 한유의 「맹선생시孟先生詩」에서 "난초 캐니 그윽한

심정 일어나네"라 했다. 또한 이 일을 인용했으니, 대개 맹교孟郊에게도 어머니가 있었다.[8] '공供'은 부모님을 봉양한다는 말이다.

文選束廣微補亡詩, 南陔, 孝子相戒以養也. 循彼南陔, 言採其蘭. 眷戀庭闈, 心不遑安. 退之作孟先生詩云, 採蘭起幽念. 亦用此事, 蓋孟郊有母也. 供謂供養其父母.

平安覯款縱 : 안사고顔師古의 『광속정류匡俗正謬』에서 "지금 관청의 문서에서 문서를 봉한 곳의 위에 '관봉款縫'이라고 쓰는 것은 왜인가. 대답하길 "이 말은 위진魏晉의 율령律令에서 나왔고 『자림字林』에는 본디 관철이라 되어 있다. 관철은 새긴다는 것이다. 옛날 관청의 문서는 모두 대쪽을 사용했는데, 그 연결하는 곳의 꿰민 곳 위에 새겨 쓰면서 관봉鐵縫이라고 썼다. 지금 편지를 봉할 때 그 위에 이름을 쓰는 것은 오히려 옛날에 관철이라고 부른 것을 취한 것이다"라 했다"라고 했다.

顔師古匡俗正謬云, 今官曹文案於紙縫上記之曰, 款縫者, 何也. 答曰, 此語出魏晉律令, 字林本作鐵. 鐵, 刻也. 古者簿領皆用簡牘, 其編連之處, 於縫上刻記之, 呼爲鐵縫. 今紙縫上書名, 猶取舊語呼爲鐵.

---

8 맹교(孟郊)에게도 어머니가 있었다 : 당(唐)나라 맹교(孟郊)의 「유자음(游子吟)」에서 "어머니가 바느질하는 옷은, 바로 유자가 몸에 걸칠 옷이로세. 떠날 임시에 촘촘히 꿰매신 것은, 더디게 돌아올까 염려해서라오. 한 치 풀의 마음을 가지고서, 삼춘의 햇볕을 어떻게 보답하리오[慈母手中線, 遊子身上衣. 臨行密密縫, 意恐遲遲歸. 難將寸草心, 報得三春暉]"라는 한 것을 의식한 상태에서의 언급으로 보인다.

秦人與吾炙 憂樂一體共 : 『맹자』에서 "진秦나라 사람의 불고기 좋아함이 나의 불고기 좋아함과 다를 것이 없다"라고 했다.

孟子曰, 耆秦人之炙, 無以異於耆吾炙.

釋之廷尉曹 微過成繫訟 從此張長公 不肯爲時用 : 『사기·장석지전張釋之傳』에서 "장석지가 공거령公車令이 되어 태자太子가 사마문司馬門에서 내리지 않는 것을 불경하다고 탄핵했다. 뒤에 정위廷尉에 제수되었다. 경공景帝이 왕위에 오르니, 장석지는 두려워하여 왕생王生[9]의 계책을 쓰자 경제는 허물하지 않았다. 일 년 남짓 지나 장석지는 회남淮南의 재상이 되었는데도 이것은 이전에 경제에게 잘못이 있었기 때문이다. 그의 아들 장지張摯의 자는 장공長公으로 관직이 대부大夫에 이르렀다가 면직되었다. 당시에 세상에 받아들이지 못했기에 죽을 때까지 벼슬하지 않았다"라고 했다. 『도연명집』에 실린 「장장공시張長公詩」에서 "멀리 떨어져 있구나 장공이여, 쓸쓸히 무슨 일을 하시나"라고 했다. 이백의 「단보동루추야송족제황지진單父東樓秋夜送族弟況之秦」에서 "성조聖朝에선 청운의 선비를 오랫동안 버려두니, 훗날 응당 장장공張長公처럼 불쌍히 여기리라"라고 했다.

張釋之傳, 釋之爲公車令, 劾太子不下司馬門, 不敬. 後拜廷尉. 景帝立, 釋之恐, 用王生計, 景帝不過也. 歲餘, 爲淮南相, 猶尙以前過也. 其子摯, 字長

---

9   왕생(王生) : 한(漢)나라 때의 처사(處士)로서 일찍이 황로(黃老)의 도를 닦았고, 기발한 계책으로 죽임을 당하게 된 장석지를 구해 주었다.

公, 官至大夫, 免, 以不能取容當世, 故終身不仕. 陶淵明集有張長公詩云, 遠哉長公, 蕭然何事. 李白詩, 聖朝久棄靑雲士, 他日應憐張長公.

丘阿無梧桐 曲直不在鳳 : 『시경·대아·권아卷阿』에서 "봉황이 우네, 저 높은 산등성이에서. 오동이 자라네, 저 산의 동쪽에서"라고 했는데, 그 전箋에서 "봉황이 산등성이 위에서 울며, 높은 곳에 있으며 아래를 내려 보며, 앉을 곳을 찾아 바라보는 것이니, 현자가 예를 기다려 떠나고 날아올랐다가 앉는 것을 비유한다"라고 했다.

大雅卷阿云, 鳳凰鳴矣, 于彼高岡. 梧桐生矣, 于彼朝陽. 箋云, 鳳凰鳴於山脊之上, 居高視下, 觀可集止. 喩賢者待禮乃行, 翔而後集.

生涯谷口耕 : 양자揚子의 『법언』에서 "곡구谷口 정자진鄭子眞은 암석 아래에서 밭을 갈았다"라고 했다.

揚子法言曰, 谷口鄭子眞, 耕乎巖石之下.

世事邯鄲夢 : 『이문집異聞集』에서 "도사道士 여옹呂翁은 한단邯鄲으로 가는 도중에 주막에 들렀다. 노생盧生이라는 젊은이가 있었는데 그 빈곤함을 탄식하고 있었다. 노생은 말을 마치고는 졸기 시작했다. 이때 주막집 주인은 메조 밥을 짓고 있었고 여옹은 품속에서 베개를 찾아 노생에게 주었다. 베개는 양쪽에 구멍이 있었는데, 꿈속에 노생은 구멍으로 들어가 어떤 집에 들어갔다가 부귀를 누리며 오십 년을 살다가

늙고 병들어 죽었었다. 노생이 기지개를 켜며 잠에서 깨어났는데, 돌아보니 여옹은 그 곁에 있었고 주인이 메조 밥을 짓고 있었는데, 아직 뜸도 들지 않았다"라고 했다.

異聞集, 道者呂翁, 經邯鄲道上, 邸舍中有少年盧生, 自歎其貧困. 言訖, 思寐. 時主人方炊黃粱爲饌, 翁乃探懷中枕以授生. 枕兩端有竅, 生夢中自竅入其家, 見其身富貴五十年, 老病而卒. 欠伸而寤. 顧呂翁在旁, 主人炊黃粱尙未熟.

自君抱憂端 : 두보의 「자경부봉선현영회오백자自京赴奉先縣詠懷五百字」에서 "근심은 종남산처럼 높기만 하니, 너무 커서 그칠 수 없구나"라고 했다.

杜詩, 憂端齊終南, 澒洞不可掇.

酒椀未忍釂 : 자주自注에서 "차용한 것이다"[10]라고 했다.

自注云, 借用.

白蟻方浮甕 : 『문선』에 실린 현휘 사현의 「재군와병정심상서在郡臥病呈沈尙書」에서 "녹의주綠蟻酒를 홀로 가지고서"라고 했는데, 그 주注에서 "『석명釋名』에서 "술 중에 범제汎齊라는 술이 있는데, 개미 같은 것이 술

---

10   차용한 것이다 : 이 말은 '未忍釂'와 관련된 언급으로 보이는데, 『전한서·서전 (敍傳)』의 "냄새를 맡지 못하니 교만한 군주일 뿐이다[不臭驕君之耳]"라는 구절을 말하는 것으로 보인다.

위에 뚱뚱 떠 있다"라 했다"라고 했다.

文選謝玄暉詩, 綠蟻方獨持. 注云, 釋名曰, 酒有汎齊, 浮蟻在上, 汎汎然.

私言助燕喜 : 『시경·노송魯頌·비궁閟宮』에서 "노후가 잔치하여 기뻐하니, 착한 아내와 장수하는 어머니가 계시네"라고 했다. 이 작품의 의미는 부모님을 즐겁게 하는 음악을 연주한다는 것이다.

魯頌云, 魯侯燕喜, 令妻壽母. 詩意謂助其娛親之樂也.

且莫戒輜重 : 『노자』에서 "하루 종일 걸어도 짐수레를 떠나지 않는다"라고 했다. '치중輜重'은 수레이다. 『한서·이릉전李陵傳』에서 "소릉召陵이 이사貳師 장군을 위하여 치중輜重을 부리도록 하였다"라고 했다.

老子曰, 終日行不離輜重. 輜重, 車也. 漢李陵傳, 召陵欲使爲貳師, 將輜重.

銀燭吐蟂蛛 : 곽박의 『산해경』의 서序에서 "『급군죽서汲郡竹書』와 『목천자전穆天子傳』을 살펴보니, 목왕穆王은 서쪽으로 가서 서왕모西王母를 만나 서왕모가 가지고 있었던 옥돌과 보석, 금고와 촉은의 보물을 얻었다"라고 했다. 지금 『목천자전』을 살펴보니, "천자의 보물은 옥과와 선주와 촉은이다"라고 했는데, 그 주注에서 "촛불처럼 반짝반짝 빛난다"라고 했다. 명원 포조의 「부용부芙蓉賦」에서 "봉산蓬山의 빛나는 옥처럼 윤기 나고, 총하葱河의 은빛 촛대처럼 빛나누나"라고 했다. 『시경·용풍鄘風·체동蝃蝀』에서 "무지개가 동쪽에 생겼는데, 감히 가리키지 않

네"라고 했는데, 그 주注에서 "'체동蝃蝀'은 무지개이다"라고 했다.

郭璞山海經序云, 案汲郡竹書及穆天子傳, 穆王見西王母, 取其玉石珍瑰之器, 金膏銀燭之寶. 今考之穆王傳, 則云, 天子之寶, 玉果璿珠燭銀. 注云, 有精光如燭. 鮑明遠芙蓉賦, 潤蓬山之瓊膏, 輝葱河之銀燭. 鄘國風, 蝃蝀在東, 莫之敢指. 注, 虹也.

密坐幸頗歡: 『문선』에 실린 자건 조식의 「여오계중서與吳季重書」에서 "가까이 앉을 수 있었다"라고 했는데, 이선李善의 주注에서 "조대가曹大家의 「의기송敧器頌」에서 "제왕과 가까운 자리에서 시중들다"라 했다"라고 했다.

文選曹子建書云, 得爲密坐. 李善曰, 曹大家敧器頌曰, 侍帝王之密坐.

劇飮寧辭痛: 두보의 「취시가醉時歌」에서 "격식 버리고 너나 부르지만, 흠씬 취하면 진정 나의 스승이네"라고 했다.

杜詩, 忘形到爾汝, 痛飮眞吾師.

廏馬蕭蕭鳴: 『시경·원앙鴛鴦』에서 "타고 다니는 말이 마구간에 있네"라고 했다. 『시경·거공車攻』에서 "쓸쓸히 말이 우네"라고 했다.

詩, 乘馬在廏. 車攻, 蕭蕭馬鳴.

縱緩靑絲鞚: 두보의 「관정석좌희간안십소부官亭夕坐戲簡顔十少府」에서 "푸른 줄 매인 재갈 돌리지 않고, 헛되어 밤에 촛불만 태우네"라고 했다.

　杜詩, 不反靑絲鞚, 虛燒夜燭花.

　朱樓豪士集 : 현휘 사조의「입조곡入朝曲」에서 "저 먼 곳에 붉은 누대 솟아 있네"라고 했다.

　謝玄暉詩, 迢遞起朱樓.

　紅袖淸歌送 : 퇴지 한유의「소주유별장사군韶州留別張使君」에서 "맑은 노래 보내주어 나그네를 감동시키네"라고 했다.

　退之詩, 淸歌緩送感行人.

　江橙解包貢 :『서경・우공禹貢』에서 "양주揚州에서 싸서 바치는 것은 귤과 유자이니, 바치라는 명령이 있으면 바친다"라고 했다.

　禹貢, 揚州厥包橘柚錫貢.

　蟹螯鵞子黃 : 두보의「주전소아아舟前小鵝兒」에서 "노란 거위 새끼 술 같네"라고 했는데, 이를 차용했다.

　老杜, 鵝兒黃似酒. 此借用.

　酒傾琥珀凍 : 두보의「정부마댁연동중鄭駙馬宅宴洞中」에서 "잔에 넘치는 봄 술은 엷은 호박색이네"라고 했다.

杜詩, 春酒盃濃琥珀薄.

發嚏知見頌: 『시경·패풍邶風·종풍終風』에서 "깨어나 다시 잠 못 이
루며, 생각하면 눈물 콧물이 줄줄"이라고 했는데, 그 전箋에서 "지금 세
상 사람들이 목메어 말하기를 "사람들이 나를 인도하네"라고 했는데
이것은 옛날에 남겨진 말이다"라고 했다. 『한서·개관요전蓋寬饒傳』에
서 "나에게 술을 많이 따르지 마시게"라고 했다.

北邱國風云, 寤言不寐, 願言則嚏. 箋云, 今俗人嚏, 云人道我, 此古之遺語也.
蓋寬饒云, 母多酌我.

2. 강남의 토풍을 장난삼아 읊조리다

戱詠江南土風

十月江南未得霜	시월 강남에 서리 내리지 않았고
高林殘水下寒塘	높은 숲의 남은 물이 찬 못으로 흘러드네.
飯香獵戶分熊白	밥 짓는 사냥꾼 집에선 웅백을 나누고
酒熟漁家擘蟹黃	술 익는 어부 집에서 게장을 쪼개누나.
橘摘金苞隨驛使	금빛의 귤을 따서 역참 관리에 주고
禾舂玉粒送官倉	옥 알맹이 벼 찧어 관청 창고로 보내네.
踏歌夜結田神社	답가를 토지신의 사당에서 밤에 부르고
游女多隨陌上郎	노는 여인 밭두둑의 사내 따르는 이 많구나.

【주석】

飯香獵戶分熊白 酒熟漁家擘蟹黃 : 『세설신어』에서 "누런 게장과 웅백
熊白"[11]이라고 했다.

世說, 蟹黃熊白.

橘摘金苞隨驛使 : 『문선』에 실린 반악의 「생부笙賦」에서 "누런 껍질
쪼개어 감귤을 따네"라고 했다. 낙천 백거이의 「숙호중宿湖中」에서 "달

---

11 웅백(熊白) : 곰의 심장에 붙어 있는 옥처럼 하얀 지방을 가리키는데, 맛이 매우
    좋기로 유명하다고 한다.

빛 스민 찬 물결은 천 이랑의 옥이요, 서리 맞은 새로운 귤은 만 그루마다 금빛이네"라고 했다. 『형주기』에서 "육개陸凱가 범화에게 준 「기조매寄早梅」에서 "매화 꺾어 역참 관리 만나네"라 했다"라고 했다.

文選笙賦, 披黃苞以授柑. 樂天詩, 浸月冷波千頃玉, 苞霜新橘萬株金. 荊州記, 陸凱與范曄詩, 折梅逢驛使.

禾春玉粒送官倉 : 『서경·홍범洪範』에서 "오직 임금만이 옥 같은 음식을 먹을 수 있다"라고 했다. 『전국책』에서 "낱알의 쌀이 옥과 같다"라고 했다. 두보의 「송솔부정록사환향送率府程錄事還鄕」에서 "푸른 술이 쌀밥 따라 나오네"라고 했다. 목지 두목의 「아방궁부阿房宮賦」에서 "번쩍이는 못 대가리는 곳간의 곡식 낱알보다 많구나"라고 했다.

洪範, 惟辟玉食. 戰國策, 粒米如玉. 杜詩, 碧酒隨玉粒. 杜牧之阿房宮賦, 釘頭磷磷, 多於在庾之粟粒.

踏歌夜結田神社 : 「답가踏歌」는 요즘의 곡조로, 장열張說과 유우석劉禹錫도 모두 「답가행踏歌行」이라는 작품을 지었다. 『속선전續仙傳』에서 "당唐나라 남채화藍采和가 늘 취하면 "답답가踏踏歌 남채화藍采和"라는 「답가」를 불렀다"라고 했다. 『이문집異聞集』에서 "형봉邢鳳의 아들이 꿈에 한 미인을 보았는데, 그 미인이 「답양춘踏陽春」이라는 노래를 불렀다"라고 했다. 퇴지 한유의 「유성남遊城南」에서 "보리 싹은 이삭 머금고 있고 뽕나무에서 오디 나니, 또한 밭머리에서 사신社神을 즐기노라"라고 했다.

踏歌, 近代曲也, 張說劉禹錫皆有踏歌行. 續仙傳, 藍采和常醉, 踏歌云, 踏踏歌, 藍采和. 異聞集載邢鳳之子, 夢一美人, 歌踏陽春之曲. 退之詩, 麥苗含穟桑生椹, 且向田頭樂社神.

游女多隨陌上郎 : 『악부해제樂府解題說』에서 "한단邯鄲에 사는 성은 진秦이고 이름은 나부羅敷라는 여인이 왕인王仁의 아내가 되었다. 왕인은 조왕趙王을 섬겨 조왕의 가령家令이 되었다. 나부가 밭두둑에서 뽕을 따고 있었는데, 조왕이 이것을 보고 기뻐하며 술자리를 마련하고서 나부를 겁탈하려고 했다"라고 했다. 유몽득의 「채릉행采菱行」에서 "가운데 배 저어 노는 여인 가득한데, 마름 따며 말 위의 사내 돌아보지 않네"라고 했다.

樂府解題說邯鄲女子姓秦名羅敷, 爲王仁妻. 仁事趙王, 爲家令. 羅敷採桑陌上, 趙王見而悅之, 置酒將奪焉. 劉夢得詩, 盪舟游女滿中央, 採菱不顧馬上郎.

3. 바둑 2수를 지어 임점 공에게 드리다

奕棋二首, 呈任公漸

첫 번째 수其一

偶無公事負朝暄	우연히 공무 없어 아침 햇살을 받으며
三百枯棋共一罇	삼백 개의 바둑돌에 한 잔 술 마시네.
坐隱不知巖穴樂	암혈에서 한가롭게
	바둑 두는 즐거움 몰랐는데
手談勝與俗人言	바둑 두는 것이 속인과 말하는 것보다 낫구나.
簿書堆積塵生案	쌓여 있는 공문서에서는 먼지가 나고
車馬淹留客在門	거마는 머물러 있고 길손 문에 있다오.
戰勝將驕疑必敗	전쟁이 이겨 교만하면 반드시 패한다 하니
果然終取敵兵翻	과연 마지막엔 상대 돌 뒤집었다오.

【주석】

偶無公事負朝暄 : 한유의 「남전현승청벽기藍田縣丞廳壁記」에서 "나는 지금 공무가 있노니, 그대는 잠시 돌아가시게"라고 했다. '공사公事'[12]라

12　공사(公事) : 『논어·옹야(雍也)』에서 "자유(子游)가 무성(武城)의 읍재(邑宰)가 되었다. 그러자 공자가 "너는 인재를 얻었느냐"라 물었다. 이에 자유는 "담대멸명(澹臺滅明)이라는 사람이 있는데, 길을 다닐 때는 지름길로 가지 않으며, 공사(公事)가 아니면 저의 방에 온 적이 없습니다"라 했다[子游爲武城宰. 子曰, 女得人焉耳乎. 曰, 有澹臺滅明者, 行不由徑, 非公事, 未嘗至於偃之室也]"라고 했다.

는 글자는 본래 『논어』에서 나왔다. '부훤負暄'[13]은 『열자』에 보인다.

韓文丞廳記云, 余方有公事, 子姑去. 字本出論語. 負暄見列子.

三百枯棋共一罇 : "삼백 개의 바둑돌을 누가 만인의 장수에게 주겠는
가"라는 말이 『문선』에 실린 「박혁론博奕論」에 보인다.

枯棋三百, 孰與萬人之將, 見文選博奕論.

手談勝與俗人言 : 『어림語林』에서 "중랑中郞 왕탄지王坦之는 바둑 두는
것을 앉아서 은거하는 것[14]이라고 했고, 지공支公 지둔支遁은 바둑 두는
것을 손으로 얘기하는 것[15]으로 여겼다"라고 했다. 사마자장司馬子長의
「보임소경서報任少卿書」에서 "이것을 지혜로운 사람과는 더불어 말할 수
있지만, 속된 사람과는 말하기 어렵다네"라고 했다.

語林曰, 王中郞以圍棋是坐隱, 支公以棋爲手談. 司馬子長報任少卿書云,
此可與知者道, 難爲俗人言.

13　부훤(負暄) : 『열자·양주(楊朱)』에서 "옛날 송(宋)나라의 한 농부가 항상 누더
　　기 옷을 입고 겨울을 지내다가 봄날을 맞이하여 따뜻한 햇볕을 쬐면서, 천하에
　　너른 집이나 따뜻한 방, 솜옷이나 여우 갖옷이 있는 줄은 모르고 자기 아내에게
　　말하기를 "이 등 쬐는 따뜻함을 아무도 알 사람이 없으리니, 이것을 우리 임금님
　　께 바치면 큰 상을 받게 될 것이다"라 했다[昔者宋國有田夫, 常衣縕黂, 僅以過冬.
　　暨春東作, 自曝於日, 不知天下之有廣廈隩室綿纊狐貉. 顧謂其妻曰, 負日之暄, 人莫
　　知者. 以獻吾君, 將有重賞]"라고 했다.
14　앉아서 은거하는 것 : '좌은(坐隱)'은 '앉아서 은거한다'는 의미로 바둑을 고상하
　　게 일컫는 말이다.
15　손으로 얘기하는 것 : '수담(手談)'은 손으로 나누는 대화란 의미로, 바둑을 고상
　　하게 일컫는 말이다.

簿書堆積塵生案 : "인간 세상에는 일이 많아 공문서가 쌓여 있고 궤에 가득하네"라는 구절이 혜강의 「여산거원절교서與山巨源絶交書」에 보인다.

人間多事, 堆案盈几. 見嵇康書.

戰勝將驕疑必敗 果然終取敵兵翻 : 『한서 · 항우전項羽傳』에서 "송의宋義가 간하면서 "전쟁에 이겨 장수가 교만해지고 병졸이 나태해지지만 패합니다. 지금 조금은 나태해졌습니다"라 했다"라 했다"

項羽傳, 宋義諫曰, 戰勝而將驕卒惰者, 敗. 今少惰矣.

두 번째 수其二

偶無公事客休時	우연히 공무 없어 객사에서 쉬다가
席上談兵校兩棋	자리에서 병법 논하며 바둑 두 판 겨루었지.
心似蛛絲游碧落	마음은 거미줄처럼 푸른 하늘에서 노닐지만
身如蜩甲化枯枝	몸은 매미 껍질처럼 마른 가지에 붙은 듯.
湘東一目誠甘死	상동은 눈 하나로 죽음 달게 여겼지만
天下中分尚可持	천하가 절반으로 나뉘어 오히려 버틸 만했네.
誰謂吾徒猶愛日	우리가 한갓 시간을 아낀다고 누가 말 하는가
參橫月落不曾知	삼성 기울고 달 지는 것을 알지도 못했다오.

【주석】

席上談兵校兩棋 心似蛛絲游碧落 : '교校'가 다른 판본에는 '각角'으로 되어 있다. 낙천 백거이의 「장한가長恨歌」에서 "위로는 푸른 하늘에 미치고 아래로는 황천에 미치네"라고 했다.

一作角. 樂天長恨歌, 上窮碧落下黃泉.

身如蜩甲化枯枝 : 퇴지 한유의 「연구聯句」에서 "곤충 변하여 마른 가지되었네"라고 했는데, 이 구절은 매미를 말하니, 매미를 또한 '조蜩'라고 한다. 『시경·칠월七月』에서 "5월에 매미가 우네"라고 했다. 이 작품을 평론하는 자들은 산곡의 이 두 구절은 고달프게 생각하느라 육신을 잊고 한 수를 둘 때마다 승부를 겨루니, 형공 왕안석이 바둑을 두는 의도와는 다르다고 여겼다. 형공 왕안석의 「기棋」에서 "장난삼아 하는 것을 가지고 참된 마음 흔들지 말라, 또한 가장자리 따르면 내가 유리하다 할 만하네. 바둑 끝나면 두 통에 흑백 돌을 넣으니, 한 판의 바둑 어디에 승부가 있던가"라고 했다.

退之聯句, 化蟲枯損枝, 言蟬也. 蟬亦曰蜩. 詩, 五月鳴蜩也. 評詩者謂山谷此二句, 則苦思忘形, 較勝負於一著, 與王荊公措意異矣. 荊公詩云, 莫將戲事擾眞情, 且可隨緣道我贏. 戰罷兩奩收墨白, 一枰何處有虧成.

湘東一目誠甘死 : 『남사』에서 "왕휘王偉가 후경侯景의 모주謀主가 되었다. 왕휘가 격문을 지어 "항우項羽는 겹 눈동자였으나 오히려 오강烏江

에서 패배한 일이 있었는데, 상동湘東은 눈이 하나인데 어찌 적현赤縣이
귀의하겠는가"라 했다"라고 했다.

南史, 王偉爲侯景謀主, 偉作檄云, 項羽重瞳, 尙有烏江之敗. 湘東一目, 寧
爲赤縣所歸.

天下中分尙可持：『사기·고조본기高祖本紀』에서 "항우項羽가 한漢나라
와 약속하고 천하를 반으로 나누어 홍구鴻溝를 분할했다"라고 했다. 이
구절의 의미는 흰 돌과 검은 돌을 쥐고만 있으면서 움직일 수 없다는
말이다.

史記高紀, 項羽與漢王約, 中分天下, 割鴻[16]溝. 謂持棋白黑皆不可動也.

誰謂吾徒猶愛日 ：'애일愛日'[17]은 『법언』에 보인다.

愛日見法言.

參橫月落不曾知：'월락月落'과 '삼횡參橫'[18]은 자후 유종원의 『용성록龍
城錄』에 보인다.

16　鴻：중화서국본에는 '洪'으로 되어 있으나, '鴻'의 오자이다.
17　애일(愛日)：양웅의 『법언·효지(孝至)』에서 "부모를 섬기는 데 있어 스스로 부
　　족함을 알았던 이는 오직 순 임금이다. 마음대로 오래할 수 없는 것은 어버이 섬
　　기는 일을 이름이니, 효자는 날을 아끼는 것이다[事父母自知不足者, 其舜乎. 不可
　　得而久者, 事親之謂也, 孝子愛日]"라고 했다.
18　월락(月落)과 삼횡(參橫)：유종원의 『용성록(龍城錄)』에서 "달 지고 삼성도 기
　　울어 다만 서글픔 마음뿐이라오[月落參橫, 但惆悵而爾]"라고 했다.

月落參橫見柳子厚龍城錄.

4. 효순이 납말을 보내왔기에 사례하다

謝曉純送衲襪

剗草曾升馬祖堂	풀 베러 일찍이 마조당에 올랐다가
暖窻接膝話還鄕	따뜻한 창에서 무릎 맞대고 환향을 얘기했지.
贈行百衲兜羅襪	백납[19]의 도라 버선을 보내주었으니
處處相隨入道場	가는 곳마다 서로 따르며 도장에 들어가리.

【주석】

剗草曾升馬祖堂 : 『전등록』에서 "강서江西의 한 선사禪師의 성은 마씨馬氏이다. 육조능화상六祖能和尙이 "이후의 불법은 그대로부터 시작하여, 망아지가 천하 사람을 다 밟아 죽이리라"라 했다. 그 후에 강서의 법사法嗣가 천하에 전해졌기에, 당시에 그를 '마조馬祖'라고 불렀다. 단하선사丹霞禪師가 남악南岳의 석두화상石頭和尙에게 들어갔는데, 석두화상이 대중들에게 "내일 불전 앞의 풀을 벨 것이다"라 했다. 다음날이 되자, 각각 괭이나 호미 등 풀을 베는 도구를 가지고 왔는데, 단하선사만이 홀로 동이에 깨끗한 물을 가득 담아 머리에 이고 왔다가 석두화상 앞에 무릎 꿇고 앉으니, 석두화상이 웃으면서 단하선사의 머리를 잘라주었다"라고 했다.

傳燈錄, 江西一禪師姓馬氏, 六祖能和尙謂曰, 向後佛法從汝邊去, 馬駒踏

---

19 백납 : 중생이 쓰다 버린 옷가지를 주워 백 번 꿰맨 누더기 장삼이라는 뜻이다.

殺天下人, 厥後, 江西法嗣布於天下, 時號馬祖. 又丹霞禪師投南岳石頭和尚,
石頭告衆, 來日剗佛殿前草. 至日各備鍬钁剗草, 獨師以盆盛水淨頭, 於和尚
前胡跪, 石頭笑爲剃頭.

贈行百衲兜羅韈:『능엄경』에서 "내가 지금 너에게 도라면兜羅綿[20]의
손을 보였다"라고 했는데, '도라兜羅' 두 글자는 여기에서 가져왔다.
　楞嚴經云, 我今示汝兜羅綿手, 摘此二字.

---

20 도라면(兜羅綿) : 목화의 일종으로, 빛은 서리[霜]처럼 희고 질은 부드러운데,
　　불수(佛手)의 부드러움도 이와 같다고 한다.

5. 눈보라를 만나 신채에서 자는데 갑자기 우울해졌다

衝雪宿新寨忽忽不樂

『찬이纂異』미주본眉州本과 황씨본黃氏本에는 이 작품이 "말안장에 기대어 강남을 꿈꾸면서, 꿈에 밤 난간에 들어 가 잤다오. 산에는 북두자루 비껴있고 삼성은 저물어, 눈과 밝은 달에 천 리는 싸늘해라. 속학은 고개 돌리는 것 늦었음을 근래 알았고, 병든 몸에 허리 꺾기 어렵다는 걸 깨달았네. 강남에는 구름 닿을 듯한 대 길게 늘어서 있노니, 봄바람 불어오면 돌아가 낚싯대로 꺾으리라"라고 되어 있다. 또한 황순黃㒜이 작성한『연보年譜』에서 "『수홍시화垂虹詩話』를 살펴보건대, 산곡 황정견이 섭현위葉縣尉로 있을 때,「신채新寨」라는 시를 지었는데, 그 가운데 "속학은 고개 돌리는 것 늦었음을 근래 알았고, 병든 몸에 허리 꺾기 어렵다는 걸 깨달았네"라는 구절이 있다. 이 구절이 도성에까지 전해졌었다. 반산半山 노인이 이를 보고 무릎을 치며 칭찬하고 탄복하면서 "황정견의 맑은 재주는 분주하게 살아가는 속세의 관리가 아니다"라 했다. 이로 인해 마침내 북경교수北京敎授에 제수되었다"라고 했다. 이 내용이『국사보전國史本傳』과는 일치하지 않는다.

纂異眉州本及黃氏本, 一夢江南據馬鞍, 夢中投宿夜闌干. 山銜斗柄三星沒, 雪共月明千里寒. 俗學近知回首晚, 病身全覺折腰難. 江南長盡梢雲竹, 歸及春風斬釣竿. 又案黃氏年譜云, 按垂虹詩話, 山谷尉葉縣日, 作新寨詩, 有俗學近知回首晚, 病身全覺折腰難之句, 傳至都下. 半山老人見之, 擊節稱歎, 謂黃某淸才, 非奔走俗吏. 遂除北京敎授. 與國史本傳不合.

縣北縣南何目了	현 북쪽 남쪽을 언제 다 보랴
又來新寨解征鞍	또 신채에 와서 안장을 푼다오.
山銜斗柄三星没	산에 북두 자루 기울었고 삼성도 저
雪共月明千里寒	눈과 밝은 달만이 천 리에 차갑구나.
小吏有[21]時須束帶	낮은 관리로 때때로 띠 두르노니
故人頗問不休官	벗은 자못 벼슬 그만 두지 않느냐 묻네.
江南長盡梢雲竹	강남에는 구름 닿을 듯한 대
	길게 늘어서 있노니
歸及春風斬釣竿	봄바람 불어오면 돌아가 낚싯대로 꺾으리라.

【주석】

山銜斗柄三星没 : 『시경·주무綢繆』에서 "삼성이 하늘에 있네"라고 했다.
詩三星在天

雪共月明千里寒 : 사희일謝希逸의 「월부月賦」에서 "천 리 떨어져 있지만 밝은 달은 함께 한다오"라고 했다.
謝希逸月賦, 隔[22]千里兮共明月.

---

21 [교감기] '有'가 고본에는 '忽'로 되어 있고 원교(原校)에서는 "다른 판본에는 '有'로 되어 있다"라고 했다.

小吏有時須束帶 : 연명 도잠에게 응당 띠를 두르고 독우를 만나야 한다고 했던 일로,[23] 위의 주注에 보인다.

陶明淵應束帶見督郵事, 已見上注.

故人頗問不休官 : 당唐나라 승僧 영철靈徹의 「답위단答韋丹」에서 "만나는 이들마다 벼슬 버리고 떠난다 하나, 숲속에서 언제고 만나본 적 있던가"라고 했는데, 『집고록集古錄』에 보인다.

唐僧靈徹詩, 相逢盡道休官去, 林下何曾見一人. 見集古錄.

歸及春風斬釣竿 : 두보의 「송공소보사병귀유강동겸정이白送孔巢父謝病歸游江東兼呈李白」에서 "낚싯대로 산호수를 흔들려 하네"라고 했다. 삭제한 시작품 가운데 「신채전남귀객新寨餞南歸客」이라는 작품이 있는데, 이 역시 섭현위葉縣尉로 있을 때 지은 것이다.

杜詩, 釣竿欲拂珊瑚樹. 刪詩中有新寨餞南歸客詩, 乃葉縣尉時作.[24]

---

22 [교감기] '隔'이 본래 빠져 있는데, 전본에 따라 보충한다.
23 연명 (…중략…) 일로 : 소명태자(昭明太子)가 지은 「도연명전(陶淵明傳)」에서 "도연명이 벗에게 이르기를, "애오라지 작은 고을의 수령이 되어 은거 생활의 밑천을 마련하려 하는데 가능할까"라고 했다. 이 말을 상관(上官)이 듣고 그를 팽택령(彭澤令)으로 삼았다. 세밑이 되었을 때, 군(郡)에서 보낸 독우(督郵)가 현(縣)에 이르자 도연명은 그날로 인끈을 벗어던지고 벼슬에서 물러났다[謂親朋曰, 聊欲絃歌, 以爲三徑之資, 可乎. 執事者以爲彭澤令. 歲終, 會郡遣督郵至縣, 淵明卽日解印綬去職]"라고 했다.
24 [교감기] 여기에서 삭제한 「新寨餞南歸客詩」는 『山谷詩外集補遺』 권1에 보인다.

6. 숭덕군이 거문고 타는 것을 듣다
聽崇德君鼓琴

『전집前集』에 「이모이부인묵죽姨母李夫人墨竹」이라는 작품이 실려 있다. 『외집外集』 권11에 「관숭덕묵죽가觀崇德墨竹歌」가 실려 있는데, 그 서문에서 "이모 숭덕군崇德君이 새로 그린 묵죽도墨竹圖를 보내왔고 또한 시를 지어달라고 했다"라고 했다. 원장元章 미불米芾의 『화사畫史』에서 "조의대부朝議大夫 왕지재王之才의 처妻는 남창현군南昌縣君 이 씨李氏로 상서공尙書公 택擇의 누이이다. 송죽松竹이나 목석木石 등을 그린 그림을 보면, 그 진본을 보고 곧바로 그려냈는데, 진본과 구별하기 어려울 정도였다"라고 했다. 또한 『별집別集』에 「작숭덕군수주酌崇德君壽酒」라는 작품이 있는데, 모두 섭현에 있을 때 지은 것이다. 다만 『전집』의 작품을 임연任淵이 원우元祐 3년 관사에서 지은 작품에 편입시켰다.

前集有姨母李夫人墨竹詩. 外集十一卷有觀崇德墨竹歌, 其序云, 姨母崇德君, 贈新墨竹圖, 且令作歌. 米元章畫史云, 朝議大夫王之才妻, 南昌縣君李氏, 尙書公擇之妹, 能臨松竹木石等畫, 見本卽爲之, 卒難辨. 又別集有酌崇德君壽酒詩, 竝葉縣作. 惟前集詩, 任氏編入元祐三年館中作.

月明江靜寂寥中	달 밝고 강물 고요한 적막함 속에
大家斂袂撫孤桐	대가는 소매 거두고 우뚝한 오동 어루네.
古人已矣古樂在[25]	고인에게도 이미 옛 음악이 있노니

髣髴雅頌之遺風	아송의 유풍과도 비슷하리라.
妙手不易得	묘한 솜씨는 얻기 쉽지 않으며
善聽良獨難	잘 듣는 이도 진실로 얻기 어렵다네.
猶如優曇華	오히려 우담의 꽃과 같아서
時一出世間	이따금 한 번씩 세상이 나온다네.
兩忘琴意與己²⁶意	거문고와 자신의 마음 둘 다 잊으니
逈似不著十指彈	열 손가락이 타지 않는 것만 같아라.
禪心默默三淵靜	선심은 묵묵하고 삼연은 고요하기만 하니
幽谷淸風淡相應	깊은 골짜기 맑은 바람 담담하게 서로 응하네.
絲聲誰道不如竹	현악기 소리 누가 관악기만 못하다고 했는가
我已忘言得眞性	나는 이미 말을 잊고 참된 본성 얻었다네.
罷琴窓外月沈江	거문고 그치니 창 밖에 달이 강에 지고
萬籟俱空七絃定	모든 소리 다 사라진 채 칠현금만 남았어라.

【주석】

大家歛袂撫孤桐 : 『후한서·열녀전列女傳』에서 "부풍扶風 사람인 조세숙曹世叔의 아내는 같은 고을에 사는 반표班彪의 딸로, 여러 차례 부름을 받고 궁궐에 들어가 황후皇后와 귀인貴人의 스승이 되었기에, '대가大家'라 불리었다"라고 했다. 『서경·우공禹貢』에서 "역산嶧山의 남쪽에 우뚝

---

25 [교감기] '在'가 고본에는 '府'로 되어 있다.
26 己 : 중화서국본에는 '巳'로 되어 있으나, '己'의 오자이다.

자란 오동나무"라고 했는데, 그 주注에서 "오동나무가 자라는데, 거문
고를 만들기 적합하다"라고 했다.

後漢列女傳, 扶風曹世叔妻, 同郡班彪之女, 數召入宮, 令皇后諸貴人師事
焉, 號曰大家. 禹貢, 嶧陽孤桐. 注云, 特生桐, 中琴瑟.

古人已矣古樂在 : 『맹자』에서 "지금은 음악은 옛 음악과 같다"라고
했다.

孟子云, 今樂猶古樂.

妙手不易得 : 두보의 「봉선유소부신화산수장가奉先劉少府新畫山水障歌」에
서 "화가는 참으로 많지만, 뛰어난 화가는 만나기 어렵네"라고 했다.

杜詩, 畫師亦無數, 好手不可遇.

猶如優曇華 時一出世間 : 『법화경』에서 "이렇게 미묘한 법은 모든 부
처님 여래가 때가 되어야 말씀한다. 마치 우담바라꽃이 때가 돼야 한
번 피는 것과 같다"라고 했는데, 그 소疏에서 "우담바라꽃은 이름이 서
응端應이니, 피게 되면 금빛 수레바퀴와 옥빛 산과 같다"라고 했다.

法華經云, 如是妙法, 諸佛如來, 時乃說之, 如優曇鉢華時一現耳. 疏云, 優
曇鉢華, 名端應, 現則金輪玉山.

酒似不著十指彈 : 맹교의 「첩박명妾簿命」에서 "열 손가락 거문고 줄 아

끼지 않고, 그대를 위해 천만 번 타네요"라고 했다.

孟郊妾薄命云, 不惜十指絃, 爲君千萬彈.

禪心黙黙三淵靜 : '삼연三淵'은 위의 주注에 있는데, 그 일이 『장자』에서 "연못에는 아홉 가지 명칭이 있는데, 이곳이 세 번째에 해당한다"라고 했다. 그 주注에서 "연淵이란 고요한 것을 말한다"라고 했다.

三淵上已注, 事見莊子, 淵有九名, 此處三焉. 注云, 淵者, 靜黙之謂耳.

絲聲誰道不如竹 : 『진서·맹가전孟嘉傳』에서 "현악기는 관악기만 못하고, 관악기는 사람의 목소리만 못하다"라고 했다.

晉孟嘉傳, 絲不如竹, 竹不如肉.

罷琴牕外月沈江 : 두보의 「송공소보사병귀유강동겸정이백送孔巢父謝病歸游江東兼呈李白」에서 "거문고 소리 그쳐 서글픈데 달빛은 자리를 비추네"라고 했다.

杜詩, 罷琴惆悵月照席.

7. 곽명보가 영미에 서재를 짓고서 나에게 시작품을 써달라고 했다. 2수

郭明甫作西齊于潁尾, 請予賦詩. 二首

첫 번째 수其一

食貧自以官爲業	가난하기 때문에 벼슬한다고 나는 생각했는데
聞說西齋意凜然	서재의 의기가 늠름하다고 들었다네.
萬卷藏書宜子弟	만 권의 책은 자제에게 마땅하고
十年種木長風煙	십 년 나무 심는 것은 풍연을 길게 하리라.
未嘗終日不思潁	하루라도 영주를 생각하지 않은 적 없노니
想見先生多好賢	선생이 현인 매우 좋아함을 떠 올려보네.
安得雍容一樽酒	어찌하면 다정하게 한 잔 술 기우릴까
女郎臺下水如天	여랑대 아래 물은 하늘빛이라는데.

【주석】

食貧自以官爲業 : 『시경·맹氓』에서 "삼 년간 가난에 찌들었네"라고 했다. 형공 왕안석의 「송강녕팽급사부궐送江寧彭給事赴闕」에서 "곽급은 맞이한 아이들과 약속을 했으며,[27] 사안謝安은 가난하여 양담羊曇에게

---

[27] 곽급은 (…중략…) 했으며 : 후한(後漢) 때 곽급(郭伋)이 병주(幷州)에 있으면서 은혜로운 정사를 폈는데, 순시를 하다가 서하(西河)의 미직(美稷)에 도착하자, 어린아이 수백 명이 각자 죽마를 타고 길가에서 절을 하면서 맞이하여 환영했다. 아이들은 곽급에게 "언제 다시 이곳을 순시하느냐"고 물었고 곽급은 "일 년에 한

구걸했었지"라고 했다.

詩, 三歲食貧. 荊公詩, 期[28]信有兒迎郭伋, 食貧無地乞羊曇.

十年種木長風煙:『사기·화식전貨殖傳』에서 "십 년을 살려 하거든, 나무를 심어라"라고 했다.

史記貨殖傳, 十歲樹之以木.

未嘗終日不思潁: 양공 구양수의 「사영기상처사思潁寄常處士」라는 작품이 있다.[29]

歐陽公有思潁寄常處士詩.

安得雍容一樽酒: 휴문 심약의 「별범안성시別范安成詩」에서 "술이 한 동

번 순시한다"라 말했다. 일 년 후 곽급은 아이들과 약속했던 것보다 하루 먼저 도착했는데, 곧바로 순시를 하지 않자 부하들이 "어찌 순시하지 않으십니까"라 하니, 곽급이 "작년에 아이들과 약속한 날보다 하루 빠르니, 정자에 머물렀다가 내일 순시하겠다"라 했다. 『후한서·곽급전(郭伋傳)』에 보인다.

28 期: 중화서국본에는 '朝'로 되어 있으나, '期'의 오자이다.

29 양공 (…중략…) 있다: '「사영기상처사(思潁寄常處士)」'라는 작품은 「사영시(思潁詩)」를 말하는 것으로 보인다. 구양수가 채주(蔡州)에 있으면서 자주 치사를 청하였는데, 문생(門生) 채승희(蔡承禧)가 그 이유를 물으니, 구양수가 "내 평생의 명절(名節)은 모두 후생들의 본보기가 되게 하려는 것이니, 일찍 물러가 만절(晩節)을 온전히 해야 할 뿐이다. 쫓아내기를 기다릴 게 뭐 있겠는가. 조정에 있는 대신들은 모두 임금에게 버림받는 것을 두려워하고 후생들이 본받는 것을 부끄러워하고 있다. 이러니 염치의 기풍이 어떻게 일어날 수 있겠는가" 하였다. 한때 수령으로 있었던 영주(潁州)를 매우 사랑하여 「사영시(思潁詩)」를 지었고 마침내 은퇴하여 이곳으로 돌아가 생을 마쳤다. 『문기유림(問奇類林)』에 보인다.

이뿐이라고 말하지 말게, 내일이면 다시 들기 어려우니"라고 했다. 두
보의 「춘일억이백春日憶李白」에서 "언제나 술잔 주고받으며, 다시 시문
이야기 나눌까나"라고 했다.

沈休文詩, 勿言一樽酒, 明日難重持. 杜詩, 何時一樽酒, 重與細論文.

女郎臺下水如天 :『환우기』에서 "영주潁州의 치소治所에 여음현汝陰縣이
있는데, 여랑대女郎臺는 현의 서북쪽 1리 정도의 거리에 있다. 옛 노인
들이 "옛날 오랑캐의 딸이 노소후魯昭侯에게 시집가 부인이 되어 이 대
를 만들어 손님을 맞이했다. 그래서 세상에서는 여랑대라고 부른다"라
했다"라고 했다. 자후 유종원의 「별사제종일別舍弟宗一」에서 "계령의 더
운 기운 먹장구름을 일으키고, 동정호는 봄 끝에서 물이 하늘에 닿아
있네"라고 했다.

寰宇記, 潁州治汝陰縣, 女郎臺在縣西北一里. 古老云, 昔胡之女嫁魯昭侯,
爲夫人, 築臺以賓之. 故俗謂之女郎臺. 柳子厚詩, 桂嶺瘴來雲作墨, 洞庭春盡
水如天.

두 번째 수其二

東京望重兩幷州	동경에서 두 병주 목사 명망 두터웠고
遂有汾陽整綴旒	마침내 분양군왕이 위태로움 바로 잡았지.
翁伯入關傾意氣	옹백은 관중에 들어가 의기를 쏟았으며

林宗異世想風流　임종의 풍류를 훗날에도 상상해 볼 수 있네.

君家舊事皆靑史　그대 집안의 옛 일은 역사에 기록되어 있고

今日高材未白頭　오늘날의 고재도 아직 흰머리 되지 않았네.

莫倚西齋好風月　서재에 기대어 풍월만을 즐기지 마시고

長隨三徑古人遊　길이 세 오솔길의 옛 사람 노님 따르시게.

【주석】

東京望重兩幷州 : 곽단郭丹과 곽급郭伋은 모두 병주 목사幷州牧使였는데, 『후한서』에 그들에 대한 전傳이 있다.

郭丹郭伋, 皆爲幷州牧, 後漢書有傳.

遂有汾陽整綴旒 : 『시경·장발長發』에서 "하국을 위하여 철류綴旒가 된 다"라고 했다. 당唐나라 곽자의郭子儀가 분양군왕汾陽郡王에 봉해졌었다. 『신당서·곽자의전郭子儀傳』의 찬贊에서 "당唐나라 국운이 마치 췌유贅旒처럼 위태로웠는데, 곽자의가 태자를 보필하여 다시 왕실을 재건했다"라고 했다.

詩, 爲下國綴旒. 唐郭子儀封汾陽郡王. 贊曰, 唐祚若贅旒, 而能輔太子, 再造王室.

翁伯入關傾意氣 : 『한서·곽해전郭解傳』에서 "곽해의 누이가 '옹백翁伯은 당시 사람이 내 아들을 죽였는데도, 도적을 잡지 못했다'라 했다'라

고 했는데, 안사고는 주注에서 "옹백은 곽해의 자이다"라고 했다. 또한 『한서·곽해전郭解傳』에서 "곽해가 함곡관 안으로 들어서자, 관중의 어질고 호걸한 사람들은 곽해의 명성을 듣고 다투어 사귀려고 하였다"라고 했다. 『사기·안자전晏子傳』에서 "의기양양하여 매우 만족했다"라고 했다. 이백의 「부풍호사가扶風豪士歌」에서 "부풍의 호걸스러운 선비 천하에 뛰어나니, 의기가 서로 통하면 산을 옮길 수 있네"라고 했다.

漢郭解傳, 解姊曰, 以翁伯, 時人殺吾子, 賊不得. 師古曰, 翁伯, 解字也. 傳又云, 解入關, 關中賢豪聞聲爭交歡. 史記晏子傳云, 意氣揚揚, 甚自得. 李白詩, 扶風豪士下天奇, 意氣相傾山可移.

林宗異世想風流 : 곽태郭泰의 자는 임종林宗으로, 곽태의 일은 『후한서』에 보인다. 이백의 「답두수재오송견증答杜秀才五松見贈」에서 "나는 언백彦伯 원굉袁宏 맞이한 사상謝尚 아니지만, 시대 달라도 각 시대마다 풍류 있다네"라고 했다.

郭泰字林宗, 事見後漢書. 李白詩, 吾非謝尚邀彦伯, 異代風流各一時.

長隨三徑古人遊 : 벼슬하라고 권면하는 말이다. 연명 도잠의 「귀거래사歸去來辭」에서 "세 오솔길이 이미 황폐해졌네"라고 했다. 여주汝州와 영주潁州는 이웃한 고을로, 이 작품 역시 섭현 위葉縣尉로 있을 때 지은 것이다.

勸之仕也. 淵明歸去來辭, 三徑就荒. 汝潁隣州, 此亦葉縣尉時作.

8. 교대되는 장화보에게 술을 권하다

勸交代張和父酒

風流五日張京兆	풍류 오일의 장경조
今日諸孫困小官	오늘날 여러 자손들 낮은 관리로 고생하네.
作尹大都如廣漢	큰 고을의 윤이 된 것은 조광한과 같지만
畵眉仍復近長安	눈썹 그리고 게다가 장안 가까이 있었네.
三人成虎事多有	세 사람이 호랑이 만드니 일은 많을 테지만
衆口鑠金君自寬	많은 말이 쇠도 녹이니 그대 너그러워지시게.
酒興情親俱不淺	주흥과 정친 모두 얕지 않노니
賤生何取罄交歡	천생이 어찌하면 사귀는 기쁨 취할 수 있을까.

【주석】

風流五日張京兆 : 『한서·장창전張敞傳』에서 "장창의 수하에 도적 잡는 직무를 맡은 서순絮舜이라는 관리가 있었다. 서순은 조정의 대신들이 탄핵을 상주한 일로 인해, 장창이 곧 면직되리라고 생각해 사건을 조사하라는 장창의 명령에 따르지 않고 "나는 경조윤을 위하여 할 만큼 했다. 지금 경조윤은 남은 임기가 길어야 닷새일 것이니 어찌 사건을 다시 수사할 수 있겠는가"라 했다"라고 했다.

漢張敞傳, 敞使賊曹掾絮舜有所案驗, 舜以敞劾奏當免, 不肯爲敞竟事, 曰, 吾爲是公盡力多矣, 今五日京兆耳, 安能復案事.

作尹大都如廣漢 : 조광헌趙廣漢과 장창張敞은 모두 경조윤京兆尹을 역임했고 그들이 한 일이 대략 서로 비슷하다.

趙廣漢張敞皆京兆尹, 所爲大略相似.

畫眉仍復近長安 : 장창이 아내를 위해 그녀의 눈썹을 그려주었는데, 장안에 소문이 나기를 장경조는 아내의 눈썹이나 어루만진다고 했다. "벼슬을 하고자 하면 장안에게 가까이 있어야 한다"는 것은 당唐나라 사람의 말이다.

敞爲婦畫眉, 長安人傳張京兆眉嫵. 欲得官, 近長安, 唐人語也.

三人成虎事多有 : '삼인성호三人成虎'³⁰는 위의 주註에 보인다. 공융의 「임종臨終」에서 "세 사람이 같은 말하면 시장에 호랑이 있게 되고, 물속에 담가두면 아교와 옻칠도 풀어지고 마는데"라고 했다.

註見上. 孔融臨終詩, 三人成市虎, 浸漬解膠漆.

---

30 삼인성호(三人成虎) : 『한비자』에서 "위(魏)나라 사신 방총(龐葱)과 태자(太子)가 한단(邯鄲)에 인질로 가기 전에 위왕(魏王)에게 "지금 어떤 사람이 시장에 호랑이가 나타났다고 하면 왕은 믿으시겠습니까"라 하자, 왕은 "믿지 않겠다"라 했다. 그러자 "두 사람이 말을 하면 왕은 믿으시겠습니까"라 하자, 왕은 "나는 의심을 하게 될 것이요"라 했다. 이에 방총이 "시장에는 호랑이가 나타나지 않는 것이 분명한데, 세 사람이 말하면 호랑이가 나타나게 됩니다[市之無虎明矣, 然三人言而成虎] 지금 한단과 대량(大梁)의 거리는 시장보다도 먼 곳입니다. 신을 헐뜯는 자도 세 사람에 지나지 않으니, 왕께서 살펴주시기 바랍니다"라 했다"라고 했다.

衆口鑠金君自寬 : 『초사』에서 "그러므로 많은 사람들의 입은 무쇠라도 녹이는 법이니, 처음부터 바로 이같이 되어 위태로움을 만났구나"라고 했다. 추양鄒陽의 「옥중상서자명獄中上書自明」에서 "뭇사람의 입은 무쇠도 녹일 수 있고, 참소가 쌓이면 뼈도 녹일 수 있다"라고 했다.

楚辭, 故衆口之共鑠金兮, 初若是而逢殆. 鄒陽書云, 衆口鑠金, 積毀銷骨.

賤生何取磬交歡 : 두보의 「엄공중하왕가초당운운嚴公仲夏枉駕草堂云云」에서 "고깃배 띄워놓고 시간 흘러가노라니, 늙은 농부가 사귀는 기쁨을 누릴 수 있을까"라고 했다.

杜詩, 看弄漁舟移白日, 老農何有磬交歡.

9. 평여를 지나다가 이자선이 그리웠다. 이때 이자선은 병주에 있었다

過平輿, 懷李子先, 時在幷州

평여현平輿縣은 채주蔡州에 예속되어 있는데, 가우嘉祐 4년 병주幷州로 승격되어 태원부太原府가 되었다. 살펴보건대,『잠부시화潛夫詩話』에 "산곡 황정견이 다른 사람을 가르치면서 "세상에 어찌 천리마가 없겠는가, 사람 중엔 구방고를 얻기 어렵다네"라고 했는데, 이것은 율시의 법도를 얻은 것이다"라는 언급이 실려 있다. 바로 이 작품을 두고 한 말이다. 섭현위葉縣尉를 그만두었을 때 지은 작품이다.

平輿縣隷蔡州, 嘉祐四年升幷州, 爲太原府. 案潛夫詩話載, 山谷敎人云, 世上豈無千里馬, 人中難得九方皐. 此可爲律詩之法. 卽此詩也. 解葉縣尉時作.

前日幽人佐吏曹	전날에 유인은 보좌하는 관리였고
我行堤草認靑袍	난 언덕 풀길 가면서 푸른 베 알았다오.
心隨汝水春波動	마음이 여수 따라 가니 봄 물결 일렁였고
興與幷門夜月高	흥겹게 병주에서 함께 하니 밤 달은 높았었지.
世上豈無千里馬	세상에 어찌 천리 가는 말이 없겠는가
人中難得九方皐	사람 중에 구방고 같은 이 얻기 어렵네.
酒船魚網歸來是	술과 그물 실은 배가 돌아가노니
花落故溪深一篙	꽃 지는 옛 계곡에 노 젓는 소리 깊으리.

【주석】

前日幽人佐吏曹 : 『주역·이괘履卦』에서 "바른 길을 밟으니 탄탄하다. 마음이 조용하고 안정된 사람이라야 바르고 곧으며 길하리라"라고 했다.

易, 履道坦坦, 幽人貞吉.

我行堤草認靑袍 : 유신의 「애강남부哀江南賦」에서 "푸른 베는 풀 같고, 흰 말은 명주 같네"라고 했다. 두보의 「도강渡江」에서 "모래톱의 풀은 푸른 베 널려놓은 듯"이라고 했다. 노공魯公 범질范質의 「계아질팔백자戒兒姪八百字」에서 "푸른 베는 봄날의 풀빛이요, 흰 모시를 원수처럼 버린다오"라고 했다. 형공 왕안석의 「송교사주형제랑동귀送郊社朱兄除郎東歸」에서 "마을 문 비추니 백옥은 아니요, 봄풀이 푸른 베인 듯 속이누나"라고 했다.

庾信哀江南賦云, 靑袍如草, 白馬如練. 杜詩, 汀草亂靑袍. 范魯公詩, 靑袍春草色, 白紵棄如仇. 王荊公詩, 照映里門非白屋, 欺凌³¹春草有袍靑.

世上豈無千里馬 人中難得九方皐 : 『열자·설부說符』에서 "진秦 목공穆公이 백락伯樂에게 "당신은 이제 늙었소. 당신 자손 중에 말을 잘 고를 만한 자가 있소"라 했다. 백락은 "저의 자식들은 모두 재주가 미천하여 좋은 말을 고를 줄은 알지만, 천하의 명마는 알아보지 못합니다. 저에게 땔나무와 채소를 공급해 주는 사람으로 구방고九方皐라는 사람이 있

---

31 欺凌 : 중화서국본에는 '陵雲'으로 되어 있으나, '欺凌'의 오자이다.

습니다. 그 사람을 한 번 만나 보시기를 청합니다"라 대답했다. 목공이 그로 하여금 말을 구해 오도록 했다. 구방고가 석 달 만에 돌아와서 보고하길 "찾아냈습니다. 암놈이며 누렇습니다"라 했다. 이에 사람을 시켜 그 말을 데리고 왔는데 수놈이며 색깔은 검었다. 목공은 백락에게 "잘못되었소. 당신이 추천한 자로 하여금 말을 구하러 보냈더니 색깔과 암수조차도 오히려 구별하지 못하였소. 이러한 자를 어찌 말에 대하여 안다고 할 수가 있겠소"라 했다. 이에 백락은 "구방고가 살핀 바는 천기天機입니다"라 말했다"라고 했다.

列子說符篇, 秦穆公謂伯樂曰, 子之年長矣, 子姓自可使求馬者乎. 對曰, 臣之子皆下材, 可告以良馬, 不可告以天下之馬也. 臣有所與共擔纏薪菜者, 有九方皐, 請見之. 公使求馬, 三月而反, 報曰, 已得之矣. 牝而黃. 使人取之, 牡而驪. 公謂伯樂曰, 敗矣, 子之所使求馬者, 色物牝牡尙不能知, 又何馬之能知也. 伯樂曰, 皐之所觀, 天機也云云.

花落故溪深一篙 : 『방언方言』에서 "노 젓는 것을 '고篙'라 한다"라고 했다.
方言, 刺船謂之篙.

10. 금사화와 도미화를 공수에게 보내다

以金沙酴醾送公壽

산곡이 일찍이 이 작품과 관련한 발문跋文에서 "내가 종실 월궁越宮과
는 먼 친척[32]이기에, 예전에 선주원宣州院의 공수公壽 경진景珍과 일찍이
글을 짓고 술을 마시는 즐거움을 함께 했었다"라고 했다. 시교관試教官
으로 입경入京할 때 지은 작품이다.

山谷嘗有跋云, 余與宗室越宮有葭莩, 故曩時與宣州院公壽景珍嘗共文酒
之樂.[33] 試教官入京作.

天遣酴醾玉作花	하늘이 옥으로 만든 도미화를 보냈고
紫綿揉色染金沙	부드러운 자줏빛으로 금사화 물들였네.
憑君着意樽前看	그대 마음 붙이고 술 잔 앞에서 보시면
便與春工立等差	봄날의 꽃과는 차이가 있을런지.

【주석】

天遣酴醾玉作花 紫綿揉色染金沙 憑君着意樽前看 便與春工立等差 : 퇴지
한유의 「이화李花」에서 "흰 치마 흰 수건과 차등이 없구나"라고 했다.

---

32 먼 친척 : '가부(葭莩)'는 친함이 박한 것을 비유한 것으로, 보통 촌수가 먼 친인
    척을 뜻한다. 자세한 것은 시 작품의 주(注)에 보인다.
33 [교감기] '山谷 (…중략…) 之樂'이라는 구절이 영원본에는 다음 작품인 「寄懷公
    壽」라는 작품 아래 주석으로 있다.

심립沈立의 「해당기海棠記」에서 "오직 자줏빛인 것을 해당화라고 하고
그 나머지는 해리화棠梨花이다"라고 했다. 또한 『초계어은』에서 "민중閩
中 조우漕宇에 해당화 중에 마치 자줏빛이 부드럽게 이어진 것이 있다"
라고 했는데, 여기에서 글자를 취했다.

退之李花詩, 縞裙練帨無等差. 沈立海棠記云, 惟紫綿者謂之海棠, 餘乃棠
梨花耳. 又苕溪云. 閩中漕宇海棠, 有如紫綿揉色者. 此摘其字.

11. 공수가 그리워 부치다

寄懷公壽

好賦梁王在日邊	사부 좋아한 양왕의 일변에 있으면서
重簾複幕鎖神仙	겹 주렴과 장막에 신선 갇혀 있구나.
莫因酒病疏桃李	술병 때문에 도리 소원하게 하지 마시게
且把春愁付管絃	또한 봄 근심을 음악에나 부치시게.
愚智相懸三十里	어리석음과 지혜로움은 삼십 리나 차이 나고
榮枯同有百餘年	영고성쇠는 한 평생 함께 하는 법이라네.
及身强健且行樂	젊었을 때 즐겁게 노닐면서
一笑端須直萬錢	한 번 웃는 것이 만전의 값어치라오.

【주석】

好賦梁王在日邊:『한서・사마상여전司馬相如傳』에서 "사마상여가 돈을 내고 낭郎이 되었다. 이때에 경제景帝는 사부辭賦를 좋아하지 않았고 그때 양효왕梁孝王이 조회하러 왔는데, 추양鄒陽과 매승枚乘 등 유세객들이 따라와 사마상여를 만나 기뻐했었다. 그래서 병을 핑계로 벼슬을 그만두고 길손으로 양나라에서 유세했다"라고 했다. 이백의 「영왕동순가永王東巡歌」에서 "남풍이 한 번 불어 오랑캐 먼지 쓸어버리고, 서쪽 장안으로 가 해 근방에 닿으리라"라고 했다.

司馬相如傳, 以訾爲郎. 會景帝不好辭賦, 是時梁孝王來朝, 從游說之士鄒陽枚乘之徒, 相如見而說之, 因病免, 客游梁. 李白詩, 南風一掃胡塵淨, 西入長安到日邊.

重簾複幕鎖神仙 : 퇴지 한유의 「단등경가短燈檠歌」에서 "노란 발 푸른 장막 쳐진 붉은 문은 닫혀 있네"라고 했다. 두보의 「추일기부영회운운秋日夔府詠懷云云」에서 "화려한 집에 신선이 아름답네"라고 했다.

退之詩, 黃簾綠幕朱戶閉. 杜詩, 華屋艷神仙.

莫因酒病疏桃李 : 『시경·하피농의何彼穠矣』에서 "어찌 저리도 화사할까, 복숭아꽃 배꽃처럼 아름답구나"라고 했는데, 왕희王姬의 얼굴색이 좋은 것을 찬미한 것이다. 또한 자건 조식의 「잡시雜詩」에서 "남국에 미인이 있노니, 그 얼굴빛이 복숭아 배꽃 같다네"라고 했다.

詩, 何彼穠矣, 華如桃李. 美王姬之顏色盛也. 又曹子建詩, 南國有佳人, 容華若桃李.

且把春愁付管絃 : 낙천 백거이의 「장안춘長安春」에서 "동쪽 주점 술은 맹탕이라 취해도 쉬이 깨 버려, 눈 가득한 봄 근심을 떨치지 못한다오"라고 했다.

白樂天詩, 街東酒薄醉易醒, 滿眼春愁銷不得.

愚智相懸三十里 : 위魏 무제武帝의 「여양수독조아비與楊修讀曹娥碑」에서

"알고 모르는 것이 삼십 리 차이나 난다"라고 했다.

魏武帝與楊修讀曹娥碑, 有知無知, 較三十里.

榮枯同有百餘年 : 『문선』에 실린 자건 조식의 「증정익贈丁翼」에서 "선을 쌓으면 남은 경사 있으리니, 영고성쇠는 서서 기다려야 하네"라고 했다.

文選遭子建詩, 積善有[34]餘慶, 榮枯立可須.

及身强健且行樂 : 『한서·양운전楊惲傳』에서 "사람은 태어나면 즐길 뿐이니, 모름지기 부귀는 어느 때인가"라고 했다.

漢楊惲傳, 人生行樂耳, 須富貴何時.

一笑端須直萬錢 : 태백 이백의 「행로탄行路難」에서 "옥쟁반과 진귀한 반찬은 만전의 값어치이네"라고 했다.

太白詩, 玉盤珍羞直萬錢.

---

34 有 : 중화서국본에는 '令'으로 되어 있으나, '有'의 오자이다.

12. 무릉

武陵

황순黃䇓이 작성한 『연보年譜』에서 "「잡시팔수雜詩八首」 중 여덟 번째 작품은 『외집』 권6에 「무릉武陵」이란 제목으로 실려 있다"라고 했다. 지금 촉본蜀本에 따라 섭현에 있을 때 지은 시의 뒤에 붙인다.

黃氏年譜, 雜詩八首, 而第八首載外集第六卷,[35] 題作武陵. 今從蜀本, 附葉縣詩後.

武陵樵客出桃源	무릉의 나무꾼 도원을 나온 후
自許重遊不作難	다시 노닐기 어렵지 않으리라 생각했지.
却覓洞門煙鎖斷	계곡 문 찾지만 안개에 갇혀 끊어져
歸舟風月夜深寒	돌아오는 배의 풍월이 밤 깊어 차갑구나.

【주석】

自許重遊不作難 : 태백 이백의 「억구유기초군원참군憶舊遊寄譙郡元參軍」에서 "산과 바다를 도는 것 어렵지 않노니, 마음과 뜻 쏟아 아쉬운 바 없다네"라고 했다.

太白詩, 迴山轉海不作難, 傾情倒意無所惜.

---

35 [교감기] 나머지 일곱 수의 「雜詩」는 고본 『山谷外集』 권14에 보이는데, 지금 『山谷詩外集補』 권4에 수록해 두었다.

却覺洞門煙鎖斷 歸舟風月夜深寒 : 동진東晉 태강太康 연간에, 무림武林의 물고기 잡는 사람이 계곡을 따라 올라갔었다. 그러다 홀연 복사꽃 숲을 낀 언덕을 만났고 다시 더 길을 가서 물줄기가 시작되는 곳에 이르렀다. 하나의 작은 입구가 있었는데, 그 속으로 들어가 보니 앞이 환하게 탁 트여 있었다. 노인이나 어린아이들이 와서 "우리 선조가 진나라를 피해 이곳으로 왔다"라 했다. 그리고는 그 집에 이르렀는데, 술과 먹을 것을 대접해 주었다. 수일을 머문 후에, 헤어져 돌아왔다. 돌아와서는 고을에 이르러 태수에게 갔다. 태수는 사람을 시켜 어부가 간 곳을 따라 그 곳을 찾게 했지만 결국 그 길을 찾지 못했다. 이와 관련해 자세한 것은 『도연명집』에 실린 「도화원기桃花源記」에 보인다.

東晉太康中, 武林人捕魚, 而從溪行. 忽逢桃林夾岸, 復前行, 盡水源, 有小口, 豁然開朗. 黃髮垂髫, 自云, 先世避秦來此. 因延至其家, 具酒食. 停數日, 辭去. 旣出, 及郡, 詣太守. 遣人隨其往, 尋其處, 遂迷不得路. 詳見陶淵明集中桃花源記.

13. 신음재에서 자다 일어나 다섯 수를 지어 세필에게 드리다
【왕세필의 이름은 순량이며, 산곡의 매부이니, 이른바 왕랑이다】

呻吟齋睡起五首呈世弼【王世弼名純亮, 山谷妹夫, 所謂王郎者】

첫 번째 수其一

棐几坐清晝	환한 대낮에 자리에 앉노니
博山凝妙香	박산의 향로에 오묘한 향기 어리네.
蘭芽依客土	난초 싹은 길손 거처에 솟아났고
柳色過鄰墻	버들 빛은 이웃 담장에 비껴있네.
巷僻過從少	외진 곳이라 따르는 이 없고
官閑氣味長	관직 한가로워 기미는 유장하네.
江南一枕夢	강남에서 꿈을 꾸면서
高臥聽鳴榔	높이 누워 뱃노래를 듣노라.

【주석】

博山凝妙香 : 이백의 「고악부古樂府」에서 "박산향로에서 침향이 피어 올라, 두 줄기 연기 하나 되어 자하궁까지 이르리"라고 했다. 두보의 「대운사찬공방大雲寺贊公房」에서 "오묘한 향기 맡아 마음까지 맑아지네" 라고 했다.

李白古樂府, 博山爐中沈香火, 雙煙一氣凌紫霞. 杜詩, 心淸聞妙香.

高臥聽鳴榔 : 『문선』에 실린 안인 반악의 「서정부西征賦」에서 "뱃전 치는[36] 소리 울리누나"라고 했다. 이문효의 「관조부觀釣賦」에서 "멋진 밤 좋아 돌아가지 않고, 다시 뱃전 치며 멀리까지 가노라"라고 했다. 이백의 「송은숙送殷淑」에서 "헤어지기 아쉬워 술에 취해, 뱃전 두드리며 또 큰 소리로 노래하네"라고 했다.

文選潘安仁西征賦, 鳴榔厲響. 李文饒觀釣賦, 喜良夜而不歸, 更鳴榔而遠適. 李白詩, 惜別耐取醉, 鳴榔且長謠.

두 번째 수 其二

學省非簿領	학성은 서류 만드는 곳 아니요
臥痾常閉關	병에 누워 항상 문을 닫았다오.
兩餘樓閣靜	두 개의 누각은 고요하고
風晚鳥烏還	바람 타고 저물녘 새와 까마귀 돌아오네.
賞逐四時改	사계절 변화 좇아 즐겁게 노니니
心安一味閑	마음은 한결같이 한가로워 편안하다네.
古人雖已往	옛 사람은 비록 이미 갔지만
不廢仰高山	높은 산 우러러봄 그만 두지 않누나.

---

36 뱃전 치는 : '명랑(鳴榔)'은 고기가 놀래서 그물 속으로 들어가도록 뱃전에서 노를 치며 소리를 내는 것을 말한다.

【주석】

學省非簿領: 『문선』에 실린 휴문 심약의 「학성수와일수學省愁臥一首」라는 작품의 주注에서 "『양서』에서 "제명제齊明帝가 즉위하자, 심약이 국자쇄주國子祭酒로 옮겨졌다"라 했다"라고 했다. '학성學省'은 국자國子이다. 산곡 황정견이 이때에 북경국자감교수北京國子監敎授가 되었기에 '학성'이라고 불리게 된 것이다. 자유 소철의 「차운자첨화연명음주次韻子瞻和淵明飮酒」에서 "난대鸞臺와 여러 관청, 다스림 하지 서류 만드는 곳 아니라오"라고 했다.

文選沈休文學省愁臥一首注云, 梁書, 齊明帝卽位, 沈約遷國子祭酒. 學省, 國子也. 山谷時爲北京國子監敎授, 故得稱學省. 蘇子由詩, 鸞臺與諸曹, 有政非簿領.

臥痾常閉關: 사령운의 「등지상루登池上樓」에서 "몸져누워 텅 빈 숲을 마주하네"라고 했다.

謝靈運詩, 臥痾對空林.

賞逐四時改: 휴문 심약의 「유종산시응서양왕교游鐘山詩應西陽王敎」에서 "산속 생활 모두 기쁠 수 있노니, 사계절 따라 변하는 것 즐기시게"라고 했다.

沈休文詩, 山中咸可悅, 賞逐四時移.

不廢仰高山：『시경・거할車舝』에서 "저 높은 산봉우리 우러러보네"라고 했다.

詩, 高山仰止.

세 번째 수其三

蔬食吾猶飽	거친 밥에도 나는 오히려 배부르고
曲肱哦古今	팔베개한 채 고금을 읊조리네.
酒傾因好事	좋은 일로 인해 술 기울이고
弦絶爲知音	지음 때문에 거문고 줄 끊었네.
妬蘖長春木	그루터기 시샘하며 봄 나무 자라고
爭巢喧暮禽	둥지 다투며 저물녘 새 시끄럽네.
長懷阮校尉	길이 완교위를 생각하면서
北望首陽岑	북쪽으로 수양산 바라다보네.

【주석】

蔬食吾猶飽 曲肱哦古今：『논어』에서 "공자가 "거친 밥을 먹고 물을 마시며 팔을 굽혀 잠을 자더라도 즐거움이 또한 그 가운데 있다'라 했다"라고 했다.

論語, 子曰, 飯疏食飮水, 曲肱而枕之, 樂亦在其中矣.

酒傾因好事 : 『한서 · 양웅전揚雄傳』에서 "호사가들이 술과 안주 싣고 따르네"라고 했다.

揚雄傳, 好事者載酒肴從之.

弦絶爲知音 : 양웅의 「해난解難」에서 "종자기가 죽자 백아는 거문고 줄을 끊고 거문고를 박살내어, 다른 사람을 위해 연주하지 않았다"라고 했다.

揚雄解難云, 鍾期死, 伯牙絶弦破琴, 而不肯與衆鼓.

北望首陽岑 : 『문선』에 실린 사종 완적의 「영회詠懷」에서 "상동문을 걸어 나와, 북쪽으로 수양산을 바라다보네"라고 했다.

文選阮嗣宗詩, 步出上東門, 北望首陽岑.

네 번째 수其四

已把社[37]公酒	이미 사공의 술을 마셨으니
春寒那得嚴	봄추위가 어찌 더 심해지리오.
厭聽鴉啄雪	까마귀 눈 쪼는 소리 물리도록 들었고
喜有燕穿簾	제비가 주렴 뚫는 것은 좋아라.
璞玉深藏器	박옥을 깊이 잘 간직해 두더라도

---

37 [교감기] '社'가 원래 '杜'로 되어 있는데, 고본 · 전본 · 건륭본에 따른다.

囊錐立見尖	주머니의 송곳은 뾰쪽하게 드러난다오.
兒時愛談道	젊은 시절 도 얘기하는 것 좋아했는데
今日口如箝	오늘엔 입에 재갈을 물린 듯하네.

【주석】

已把社公酒 : 퇴지 한유의 「억작행憶昨行」에서 "사공社公[38]에게 예를 마치니 원후元侯가 돌아왔네"라고 했다.

退之憶昨行, 社公禮罷元侯迴.

璞玉深藏器 : 『맹자』에서 "지금 여기에 박옥이 있다"라고 했다. 『주역』에서 "군자가 자신의 몸에 보기寶器를 간직한다"라고 했다.

孟子, 今有璞玉於此. 易, 君子藏器於身.

囊錐立見尖 : 『사기·평원군전平原君傳』에서 "평원군이 모수毛遂에게 "현사의 처세는 송곳이 주머니 속에 있어 그 끝을 당장에 볼 수 있는 것과 같은데, 선생은 그렇지 못하오"라 했다. 이에 모수가 "만일 내가 진작 주머니 속에 들어갈 수 있었다면 뾰쪽한 것이 삐져나왔을 것이요, 그 끝만 보일 뿐이 아니었을 것입니다"라 했다"라고 했다.

史記, 平原君謂毛遂曰, 賢士之處世, 若錐之處囊中, 其末立見. 先生不能. 毛遂曰, 使遂蚤得處囊中, 乃穎脫而出, 非特其末見而已.

---

38 사공(社公) : 토지(土地)의 신(神)을 가리킨다.

兒時愛談道 : 『진서·위개전衛玠傳』에서 "위개가 도를 이야기하니, 평자平子가 절도를 한다"라고 했다.

衛玠傳, 衛玠談道, 平子絶倒.

今日口如箝 : 『한서·조착전晁錯傳』에서 "등공鄧公이 "신은 천하의 선비들이 입에 재갈을 물고서 다시 말을 하지 않을까 걱정됩니다"라 했다"라고 했다. 퇴지 한유의 「고한苦寒」에서 "입 언저리 마치 재갈을 물린 것 같네"라고 했다.

晁錯傳, 鄧公曰, 臣恐天下之士, 箝口不敢復言矣. 退之苦寒云, 口角如銜箝.

다섯 번째 수其五

墙下蓬蒿地	담장 아래 널린 쑥
兒童課翦除	아이들에게 베개 하는구나.
蔓菁隨分種	넝쿨과 상추를 나누어 심고
杞菊未須鋤	구기자 국화는 김맬 필요도 없다네.
河水傳烽火	하수에서는 봉화를 전해오고
交州報捷書	교주에서는 승리했단 소식 통보하네.
無能落閑處	능력 없어 한가로운 곳에 떨어져
慙愧飽春蔬	봄나물 배불리 먹은 것 부끄럽구나.

【주석】

兒童課翦除 : 평자 장형의 「서경부西京賦」에서 "썩은 날짐승 모두 거두어들이고, 그 많고 적음을 헤아려 기록하네"라고 했는데, 그 주注에서 "'수數'는 계산하는 것이고, '과課'는 기록하는 것이다. 얻은 바의 많고 적음을 기록하는 것이다"라고 했다. 두보의 「최종문수계책催宗文樹雞柵」에서 "산 중턱 집에 닭 모는 소리 시끄럽고, 종에게 푸른 대를 쪄오라 시키네"라고 했다.

張平子西京賦, 收禽[39]擧魏, 數課[40]衆寡. 注, 數, 計,[41] 課, 錄. 校所得多少. 杜詩, 喧呼山腰宅, 課奴殺青竹.

河水傳烽火 : 두보의 「춘망春望」에서 "봉화는 석 달이나 계속 오르니, 집에서 온 편지는 만금에 해당한다오"라고 했다.

杜詩, 烽火連三月, 家書抵萬金.

交州報捷書 : 교지交趾에 도적이 들어왔으니, 대개 희녕熙寧 8년으로, 다음해까지 군대를 출정시켜 토벌했는데 10년이 되어서야 도적이 항복했다. 이때 산곡 황정견은 북경을 떠나지 못했었다.

---

39 [교감기] '禽'이 본래 '離'로 잘못되어 있는데, 전본 및 『文選』 권1 「西京賦」 원문 그리고 李善의 注에 따라 교정한다.
40 [교감기] '數課'가 본래 '課數'로 잘못되어 있는데, 전본 및 『文選』 권1 「西京賦」 원문 그리고 李善의 注에 따라 교정한다.
41 [교감기] '數計'가 본래 '計數'로 잘못되어 있는데, 전본 및 『文選』 권1 「西京賦」 원문 그리고 李善의 注에 따라 교정한다.

交趾入寇, 蓋熙寧八年, 連歲進討, 至十年乃降. 時山谷未離北京也.

無能落閑處 : 당唐나라 사공도의 「내욕거사가耐辱居士歌」에서 "오래도록 한가로운 곳에 있었기 때문이라오"라고 했다. 퇴지 한유의 「감춘感春」에서 "만일 지금 한가로운 곳에서 죽는다면, 도리어 시부 지어 편안함 노래하리라"라고 했다.

唐司空圖耐辱居士歌云, 賴是長教⁴²閑處著. 退之詩, 如今到死得閑處, 還⁴³有詩賦歌康哉.

---

42 教 : 중화서국본에는 '交'로 되어 있으나, '教'의 오자이다.
43 還 : 중화서국본에는 '遂'로 되어 있으나, '還'의 오자이다.

14. 자고가 보내온 십운에 삼가 답하다

奉答子高見贈十韻

柳徑雨着綿	버들 길에 비가 부슬부슬 내리고
竹齋風隕籜	죽재에는 바람에 초목이 떨어지리.
屛處人事少	그윽한 곳이라 인사도 적노니
晴餘鳥聲樂	개인 후에 새 소리를 즐기리라.
詩卷墮我前	시권을 내 앞에 던져주면서
謂從天上落	하늘에서 떨어진 것이라 하네.
君有古人風	그대에게 고인의 풍모가 있어
詩如古人作	시도 고인이 지은 것 같구나.
簞瓢謝膏粱	단표로 고량진미 사양했고
翰墨化糟粕	한묵은 찌꺼기로 변했다네.
誤蒙東海觀	그릇되어 동해를 구경하게 되어
吾淺酒可酌	내 천함으로도 이에 따를 수 있었네.
眞成聞道百	진정 도를 백 번이나 들어
自謂莫己若	자기만한 사람 없다고 절로 말하네.
謝生石韞玉	사생은 돌 속에 감춰진 옥으로
志尙本丘壑	뜻은 본래 구학에 있다네.
雖無首陽粟	비록 수양산의 곡식은 없었지만
飮水亦不惡	물 마시는 것 또한 나쁘지 않으리.

跫然何時來　　　발자국 소리 내며 언제나 오시어서

爲我一發藥　　　나를 위해 약을 꺼내 주시려나.

【주석】

竹齋風隕籜 : 『시경·칠월七月』에서 "10월은 초목이 시드는구나"라고
했다.

詩, 十月隕籜.

屏處人事少 : 『한서·두영전竇嬰傳』에서 "병으로 벼슬을 사양하고 남
산의 아래에 숨은 채 살았다"라고 했다.

漢竇嬰傳, 謝病, 屏居南山下.

晴餘鳥聲樂 : 『좌전』에서 "새와 까마귀 소리 즐겁구나"라고 했다.

左傳, 鳥烏之聲樂.

謂從天上落 : 이백의 「첩박명妾薄命」에서 "그대가 뱉은 침이 구천에서
떨어지니, 바람 따라 주옥이 생겨나누나"라고 했다. 또한 「기최시어寄
崔侍御」에서 "구경이 하늘에서 떨어지네"라고 했다.

李白詩, 咳唾落九天, 隨風生珠玉. 又寄崔侍[44]御詩, 九卿天上落.

44　侍 : 중화서국본에는 '待'로 되어 있으나, '侍'의 오자이다.

君有古人風 詩如古人作 : 『위지·모개전毛玠傳』에서 "태조太祖가 흰 병풍과 흰 궤안을 모개에게 주면서 "그대는 고인의 풍모가 있기에 그대에게 고인의 복장을 하사한다"라 했다"라고 했다. 명원 포조의 「의고擬古」에서 "군자의 논의를 옆에서 보아, 미리 고인의 풍모를 보았다네"라고 했다.

魏志毛玠傳云, 太祖以素屛風, 素憑几賜玠曰, 君有古人之風, 故賜君以古人之服. 鮑明遠詩, 側睹君子論, 預見古人風.

簞瓢謝膏粱 : '단표簞瓢'[45]는 『논어』에 보인다. 『맹자』에서 "이 때문에 남의 고량지미를 원하지 않는 것이다"라고 했는데, 그 주注에서 "'고량膏粱'은 기름처럼 부드러운 곡식이다"라고 했다.

簞瓢見論語. 孟子云, 所以不願人之膏粱之味也. 注, 膏粱, 細粱如膏者也.

翰墨化糟粕 : 『장자』에서 "환공桓公이 당상에서 글을 읽고 있을 때, 당하에서 마침 수레바퀴를 깎던 목수 윤편輪扁이 환공에게 묻기를 "감히 묻건대, 공公께서 읽는 것은 무슨 말입니까"라고 하자, 환공이 "성인聖人의 말씀이다"라고 했다. 윤편이 "성인이 계십니까"라고 하니, 환공이 "이미 죽었다"라고 하자, 윤편이 "그렇다면 공께서 읽는 것은 옛사람

---

45 단표(簞瓢) : 『논어·옹야(雍也)』에 "어질다, 안회(顔回)여. 한 그릇 밥과 한 표주박 물을 마시며 누항에 사는 것을 사람들은 근심하며 견뎌 내지 못하는데, 안회는 그 낙을 바꾸지 않으니, 어질도다, 안회여[賢哉回也, 一簞食, 一瓢飮, 在陋巷, 人不堪其憂, 回也, 不改其樂, 賢哉回也]"라는 구절이 보인다.

의 찌꺼기일 뿐입니다"라 했다"라고 했다.

莊子曰, 桓公讀書於堂上, 輪扁斲輪於堂下. 問桓公曰, 敢問君之所讀者何
言耶. 公曰, 聖人之言也. 曰聖人在乎. 公曰已死矣. 曰然則君之所讀者, 古人
之糟粕已.

眞成聞道百 自謂莫己若 : 두보의 「상우두사上牛頭寺」에서 "참으로 거리
낌 없는 노닒이구나"라고 했다. 『장자』에서 "가을이 되면 물이 불어나
양쪽 물가에서 서로 소인지 말인지 구별할 수 없을 정도이다. 이에 하
백河伯은 혼연히 스스로 기뻐하면서, 물 흐름을 따라 갔다. 북해에 이르
러 동쪽을 바라보니 물의 끝이 보이지 않았다. 이에 하백은 탄식하며
"시골말에 "백 번쯤 도를 들은 이가 자신만 한 사람이 없다"라고 하더
니 나를 두고 한 말인 듯하오"라 했다"라고 했다.

杜詩, 眞成浪出遊. 莊子云, 秋水時至, 兩涘渚涯之間, 不辨牛馬. 河伯欣然
自喜, 順流而行, 至于北海. 東面而望, 不見水端. 河伯歎曰, 野語有之, 聞道
百, 以爲莫己若者, 我之謂也.

謝生石韞玉 : 육기의 「문부文賦」에서 "돌 속에 옥이 감추어져 있어 산
에서 빛이 나네"라고 했다.

陸機文賦云, 石韞玉而山輝.

志尙本丘壑 : 도잠의 「귀원전거歸園田居」에서 "젊은 시절부터 속세와

맞지 않아, 평소의 뜻은 구학에 있었다오"라고 했다.

陶潛詩, 少無適俗韻, 雅志在丘壑.

雖無首陽粟 飮水亦不惡:『사기 · 백이숙제전伯夷叔齊傳』에서 "두 사람은 의리상 주나라 곡식을 먹을 수 없다고 하면서 수양산에서 굶어 죽었다"라고 했다.『진서 · 사도온전謝道蘊傳』에서 "왕랑王郞은 일소逸少 왕희지의 자식으로 바쁘지 않다"라고 했다.

史記伯夷叔齊傳, 二人義不食周粟, 餓死於首陽山. 晉謝道蘊傳, 王郞逸少子不惡.

跫然何時來 爲我一發藥:『장자』에서 "혼자 빈 골짜기에 도망쳐 살 적에 인기척만 들려도 반가울 것이다"라고 했다.『장자』에서 "열자가 백혼무인伯昏瞀人에게 "선생이 이미 오셨으니, 어찌 약이 되는 좋은 말씀을 해 주지 않으십니까"라 했다"라고 했다.

莊子, 逃虛空者, 聞人足音, 跫然而喜. 莊子曰, 列子謂伯昏瞀人曰, 先生旣來, 曾不發藥乎.

15. 자고를 불러 이십이운의 작품을 짓고 더불어 상보 세필에게 편지로 보내다

招子高二十二韻兼簡常甫世弼

작품에서 여름에 염차厭次로 갔다가 겨울에 요섭聊攝으로부터 돌아왔다고 말을 했다. 대개 격고시檄考試로 왕래할 때에 지은 「봉화세필奉和世弼」이라는 시와 의미가 같다. 이해에 마침 과거가 있었기에 만약 무오년의 작품에 이 작품을 붙인다면, 산곡 황정견이 위주衛州에서 시험을 감독했을 때이며, 염차는 위주를 오가는 길에 있지 않다. 그래서 지금 을묘년의 작품에 붙인다.

詩中言夏向厭次, 而冬自聊攝歸. 蓋以檄考試往來之時, 與奉和世弼詩同意. 蓋是歲適當科擧, 若附之戊午年, 則山谷乃考試於衛州, 而厭次非衛州經行之路. 今附于乙卯歲.

我行向厭次	내가 영차를 향해 갈 때는
夏扇日在搖	여름 부채 날마다 흔들었지.
甘瓜未除蓳	맛좋은 오이 밭이랑에 있었고
高柳尙鳴蜩	높은 버들에서 오히려 매미 울어댔네.
駕言聊攝歸	수레 몰고 요섭에서 돌아올 때는
飛霜曉封條	나는 서리 새벽에 가지에 엉켜있었네.
負薪泣裘褐	땔나무 지고 가죽 털옷 없어 우는데

公子御狐貂	공자께서는 담비옷을 입으셨지.
歲月坐晼[46]晚	세월은 점점 저물어 가는데
鬢顔颯然凋	귀밑머리 얼굴도 어느새 시들해라.
道德千古事	도덕은 천고의 일이라
斯文非一朝	사문이 하루아침에 이루어진 것 아니네.
往者我不及	지난 일은 내가 미칠 수가 없고
後坐多見超	훗날의 일은 예측할 수 없는 것 많으리.
吾黨二三子	우리 무리의 제자들
士林聳孤標	사림에서 재주가 뛰어나다네.
小謝抱周易	소사는 『주역』을 품고서
忘言獨參寥	말 잊은 채 홀로 참료했다네.
崔郞楚左史	최랑은 초나라 좌사로써
二典考舜堯	요전 순전에서 요순을 고구했지.
王生風雅學	왕생은 풍아를 배우고서는
談辯秋江潮	가을 강물의 물결을 담론했지.
灑筆驚有司	붓 휘둘러 유사를 놀라게 했으니
小敵謂可驕	작은 적은 무시할 수 있다 여겼지.
安知樗蒱局	어찌 알랴, 저포의 놀이판
臨關敗三梟	관문에서 삼효이면 패배하는 것을.

---

46 [교감기] '晼'이 본래 '腕'으로 되어 있는데 오류이다. 지금 영원본·고본·전본·건륭본에 따른다.

三⁴⁷生數步隔	삼생은 수십 걸음 정도 떨어져 있어
屢赴茗椀邀	자주 좋은 차 마시러 온다네.
小謝殊未來	소사는 자못 오지 않노니
我覺百里遙	나는 백 리가 멀다는 것 깨달았네.
問之憂菽水	묻노니, 콩 먹고 물 마시는 것 근심하는가
心慮極無聊	마음 너무나도 의지할 바 없구나.
父憐母不訶	아비는 불쌍히 여기고 어미도 꾸짖지 않노니
日以濁酒澆	날마다 탁주로 불평스러움 씻어낸다오.
此道如鼎實	이 도는 솥의 음식 같노니
念子羹未調	생각건대, 그대 국엔 간 맞춰지지 않았네.
古來有親養	예로부터 부모 봉양함이 있었노니
回也樂一瓢	안회는 한 표주박에도 즐거워했다네.
不田鶉生宍	사냥 안 해도 메추라기가
	집 모퉁이에서 생겨나니
在物乃爲妖	사물 있어 이에 아름다움이 된다오.
吾言有師承	우리 말은 스승에게 이어 받은 것이니
可信如斗杓	북두의 자루처럼 믿을 만하다네.
詩以解子憂	시로써 그대 근심을 풀어주고
亦用⁴⁸當子招	또한 마땅히 그대를 부르리라.

---

47 [교감기] '三'이 영원본에는 '二'로 되어 있다.
48 [교감기] '用'이 영원본에는 '以'로 되어 있다.

【주석】

我行向厭次 : '염차厭次'는 체주棣州의 치소治所인 현縣이다.

厭次, 棣州所治縣也.

高柳尙鳴蜩 : 『시경·소변小弁』에서 "무성한 저 버드나무, 매미가 울어대누나"라고 했다.

詩小弁, 菀彼柳斯, 鳴蜩嘒嘒.

駕言聊攝歸 : 『시경·천수泉水』에서 "수레 몰고 나가 노니네"라고 했다. '요섭聊攝'은 박주博州의 치소治所인 요성현聊城縣으로, 『좌전』에서 말한 "요섭의 동쪽이다"라는 곳이다.

詩, 駕言出遊. 聊攝, 博州所治聊城縣也, 卽左傳所謂聊攝以東.

飛霜曉封條 : 『문선』에 실린 「잡의雜擬」에서 "아름다운 나무에 아침 햇살 피어나고, 가지에는 서리가 엉켜있구나"라고 했다.

文選雜擬詩, 嘉樹生朝陽, 凝霜封其條.

負薪泣裘褐 公子御狐貂 : 왕손자王孫子가 "예전 위나라 군주가 두꺼운 가죽옷을 입고 겹겹의 방석에 앉아, 길을 보니 땔나무를 지고 곡을 하는 사람이 있었다. 그래서 그 이유를 묻자, 그 사람은 '눈이 내리는데 옷이 얇아 이 때문에 곡을 합니다'라 했다"라고 했는데, 『예문유취』에

보인다. 왕포의 「성주득현신송聖主得賢臣頌」에서 "담비의 따뜻한 옷을 입은 사람은 너무도 추운 서글픔을 걱정하지 않는다"라고 했다. 『법언』에서 "온 세상이 다 춥더라도 담비 옷은 또한 따뜻하지 않겠는가"라고 했다.

王孫子曰, 昔衛君重裘累茵而坐, 見路有負薪而哭者, 問其故, 對曰, 雪下衣薄, 是以哭也. 見藝文類聚. 王褒聖主得賢臣頌云, 襲狐貉之煖者, 不憂至寒之悽愴. 法言云, 擧世寒, 貂狐不亦煖乎.

歲月坐晼晩 : 『문선』에서 실린 「고시古詩」에서 "그대 생각에 사람은 늙어가고, 세월은 어느새 저물어가네"라고 했다. 송옥의 「구변九辯」에서 "백일은 천천히 장차 지려고 하는데, 밝은 달은 점점 녹아 이지러져 가는구나"라고 했다.

選詩, 思君令人老, 歲月忽已晚. 宋玉九辯曰, 白[49]日晼晩其將入兮, 明月銷鑠而減毀.

道德千古事 斯文非一朝 : 두보의 「우제偶題」에서 "문장은 천고의 일이라, 득실은 마음만이 아네"라고 했다.

杜詩, 文章千古事, 得失寸心知.

往者我不及 : 『이소』에서 "지난 것을 미칠 수가 없고, 오는 것을 기다

---

49   [교감기] 원래 '白'이라는 글자가 빠져 있는데, 『楚辭·九辯』에 따라 보충한다.

릴 수 없다네"라고 했다.

離騷云, 往者不可及兮, 來者不可待.

後坐多見超 : 퇴지 한유의 「여장십팔동효완보병일일부일석與張十八同效
阮步兵一日復一夕」에서 "다만 같지 않음을 볼 뿐, 뛰어넘는 것이 있음은 보
지 못했네"라고 했다.

退之詩, 只見有不如, 不見有所超.

吾黨二三子 : 『논어·공야장公冶長』에서 "우리 무리의 소자들이여"라
고 했으며, 또한 『논어·팔일八佾』에서 "그대들이여 어찌 벼슬을 잃을
까 걱정하는가"라고 했다.

論語, 吾黨之小子. 又, 二三子, 何患於喪乎.

士林聳孤標 : 두보의 「취가행醉歌行」에서 "안씨의 아들은 재주가 뛰어
나네"라고 했다.

老杜詩, 顔氏之子才孤標.

忘言獨參寥 : 『장자』에서 "현명玄冥[50]은 참료參寥[51]에게 들었고, 참료

---

50   현명(玄冥) : 인명으로 쓰였다. 깊고 어두워서 알 수 없는 사람이라는 뜻이다.
     '현'과 '명'은 모두 깊고 어둡다는 뜻으로 도(道)와 일체가 되어서 인지(人智)로
     는 알 수 없는 경지에 도달했음을 형용한 표현이다.
51   참료(參寥) : 인명으로 쓰였다. 텅 비어 있는 도(道)에 참여하는 사람, 또는 그것

는 의시疑始[52]에게 들었다"라고 했다.

莊子, 玄冥聞之參寥, 參寥聞之疑始.

崔郎楚左史 : "초楚나라의 좌사左史인 의상倚相"이라는 말이 『좌전』에
보인다.

楚左史倚相, 見左傳.

談辯秋江潮 : 불가에서 말하는 해조음海潮音[53]이다.

釋氏所謂海潮音也.

小敵謂可驕 : 『한서·광무기光武紀』에서 "여러 장수들이 기뻐하며 "유
장군劉將軍이 평소 작은 적만 만나도 두려워하더니, 지금 큰 적을 만나
용맹하게 싸우니 대단히 이상한 일이다"라 했다"라고 했다.

漢光武紀, 諸部喜曰, 劉將軍平生見小敵怯, 今見大敵勇, 甚可怪也.

을 깨달은 사람이라는 뜻이다. '참'은 참여하다[參合]는 뜻이고, '료'는 공허(空
虛)의 뜻으로, 곧 아무런 작용이 없는 도(道)의 경지에 도달했음을 형용한 표현
이다.

52 의시(疑始) : 인명으로 쓰였다. 시작을 알 수 없는 경지에 도달한 사람이란 뜻이
다. 도(道)는 스스로를 근본으로 삼기 때문에 그 시작을 추측할 수 없다는 뜻이다.

53 해조음(海潮音) : 불교어이다. 바다의 조수가 밀려들면 그 소리가 대단히 크다.
이로 인해 불교에서 대음(大音)이나 불보살의 아름다운 음성을 뜻하는 말로 쓰
인다.

安知樗蒱局 臨關敗三梟 : 이고李翶가 지은 『오목경五木經』에서 "저포樗蒲 놀이[54]는 오목五木[55] 또는 현백판玄白判[56]이다"라고 했으며, 또한 "왕채王 采는 넷이고 맹채甿采는 여섯인데, 백白이 둘이고 현玄이 세인 것을 효梟 라 한다"[57]라고 했다. 또한 "말이 나갈 때 처음 관문에서는 겹쳐 나갈 수 있지만, 왕채가 아니면 관문을 나갈 수 없다"라고 했다.

李翶有五木經云, 樗蒲五木玄白判. 又曰, 王采四, 甿采六, 白二玄三曰梟. 又曰, 馬出初關疊行, 非王采不出關.

屢赴茗椀邀 : 육우의 『다경茶經 · 사지기四之器』에서 "찻잔은 월주越州가 최고이고 명주明州가 그 다음이며, 무주婺州가 그 다음이고 악주岳州가 그 다음이다"라고 했다.

陸羽茶經四之器曰, 盌, 越州上, 明州次, 婺州次, 岳州次.

小謝殊未來 : 『문선』에 실린 포조의 「휴상인休上人」에서 "지는 해는 푸 른 구름과 합쳐지는데, 그대는 자못 오지 않네"라고 했다.

---

54 저포(樗蒲) 놀이 : 다섯 개의 나무를 윷가락과 같이 만들어서 던지고 놀던 오락을 말한다.
55 오목(五木) : 저포 놀이를 할 때, 다섯 개의 나무를 던지기에 붙여진 이름이다.
56 현백판(玄白判) : 다섯 개의 윷가락이 위쪽은 검은색[玄]이고 아래쪽은 흰색 [白]이기에 붙여진 이름이다. 이때 '판(判)'은 '반(半)'의 의미이다.
57 왕채(王采)는 (…중략…) 한다 : 다섯 나무에 색(塞), 독(禿), 치(雉), 효(梟), 궤 (撅), 독(犢), 탑(塔), 개(開)라는 글자를 새기고, 노(盧), 모두 검은색), 치(雉), 독(犢), 백(白, 모두 흰색)을 사채(四采)로 귀채(貴采) 혹은 왕채(王采)라고 하며 그 나머지를 잡채(雜采) 혹은 맹채(甿采)라고 부른다.

選詩, 日暮碧雲合, 佳人殊未來.

問之憂菽水:『예기·단궁檀弓』에서 "공자가 "콩을 먹고 물을 마시더라도 어버이를 기쁘게만 해 드린다면 그것이 바로 효도이다"라 했다"라고 했다.

檀弓, 孔子曰, 啜菽飮水, 盡其歡, 斯之謂孝.

心慮極無聊:『한서·가의전賈誼傳』에서 "한두 손가락 움직이면 아파, 내 몸을 의지할 바 없다"라고 했다.

賈誼傳, 一二指慉, 身慮無聊.

日以濁酒澆:『세설신어』에서 "완적은 마음에 불평이 쌓여 있었기에 술로 씻어내어야 했다"라고 했다.

世說, 阮籍胸中壘塊, 故須澆之.

此道如鼎實 念子羹未調:『문선』에 실린 안인 반악의 「금곡집작시金谷集作詩」에서 "왕생께선 솥에 간을 맞추었네"라고 했다. 『서경』에서 "내가 만약 국에 간을 할 경우, 네가 소금과 매실이 되어라"라고 했다.

文選潘安仁詩, 王生和鼎實. 書曰, 若作和羹, 爾惟鹽梅.

不田鶉生宍 在物乃爲妖:『장자』에서 "내가 가축을 기르지도 않는데,

암양이 집 서남쪽 모퉁이에서 태어나고, 내가 사냥을 즐기지도 않는데 메추라기가 집 동북쪽 모퉁이에서 태어난 것과 같은 것이다"라고 했다.

莊子曰, 吾未嘗爲牧, 而牂生於奧, 未嘗好田, 而鶉生於宎.

吾言有師承: 『후한서·유림전儒林傳』 서序에서 "스승이 제자에게 이어 전한다"라고 했다.

後漢儒林傳序, 師資所承.

可信如斗杓: '북두斗杓'는 초요성招搖星[58]을 말한다.

斗杓, 招搖星也.

詩以解子憂: 순 임금은 근심 풀기에 부족하였다.

舜不足以解憂.[59]

亦用當子招: 이 작품에서 말한 '삼자三子'는 진사에는 합격했으나 대과에는 급제하지 못했다. 시謝는 『주역』을 전공했고 최崔는 글씨를 익혔으며, 왕王은 시를 익혀 지극한 수준에 이르렀지만 그 박학함에 이르

---

58 초요성(招搖星): 북두칠성의 자루 끝에 있는 일곱 번째 별이다.
59 [교감기] '舜不足以解憂'라는 구절이 영원본에는 없다. 전본의 주문(注文)은 "孟子, 惟順於父母, 可以解憂"라고 되어 있다. 살펴보건대, 전본에서는 『孟子·萬章上』에서 인용한 것으로 보았지만, 사용(史容)의 원주(原注)는 맹자의 본래 뜻과 부합하지 않으니, 탈락하거나 잘못된 글자가 있는 듯하다.

러서는 조금은 미치지 못한 부분이 있다. 소사는 원망하면서 벼슬길에 나가지 않으면서 스스로 부모님을 즐겁게 봉양할 쑥과 물이 없다고 말을 했다. 그래서 안회가 부모를 섬기면서 한 그릇을 밥과 한 표주박의 물로도 그 즐거움을 바꾸지 않았다는 것을 말하여 그 근심을 풀어준 것이다. 왕순량王純亮의 자는 세필世弼이고 산곡 황정견의 매서妹婿이다. 산곡이 염차厭次로부터 이르렀을 때, 아마도 격고시檄考試 진사進士가 된 듯하다. 『외집』에서 삭제한 시 중에「차운답상보세필次韻答常甫世弼」이라는 작품이 있는데, 그 곳에서 "두 사람이 추관秋官이 되지 못하여 답답하고 평온하지 못했기에 내가 시에서 군자가 득실에 대처하는 일을 많이 언급했다"라고 했는데, 이 작품과 같은 때에 쓴 것이다.

此詩言, 三子者, 擧進士不中選. 謝治易, 崔習書, 王習詩, 不爲不至, 而譬之於博, 有勝負也. 小謝懟而不出, 自言無以奉菽水之歡, 故爲言顔子事親, 一簞食, 一瓢飮, 不改其樂, 以解其憂也. 王純亮字世弼, 山谷妹婿. 山谷至自厭次, 蓋以檄考試進士也. 外集刪去詩中有一詩, 其敍云, 次韻答常甫世弼, 二君不利秋官, 鬱鬱不平, 故予詩多及君子處得失事.[60] 與此篇同時.

---

60 [교감기] '次韻 (…중략…) 失事'라는 구절이 고본 『山谷外集』 권1에 보이고 또한 본서(本書)인 『山谷外集詩補』 권2에도 보인다. 황순(黃䐈)이 작성한 『山谷年譜』에서는 "熙寧八年北京作"이라고 했다.

16. 사자고의 「독연명전」이라는 작품에 차운하다

次韻謝子高讀淵明傳

枯木嵌空微暗淡	고목의 산굴은 희미한 어둠 깔렸고
古器雖在無古弦	옛 거문고는 있지만 옛 줄은 없다네.
袖中正有南風手	소매 속에 바로 남풍의 솜씨가 있지만
誰爲聽之誰爲傳	누가 들어주고 누가 전해주겠는가.
風流豈落正始後	풍류가 어찌 정시 이후에 떨어지고
甲子不數義熙前	의희 이전엔 갑자를 헤아리지 않았으랴.
一軒黃菊平生事	한 집의 누런 국화만이 평생의 일이었지만
無酒令人意缺然	술이 없으면 그 마음 흡족하지 않았다오.

【주석】

枯木嵌空微暗淡 : 두보의 「철당협鐵堂峽」에서 "산굴 속의 태초의 눈"이
라고 했다. '감嵌'은 '구丘'와 '함銜'의 반절법이다.

老杜詩云, 嵌空太始雪. 嵌, 丘銜切.

古器雖在無古弦 : 『진서·도연명전陶淵明傳』에서 "흰 거문고 하나를 준
비해놓고 줄과 기러기발이 없는데, 늘 벗과 술자리를 할 때면 어루만
지며 화답하길 "거문고의 운치만 알면 되었지, 어찌 줄의 소리를 수고
롭게 하랴"라 했다"라고 했다.

晉陶淵明傳, 蓄琴素一張, 弦徽不具, 每朋酒之會, 則撫而和之曰, 但識琴中趣, 何勞弦上聲.

袖中正有南風手 誰爲聽之誰爲傳 : '남풍수南風手'는 순 임금이 다섯줄의 거문고를 만들어 「남풍南風」이란 노래를 부른 것을 말한다. 사마천의 「답임안서答任安書」에서 "속담에서 "누굴 위해 연주하고, 누구에게 듣게 하겠는가"라 했는데, 대개 종자기가 죽자 백아는 종신토록 다시 거문고를 타지 않았다"라고 했다.

南風手謂舜作五弦之琴, 以歌南風. 司馬遷答任安書云, 諺曰, 誰爲爲之, 孰令聽之. 蓋鍾子期死, 伯牙終身不復鼓琴.

風流豈落正始後 : 『진서·위개전衛玠傳』에서 "영가永嘉 말에 다시 정시正始[61]의 음악 들으리라 생각지도 못했네"라고 했다.

晉衛玠傳, 不意永嘉之末, 復聞正始之音.

甲子不數義熙前 : 『남사·도잠전陶潛傳』에서 "저술한 문장 중에 의희義熙 이전에는 그 연호를 분명히 썼지만, 영초永初 이후에는 다만 '갑자甲子'라고만 썼다"라고 했다.

61　정시(正始) : 처음을 바르게 한다는 뜻인데, 보통 『시경』의 주남(周南)과 소남(召南)을 가리킨다. 자하(子夏)의 「모시서(毛詩序)」에 "「주남」과 「소남」이야말로 왕도를 처음부터 단정하게 펴는 길이요, 제왕의 교화의 기초가 된다[周南召南, 正始之道, 王化之基]"라는 말에서 유래했다.

南史陶潛傳, 所著文章, 義熙之前, 明書年號, 永初以來, 惟云甲子.

一軒黃菊平生事 無酒令人意缺然: 연명 도잠의 「구일九日」이란 작품의
서문에서 "가을 국화가 정원에 가득한데, 술을 마련할 수가 없었다"라
고 했다. 연명 도잠은 9월 9일 마실 술이 없었다. 손아귀 가득 국화를
따니 멀리서 흰옷 입은 사람이 보였는데, 자사刺史 왕굉王宏이 보내준
술이 이르렀다. 『장자』에서 "내 스스로 돌아보아도 만족할 수 없었다"
라고 했다.

淵明九日62詩63序云, 秋菊盈園, 而持64醪靡由.65 淵明以九月九日無酒, 摘
菊盈把, 望見白衣人送酒至. 莊子, 吾自視缺然.

---

62 [교감기] '九日'은 연명 도잠의 「九日閑居」라는 작품이다.
63 [교감기] '詩'가 본래 '時'로 되어 있는데, 전본에 따른다.
64 持: 중화서국본에는 '時'로 되어 있으나, '持'의 오자이다.
65 由: 중화서국본에는 '至'로 되어 있으나, '由'의 오자이다.

17. 왕세필의 「기상칠형선생」이라는 작품의 운자를 사용하여 삼가 화운하다

奉和王世弼寄上七兄先生用其韻

宮槐弄黃黃	궁궐 홰나무 누렇게 산들거리고
蓮葉綠婉婉	연잎은 여린 푸른빛이라오.
時同二三友	이때 두세 벗과 함께 하니
竹軒涼夏晚	죽헌은 여름 저물녘 시원하구나.
駕言都城南	수레 몰고 도성 남쪽으로 가
以望征車返	정거가 돌아옴을 바라본다오.
何知苦淹回	어찌 알랴, 괴로이 머무르다 돌아 와
及此秋景短	여기에 미치면 가을 풍경도 사라지리라는 걸.
愁思令人瘦	근심은 사람을 여위게 만드노니
擧目道路遠	바라보니 길은 아득히 멀구나.
西風脫一葉	가을바람이 잎 하나 떨구니
薦士聞鄕選	고을에서 선비 추천한다고 들리네.
簡書催渡河	간서가 서둘러 하수를 건너오니
賓客不得展	빈객들을 살피지도 못한다오.
親憂對萱叢	어버이는 근심에 훤초 더미 대하고
婦病廢巾盥	아내는 병으로 수건 세숫물 그만두었네.
言趨厭次城	염차성으로 달려가며

鞭馬倦長阪	말 채찍질하며 긴 제방에 힘이 드네.
棗林蔽天日	대추나무 숲은 하늘의 해 가리지만
交陰不容織	이곳저곳 그늘도 일산은 되지 못하네.
仰看實離離	주렁주렁한 열매 올려다보니
憶見花纂纂	활짝 피었던 꽃 보던 일 생각나네.
異鄉懷節物	타향에서 고향 절물을 생각하며
不共斟酒盞	함께 술잔 나누지도 못하였네.
舉場下馬入	시험 장소에 말에서 내려 들어가니
深鎖嚴籥管	굳게 잠겨 약관이 엄정해라.
諸生所程書	제생들이 올린 글들을
捃束若稭稈	마치 마른 볏단처럼 주워 모으네.
蜜燈坐回環	등불이 자리를 빙 들러 있고
丹硯精料揀	붉은 붓으로 정밀하게 선별하네.
披榛拔芝蘭	개암나무 헤치고 지초 난초를 발굴하고
斷石收琰琬	돌 쪼개어 완염의 옥을 거둬들이네.
紛爭一日事	분주하게 하루 동안 일을 하는데
聲實溷端窾	명성과 실질 바른 것과 거짓 판단 흐려지네.
天球或棄遺	천구가 혹 버려지기도 하지만
斗筲尚何算	보잘것없는 것을 어찌 헤아리리오.
西歸到官舍	서쪽에서 돌아와 관사에 이르니
塵土昏案版	흙먼지에 안판이 흐릿하구나.

寒窓穿碧疏	한기가 푸른 창살을 뚫고 들어오고
潤礎鬧蒼蘚	푸른 이끼는 젖은 주춧돌에 가득해라.
詩書鵲巢翻	시경에서 말한 작소는 뒤집혀 있고
帷幔蛛絲罥	휘장에는 거미줄만 얽혀있네.
果知兄未來	형이 오지 않은 것을 알겠거니
光陰坐晼晩	한 해가 저물어가려 하누나.
昨蒙叔父報	어제 숙부의 소식을 들었는데
亦歎音書簡	또한 보내오신 편지에 탄식했네.
薄言使事重	잠깐 사이지만 맡은 일 엄중하고
激切被天遣	급하기에 황제가 보낸 것이라네.
逋流一方病	한 구역에 재앙이 두루 퍼져서
責任媿和扁	금비와 편작의 책무 맡았다네.
咨詢懷靡及	자문하며 미치지 못할까 걱정하면서
不皇[66]暇息偃	편히 쉴 겨를도 없었다오.
嚼冰進糜餐	얼음 씹고 보잘것없는 밥 먹으면서
衝雪踏層巘	눈 헤치고 험한 봉우리 넘었다네.
嚴霜八月飛	된서리 팔월에 날리니
貂狐無餘煖	초호로도 따뜻하지 않다오.

66　[교감기] '皇'이 전본·건륭본에는 '遑'으로 되어 있다. 살펴보건대, 두 글자는 가
　　차(假借)로 통용되며 공가(空暇)의 의미이다. 아래에서 다시 나오더라도 교정하
　　지 않겠다.

念嗟叔母劉　　　숙모인 유씨를 생각하노니

窮年寄甥館　　　노년에 사위집에 의탁했지.

尙憐公初黜　　　오히려 공초의 어린 것 불쌍히 여기고

誘掖到昭宛　　　소완을 이끌어 도와주었네.

庭堅薄才資　　　나는 자질이 변변치 못하고

行又出町畽⁶⁷　　　행실 또한 바르기 못하다오.

浮雲與世疎　　　뜬구름처럼 세상과는 소원하고

短綆及道淺　　　두레박줄 짧아 길을 도도 천박하네.

匠伯首暫回　　　장석이 잠시 고개 돌려 보겠지만

大樗終偃蹇　　　큰 가죽나무 끝내 쓰이지 못하네.

學宮尸廩入　　　학궁에 국록만 축내며 들어갔지만

奉養闕豐腆　　　봉양하는데 풍성한 음식은 없다오.

學徒日新聞　　　학도들은 날로 새롭다고 들었는데

陋孤猶舊典　　　옛 경전에만 오히려 매달려 있구나.

小材渠⁶⁸困我　　　작은 재목이 날 곤욕스럽게 하면

持斲問輪扁　　　다듬는 것을 윤편에게 물을 수 있지만

大材我屈渠　　　큰 재목에는 내가 굽히노니

越鷄當鵠卵　　　작은 닭이 큰 고니의 알을 감당하랴.

67　[교감기] '町畽'이 본래 '畦町'으로 되어 있는데, 운자가 맞지 않는다. 고본에 의거
해 고친다.

68　[교감기] '渠'가 영원본에는 '時'로 되어 있다.

未能引分去	분수 알아 능히 떠나지도 못하면서
戀祿幸苟免	복록 연연해하며 다행히 구차함 면하네.
平生報一飽	평생 한 끼 밥에라도 보답하고자 하여
從事極黽勉	일을 따라 열심히 힘 다 쏟았지.
豈如[69]不見收	어찌 같으랴, 거둬들이지 못하여
放身就閑散	이 내 몸이 한산한 곳에 버려짐과.
思伯臥江南	형님 생각하니 강남에 누워
無心趣軒冕	무심히 높은 벼슬하고 계시리라.
龐翁[70]跡頗親	방옹의 자취 자못 가까이 하고
黃蘗門屢款	황얼의 문도 자주 드나들겠지.
齋餘佛飯香	재계한 후 음식은 향기로울 테고
茶沸甘露滿	찻잔에는 감로수가 가득하리라.
逢人問進退	만나는 사람이 진퇴를 물으면
餘事寄一莞	남은 일은 웃음에 맡길 테지.
仲父挾高才	중부는 높은 재주 갖고 있으면서도
甘爲溝中斷	구렁에 버려진 것도 달게 여기네.
靑黃可犧樽	청색 황색으로 장식해 희상이 될 수 있고
薦廟配瑚璉	조정에 천거되어 호련과 짝할 만하네.
季父有逸興	계부에게는 세상 벗어나 흥취가 있어

---

69 [교감기] '如'가 고본에는 '知'로 되어 있다.
70 [교감기] '翁'이 고본에는 '公'으로 되어 있다.

未嘗入都輦	일찍이 도성에는 들어가지 않았지.
臨流呼釣船	물가에 임해 낚싯배를 부르고
拂石弄琴阮	돌 어루며 완함 거문고 희롱하네.
雍容從朋交⁷¹	온화하게 벗들 따라 교유하며
林下追游衍	숲 아래에서 노닒을 따른다오.
田園雖足樂	전원생활 비록 충분히 즐겁지만
及時思還返	때가 되면 돌아올 생각 하소서.
陰寒木⁷²鳴條	사나운 바람이 나뭇가지를 울리니
望損倚門眼	덜어냄을 바라며 문 앞에 기대 보네.
南枝喜鳴鵲⁷³	남쪽 가지에서 까치 우는 것 기뻐하며
尺素託黃犬	누런 개에게 편지를 전하네.
又以窀穸留	또한 둔석의 일로 머무노니
歸期指姑洗	돌아갈 기약은 고선을 가리키네.
寄聲問僧護	증호에게 소식 전해 묻노니
兒髮可以綰	어린 아이들 잘 가르쳐
妙言對賓客	상황에 맞는 말로 빈객을 대하여
稱渠萬金産	그들이 만금의 자산에 어울리게 하라.
爾來弄筆硯	지금까지 필묵을 가지고 놀면서

---

71 [교감기] '交'가 영원본에는 '友'로 되어 있다.
72 [교감기] '木'이 고본에는 '不'로 되어 있다.
73 [교감기] '鳴鵲'이 고본에는 '鵲鳴'으로 되어 있다.

墨水惡翻建[74]	먹물 담긴 물병 뒤집는 것 싫었는데
大字如栖鴉	큰 글씨는 깃든 까마귀와 같아
已不作肥軟	이미 비대하거나 연하지 않구나.
魯論未徹章	논어의 글을 다 마치지 못했으니
正苦諸叔懶	여러 숙부가 게을러 괴롭구나.
新詩開累紙	새로 지은 시로 종이가 쌓이었으니
欲罷不能卷	그만 두고자 해도 그만 두질 못하네.
遠懷託孤高	먼 회포를 고고함에 의탁하고
別思盈繾綣	이별 생각만이 마음에 가득하네.
秋月明夜潮	가을 달빛은 밤물결에 밝고
柘漿凍金椀	사탕수수 즙은 금빛 그릇에 얼어붙었네.
疏杵韻寒砧	다듬이 방망이는 찬 다듬잇돌에 울리고
幽泉流翠筧	그윽한 샘은 푸른 대통에 흘러가네.
吟哦口垂涎	읊조리니 입에선 침이 흐르고
嚼味有餘雋	씹어 맛보니 남은 맛이 있구나.
傳示同好人	함께 어울리는 사람에게 전해 보여주며
我家東床坦	우리 집 사위가 지은 것이라 하리.
風烟意氣生	풍연에 의기가 샘솟아
揮毫寫藤壐	붓 휘둘러 등나무 종이에 베끼었네.
獵山窮鶉鴽	산에서 사냥하며 메추리기 다 잡았고

---

74 **[교감기]** '建'에 대해 고본의 주(注)에서 "음(音)은 건(寒)이다"라고 했다.

罩海極蝦蜆	바다에서 그물질하며 하현을 다 잡았네.
銀鉤亂眼膜	은 갈고리는 눈을 어지럽히고
嘉句濯肺腑	좋은 구절은 폐부를 씻어주네.
且言伯在野	또한 백형은 재야에 있지만
朋友必推挽	벗들이 반드시 밀어주고 이끌어주리.
五泰列淸廟	오태가 청묘에 줄지어 있고
聖緒今皇纘	성황의 실마리 지금 황제가 이었네.
眞儒運斗樞	참된 선비가 두추를 운용하면
道化迪天顯	도의 교화가 하늘에 드러난다네.
朝論惜才難	조정에선 인재 얻기 어려움 탄식하며
逸民大蒐獮	일민을 크게 거둬들인다오.
豈聞任方物	어찌 지방의 물건을 받치면서
包貢遺羽鏃	포공에서 깃털과 조릿대를 빠트리랴.
招車必翹翹	수레로 불러 반드시 날아올라
前席思謇謇	앞자리에서 충성을 다 하리라.
王甥欲好懷	왕생이 잘 되길 바라는 마음 있지만
高意恐難轉	고답한 뜻은 돌리기가 어렵구나.
長篇題遠筒	긴 작품을 멀리서 시통에 적으며
封寄淚空潸	붙이려니 눈물이 공연히 흐르네.
遙知雲際開	멀리서도 알겠어라, 구름이 열리면
灰飛黃鐘管	재가 황종의 대롱에서 날리리라는 것을.

【주석】

宮槐弄黃黃 : 퇴지 한유의 「감춘感春」에서 "누렇고 누런 무청의 꽃"이
라고 했다.

退之詩, 黃黃蕪菁花.

蓮葉綠婉婉 : 퇴지 한유의 「원화성덕시元和聖德詩」에서 "가냘픈 약한
아들"이라고 했다. 지금 새로운 연잎이 어리고 푸르다는 것을 말했다.

退之元和聖德詩, 婉婉弱子. 今以言新荷嫩綠也.

駕言都城南 : 『시경·천수泉水』에서 "수레 몰고 나가 노닐어도"라고 했
다. 크게 이름난 지역은 북경北京이기에 '도성都城'이라고 말한 것이다.

詩, 駕言出遊. 大名府, 北京也, 故言都城.

愁思令人瘦 : 『문선』에 실린 「고시古詩」에서 "그대 생각에 수척해지
네"라고 했다. 두보의 「수회도水會渡」에서 "멀리 떠돎이 사람을 여위게
하네"라고 했다.

文選古詩, 思君令人瘦. 杜詩, 遠游令人瘦.

西風脫一葉 : 『문선』에 실린 「월부月賦」에서 "동정호에 처음 물결일
자, 나뭇잎 슬며시 떨어지네"라고 했다. 두보의 「고사도이공광필故司徒
李公光弼」에서 "풍우에 지는 가을 낙엽 신세로다"라고 했다. 퇴지 한유의

「남산시南山詩」에서 "나뭇가지에 진 잎이 있어라"라고 했다. 이백의 「대렵부大獵賦」에서 "부주풍不周風[75]이 불어오고, 현명玄冥[76]이 눈을 담당하네. 나무에선 잎 떨어지고 풀에선 마디 끊어지네"라고 했다.

文選月賦, 洞庭始波, 木葉微脫. 杜詩, 風雨秋一葉. 退之詩, 林柯有脫葉. 李白大獵賦, 不周來風, 玄冥掌雪. 木脫葉, 草解節.

薦士聞鄕選 : 격시檄試로 인해 향공진사鄕貢進士가 된 것을 말한다.

被檄試鄕貢進士也.

簡書催渡河 : 『시경·출거出車』에서 "어찌 돌아오고 싶지 않았겠나만, 이 간서簡書[77]가 두려웠지"라고 했다.

詩出車云, 豈不懷歸, 畏此簡書.

賓客不得展 : 『예기·단궁檀弓』에서 "묘를 살피고 들어간다"라고 했는데, 그 주注에서 "'전展'은 살핀다는 것이다"라고 했다.

檀弓云, 展墓而入. 注云, 展, 省視之.

親憂對萱叢 : 『시경·백혜伯兮』에서 "어디에서 훤초를 얻을까, 북당에

---

75 부주풍(不周風) : 입동(立冬)에 부는 바람을 일컫는 말이다.
76 현명(玄冥) : 겨울을 담당하는 신(神)의 이름이다.
77 간서(簡書) : 경계하거나, 책명을 내리거나, 부를 때에 쓰는 문서를 말한다.

심어야지"라고 했는데, 모시毛詩에서 "훤초는 사람으로 하여금 걱정을 잊게 한다. '배背'는 북당北堂이다"라고 했다. 『석문』에서 "'훤諼'은 본래 '훤萱'으로 쓴다"라고 했다. 혜강의 「양생론養生論」에서 "합환은 분노를 삭이고 훤초는 근심을 없앤다"라고 했다.

詩伯兮云, 焉得諼草, 言樹之背. 毛云, 諼草令人忘憂, 背, 北堂也. 釋文云, 諼本作萱. 嵇康養生論, 合歡蠲忿, 萱草忘憂.

婦病廢巾盥 : 『예기·내칙內則』에서 "며느리가 시부모를 섬기면서 세숫물을 올릴 때에는 어린이는 세숫대야를 받들고 어른은 물을 받들어서 물을 부어서 세수하시기를 청하고 세수를 마치면 수건을 드린다"라고 했다.

內則, 婦事舅姑進盥, 少者奉槃, 長者奉水, 請沃盥, 盥卒授巾.

言趨厭次城 : '염차厭次'[78]는 위의 주注에 보인다.

厭次見上.

鞭馬倦長阪 : 『문선』에 실린 자건 조식의 「공연시公讌詩」에서 "가을 난초가 긴 언덕을 덮었네"라고 했다. 또한 『문선』에 실린 한경韓卿 육궐陸厥의 「봉답내형희숙일수奉答內兄希叔一首」에서 "준마의 다리는 긴 언덕을 생각하리"라고 했다.

---

78   염차(厭次) : 체주(棣州)의 치소(治所)인 현(縣)이다.

文選曹子建詩, 秋蘭被長阪. 又陸韓卿詩, 駿足思長阪.

棗林蔽天日　交陰不容纖　仰看實離離　憶見花纂纂 :『문선』에 실린 반악의 「생부笙賦」에서 "뜰 복숭아의 예쁜 것을 노래하고 대추나무 아래 모여 노래하네. 그 노래에서 "대추나무 아래 모이니, 붉은 열매 주렁주렁 달렸구나. 시들어 떨어지니, 마른 가지로 변하였네"라 했다"라고 했는데, 그 주注에서 "옛 「돌음가咄喑歌」에서 "대추나무 아래 어찌 그리 모였는가, 영화라는 것은 각기 때가 있네. 대추가 처음 붉어지려 할 때에, 사람들 사방에서 왔다네. 대추가 마침 지금 다 사라지니, 누가 우러러 보겠는가"라 했다"라고 했다.

文選笙賦云, 詠園桃之夭夭, 歌棗下之纂纂. 歌曰, 棗下纂纂, 朱實離離. 宛其落矣, 化爲枯枝. 注云, 古咄喑歌曰, 棗下何攢攢, 榮華各有時. 棗初欲赤時, 人從四邊來. 棗適今日賜, 誰當仰視之.

捃束若稭稈 :『후한서 · 범단전范丹傳』에서 "물건을 주워서 스스로 살림의 비용으로 삼았네"라고 했다. 『서경 · 우공禹貢』에서 "3백 리는 갈복秸服[79]을 들인다"라고 했는데, 그 주注에서 "'갈秸'은 말린 것을 말한다"라고 했다. 『설문해자』에서 "'갈'은 본래 '갈稭'로 쓰며 '공工'과 '팔

79　갈복(秸服) : 갈(秸)은 볏단에 거죽을 벗긴 것이고 복(服)은 수송하는 것을 이른다. 도성(都城)에서 300리 떨어진 지역은 벼를 바칠 때 볏단에 거죽을 벗겨서 바치고 수송하는 일까지 겸한다.

八’의 반절법이다”라고 했다.

後漢范丹傳, 捃拾自資. 禹貢, 三百里納秸服. 注, 秸, 稿也. 說文, 秸本作稭, 工八反.

蜜燈坐回環 : 『유신집庾信集』에 실린 「등부燈賦」에서 “향기에는 꿀이 섞여 있는 듯 하고, 불길에는 타는 난초 섞여 있는 듯”이라고 했다. 자후 유종원의 「법화사석문정실法華寺石門精室」에서 “만상이 빙 들러 있네”라고 했다.

庾信集中有燈賦云, 香添然蜜,[80] 氣雜燒蘭. 柳子厚詩, 回環驅萬象.

披榛拔芝蘭 : 『문선』에 실린 조경진趙景眞의 「여혜무제서與嵇茂齊書」에서 “개암나무 헤치고 길을 찾네”라고 했다.

文選趙景眞書, 披榛覓路.

斷石收琬琰 : 사마상여의 「상림부上林賦」에서 “아침에 완염을 캐고 화씨 벽을 내 놓았다”라고 했다.

上林賦, 朝采琬琰, 和氏出焉.

紛爭一日事 聲實泝端蒙 : 『육가지요六家指要』에서 “그 실질이 명분에 들어맞는 것을 바름이라고 하고 그 실질이 명분에 들어맞지 않는 것을

80　蜜 : 중화서국본에는 ‘密’로 되어 있으나, ‘蜜’의 오자이다.

거짓이라고 한다"라고 했다.

六家指要, 其實中其聲者, 謂之端. 實不中其聲者, 謂之窾.

天球或棄遺:『서경·고명顧命』에서 "천구天球와 하도河圖는 동쪽 곁방에 둔다"라고 했다.

顧命曰, 天球河圖, 在東序.

斗筲尙何算:『논어』에서 "말 그릇 정도의 사람을 어찌 다 헤아리리오"라고 했다.

論語, 斗筲之人, 何足算也.

寒窓穿碧疏:『문선』에 실린 손작의 「천태부天台賦」에서 "붉은 구름은 날개 모양의 창살에 무늬지고, 흰 해는 비단 창에 환해라"라고 했는데, 그 주注에서 "'영檽'은 창살로, 비단무늬를 새겼기에 '기소綺疏'라 한다"라고 했다. 명원 포조의 「시詞」에서 "주작의 무늬 창에 푸른 창살 있어라"라고 했다. 소주 위응물의 「주사행酒肆行」에서 "푸른 창살 영롱하게 봄바람 품었고, 은빛 글씨의 비단은 상객을 맞이하네"라고 했다.

文選天台賦, 彤雲斐亹於翼檽, 皦日炯晃於綺疏. 注, 檽, 窓間子也, 刻爲綺文, 謂之綺疏. 鮑明遠詩, 朱爵文窓韜碧疏. 韋蘇州酒肆行, 碧疏玲瓏含春風, 銀題綵織邀上客.

潤礎閒蒼蘚 : 『회남자』에서 "산에서 구름이 일면, 기둥의 주춧돌이 윤택해진다"라고 했다. 두보의 「조이수朝二首」에서 "주춧돌 젖었지만 완전히 젖진 않았고, 구름 개였는데 다시 반은 돌아오려는 듯"이라고 했다.

淮南子云, 山雲蒸, 柱礎潤. 杜詩, 礎潤休全濕, 雲晴欲半迴.

詩書鵲巢翻 : '작소鵲巢'[81]는 『시경·소남召南』에 보인다.

鵲巢見[82]詩.

光陰坐晼晩 : 송옥의 「구변九辯」에서 "백일은 천천히 장차 지려고 하네"라고 했다.

宋玉九辯, 白日晼晩其將入兮.[83]

昨蒙叔父報 亦歎音書簡 : '숙부叔父'는 황렴黃廉으로 자는 이백夷伯이다. 개보 왕안석이 천거하여 사농시간당공사司農寺幹當公事가 되었고 사농승司農丞 정지재程之才에게 함께 명하여 하북河北과 하남河東의 재상災傷을 살펴보게 했는데, 도제지道除知 사농시승司農寺丞으로 황정荒政 열두 가지 시

81　작소(鵲巢) : 『시경』의 편명으로, 부인의 덕을 읊은 작품이다.
82　[교감기] '見'이 본래 '有'로 되어 있는데 의미가 통하지 않는다. 전본에 따른다.
83　[교감기] '白'자와 '兮'자가 원문에는 빠져 있는데, 『楚辭』에 따라 보충한다. 살펴보건대, 이 구절은 「哀時命」 및 「九辯」에 보이는데, 두 곳 모두 '白'자와 '兮'자가 있는데, 사용(史容)이 삭제한 것은 온당하지 않다.

책을 조목으로 만들었다. '작몽숙부보昨蒙叔父報'로부터 '초여무여닌貂狐
無餘燼'이란 구절까지는 모두 숙부가 재난을 직접 살펴보고 진휼하고
구제하면서 수고로웠던 모습을 말했다. 이와 관련된 자세한 것은『산
곡유문山谷遺文·이중행장夷仲行狀』에 보인다.

叔父謂黃廉, 字夷伯也. 王介甫薦爲司農寺幹當公事, 命同司農丞程之才,
體量河北河東災傷, 道除知司農寺丞, 以荒政十二爲科條. 自昨蒙叔父報, 至
貂狐無餘燼, 皆言體量賑濟辛勤之狀. 詳見山谷遺文夷仲行狀.

薄言使事重:『시경·출거出車』에서 "잠깐 사이에 되돌아온다"라고 했다.
詩, 薄言還歸.

激切被天遣:『고승전』에서 "승僧 외寬가 수행하는데 엄하고 깨끗했
다. 한 여인이 외에게 기숙했는데, 스스로 "자신은 천녀天女인데, 상인上
人이 덕이 있어 하늘이 나를 보냈다"라 했다. 이에 외가 "나를 육신[84]으
로 시험하지 말라"라 했다"라고 했다. 여기에서 글자를 가져왔다.『북
사·이원충전李元忠傳』에서 "손등孫騰이 "이분은 하늘에서 보낸 주었기
에, 어길 수가 없다"라 했다"라고 했다. 이장길의 「주파장대철삭증시酒
罷張大徹索贈詩」에서 "하늘이 보내 시 짓노니 꽃 같은 골격이로세"라고 했다.

高僧傳, 僧寬戒行嚴潔. 有一女子寄宿, 自稱天女, 以上人有德, 天遣我來.
寬曰, 無以革囊見試. 此摘其字. 北史李元忠傳, 孫騰曰, 此君天遣來, 不可違

---

84 육신 : '혁낭(革囊)'은 가죽 주머니로, 인간의 육신을 이르는 말이다.

也. 李長吉詩, 天遣裁詩花作[85]骨.

責任媧和扁 : 『좌전』 소공昭公 원년조에서 "진후晉侯가 진秦나라에 의
원을 구하니 진백秦伯이 의화醫和를 시켜 살펴보게 했다"라고 했다. 『사
기』에서 "편작扁鵲의 성은 진秦이고 이름은 월인越人이다"라고 했다.

左傳昭元年, 晉侯求醫於秦, 秦伯使醫和視之. 史記, 扁鵲姓秦, 名越人.

咨詢懷靡及 : 『시경 · 소아 · 황황자화皇皇者華』는 임금이 사신을 파견
할 때 읊은 노래로, "많고 많은 사신의 무리들, 늘 못 미친다고 생각하
네"라고 했고 마지막 장章에서는 "말을 달리고 말을 몰아가며, 어디에
서든 물어 보네"라고 했다.

小雅皇皇者華, 君遣使臣也. 駪駪征夫, 每懷靡及. 末章云, 載馳載驅, 周爰咨詢.

不皇暇息偃 : 『시경 · 채미采薇』에서 "무릎 꿇고 편히 쉴 틈이 없었네.
앉아서 편히 쉴 겨를도 없네"라고 했다. 『시경 · 북산北山』에서 "혹은 편
안히 누워 상에 쉰다"라고 했다.

詩采薇云, 不遑啟居, 不遑啓處. 北山云, 或息偃在床.

貂狐無餘燠 : '초호貂狐'[86]는 위의 주注에 보인다.

---

85 花作 : 중화서국본에는 '作花'로 되어 있으나, '花作'의 오류이다.
86 초호(貂狐) : 왕포(王襃)의 「성주득현신송(聖主得賢臣頌)」에서 "담비의 따뜻한

貂狐見上.

念嗟叔母劉 窮年寄甥館 :『문선』에 실린 영백 이밀의 「진정표陳情表」에
서 "할머니 유씨劉氏가 신의 외롭고 약한 바를 불쌍히 여겨 몸소 길러
주셨습니다"라고 했다. 이 말을 이용했다.『산곡별집山谷別集』에 실린
「숙부급사행장叔父給事行狀」에서 또한 "아내 유씨劉氏는 둔전원외랑屯田員
外郞으로 치사致仕한 환渙의 따님이다. 이중夷仲이 하북河北으로 가자 유씨
는 죽을 때까지 그의 부모의 집에 머물렀다"라고 했다.『맹자』에서 "요
임금이 생甥을 이실貳室에 묵게 했다"라고 했는데, 그 주注에서 "『예
기』에서, 아내의 아버지를 외구外舅라 하고, 나를 구舅라고 이르는 자를
내가 생甥이라 하는 것이니, 요임금이 딸을 순에게 시집보냈기에, 순을
사위라 이른 것이다"라고 했다.

文選李令伯陳情表云, 祖母劉愍臣孤弱, 躬親撫養. 此用其語. 行狀又云,
娶劉氏, 屯田員外郞致仕渙之女, 夷仲往河北, 而劉氏終年留其父母家也. 孟
子曰, 帝館甥於貳室. 注, 禮[87]謂妻父曰外舅, 謂我舅者, 吾謂之甥. 堯以女妻
舜, 故謂舜甥也.

尙憐公初黜 誘掖到昭宛 : '공초公初'와 '소완昭宛'은 이중夷仲 자질子姪의

옷을 입은 사람은 너무도 추운 서글픔을 걱정하지 않는다[襲狐貉之煖者, 不憂至
寒之悽愴]"라고 했다.『법언(法言)』에서 "온 세상이 다 춥더라도 담비 옷은 또한
따뜻하지 않겠는가[擧世寒, 貂狐不亦煖乎]"라고 했다.
87 [교감기] '禮'자가 본래 빠져 있는데, 조기(趙歧)의 주(注)에 따라 보충한다.

소자小字인 듯하니, 『전집』에서 말한 '아손阿巽' 및 '상여목相與睦'과 같을
것이다.

公初昭宛, 疑是夷仲子姪小字, 如前集稱阿巽及相與睦也.

行又出町畦 : 『장자』에서 "그가 절도 없이 멋대로 행동하면 그대도
그와 함께 절도 없이 멋대로 행동하라"라고 했다. 『석문』에서 "'정町'
은 '도徒'와 '정頂'의 반절법이다"라고 했다. 『시경·빈풍豳風·동산東
山』에서 "집 옆의 빈터는 사슴의 마당이 되었네"라고 했다. '탄疃'의 음
은 '타他'와 '전典'의 반절법이다. 문공 한유의 「남내조하귀정동관南內朝
賀歸呈同官」에서 "문재는 다른 사람만 못하고, 행함에 또한 격식도 없다
네"라고 했다.

莊子, 彼且爲無町畦, 亦與之爲無町畦. 釋文云, 町, 徒頂切. 豳詩云, 町疃
鹿場. 音他典切. 韓文公詩, 文才不如人, 行又無町畦.

浮雲與世疎 : 『논어』에서 "나에게는 뜬 구름과 같다"라고 했다. 두보
의 「곡장손시어哭長孫侍御」에서 "흐르는 물처럼 이 생애 다했고, 뜬구름
처럼 세상일 부질없구나"라고 했다. 이백의 「증곽계응贈郭季鷹」에서 "하
동의 곽계응은 도가 있노니, 세상을 뜬구름처럼 본다오"라고 했다.

論語, 於我如浮雲. 杜詩, 流水生涯盡, 浮雲世事空. 李白詩, 河東郭有道,
於世若浮雲.

短綆及道淺 : 『장자』에서 "주머니가 작으면 큰 물건을 담을 수 없고, 두레박줄이 짧으면 깊은 우물의 물을 길을 수 없다"라고 했다. 퇴지 한유의 「추회秋懷」에서 "옛 학문을 길어 올리려면 긴 줄이 있어야 하네"라고 했다.

莊子, 褚小者, 不可以懷大, 綆短者, 不可以汲深. 退之詩, 汲古得修綆.

匠伯首暫回 大樗終偃蹇 : 이 구절의 의미는 비록 여러 공들에게 지우를 입기는 했지만 끝내 벼슬에 나갈 생각이 없다는 것이다. 『장자』에서 "장석匠石이 제齊나라로 가는 길에 곡원曲轅에 이르러 사당의 나무로 서 있는 역목櫟木을 보았다. 그 크기는 그늘이 소 수천 마리를 가릴 수 있었는데, 장석은 돌아보지도 않고 가 버렸다"라고 했다. 『석문』에서 "'백伯'은 장석匠石의 자字이다"라고 했다.

意謂雖受知諸公, 終無心進取. 莊子, 匠石之齊, 至于曲轅. 見櫟社樹, 其大蔽牛, 匠伯不顧, 遂行. 釋文曰, 伯, 匠[88]石字也.

陋孤猶舊典 : 『예기 · 학기學記』에서 "고루해지고 견문이 적다"라고 했다. 이때 왕 씨王氏의 경학經學으로 선비를 취했었다.

學記, 則孤陋而寡聞. 時用王氏經學取士也.

持斷問輪扁 : 원주元註에서 "다시 이 '편扁'이라는 운자를 썼는데, 이상

88　伯匠 : 중화서국본에는 '匠伯'으로 되어 있으나, '伯匠'의 오류이다.

하지만 해가 되지는 않은 듯하다"라고 했다. '윤편輪扁'[89]은 위의 주注에 보인다.

元註云, 復用此一韻, 事異似不害. 輪扁見上.

越鷄當鵠卵：『장자』에서 "재빨리 날아다니는 작은 벌은 커다란 콩벌레를 부화시키지 못하고, 작은 닭은 큰 고니의 알을 품지 못한다"라고 했다.

莊子, 奔蜂不能化藿蠋, 越鷄不能復鵠卵.

未能引分去 戀祿幸苟免：퇴지 한유의 「농리瀧吏」에서 "관리가 스스로 근신하지 않으면, 의당 곧바로 분수 알아 떠나야 하리"라고 했다.

退之瀧吏詩, 官不自謹愼, 宜卽引分往.

平生報一飽 從事極黽勉：두보의 「봉증위좌승장이십이운奉贈韋左丞丈二十二韻」에서 "항상 한 끼 식사라도 보답코자 하네"라고 했다. 『시경·소아·십월지교十月之交』에서 "열심히 부역에 종사하여, 괴롭단 말 한 적 없네"라고 했다.

89　윤편(輪扁)：『장자·천도(天道)』에서, "환공(桓公)이 당상에서 글을 읽고 있을 때, 당하에서 마침 수레바퀴를 깎던 목수 윤편(輪扁)이 환공에게 묻기를 "감히 묻건대, 공(公)께서 읽는 것은 무슨 말입니까"라고 하자, 환공이 "성인(聖人)의 말씀이다"라고 했다. 윤편이 "성인이 계십니까"라고 하니, 환공이 "이미 죽었다"라고 하자, 윤편이 "그렇다면 공께서 읽는 것은 옛사람의 찌꺼기일 뿐입니다"라 했다"라고 했다.

老杜云, 常擬報一飯. 小雅云, 黽勉從事, 不敢告勞.

放身就閑散 : 퇴지 한유의 「진학해進學解」에서 "한산한 데에 버려지는
것은"이라고 했다.

退之進學解云, 投閑置散.

思伯臥江南 : '백백伯'은 곧 칠형七兄이다.

伯卽七兄也.

無心趣軒冕 : 『장자·선성편繕性篇』에서 "수레를 타고 면류관을 쓰고
다니는 높은 벼슬아치가 됨을 말하는 것이 아니다"라고 했다.

莊子繕性篇, 非軒冕之謂也.

龐翁跡頗親 黃蘖門屢款 : 거사방온居士龐蘊과 황얼희운선사黃蘖希運禪師와
관련해 『전등록』에 모두 전傳이 있다.

居士龐蘊, 黃蘖希運禪師, 傳燈錄皆有傳.

齋餘佛飯香 : 『유마경』에서 "중향衆香이라는 나라가 있는데, 그곳에
향적香積이라는 부처가 있다. 유마힐이 여러 보살들에게 "누가 저 나라
에 가서 음식을 얻어올 수 있습니까"라 물었다. 유마힐이 자리에서 일
어나지 않은 채, 변화하여 보살이 되었다. 중향에 이르러, 저 향적 부

처 발에 예를 표했다. 이에 향적여래香積如來는 많은 향기로운 발우에 향기 가득한 음식을 담아 화보살化菩薩에게 주었다. 화보살이 발우에 가득한 향기로운 음식을 유마힐에게 주었다"라고 했다.

維摩經云, 有國名衆香, 佛號香積, 維摩詰問衆菩薩, 誰能致彼佛飯. 維摩詰不起于座, 化作菩薩, 到衆香界, 禮彼佛足. 於是香積如來, 以衆香鉢盛滿香飯與化菩薩. 化菩薩以滿[90]鉢香飯與維摩詰.

茶沸甘露滿 : 육우의 「고저산기顧渚山記」에서 "예장왕豫章王 자상子尚이 팔공산八公山으로 담제도인曇濟道人을 방문했다. 도인은 차를 마련했는데, 자상이 맛을 보고서는 "이것은 감로甘露인데 어째서 차라 하시오"라 했다"라고 했다.

陸羽顧渚山記云, 豫章王子尚, 訪曇濟道人於八公山. 道人設茶茗, 子尚味之曰, 此甘露也, 何言茶茗.

餘事寄一莞 : 『논어』에서 "선생께서 빙그레 웃으셨다"라고 했다.
論語, 夫子莞爾而笑.

甘爲溝中斷 : 원주元注에서 "'단斷'의 음은 '단短'이다"라고 했다. 『장자』에서 "백 년이나 된 나무를 쪼개서 제사용 술동이[犧樽]를 만들고 장식하는데 깎여진 나무는 도랑 속에 버려진다. 제사용 술동이를 도랑 속

---

90   滿 : 중화서국본에는 '蒲'로 되어 있는데, '滿'의 오자이다.

에 버려진 나무와 비교한다면 미추美醜에는 차이가 있지만 본성을 잃어
버렸다는 점에서는 매한가지이다"라고 했다. 퇴지 한유의 「목거사木居
士」에서 "신神이 되었으니 어찌 도랑에 버려진 것과 견주랴, 재목 알아
본 것은 오히려 타다 남은 땔감으로 거문고 만든 것과 같네"라고 했다.

元注云, 音短. 莊子云, 百年之木, 破爲犧樽而文之, 其斷在溝中. 比犧樽於
溝中之斷, 則美惡有間矣, 其於失性一也. 退之木居士詩, 爲神詎比溝中斷, 遇
賞還同爨下餘.

靑黃可犧樽 : 『예기』에서 "술잔으로는 희상犧象[91]을 쓴다"라고 했다.
퇴지 한유의 「제자후문祭子厚文」에서 "술잔에 청색과 황색으로 장식을
하는데, 이것은 나무에게는 재앙이다"라고 했다.

禮記, 樽用犧象. 退之祭子厚文, 犧樽靑黃, 乃木之災.

薦廟配瑚璉 : 『논어』에서 ""무슨 그릇입니까"라 묻자 공자가 "호련瑚
璉이다"라 했다"라고 했는데, 그 주注에서 "'호련'은 서직黍稷을 담는 그
릇이다"라고 했다.

論語曰, 何器也, 曰瑚璉也. 注云, 瑚璉, 黍稷之器.

---

91 희상(犧象) : 고대의 주기(酒器)이다. 『예기·명당위(明堂位)』의 '준용희상(尊
用犧象)'의 소(疏)에는 "춤추는 봉황의 그림을 그리고 상아(象牙)로 장식한 것이
다"라고 했고 『춘추좌전(春秋左傳)』 정공(定公) 11년 소(疏)에는 "희상은 주기
(酒器)로 희준(犧尊)과 상준(象尊)인데, 희준은 비취로 장식한 것이고, 상준은
봉황 모양으로 만든 것이다"라고 했으며, 『삼례도(三禮圖)』에서는 "희준은 소 그
림을 그린 것이고, 상준은 코끼리 그림을 그린 것이다"라고 했다.

未嘗入都輦:『문선』에 실린 안인 반악의 「재회현작在懷縣作」에서 "내가 도성을 떠난 이후로"라고 했다.

文選潘安仁詩, 自我違京輦.

拂石弄琴阮:『당서・원행충전元行沖傳』에서 "어떤 사람이 옛 무덤을 파서 비파琵琶처럼 생긴 동물銅物을 발견했는데, 그 형체가 바르고 둥글었다. 이에 행충이 "이는 완함阮咸이 만든 악기이다"라 하고서는 나무로 고쳐 만들게 했는데, 소리가 아주 청아했다. 악가樂家에서는 "완함의 거문고"라 부른다"라고 했다.

唐元行沖傳, 有人破古冢, 得銅器, 似琵琶, 身正圓. 行沖曰, 此阮咸所作器也. 命易以木絃之, 其聲淸亮, 樂家謂之阮琴.

林下追游衍:『시경・판板』에서 "하늘은 훤히 아시는지라, 그대가 노닐 적에도 살펴보시느니라"라고 했다. 현휘 사조의 「화복무창등손권고성和伏武昌登孫權故城」에서 "행역 나가는데 만약 기약 있다면, 악저에서 함께 노닐어 볼 텐데"라고 했다.

詩, 昊天曰旦, 及爾游衍. 謝玄暉詩, 于役儻有期, 鄂渚同游衍.

陰寒木鳴條:『논형』에서 "5일 만에 한바탕 바람이 불어, 바람은 나뭇가지를 울리지 않네"라고 했다.

論衡, 五日一風, 風不鳴條.

望損倚門眼 : 『전국책』에서 "왕손가王孫賈가 민왕閔王을 섬기었다. 민왕이 나가 달아나 왕손가는 왕이 계신 곳을 잃어버렸다. 그러자 왕손가의 어머니가 "네가 아침에 나가 늦게 돌아오면 나는 문에 기대어 기다렸고, 네가 저녁에 나가 돌아오지 않으면 나는 마을 문에 기대어 기다렸다. 네가 지금 왕을 섬기는데, 왕이 나가 도망쳤으니, 네가 왕이 있는 것을 알지 못하면서 너는 어찌해서 돌아왔느냐"라 했다"라고 했다.

戰國策, 王孫賈事閔王. 閔王出走, 失王之處. 其母曰, 汝朝出而晚來, 則吾倚門而望. 汝暮出而不還, 則吾倚閭而望. 汝今事王, 王出走, 汝不知其處, 汝尙何歸.

南枝喜鳴鵲 : 위魏나라 조조曹操의 「단가행短歌行」에서 "달은 밝고 별은 드문데, 까막까치 남으로 날아가네. 나무 위를 세 바퀴나 돌았는데도, 의지할 만 한 가지를 찾지 못했네"라고 했다. 두보의 「득사제소식得舍弟消息」에서 "부질없이 오작이 기쁜 소식 전하네"라고 했다.

魏武短歌行, 月明星稀, 烏鵲南飛. 繞樹三匝, 無枝可依. 杜詩, 浪傳烏鵲喜.

尺素託黃犬 : 『진서 · 육기전陸機傳』에서 "육기에게 준견駿犬이 있었는데, 이름은 황이黃耳이다. 육기가 낙양洛陽에 우거寓居하면서, 오래도록 집안 소식이 없자, 육기가 웃으면서 개를 보고 "우리 집의 서신이 전혀 없으니, 네가 내 서신을 싸 가지고 가서 우리 집의 소식을 가져올 수 있겠느냐"라 했다. 개가 꼬리를 흔들며 끙끙거리므로, 육기가 이에 서

신을 작성하여 죽통竹筒에 담아서 개의 목에 걸어 주었다. 그 개가 길을
찾아 남쪽으로 달려서 마침내 그의 집에 이르렀다. 소식을 가지고 낙
양으로 돌아왔는데, 해마다 이렇게 했다"라고 했다. 『문선』에 실린
「악부樂府」에서 "아이 불러 잉어 삶으라 했더니, 그 속에서 나온 한 자
비단 글"이라고 했다.

晉陸機傳, 機有駿犬, 名曰黃耳. 羈寓京師, 久無家問, 笑語犬曰, 我家絶無
書信, 汝能齎書取消息否. 犬搖尾作聲. 機乃爲書, 以竹筩盛之, 而繫其頸. 犬
尋路南走, 遂至其家. 得報還洛, 歲以爲常. 文選樂府云, 呼兒烹鯉魚, 中有素
尺書.

又以窀穸留 :『좌전』양공襄公 13년조에서 "춘추春秋의 제사와 매장埋葬
의 일이다"라고 했다.

左傳襄十三年, 春秋窀穸之事.

歸期指姑洗 :『예기·월령月令』에서 "계춘의 달에는 음률이 고선姑洗[92]
에 어울린다"라고 했다.

月令, 季春之月, 律中姑洗.

寄聲問僧護 : '증호僧護'는 당연히 자질子姪의 소자小字이다.

---

92   고선(姑洗) : 십이율(十二律)의 하나인 각음(角音)이다. 십이지(十二支)의 진
      (辰)과 음력 3월에 해당한다.

僧護當是子姪小字.

稱渠萬金産 : 퇴지 한유의 「증장적贈張籍」에서 "아이 있는데 비록 너무도 예쁘지만, 가르치는데 책으로 한다오. 그대 오면 기뻐 부르며 나오면서, 뛰어 대문을 넘어온다오. 아는 것이 없을까 두려워, 보면 먼저 부끄러워하네. 어제 일이 있어서, 말에 올라 수판을 꽂았네. 그대 집에 머물러 먹는데, 서서 반찬과 술시중 들게 했지. 저물녘 돌아오는 그대를 보니, 나를 웃으며 환하게 맞이하네. 그를 가리켜 축하하기를, 이는 만금이나 값진 자식이라 하네"라고 했다.

退之贈張籍詩云, 有兒雖甚憐, 敎示不免簡. 君來好呼出, 跟踉越門限. 懼其無所知, 見則先愧赧. 昨因有緣事, 上馬揷手版. 留君住廳食, 使立侍盤醆. 薄暮歸見君, 迎我笑而莞. 指渠相賀言, 此是萬金産.

爾來弄筆硯 墨水惡翻建 大字如栖鴉 已不作肥軟 : 유우석의 「답전편答前篇」에서 "어린아이 붓장난에 화내지 않으니, 더러운 벽과 서창에서 또한 은근히 즐기누나"라고 했다. 노동의 「시첨정示添丁」에서 "갑자기 책상 위의 먹물을 뒤엎어서, 시집을 까마귀 색깔로 칠해 놓았네"라고 했다. 『한서·고조기高祖紀』에서 "진秦나라 지역은 형세가 매우 좋은 나라입니다. 지세地勢가 유리하니, 제후국에 군대를 출동시키는 것이 비유하면 높은 지붕 위에서 물병의 물을 아래로 쏟는 것과 같습니다"라고 했는데, 그 주注에서 "물병을 뒤집는다는 것은 아래로 내려가는 형세가

쉬움을 말한 것이다"라고 했다. 『법서원』에서 "오동鄔彤은 초서를 잘
썼는데, 마치 찬 숲에 까마귀가 깃든 것과 같았다"라고 했다.

劉禹錫詩, 小兒弄筆不能嗔,[93] 浣壁書窓且賞勲.[94] 盧仝詩, 忽來案上翻墨
汁, 塗抹詩書如老鴉. 漢高祖紀云, 秦, 形勝之國也, 地勢便利, 其以下兵於諸
侯, 譬猶居高屋之上, 建瓴水也. 注云, 翻瓴水, 言其向下之勢易也. 法書苑曰,
鄔彤善草書, 如寒林栖鴉.

新詩開累紙 : 이 아래로는 모두 왕세필의 시를 말한 것으로, '월명月
明'이나 '자장柘漿', '침성砧聲', '견수성筧水聲' 등이 그것이다.

自此以下, 皆言王世弼詩, 如月明, 如柘漿, 如砧聲筧水聲也.

欲罷不能卷 : 『논어』에서 "그만 두고자 해도 그렇게 할 수 없습니다"
라고 했다.

論語, 欲罷不能.

別思盈繾綣 : 『시경·민노民勞』에서 "함부로 남을 따르지 않아, 왕과
결탁한 소인을 삼가라"라고 했다.

詩民勞云, 無縱詭隨, 以謹繾綣.

---

93 嗔 : 중화서국본에는 '瞋'으로 되어 있으나, '嗔'의 오자이다.
94 勲 : 중화서국본에는 '勤'으로 되어 있으나, '勲'의 오자이다.

柘漿凍金椀：『초사·초혼招魂』에서 "자라는 지지고 염소 새끼는 싸서 굽고, 사탕수수 즙을 내어 마시는 것으로 두었다"라고 했다.

楚辭[95]招魂云, 胹鱉炮羔, 有柘漿些.

疏杵韻寒砧：『이아』에서 "'침砧'은 옷이나 비단을 다듬질하는 돌이다"라고 했다. 두보의 「추흥秋興」에서 "겨울 옷 마련에 곳곳마다 가위 소리 분주하고, 백제성 높이 밤중에 다듬이 소리 울려 퍼지네"라고 했다.

爾雅曰, 砧, 搗衣帛之石. 老杜詩, 寒衣處處催刀尺, 白帝城高急暮砧.

幽泉流翠筧：『운서』에서 "'견筧'은 '고古'와 '전典'의 반절법으로, 대나무로 물을 통하게 하는 것이다"라고 했다.

韻書云, 筧, 古典切, 以竹通水也.

吟哦口垂涎：두보의 「음중팔선가飲中八仙歌」에서 "길에서 누룩 수레만 보아도 군침을 흘리네"라고 했다.

杜詩, 道逢麴車口流涎.

嚼味有餘雋：『한서·괴통전蒯通傳』에서 "괴통이 전국시대 유세하는 선비들을 논하고 또한 스스로 그 유세에 서문을 지어 책을 만들어 『준영雋永』이라고 했다"라고 했는데, 그 주注에서 "'준영'은 살찐 고기이다"

---

95 辭 : 중화서국본에는 '詞'로 되어 있으나, '辭'의 오자이다.

라고 했다.

漢刪通傳, 論戰國說士, 亦自序其說, 號儁永. 注, 肥肉也.

我家東床坦 : '동상탄복東床坦腹'[96]은 『진서 · 왕희지전王羲之傳』에 보인다.

東床坦腹, 見晉王羲之傳.

風烟意氣生 : 반악의 「양형주뢰楊荊州誄」에서 "붓의 움직임은 마치 나는 듯, 종이가 떨어짐은 구름 같았네"라고 했다. 두보의 「음중팔선가飮中八仙歌」에서 "일필휘지로 종이에 쓰면 마치 구름과 이내 이는 듯"이라고 했다.

潘岳作楊荊州誄, 翰動[97]若飛, 紙落[98]如雲.[99] 杜詩, 揮毫落紙如雲烟.

揮毫寫藤亹 : 당唐나라 서원여舒元輿의 「비섬계고등문悲剡溪古藤文」에서 섬계의 등나무로 종이를 만든다고 말한 바 있다. 『법서요록法書要錄』에

---

96 동상탄복(東床坦腹) : 진(晉)나라 태위(太尉) 치감(郗鑑)이 사윗감을 고르려고 왕 승상(王丞相) 집에 문생을 보냈더니, 왕 승상이 문생에게 동상(東床)에 가서 살피도록 했다. 문생이 오자 다른 자제들은 의복을 정제하고 손님을 맞이하는데, 왕희지(王羲之)만 배를 드러내 놓고 동상에 누워서 태연자약했다. 문생이 치감에게 사실대로 고하자 치감이 왕희지를 사위로 택했다. 이 고사로 인해 후일에 사윗감을 고르는 것을 '동상탄복'이라고 하고 사위를 지칭하기도 한다.

97 [교감기] '翰動'이 원래 '動翰'으로 되어 있다. 전본에 따르고 또한 『문선(文選)』 권56에 실린 반악(潘岳)의 글에 의거해 고친다.

98 [교감기] '紙落'이 원래 '落紙'로 되어 있다. 전본에 따르고 또한 『문선(文選)』 권56에 실린 반악(潘岳)의 글에 의거해 고친다.

99 [교감기] '潘岳 (…중략…) 如雲'이라는 구절이 영원본에는 없다.

서 "왕희지가 「난정서」를 쓰는데, 잠견지蠶璽紙와 서수필鼠鬚筆을 이용했다"라고 했다. 『북호록北戶錄』에서 "진송晉宋 연간에 한 종류의 종이가 있었는데, 길이가 한 장 정도여서 배 가운데에서 베껴 썼다. 세상에서는 이것을 '견지璽紙'라고 했다"라고 했다.

唐舒元輿有悲剡溪古藤文, 言以剡藤爲紙也. 法書要錄, 王羲之蘭亭序, 用蠶璽紙鼠鬚筆. 北戶錄云, 晉宋間有一種紙, 長丈餘, 就船抄之, 世謂璽紙.

獵山窮鴽駕 : '여駕'는 '여女'와 '거居'의 반절법으로, 메추라기이다. 『예기・월령月令』에서 "밭의 쥐가 변하여 메추리가 된다"라고 했다.

駕, 女居切, 鴽也. 月令, 田鼠化爲駕.

罩海極龍蝦蜆 : 『산곡외시집주』에 실린 「대서代書」에서 "문장은 육경에서 왔으며, 열 마리 소가 끄는 수레에 땀 질펀하네. 비유하자면 창해를 보는 것과 같아, 세미하고 대단한 맛이 용하龍蝦[100]에서 다했네"라고 했다. 이것이 바로 이 구절의 의미이다.

集中代書[101]云, 文章六經來, 汗漫十牛車. 譬如觀滄海, 細大極龍蝦. 卽此詩之意也.

---

100 용하(龍蝦) : 거대한 새우의 한 종류로, 맛이 매우 좋다고 한다.
101 [교감기] '代書'는 본서(本書) 『산곡외집시주(山谷外集詩注)』 권9와 영원본 권7 그리고 고본 『산곡외집(山谷外集)』 권4에 보인다.

銀鉤亂眼膜:『진서·삭정전索靖傳』에서 "초서를 쓴 것을 보고 "초서의 모습이 완전히 은 고리 같구나"라 했다"라고 했다. 두보의 「알문공상방謁文公上方」에서 "금비金鎞[102]로 눈의 꺼풀 긁어내니, 값이 거거車渠 보석[103]의 백배보다 비싸네"라고 했다. 『열반경』에서 "이에 양의良醫는 금비로 그 눈의 꺼풀을 긁어낸다"라고 했다.

晉索靖傳, 作草書狀曰, 草書之爲狀也, 婉若銀鉤. 老杜云, 金鎞刮眼膜, 價重百車渠. 涅槃經云, 是時, 良醫卽以金鎞刮其眼膜.

且言伯在野:『시경·대우모大禹謨』에서 "군자들이 들판에 버려졌다"라고 했다.

書曰, 君子在野.

五泰列清廟:『순자荀子』의 「잠부蠶賦」에서 "신臣은 어리석어서 알지 못하니, 오태五泰에게 증험을 청합니다"라고 했는데, 그 주注에서 "'오태'는 오제五帝로, 소호少昊·전욱顓頊·고신高辛·당요唐堯·우순虞舜이다"라고 했다. 이 구절의 의미는 국조열성國朝列聖을 오제에 견준 것이다. 『시경·주송周頌』에서 "「청묘淸廟」는 문왕에게 제사지내면서 읊은 작품

---

102 금비(金鎞):『열반경』에서 "맹인이 눈을 치료하려면 양의(良醫)에게 찾아가야 한다. 양의는 금비로 그 눈의 꺼풀을 긁어낸다"라고 했다.
103 거거(車渠) 보석:『법화경』에서 "어떤 사람이 금은, 산호, 진주, 거거(車璖), 마노 등을 시주하는 사람이 있다"라고 했다.『광지(廣志)』에서 "거거(車渠)는 대진(大秦)과 서역의 여러 나라에서 생산된다. 이것은 돌 가운데 옥이 들어있는 것이다"라고 했다.

이다”라고 했다.

荀子蠶賦, 臣愚而不識, 請占之五泰. 注云, 五泰, 五帝也. 五帝, 少昊顓頊
高辛唐虞也. 詩意以五帝比國朝列聖. 周頌云, 淸廟, 祀文王也.

聖緒今皇纘 眞儒運斗樞 : 신종神宗이 황통皇統을 이었고 형공 왕안석이
재상이 되었다는 말이다. 『법언』에서 “노나라에서는 진유眞儒를 등용
하지 않았다”라고 했다. 『후한서 · 양적전梁商傳』의 찬贊에서 “재상이 추
극樞極[104]을 운행한다”라고 했다.

言神宗繼統, 而王荊公爲相也. 法言云, 魯不用眞儒. 後漢梁商贊, 宰相運
動樞極.

道化迪天顯 : 『서경 · 주고酒誥』에서 “내가 듣건대, 옛날 은나라의 명
철한 선왕은 하늘의 드러냄[天命]과 소민을 두려워했다”라고 했는데, 그
주注에서 “탕湯은 도를 밟으면서 천명을 두려워했고 소민을 환하게 드
러냈다”라고 했다.

書酒誥, 我聞惟曰, 在昔殷先哲王, 迪畏天顯小民. 注, 謂湯蹈道畏天, 明著
小民.

逸民大蒐獮 : 『춘추좌씨전』 은공隱公 5년조에서 “봄 사냥[春蒐], 여름

---

104 추극(樞極) : 추(樞)는 북두칠성(北斗七星)의 첫 번째 별이고 극(極)은 북극성
(北極星)을 말한다. 재상이 권력을 행사한다는 의미이다.

사냥[夏苗], 가을 사냥[秋獮], 겨울 사냥[冬狩]"이라고 했다.

左氏隱五年, 春蒐, 夏苗, 秋獮, 冬狩.

豈聞任方物:『서경·우공禹貢』에서 "그 토지에 맞게 공물을 정했다"라고 했다.『서경·여오旅獒』에서 "멀고 가까움 없이 모두 지방의 물건을 바쳤다"라고 했다.

書禹貢, 任土作貢. 旅獒, 無有遠邇, 畢獻方物.

包貢遺羽䈽:『서경·우공禹貢』에서 "공물은 새의 깃, 들 짐승털, 상아, 물소가죽이다"라고 했다.『서경·우공禹貢』에서 "균로와 싸리나무를 바친다"라고 했는데, 그 주注에서 "고楛는 화살의 가운데 대를 말한다"라고 했다.

禹貢曰, 厥貢羽毛齒革. 又曰, 惟箘簵[105]楛. 注云, 楛, 中矢幹.

招車必翹翹:『춘추좌씨전』 장공莊公 22년조에서 경중敬仲이 "『시경』에서 '높은 수레를 타고 와서 활로 나를 부르는구나. 어찌 가고 싶지 않으랴만 벗들의 비난이 두려워서이다'라 했다"라고 했다. 그 주注에서 "일시逸詩이다"라고 했다.

左氏莊二十二年, 敬仲曰, 詩云, 翹翹車乘, 招我以弓. 豈不欲往, 畏我友朋. 注云, 逸詩也.

---

105 簵 : 중화서국본에는 '輅'로 되어 있으나, '簵'의 오자이다.

前席思謇謇 : 문제文帝는 가생賈生에게 바싹 다가앉았다. 『주역』에서 "왕의 신하가 충성을 다하는 것은"이라고 했다.

文帝前席賈生. 易, 王臣謇謇.

王甥欲好懷 : 왕순량王純亮의 자는 세필世弼으로 산곡 황정견의 매서妹婿이다. 앞 구절에서 "아가동상탄我家東床坦"이라고 한 것 또한 세필을 가리킨다. 『이아』에서 "누이의 지아비가 생甥이다"라고 했다.

王純亮[106]字世弼, 山谷妹婿也. 前云我家東床坦, 亦指世弼. 爾雅云, 姊妹之夫爲甥.

高意恐難轉 : 『시경·백주栢舟』에서 "내 마음 돌이 아니니, 굴릴 수도 없네"라고 했다. '차언백재야且言伯在野' 이하는 모두 세필에 대해 말한 것이다. 작품에서는 백형이 비록 전야田野에 있지만 옛 벗들이 조정에 있어 반드시 이끌어주어 초야에 묻혀 사는 백성을 천거할 것이니, 세필의 이 마음은 비록 좋지만 칠형의 뜻은 돌릴 수가 없다는 것을 말한 것이다.

詩, 我心匪石, 不可轉也. 自且言伯在野以下, 皆謂世弼. 詩中稱伯兄雖在田野間, 而朋舊在朝, 必能援引, 擧逸民也. 世弼此懷雖好, 而七兄之意不可轉也.

長篇題遠筒 : 낙천 백거이의 「여원미지창화상이죽통저시與元微之唱和常

---

106 亮 : 중화서국본에는 '亮'이 빠져 있는데, 보충했다.

^{以竹筒貯詩}」에서 "좋은 대나무 잘라 시통詩筒을 만들어, 시 지어 넣어 흉중을 쏟았네"라고 했다.

白樂天與元微之唱和, 常以竹筒貯詩, 揀得琅玕截作筒, 緘題句章寫心胸.

灰飛黃鐘管 : 『태현경』에서 "조율하는 사람은 대나무로 대롱을 만들고 갈대로 재를 만든다. 그러면 아무런 움직임도 없고 고요히 소리도 없는데, 동지冬至 한밤중에 황종黃鐘이 이에 응한다"라고 했다.

太玄經曰, 調律者, 度竹爲管, 蘆莩爲灰, 漠然無動, 寂然無聲, 冬至夜半, 黃鍾以應.

18. 오언이 번양으로 돌아가기에 전송하다【작품 가운데 있는 '삼견추기상'이라는 구절은 대개 북경에 있었던 3년을 말한다】

送吳彦歸番陽【詩中有三見秋氣爽之句, 蓋在北京三年矣】

學省困虀鹽	학성에서 제염에 고달팠는데
人材任尊獎	인재를 존장에게 맡기었다네.
侳侗祝螟蛉	어리석은 듯 명령에게 축원했고
小大器罌缻	작고 큰 그릇은 항아리 두레박이었네.
諸生厭晩成	제생들은 대기만성을 싫어하노니
躐學要儈駔	수준 넘는 배움에는 중간 역할자 중요하지.
摹書說偏旁	글씨 쓰면서 편방을 설명했고
破義析名象	의미 쪼개어 사물 명칭 변석했다오.
九鼎奏簫韶	구정에서 순임금 음악을 연주했고
爰居端不饗	원거에 제향하지 않는 것 바로잡았지.
靑衿少到門	학생들 문에 이르는 것이 적어
庭除晝閑敞	뜨락 계단은 낮에도 한가롭고 시원했네.
竹風交槐陰	대나무 바람 홰나무 그늘에 불어오니
三見秋氣爽	세 번이나 가을 기운 시원함 보았다오.
時賴解事人	때때로 일 이해하는 사람에 의지해
載酒直心賞	술 싣고 곧바로 마음껏 완상했지.
吳郎楚國材	오랑은 초나라의 인재이니

幽蘭秀榛莽	그윽한 난초 개암나무 속에서 빼어났네.
彦國吐嘉言	언국은 좋은 말 쏟아내었고
子將喜標榜	자장은 품평하는 것을 좋아했다네.
平生欽豪俊	평생 준걸한 인물 공경했는데
久客慕鄉黨	오랜 나그네로 향당을 그리워했네.
虛齋延灑掃	빈 집에서 쇄소응대하는 이들 이끌면서
薄飯薦腒鯗	볼품없는 밥에 거와 숙을 올리었다네.
詩句唾成珠	시구 뱉으면 구슬이 되어
笑嘲愜爬蛘[107]	웃으며 시원스레 가려운 곳 긁었지.
春夏頻謝除	봄여름 자주 벼슬 제수 사양했지만
曾未厭來往	일찍이 왕래하는 것 싫다 안했네.
歸雁多喜聲	돌아가는 기러기는 기쁜 울음 많고
寒蟬停哀響	찬 매미는 슬픈 노래 소리 그쳤구나.
黃花滿籬落	누런 국화는 울타리에 가득하고
白蟻鬧甕盎	흰 개미는 술독에서 시끄럽구나.
留君待佳節	그대 머물며 가절을 기다렸는데
忽忽戒徂兩	갑자기 수레바퀴 손질을 하게 되었네.
親戚傷離居	친척들은 떠나는 것을 슬퍼했고

---

107 [교감기] '蛘'이 영원본·전본·건륭본에는 '痒'으로 되어 있다. 살펴보건대, 『설문해자』에서 "蛘, 搔蛘也"라고 했는데, '蛘'은 '痒'과 같다. 아래에서는 다시 교정하지 않겠다.

交游念疇曩	교유했던 이들도 옛날을 생각했지.
棋局無對曹	바둑판에 마주할 사람 없어졌고
摴蒱失朋長	저포놀이에서도 짝을 잃었다오.
問君去爲何	묻노니, 그대 가시면 무얼 하시려오
雲物愁莽蒼	아득한 풍경에 근심겹다오.
壽親髮斑斑	장수하시는 부모님 머리는 희끗희끗
千里勞夢想	천 리 밖의 꿈에서도 고달팠다네.
家雞藁頭肥	집닭은 벼 이삭에 살졌을 테고
寒魚受罾網	찬 물고기를 그물에서 잡아 올리겠지.
甘旨薐中廚	부엌에는 맛 좋은 푸성귀 있을 테고
伊啞弄文襁	어린 아이 포대기에 싸고 노닐 테지.
此行樂未央	이번 길엔 즐거움 끝이 없으리니
安知川塗廣	가는 길의 먼 것을 어찌 알리오.
深秋上滄江	늦가을에 푸른 강물에 오르면
遠水平如掌	먼 물은 손바닥처럼 평탄하리라.
人生要得意	인생은 득의하는 것이 핵심이니
壯士多曠蕩	장사는 호방함이 많아야 하네.
野鶴疲[108]籠樊	들판 학은 새장 속에서 힘들어 하고
江鷗戀菰蔣	강 갈매기는 줄풀을 그리워하는 법.
本來丘壑姿	본래 구학에서 살아갈 자태라서

108 [교감기] '疲'가 전본에는 '被'로 되어 있다.

不著芻豢養	기름진 고기로 봉양함 보이지 않았네.
寄聲謝鄕鄰	소식 전해 향린에게 사례하고서
爲我具兩漿	나를 위해 양장을 갖추어주시게.
有路卽歸田	길을 들어 전원으로 돌아가리니
君其信非誆	그대가 믿는 것 잘못된 것 아니라오.

【주석】

學省困齏鹽：『문선』에 실린 휴문 심약의 「직학성수와直學省愁臥」[109]라는 작품이 있다. 퇴지 한유의 「송궁문送窮文」에서 "태학太學에서 4년을 공부하는 동안 아침에는 푸성귀를 먹고 저녁에는 소금국을 먹었다"라고 했다.

文選沈休文有直[110]學省愁臥詩. 退之送窮文, 太學四年, 朝齏暮鹽.

佺侗祝螟蛉：『양자·학행편學行篇』에서 "하늘이 백성을 내셨으니, 무지하고 어리석기 때문에"라고 했으며, 또한 "뽕나무벌레의 유충幼蟲이 갓 태어났을 때 나나니벌이 뽕나무벌레의 유충을 만나면 가져다 나무 구멍 속에 넣어두고 "날 닮아라. 날 닮아라"라고 기원하는데, 오래되면 뽕나무벌레가 나나니벌을 닮는다"라고 했다.

---

109 「직학성수와(直學省愁臥)」：심약의 「직학성수와」는 다음과 같다. "秋風吹廣陌, 蕭瑟入南闈. 愁人掩軒臥, 高牗時動扉. 虛館淸陰滿, 神宇曖微微. 網蟲垂戶織, 夕鳥傍檐飛. 纓珮空爲忝, 江海事多違. 山中有桂樹, 歲暮可言歸"
110 [교감기] 살펴보건대, 『문선(文選)』 권30에 실린 제목에는 '直'자가 없다.

揚子學行篇, 天降生民, 倥侗顓蒙. 又曰, 螟蛉之子, 殪而逢蜾蠃, 祝之曰, 類我, 類我. 久則肖之矣.[111]

小大器甖缻 : 퇴지 한유의 「농리瀧吏」에서 "항아리는 크고 두레박은 적구나"라고 했다.

退之詩, 缻大缾甖小.

諸生厭晚成 : 『노자』에서 "큰 그릇은 늦게 이루어진다"라고 했다. 『후한서・마원전馬援傳』에서 "너의 큰 재주는 늦게 이루어질 것이다"라고 했다.

老子云, 大器晚成. 後漢馬援傳, 汝大材, 當晚成.

躐學要儈駔 : 『초학기』에서 "배움은 등급을 뛰어넘어서는 안 된다"라고 했다. 『사기・화식전貨殖傳』에서 "중간에서 소개하는 사람"이라고 했다.

學記曰, 學不躐等. 貨殖傳曰, 節駔會.[112]

---

111 [교감기] '天降 (…중략…) 顓蒙'이라는 구절은 양웅(揚雄)의 『양자법언서(揚子法言序)』에 보인다. '螟蛉 (…중략…) 之矣'라는 구절은『양자법언(揚子法言)・학이편(學而篇)』에 보인다. 임연(任淵)은 이 두 구절의 출처가 2군데인데 하나로 잘못 파악했다.

112 會 : 중화서국본에는 '僧'으로 되어 있으나, '會'의 오자이다.

摹書說偏旁 : 임한林罕이 지은 『자원편방소설字源偏旁小說』 3권이 있는데, 그 서序에서 "한漢나라 태위太尉 쇄주祭酒 허자許子가 그 형체가 유사한 것을 취하여 『편방조례偏旁條例』 15권을 저술했고 이를 『설문해자』라고 이름 붙였다"라고 했다.

林罕有字源偏旁小說三卷, 其序云, 漢太尉祭酒許子, 取其形類, 作偏旁條例十五卷, 名之說文.

破義析名象 : 연명 도잠의 「이거移居」에서 "기이한 문장 서로 기쁘게 감상하고, 의심나는 것은 서로 변석하네"라고 했다. 이것은 왕 씨의 『자해字解』를 기롱한 것이다.

陶淵明詩, 奇文共欣賞, 疑義相與析. 此譏王氏字解.

九鼎奏簫韶 爰居端不饗 : 『주역·정괘鼎卦』에서 "성인이 크게 제향하여 이로써 성현을 기른다"라고 했다. 『한서·주보언전主父偃傳』에서 "대장부가 살아서 오정五鼎[113]으로 먹지 못할진댄, 죽을 때는 오정에 삶아져 죽을 뿐이다"라고 했다. 『주례』에서 "정鼎에는 열두 뇌牢가 있는데, 이것은 정식鼎食을 말한다"라고 했다. 장문중臧文仲이 원거爰居를 제사지낸 일은[114] 『좌전』에 보인다. 『장자·달생편達生篇』에서 "노魯나라 도성

---

113 오정(五鼎) : 소·양·돼지·물고기·순록을 담아 제사지내는 다섯 개의 솥을 말하는데, 전하여 높은 작위에 있는 사람의 미식(美食)의 뜻으로 쓰인다.
114 장문중(臧文仲)이 (…중략…) 일은 : 공자가 노나라 장문중(臧文仲)이 예의에 대해서 모르는 것 세 가지를 열거하면서, 죽은 원거를 제사 지낸 것[祀爰居]에 대해

밖에 새 한 마리가 날아와 앉았는데, 노나라 임금이 기뻐하여 최고급 요리를 갖추어 향응하고, 구소九韶의 음악을 연주하여 즐겁게 하였는데, 새는 눈이 어찔어찔 어지러웠고 근심하고 슬퍼하다가 감히 마시지도 먹지도 못했다. 그런데 지금 저 손휴孫休는 작은 구멍 열어보듯 보는 것이 좁고, 들은 것이 적은 사람인데 내가 지인至人의 덕德을 이야기해 주었으니 비유하면 새앙쥐를 수레나 말에 태우고 메추라기를 종 치고 북 치는 음악으로 즐겁게 해주려는 격이니, 또한 저 새가 어찌 능히 놀람이 없을 수 있겠는가"라고 했다. 이백의 「증로주부贈盧主簿」에서 "바다 새는 하늘 바람을 알고, 몸을 숨기느라 노나라 성문 동쪽에 왔네. 술잔 대하고도 마시지 않고, 날갯짓하며 허공 솟아오를 생각만 하네. 음악소리에도 즐겁지 않노니, 연운을 누가 함께 하리오"라고 했는데, 또한 이 의미이다. 이 또한 왕 씨의 학문을 기롱한 것이다. 앞에 있는 「화왕세필和王世弼」이라는 작품에서 "학도들은 날로 새롭다고 들었는데, 옛 경전에만 오히려 매달려 있구나"라고 한 것도 또한 이 의미이다.

易鼎, 大亨以養聖賢. 主父偃傳, 大丈夫生不五鼎食, 死則五鼎烹. 周禮, 鼎有十二牢, 此言鼎食也. 臧文仲祀爰居事, 見左傳.[115] 莊子達生篇云, 有鳥止於魯郊, 魯君悅之, 爲具太牢以饗之, 奏九韶以樂之. 鳥乃眩視憂悲,[116] 不敢

___

서 거론한 기록이 『춘추좌씨전(春秋左氏傳)·문공(文公) 2년』에 나온다.

115 [교감기] '見左傳'이 전본에는 '見國語'로 되어 있다. 살펴보건대, 이 일은 『좌전(左傳)·문공(文公) 2년』 및 『국어·노어(魯語)』 상(上)에 보인다.

116 [교감기] '眩視憂悲'가 전본에는 '憂悲眩視'로 되어 있는데, 『장자(莊子)』의 원문과 부합한다.

飲食. 今休, 款啓寡聞之人, 吾告以至人之德, 譬之若載鼷以車馬, 樂鷃以鍾鼓也, 彼又烏能無驚乎哉. 李白贈盧主簿詩, 海鳥知天風, 竄身魯門東. 臨觴不能飲, 矯翼思凌空. 鐘鼓不能樂, 煙雲誰與同. 亦此意. 此亦譏王氏之學. 前篇和王世弼詩云, 學徒日新聞, 孤陋猶舊典. 亦此意.

青衿少到門 庭除晝閑敞：『시경・자금子衿』은 학교가 폐쇄됨을 풍자한 작품으로, "푸르고 푸른 그대의 옷깃, 길게 이어지는 나의 마음속의 생각"이라고 한 것은 학생들이 새로운 학교에 몰려들면서 공당公堂에 오지 않는 것을 말한 것이다. 『문선』에 실린 장형의 「남도부」에서 "탁 트인 곳에서[117] 한가롭고 시원함을 체득하네"라고 했다.

詩子衿刺學校廢也. 青青子衿, 悠悠我心, 言學子競趨新學, 不至公堂也. 文選南都賦, 體爽塏以閑敞.

載酒直心賞：『한서・양웅전揚雄傳』에서 "호사자好事者가 술과 안주를 싸들고 와서 종유從游했다"라고 했다. 포조의 「백두음白頭吟」에서 "진심 어린 사랑도 채 믿기 어렵네"라고 했다. 현휘 사조의 「경로야발京路夜發」에서 "사람 그리움에 완상하는 마음도 사라지네"라고 했다.

揚雄傳, 好事者, 載酒肴從之. 鮑照詩, 心賞猶難恃. 謝玄暉詩, 懷人去心賞.

吳郞楚國材：『좌전』에서 "성자聲子가 초楚나라에서 유세하면서 "초나

---

117 탁 트인 곳에서 : '상개(爽塏)'는 시원스럽게 툭 트인 건조한 고원 지대를 말한다.

라에서 인재가 나오지만 진나라가 실제로 쓰고 있습니다"라 했다"라
고 했다.

左傳, 聲子說楚云, 雖楚有材, 晉實用之.

彦國吐嘉言:『진서·호모보지전胡母輔之傳』에서 "왕징王澄이 "언국彦國
이 좋은 말 쏟아내며 연이어져 끊어지지 않네"라 했다"라고 했다. 보지
輔之의 자가 언국彦國이다.

晉胡母輔之傳, 王澄曰, 彦國吐嘉言, 霏霏不絶. 輔之字彦國.

子將喜標榜:後漢 허소許劭의 자는 자장子將으로, 향당의 인물들을 하
나하나 논의하며 매 달마다 그 품평을 다시 했기에 여남汝南의 풍속에
월단평月旦評이 있게 되었다.

後漢許劭字子將, 覈論鄕黨人物, 每月輒更其品題, 故汝南俗有月旦評.

久客慕鄕黨:『문선』에 실린 무선 장화張華의 「정시情詩」에서 "한 번도
먼 이별 해보지 않고서, 어찌 벗 그리는 마음 알랴"라고 했다.

文選張茂先詩, 不曾遠別離, 安知慕儔侶.

簿飯薦腒鱐:『예기·내칙內則』에서 "여름에는 거腒와 숙鱐이 알맞다"
라고 했는데, 그 주注에서 "'거腒'는 말린 꿩고기이고 '숙鱐'은 말린 생
선이다"라고 했다. 『당운』에서 "'상鱶'은 마른 고기의 포이다. 음은 "식

息'과 '앙兩'의 반절법이다"라고 했다.

禮內則, 夏宜腒鱐. 注, 腒, 乾雉. 鱐, 乾魚. 唐韻, 鱐, 乾魚腊也, 音息兩反.

詩句唾成珠:『문선』에 실린 조일趙壹의 「질사부疾邪賦」에서 "하는 말이 절로 구슬을 이루었다"라고 했다. 두보의 「취가행醉歌行」에서 "너는 뱉어내는 말마다 구슬이 되는데"라고 했다.

文選詩, 咳唾自成珠. 老杜詩, 汝身已見唾成珠.

笑嘲怳爬蚌: 두목의 「독한두집讀韓杜集」에서 "근심 일어 두보와 한유의 시 읽으면, 마치 마고로 하여금 가려운 곳 긁어주는 것 같네"라고 했다.

杜牧詩云, 杜詩韓筆愁來[118]讀, 似倩麻姑痒處抓.

歸雁多喜聲 寒蟬停哀響: 연명 도잠의 「여한거애중구지명운운余閒居愛重九之名云云」에서 "서글피 우는 매미 울음소리 사라지고, 날아오는 기러기의 소리가 있어라"라고 했다. 두보의 「입추후제立秋後題」에서 "검은 매미는 울음 멈추지 않네"라고 했다.

淵明詩云, 哀蟬無遺響, 來雁有餘聲. 杜詩, 玄蟬無停號.

黃花滿籬落: 연명 도잠의 「음주飮酒」에서 "동쪽 울타리에서 국화를

---

118 愁來: 중화서국본에는 '忙時'로 되어 있으나, '愁來'의 오류이다.

따며"라고 했다. 『포박자』에서 "갈홍葛洪의 울타리가 자주 부셔졌다"라
고 했다.

淵明詩, 探菊東籬下. 抱朴子曰, 葛洪籬落頻缺.

白蟻鬧甕盎 : 두보의 「정월삼일귀계상유작正月三日歸溪上有作」에서 "술
은 납월의 맛 그대로이네"라고 했다. 한유의 「악양루별두사직岳陽樓別竇
司直」에서 "시끄러운 소리 항아리 안에서 울리는 듯"이라고 했다.

杜詩, 蟻浮仍臘味. 韓詩, 喧聒鳴甕盎.

忽忽戒徂兩 : 『문선』에 실린 현휘 사조의 「경로야발京路夜發」에서 "서
둘러 밤에 떠날 채비 하고, 엄숙하게 수레 두 바퀴[119] 손질을 하네"라
고 했다.

文選謝玄暉詩, 擾擾整夜裝, 肅肅戒徂兩.

親戚傷離居 : 『초사』에서 "장차 무엇을 떨어진 사람에게 보낼까"라고
했다. 『예기 · 단궁檀弓』에서 "내가 벗들을 떠나 홀로 외롭게 살게 되었
다"라고 했다.

楚辭, 將何以遺兮離居. 檀弓, 吾離群而索居.

---

119 두 바퀴 : '조량(徂兩)'은 수레의 두 바퀴를 말한다. '조'는 '왕(往)'의 의미이고
    '양(兩)'은 '거(車)'의 의미이다.

交游念疇曩：『문선』에 실린 노자량盧子諒의 「증유곤일수병서시贈劉琨一首幷書詩」에서 "가령 어제 같다 말을 하더라도, 홀연 아주 먼 옛날이 되었네. 옛날처럼 갔다는 것은 무엇인가, 지난 것은 더욱 소원해지네"라고 했다.

文選盧子諒詩, 借曰如昨, 忽爲疇曩. 疇曩伊何, 近者彌疏.

摴捕失朋長：『사기·순우곤전淳于髡傳』에서 "쌍륙과 투호 놀이를 벌이면서 서로 이끌어 무리를 이룬다"라고 했다. 이백의 「양원음梁園吟」에서 "연속해 오백五白을 부르며 육박六博[120]을 벌여가며, 무리 나눠 술내기하면서 해가 가는 줄도 모르네"라고 했다.

史記淳于髡傳, 六博投壺, 相引爲曹. 李白詩, 連呼五白行六博, 分曹賭酒酣馳暉.

雲物愁莽蒼：『장자』에서 "가까운 교외에 가는 자는 세 끼 밥만 가지고 갔다가 돌아온다"라고 했다. '망莽'은 '믹莫'과 '랑浪'의 반절법이고 '창蒼'은 '칠七'과 '탕蕩'의 반절법이다. 낙천 백거이의 「춘설春雪」에서 "봄 들판에서 한기가 사라지네"라고 했고 그 자주自注에서 "'망창莽蒼' 두 글자는 상성上聲이다"라고 했다. 또한 「익성북원직翼城北原作」에서 "들 빛이 얼마나 광활하던가"라고 했는데, 그 자주自注에서 "'망창'은 거성去聲이다"라고 했다.

莊子云, 適莽蒼者, 三餐而反. 莽, 莫浪反. 蒼, 七蕩反. 白樂天春雪詩, 寒

---

120 육박(六博)：주사위 놀이나 골패 노름을 말한다.

消春莽蒼. 自注云, 二字上聲. 又翼城北原作云, 野色何莽蒼. 自注云, 去聲.

家雞藁頭肥: '고藁'는 볏단의 마른 것으로, 그 끝에 남은 낟알이 있으면 닭이 이것을 먹고 살을 찌운다. '고두藁頭'는 "벼 끝에 싹이 트고[禾頭生耳]"[121]라는 글자를 이용한 것이다. 또한 『북사·제본기齊本紀』에서 "당시 동요에 "한 다발의 볏짚에 두 머리가 불탄다"라는 것이 있었다"라고 했다. '고두'라고 한 것은 산곡 황정견이 그 글자를 취한 것이니, 산곡에게는 이러한 종류가 많다.

藁, 禾稈也, 頭有餘粒, 雞食之而肥. 藁頭用禾頭生耳字. 又北史齊本紀曰, 時有童謠云, 一束藁, 兩頭然. 藁頭云者, 山谷摘字. 多此類.

甘旨薮中厨: 『예기·내칙內則』에서 "맛있고 부드러운 음식"이라고 했다.

內則云, 旨甘柔滑.

伊啞弄文㺚: 『한서·동방삭전東方朔傳』에서 "이것의 낮고 못난 것은, 말이 아직 정해지지 않았다"라고 했다. '우優'는 '일一'과 '후侯'의 반절법이고 '아啞'는 '오烏'와 '가加'의 반절법이다. 유몽득의 「동낙천화미지심춘同樂天和微之深春」에서 "도르륵[122] 우물 수레가 도네"라고 했다. 『한서

---

121 벼 끝에 싹이 트고[禾頭生耳]: 『조야첨재(朝野僉載)』에서 "속담에 "가을에 비가 갑자(甲子)를 한 바퀴 돌 만큼 내리면, 벼 끝에 싹이 뜬다[生耳]"고 한다"라고 했다. '생이(生耳)'는 싹이 터서 매달린 것이 귀와 비슷한 것을 말한다.
122 도르륵: '이아(咿啞)'는 물건이 굴러가는 소리이다.

·선제기宣帝紀』에서 "포대기에 있다"라고 했는데, 그 주注에서 "'보褓'
는 어린 아이를 업는 것을 말하고, '강襁'은 어린 아이를 등에 업고 묶
는 것을 말한다. '붕繃'은 '보補'와 '경耕'의 반절법이다"라고 했다. 『사
기·조세가趙世家』에서 "정영程嬰과 저구杵臼가 조고趙孤를 숨기고서 다른
사람의 어린 자식을 등에 업고 화려한 강보로 옷을 입혔다"라고 했다.

東方朔傳, 伊優亞者, 辭未定也. 優, 一侯反. 亞, 烏加反. 劉夢得詩, 咿啞
轉井車. 漢宣紀, 在襁褓. 注云, 褓, 小兒被也. 襁, 小兒繃. 繃, 補耕反. 史記
趙世家, 程嬰杵臼匿趙孤, 取他人嬰兒負之, 衣以文褓.

此行樂未央 : 『시경·정료庭燎』에서 "한밤중이 되지 않았네"라고 했
다. 『노자』에서 "황량한 모습이 텅 빈 곳에 아무것도 드러나지 않는 듯
하다"라고 했다.

詩, 夜未央. 老子, 荒兮[123]其未央.

安知川塗廣 : 연명 도잠의 「시작진군참군경곡아始作鎭軍參軍經曲阿」에서
"눈에 보이는 산천의 기이함도 지겹구나"라고 했다.

淵明詩, 目倦川塗異.

遠水平如掌 : 두보의 「낙유원가樂遊園歌」에서 "술잔 들고 마주본 진천
은 손바닥처럼 평평하네"라고 했다.

---

123 兮 : 중화서국본에는 '乎'로 되어 있으나, '兮'의 오자이다.

杜詩, 秦川對酒平如掌.

野鶴疲籠樊 : 연명 도잠의 「귀원전거歸園田居」에서 "오래 동안 새 장 속에 갇혀 있다가, 다시 자연으로 돌아오게 되었구나"라고 했다. 문공 한유의 「완보병시阮步兵詩」에서 "비유하자면 새장 속의 학처럼, 날갯짓 할 수가 없구나"라고 했다.

淵明詩, 久在樊籠裏, 復得反自然. 韓文公詩, 譬如籠中鶴, 六翮無所搖.

江鷗戀菰蔣 : 사마상여의 「자허부子虛賦」에서 "동쪽 울타리의 조호彫胡, 연밥 연뿌리와 고로觚盧[124]라고 했는데, 이에 대해 장안張晏이 "'조호彫胡'는 '고미菰米'[125]이다"라고 했다. 곽박은 "'고苽'는 줄[蔣]이다"라고 했다.

子虛賦, 東藹彫胡, 蓮藕觚盧. 張揖晏曰, 彫胡, 菰米也. 郭璞曰, 苽, 蔣也.

不著芻豢養 : 『맹자』에서 "고기 음식[126]이 우리 입을 즐겁게 해 주는 것과 같다"라고 했다.

孟子, 芻豢之悅我口.

---

124 고로(觚盧) : '호로(葫蘆)'와 같은 말로 조롱박을 가리킨다.
125 고미(菰米) : 줄[菰]의 열매로 조호미(雕胡米)라고 부르며 고대에는 육곡(六穀) 중의 하나였다. 식용으로 쓴다.
126 고기 음식 : '추환(芻豢)'의 '추'와 '환'은 각각 초식(草食) 가축과 잡식(雜食) 가축으로 맛있는 고기 음식을 뜻한다.

有路卽歸田 君其信非誑 : 한유의 「시상示爽」에서 "헤어짐에 너는 유혹
되지 말고, 길을 들어 전원으로 돌아가라"라고 했다.

韓詩, 臨分不汝誑, 有路卽歸田.

19. 2월 정묘일에 희우가 내렸다. 오체[127]로 북문유수 문로공을 위해 짓다【『실록』을 살펴보니, 희녕 7년 황정견은 판하양이 되었고 문언박은 판대명부가 되었었다】

二月丁卯喜雨, 吳體爲北門留守文潞公作【按實錄, 熙寧七年, 判河陽, 文彦博判大名府】

乘輿齋祭甘泉宮	수레 타고 감천궁에 가서 제사 드리고
遣使駿奔河岳中	급하게 사신을 하악으로 보내네.
誰與至尊分旰食	지존은 뉘와 더불어 늦게야 밥을 먹을까
北門臥鎭司徒公	사도공이 북문을 병 속에서도 지키네.
微風不動天如醉	미풍도 일지 않아 하늘이 취한 듯 했는데
潤物無聲春有功	소리 없이 사물 적시니 봄 일이 이루어지네.
三十餘年霖雨手	삼십여 년 큰 비 내리게 했던 솜씨
淹留河外作時豐	하수 밖에 머물게 해 풍년을 이루리라.

【주석】

乘輿齋祭甘泉宮 : '감천甘泉'은 본래 진秦나라 이궁離宮인데, 한漢 무제武帝가 증축했고 무제 때부터 서한西漢 말엽까지 감천사甘泉祠에 올라 제사를 드렸다. 명원 포조의 「수시數詩」에서 "이년 동안 거마를 따라, 감천

127　오체(吳體) : 육조 시대(六朝時代)에 오균(吳均)이 오흥 주부(吳興主簿)가 되어 오흥 자사(吳興刺史) 유운(柳惲)과 매일 시를 지었는데, 시가 맑고 고기(古氣)가 있으므로 시인들이 그 시체(時體)를 많이 모방하여 오균체(吳均體)라 불렀다.

궁에서 제사를 받들었지"라고 했다.

甘泉本秦離宮, 漢武帝增廣之, 自武帝至西漢末, 皆上甘泉祠祭. 鮑明遠詩,
二年從車駕, 齋祭甘泉宮.

遣使駿奔河岳中 : 『서경·무성武成』에서 "정미년丁未年에 주周나라 사당
에 제사 지낼 때, 방전후위邦甸侯衛가 재빠르게 달려와서 제기를 잡았
다"라고 했다.

書武成云, 丁未, 祀于周廟, 邦甸侯衛, 駿奔走, 執豆籩.

誰與至尊分旰食 : 『한서·동중서전董仲舒傳』에서 "무제武帝가 제칙制勅에
서 "짐이 지극히 높은 아름다운 덕을 이어받았다"라 했다"라고 했다.
『좌전』에서 "오사伍奢가 "초楚나라 임금이나 대부가 아마 밥도 늦게야
먹게 될 것이다"라 했다"라고 했다.

董仲舒傳, 制曰, 朕承至尊休德. 左傳, 伍奢曰, 楚君大夫, 其旰食乎.

北門臥鎭司徒公 : 『당서·배도전裴度傳』에서 "배도가 하동의 절도가
되었는데, 천자가 선유宣諭하길 "짐을 위하여 북문을 와호臥護[128]하라"
라 했다"라고 했다. 낙천 백거이의 「헌배령공獻裴令公」에서 "동택東宅을
고요하게 보존하여 다스리고, 북문의 궐문을 수호했네"라고 했다. 『소
씨문견록邵氏聞見錄』에서 "노공潞公이 북경운판北京運判으로 다스릴 때에,

128 와호(臥護) : 병으로 누워서도 넉넉히 수호(守護)한다는 뜻이다.

왕보지汪輔之가 노공이 잘 다스리지 못한다고 몰래 탄핵했다. 이에 신종
神宗이 왕보지가 아뢴 것에 비답을 내리고 노공에게 주면서 "시중侍中은
옛 덕이 있기에 번거롭게 북문을 와호하게 한 것이니, 소신인 왕보지
는 감히 예가 없구나"라 했다"라고 했다.

唐裴度傳, 度節度河東, 帝謐意曰, 爲朕臥護北門可也. 白樂天獻裴令公詩,
保釐東宅靜, 守護北門牢. 邵氏聞見錄, 潞公判北京運判, 汪輔之密劾公不治,
神宗御批所奏, 付公曰, 侍中舊德, 故煩臥護北門, 小臣敢爾無禮.

微風不動天如醉 : 유신의 「애강남부哀江南賦」에서 "하늘이 어찌 이처럼
취하였는가"라고 했다. 원주元注에서 "이때 대모大母가 비가 내리기를
바라면서 대단히 수고스러웠기에 "비풍불동微風不動"이라는 구절이 있
게 된 것이다"라고 했다. 대개 근심하고 수고스러움이 이와 같은데도
하늘이 들어주지 않으니 마치 취한 것 같다고 말한 것이다.

庾信哀江南賦云, 天何爲而此醉. 元注云, 時聞大母閔雨勤甚. 故有微風不
動之句. 蓋言憂勤如此, 而天不聞, 有若醉焉.

潤物無聲春有功 : 두보의 「춘야희우春夜喜雨」에서 "가늘게 소리 없이
만물을 적시네"라고 했다.

老杜春夜喜雨詩云, 潤物細無聲.

三十餘年霖雨手 : 『서경·열명상說命上』에서 "만약 그 해에 큰 가뭄이

들면 너를 큰 비로 삼겠다"라고 했다.

書說命上, 若歲大旱, 用汝作霖雨.

20. 이우사가 시를 지어 매화를 노공에게 보내왔다. 나는 비록
    이우사를 만난 적이 없지만, 그 사람됨을 생각하면서
    노두가 원차산에게 화운한 시의 예를 이용하여 차운한다
李右司以詩送梅花至潞公, 予雖不接右司, 想見其人, 用老杜和元次山詩例,
次韻

노공潞公은 이때 북경유수北京留守였다. 두보가 원결元結에게 화운한
「용릉행春陵行」과 「적퇴시관리작賊退示官吏作」 두 수가 있는데, 그 서문에
서 "나를 아는 자에게 편지 삼아 보내노니, 반드시 원결에게 보낼 필요
는 없다"라고 했다.

潞公時留守北京. 老杜有和元結春陵行兼賊退示官吏作二首, 其序云, 簡知
我者, 不必示元.

凡花俗草敗人意	세속의 꽃과 풀이 사람 흥취 깨뜨리는데
晚見瓊蕤不恨遲	저물녘 아름다운 꽃 보며 늦음 한스러워 않네.
江左風流尚如此	강좌의 풍류가 오히려 이와 같노니
春功終到歲寒枝	봄 일이 끝내 세한의 가지까지 이르리라.

【주석】

凡花俗草敗人意 : "속물俗物이 또 와서 사람의 흥치를 깨뜨린다"라는
구절이 『진서·왕융전王戎傳』에 보인다.

俗物已復來敗人意, 見王戎傳.

21. 외구가 왕정중삼장이 조서를 받들어 남병을 살피고 돌아오는 길에 회양에 이르러 역마를 버리고 배를 타고 지나는 것을 보고 기뻐하며 지은 작품에 차운하다. 3수

次韻外舅喜王正仲三丈奉詔相南兵, 回至襄陽, 捨驛馬就舟見過.129 三首

'정중삼장正仲三丈'은 왕존王存을 말하고 그의 자가 정중正仲이다. 원풍 元豐 연간에 수기거주修起居注가 되었고 원우元祐 초년에 우승右丞에서 좌 승左丞으로 옮겼다. 『실록』을 살펴보건대, 희녕 9년 11월 조서詔書에서 "안남安南 행영行營의 장수과 병사 중에 병든 자가 많아, 동지태상예원同 知太常禮院 왕존王存을 보내어 남악南嶽에 기도드리게 했다"라고 했다. 경 사京師에서 11월에 명을 받고 형산衡山에 이르렀으니, 돌아오는 여정은 반드시 다음 해에 있었을 것이다. 살펴보건대, 『진무기시화陳無己詩 話』에서 "사사후謝師厚가 등왕鄧王에게 폐거廢居 되었다. 우승右丞 왕존王存 이 그의 매서妹壻이다. 왕존은 황제의 명을 받들어 형호荊湖로 사신 가 면서 길을 돌아 그곳을 지나다가 밤에 그 집에 이르렀다. 이에 사사후 는 시를 지어 "옷 대충 걸치고 문밖에서 맞이하고, 모든 아이들 불러 등 앞에서 절하게 했네"라 했다"라고 했다.

正仲三丈謂王存, 字正仲, 元豐間修起居注, 元祐初自右丞遷左丞. 案實錄,

---

129 [교감기] 전본·건륭본에는 '相'이 '禱'로 되어 있고 '兵'이 '岳'으로 되어 있는 주 문(注文)와 일치하지 않는다. 또한 '捨'가 '舍'로 되어 있는데, 두 글자는 의미가 서로 통한다. 고본에는 '外舅' 아래에 '謝師厚' 3글자가 있다.

熙寧九年十一月詔, 安南行營將士疾病者衆, 遣同知太常禮院王存禱南嶽. 自京師十一月被命至衡山, 回程必在次年. 案陳無己詩話云, 謝師厚廢居於鄧. 王右丞存, 其妹壻也. 奉使荊湖, 枉道過之, 夜至其家. 師厚有詩云, 倒著衣裳迎戶外, 盡呼兒女拜燈前.

첫 번째 수其一

漢上思見龐德公	한수 가에서 방덕공 본 것 생각나니
別來悲歎事無窮	헤어진 후 슬픔 끝이 없었다오.
聲名藉甚漫前日	명성은 전일보다 훨씬 더 자자해졌고
須鬢索然成老翁	머리털은 쓸쓸하게 늙은이가 되었네.
家釀已隨刻漏下	집의 술은 이미 저녁에 다 마시었고
園花更開三四紅	뜨락 꽃은 서너 송이 붉게 다시 피었네.
相逢不飮未爲得	서로 만나 마시지 않을 수가 없노니
聽取百鳥啼怱怱	온갖 새들 황급하게 지저귀는 것을 들어보게.

【주석】

漢上思見龐德公 : 방덕공龐德公은 양양襄陽사람이기에 사사후謝師厚를 이에 견준 것이다.

龐德公, 襄陽人, 以況師厚.

別來悲歎事無窮 : 『수홍시화垂虹詩話』에서 "헤어진 후 슬픈 탄식의 일 끝이 없네"라고 했다. 효선孝先 장광조張光祖가 "일찍이 친히 쓴 편지에 서는 '환歡'자로 써 진 것을 보았는데, 마치 산곡 황정견이 두보의 「백 학사모옥柏學士茅屋」에서 말한 "연소금개만권여年少今開萬卷餘"라는 부분을 고치면서 평측에 구애받지 않은 것과 같다"라고 했다.

垂虹詩話云, 別來悲歎事無窮. 張孝先光祖云, 曾見親札作歡字, 政如山谷 改杜詩, 年少今開萬卷餘,[130] 不可拘平側也.

聲名藉甚漫前日 : 『한서·육가전陸賈傳』에서 "육가는 한나라 조정의 공경들과 교유하며 명성이 자자해졌다"라고 했다.

西漢陸賈傳, 賈游漢廷[131]公卿間, 聲名藉甚.

須鬢素然成老翁 : 두보의 「증필사요贈畢四曜」에서 "얼굴은 노인처럼 늙 어버렸다"라고 했다. 『문선』에 실린 위 문제魏文帝의 「여오질서與吳質書」 에서 "이미 노인이 되었지만 다만 흰머리는 아니라오"라고 했다.

杜詩, 顏狀老翁爲. 文選文帝書, 已成老翁, 但未白頭耳.

---

130 年少今開萬卷餘 : 중화서국본에는 '少年合開萬卷餘'라고 되어 있는데, 『杜詩詳 注』에는 '年少今開萬卷餘'로 되어 있다.
131 [교감기] '漢廷'이 본래 '漢庭'으로 되어 있는데, 전본과 『한서(漢書)』 권43의 「육 가전(陸賈傳)」에 따라 고친다. 살펴보건대, 안사고(顏師古)의 주(注)에서 "廷謂 朝廷"이라고 했다.

家釀已隨刻漏下 : 진晉나라 하충何充의 자는 차도次道이다. 유담劉惔이 "차도가 술 마시는 것을 보면, 사람으로 하여금 자신의 집 술을 다 마시게 하고 싶다네"라고 했다.

晉何充, 字次道, 劉惔云, 見次道飲, 令人欲傾家釀.

園花更開三四紅 相逢不飲未爲得 : 당唐나라 이경방李敬方의 시에서 "서로 만나 취하지 않고 헛되이 돌아간다면, 동구 밖에 복숭아꽃도 우리 보고 비웃으리"라고 했는데, 『복재만록』에 보인다.

唐李敬方詩, 相逢不飲空歸去, 洞口桃花也笑人. 見復齋漫錄.

두 번째 수其二

能來問疾好音傳	병 물으러 와서 좋은 소식 전하니
蹇步昏花當日痊	절뚝 걸음 흐릿한 눈이 그날에 나은 듯.
烹鯉得書增目力	잉어 삶아 편지 얻으니 눈 힘은 더해지고
呼兒扶立候門前	아이 불러 부축하게 해 문 앞에서 기다리네.
游談取重慙犀首	유설游說에 치중했던 서수에게 부끄럽고
居物多贏昧計然	물건 쌓아 부 축적한 계연도 몰랐다네.
惟有交親¹³²等金石	오직 친한 교분은 금석과 같노니
白頭忘義復忘年	흰머리로 망의하고 또 망년한다오.

---

132 [교감기] '親'이 영원본에는 '情'으로 되어 있다.

【주석】

能來問疾好音傳 : '능래문질能來問疾'[133]은 『유마경』에 보인다.
見維摩經.

蹇步昏花當日痊 : 『원각경』에서 "비유하자면 저 눈병 있는 눈으로 허
공 중의 꽃을 보는 것과 같다"라고 했다.
圓覺經, 譬彼病眼, 見空中花.

烹鯉得書增目力 : '팽리烹鯉'[134]는 위의 주注에 보인다. 『맹자』에서 "이
미 자신의 시력을 다했다"라고 했다.
烹鯉見上. 孟子, 旣竭目力焉.

呼兒扶立候門前 : 도잠의 「귀거래사歸去來辭」에서 "어린 자식이 문에서
기다리네"라고 했다.
歸去來兮云, 稚子候門.

游談取重戰犀首 : '서수犀首'는 공손건公孫愆으로 『사기』에 전傳이 있다.
犀首, 公孫愆也, 史記有傳.

---

133 능래문질(能來問疾) : 『유마경』에서 "부처님께서 문수사리에게 이르기를 "그대
　　가 유마힐에게 가서 병을 위문하여라[汝行詣維摩問疾]"라 했다"라고 했다.
134 팽리(烹鯉) : 『문선』에 실린 「악부(樂府)」에서 "아이 불러 잉어 삶으라 했더니,
　　그 속에서 나온 한 자 비단 글[呼兒烹鯉魚, 中有素尺書]"이라고 했다.

居物多嬴昧計然 : 『사기·식화전殖貨傳』에서 "월왕越王 구천勾踐이 회계會稽에서 곤욕을 당하고 있으면서 이에 범여范蠡와 계연計然을 등용했다"라고 했는데, 그 주注에서 "계연은 범여의 스승이다"라고 했다. 『한서·장탕전張湯傳』에서 "물건을 사 두었다가 비싼 값으로 팔아 부를 이루어, 장탕과 나누어 가졌다"라고 했다.

史記殖貨傳, 越王勾踐困於會稽, 乃用范蠡計然. 注, 計然, 范蠡師也. 漢張湯傳, 居物致富, 與湯分之.

惟有交親等金石 : 금석지교金石之交[135]는 『한서·한신전韓信傳』에 보인다.

金石交見韓信傳.

白頭忘義復忘年 : '망년忘年'과 '망의忘義'[136]는 『장자·제물편齊物篇』에 보인다.

忘年忘義見莊子齊物篇.

---

135 금석지교(金石之交) : 『한서·한신전(韓信傳)』에서 무섭(武涉)이 "그대는 스스로 한왕(漢王)과 금석지교를 맺었다고 여긴다[足下自以爲與漢王爲金石交]"라고 했다. 주(注)에서 "그 견고함을 취한 것이다[取其堅固]"라고 했다.
136 '망년(忘年)'과 '망의(忘義)' : 『장자·제물편(齊物篇)』에서 "나이를 잊어버리고 마음속의 편견을 잊어버려서 경계 없는 경지에서 자유자재로 움직인다[忘年忘義, 振於無竟]"라고 했다.

세 번째 수其三

語言少味無阿堵	말엔 맛 적지만 아도의 말 없고
冰雪相看有此君	눈 얼음 서로 보는 차군이 있다오.
燈火詩書如夢寐	등불 아래 시서 보던 일 꿈만 같고
麒麟圖畫屬浮雲	기린각의 그림도 뜬 구름이라네.
平章息女能爲婦	평장의 여식은 아내 삼을 만하고
歡喜兒曹解綴文	아이들 글을 이해하니 기쁘기만 하네.
憂樂同科唯石友	근심 즐거움 함께하는 것 석숭뿐이니
別離空復數朝曛	헤어진 뒤 헛되이 수많은 시간 지났네.

【주석】

語言少味無阿堵 :『후한서 · 마원전馬援傳』에서 "지나치면 맛이 덜해질까 걱정이네"라고 했다. 진晉나라 왕연王衍의 처 곽 씨氏郭는 탐욕스럽고 인색했는데, 왕연은 이를 싫어하여 한 번도 '돈 전錢'을 입에 올리지 않았다. 왕연이 새벽이 일어나 돈을 보고서는 노비에게 "이 아도물阿堵物[137]을 모두 치워라"라고 했다.

馬援傳, 過是恐少味矣. 晉王衍妻郭氏貪鄙, 衍嫉之, 口未嘗言錢. 晨起見錢, 謂婢曰,[138] 擧阿堵物却.

---

137 아도물(阿堵物) : 돈을 말한다. 아도(阿堵)라고도 하는데, 본래 육조(六朝)시대의 구어(口語)로 '이것'이라는 뜻이다.

138 [교감기] '謂婢曰' 세 글자가 본래 빠져 있어, 문의(文義)를 이해할 수 없다.『진서(晉書) · 왕연전(王衍傳)』에 의거해 보충한다.

麒麟圖畫屬浮雲 : 한漢나라 때에 선우單于가 입조入朝하자, 황제는 고굉股肱, 大臣의 아름다움을 생각해서 마침내 이들의 화상畫像을 기린각麒麟閣에 그렸다.

漢單于入朝, 上思股肱之美, 圖畫其人於麒麟閣.

平章息女能爲婦 : '식녀息女'[139]는 『한서・고제기高帝紀』에 보인다. 두보의 「송봉주부시서送封主簿詩序」에서 "내가 주부主簿 평장平章 정씨鄭氏의 딸자식에게 납채納采[140]를 하고자 했는데, 그 딸자식은 이미 다른 집과 혼인하기로 했다는 편지가 이르렀다"라고 했다.

息女見漢高紀. 老杜送封主簿詩序, 余與主簿平章鄭氏女子, 垂欲納采, 書至, 女子已許他族.

歡喜兒曹解綴文 : 『한서・유흠전劉歆傳』의 찬贊에서 "글을 엮는 선비"라고 했다.

漢劉歆贊, 綴文之士.

憂樂同科唯石友 : 안인 반악의 「금곡집작시일수金谷集作詩一首」에서 "정

---

139 식녀(息女) : 『한서・고제기(高帝紀)』에서 "여공이 "신에게 여식이 있으니, 원컨대 키와 비를 잡는 부인으로 삼아 주십시오[呂公曰, 臣有息女, 願爲箕帚妾]"라 했다"라고 했다.
140 납채(納采) : 신랑이 될 사람의 집에서 신부가 될 사람의 집에 규수를 간택하겠다는 의사를 통보하는 것이다.

분을 던져 석숭石崇 같은 벗에서 보내네"라고 했다.

潘安仁詩, 投分寄石友.

別離空復數朝曛 : 한유의 「취증장비서醉贈張秘書」에서 "우리들 다행히
아무 일 없으니, 거의 이대로 아침저녁 보내리라"라고 했다. 이백의
「남첨녹대극목여해운운南瞻鹿臺極目汝海云云」에서 "모든 자취 술과 돌에
의지하고, 아침부터 저녁까지 담소에 빠져 있네"라고 했다.

韓詩, 吾徒幸無事, 庶以窮朝曛. 李白詩, 擧跡倚松石, 談笑迷朝曛.

22. 정중삼장이 형산에서 돌아와 복명하면서, 역마를 버리고 외구 사증을 지나다가 화답하여 준 작품에 차운하다

次韻正仲三丈自衡山返命, 舍驛過外舅師厚贈答

昏昏市井氣	어둑어둑한 시정의 기운
呫呫兒女語	소곤거리는 어린 딸의 말.
禽喧聲百種	새 울음소리는 백 종류나 되고
春作事萬緒	봄에 할 일은 만 가지라네.
人間雞黍期	인간세상에서 계서를 기약하며
天上德星聚	천상에서 덕성이 모이었다네.
乖離略十年	헤어진 지 대략 십여 년
髮白齒齟齬[141]	머리 희끗하고 이는 듬성듬성.
太史禱衡丘	태사로 형구에서 제사 드렸고
佐王用貔虎	왕 보좌하며 비와 범을 썼다네.
子雲免大夫	양자운은 대부를 그만두고
草玄空自苦	태현경에 헛되이 절로 고생했다오.
人生只爾是	살아가면서 이것이면 충분하니
付與甕頭醑	옹두의 거른 술을 주노라.

---

141 [교감기] '齬'가 고본에는 '齟'로 되어 있다.

【주석】

昏昏市井氣 :『양자법언揚子法言』에서 "시장의 상인은 서로 더불어 말할 적에 재물과 이익을 화제로 삼는다"라고 했다. 한유의 「제임롱사題臨瀧寺」에서 "바다 기운 어둑하고 물은 하늘을 치네"라고 했다.

揚子云, 市井相與言, 則以財與利. 韓詩, 海氣昏昏水拍天.

呫呫兒女語 :『전한서・관부전灌夫傳』에서 "평생 정불식程不識은 돈 한 푼 값어치도 안 되는 놈이라고 욕을 하고 다니더니, 지금 내가 어른으로서 술을 따라 주려하는데, 여인네들처럼 그자와 귓속말로 무얼 그리 소곤거리나"라고 했다. 퇴지 한유의 「청영사금聽穎師琴」에서 "소곤거리는 어린 딸의 말"이라고 했다.

前漢灌夫傳, 平生毁程不識不直一錢, 今日長者爲壽, 迺效女兒曹呫囁耳語. 退之詩, 呢呢兒女語.

春作事萬緒 :『열자』에서 "어지럽게 만 가지 생각 일어나네"라고 했다.

列子云, 擾擾萬緒起矣.

人間雞黍期 :『문선』에 실린 범운范雲의 「증장서주직贈張徐州謖」에서 "닭과 기장 갖추지 못해 한스럽네"라고 했는데, 그 주注에서 사승謝承의 『후한서』에 실린 "산양山陽 범식范式의 자는 거경巨卿으로, 여남汝南의 장원백張元伯과 벗이었다. 봄에 경사京師에서 헤어지면서 가을에 만나기로

약속을 했다. 9월 15일이 되자, 닭을 잡고 기장밥을 지으니, 부모님이 비웃으며 "산양에서 이곳까지의 거리가 몇 천 리나 되는데, 어찌 오겠는가"라 했다. 그러자 장원백이 "거경巨卿은 신의가 있는 선비로 약속을 어기지 않을 것입니다"라 했는데, 그 말이 끝나기도 전에 거경에 이르렀다"라는 구절을 인용했다.

文選范雲詩, 恨不具雞黍. 注引謝承漢後書, 山陽范式字巨卿, 與汝南張元伯爲友. 春別京師, 以秋爲期. 至九月十五日, 殺雞作黍, 二親笑曰, 山陽去此幾千里, 何必至. 元伯曰, 巨卿信士, 不失期. 言未絶, 而巨卿至.

天上德星聚 : 『세설신어』 주注에서 "『속진양추續晉陽秋』에서 "진중궁陳仲弓이 여러 아들, 조카와 함께 순계화荀季和 부자를 방문했다. 이때에 덕성德星이 모여들었다. 태사가 오백 리 안에 어진 사람들이 모여 있다고 아뢰었다"라 했다"라고 했다. 두보의 「간엄수주봉주사군簡嚴邃州蓬州使君」에서 "촉 땅 어디에도 명사가 많지만, 엄씨 집안은 덕성이 모인 듯"이라고 했다.

世說新語注云, 續晉陽秋曰, 陳仲弓從諸子姪, 造荀朗父子, 于時德星聚, 太史奏, 五百里賢人聚. 老杜簡嚴邃州蓬州使君, 全蜀多名士, 嚴家聚德星.

乖離略十年 : 『문선』에 실린 손초孫楚의 「정서관속송어척양후작시征西官屬送於陟陽候作詩」에서 "헤어지니 곧바로 긴 길이로구나"라고 했다. 일소 왕희지의 첩帖에는 '괴리乖離'라는 글자가 많다.

文選詩, 乖離卽長衢. 王逸少帖多有乖離字.

髮白齒齟齬 : '저어齟齬'[142]는 위의 주注에 보인다.

齟齬見上.

太史禱衡丘 : 한漢 무제武帝가 남월南越을 정벌하기 위해, 천신天神인 태

일太一에게 기원했다.

漢武伐南越, 禱太一.

佐王用貔虎 :『서경·목서牧誓』에서 "씩씩하게 호랑이처럼, 비처럼"이

라고 했다.『사기』에서 "황제가 웅熊·비羆·비貔·휴貅·추貙·

호虎를 길

들여 염제炎帝와 판천阪泉의 들판에서 싸우게 했다"라고 했다. 두보의

「기악주가사마육장운운寄嶽州賈司馬六丈云云」에서 "날랜 장수는 쇠갑옷을

벗고, 임금의 수레는 옥 채찍을 받았네"라고 했다.

書, 桓桓, 如虎如貔. 史記, 黃帝敎熊羆貔貅貙虎, 以與炎帝戰于阪泉之野.

杜詩, 貔虎開金甲, 麒麟受玉鞭.

子雲免大夫 :『한서·양웅전揚雄傳』에서 "양웅이 병으로 벼슬을 그만

두었는데 다시 불러 대부大夫로 삼았다"라고 했다. 양웅에 견주어 사사

---

142 저어(齟齬) :『초사·구변(九辯)』에서 "나는 그것이 맞지 않아 들어가기 어렵다

는 것을 잘 안다[吾固知其齟齬而難入]"라고 했다.

후를 말했다.

揚雄傳, 雄以病免, 復召爲大夫. 以言師厚.

草玄空自苦 : 유흠劉歆이 『태현경』을 보고서 양웅에게 "공연히 혼자서 고생만 했네"라고 했다.

劉歆觀太玄, 謂雄曰空自苦.

付與甕頭醅 : 『법서요록』에서 "강동江東에서 '강면堈面'이라고 하는데, 이것은 하북河北에서 '옹두甕頭'라고 한 것과 같으니, 처음 술이 익는 것을 말한다"라고 했다. 『시경 · 벌목伐木』에서 "이 거른 술을 마시리라"라고 했다. 사령운의 「석문신영소주사면운운石門新營所住四面云云」에서 "지는 꽃은 고운 자리에 엉키었고, 맑은 술은 금 술잔에 가득하네"라고 했다.

法書要錄, 江東云, 堈面, 猶河北稱甕頭, 謂初熟酒也. 詩, 飮此醅矣. 謝靈運詩, 芳塵凝瑤席, 淸醥滿金樽.

1. 자첨의 「춘채」에 차운하다

次韻子瞻春菜

『실록』을 살펴보건대 희녕 10년 2월 계사월에 상서사부원외랑 직
사관 권지하중부소식이 서주를 맡았다고 했다. 또한『영빈집·소요당
회숙시서』에서 "희녕 10년 2월에 처음 전주에 만나 함께 어울려 팽성
에 부임하였다"라고 했다. 산곡은 당시 북경에 있었는데. 처음으로 편
지와 시 두 편을 보냈다. 그 편지에서 "위 지역에서 지내고 있는데, 합
하가 팽성에 연 막부에 모였다"라고 했으니, 위는 곧 북경이다. 팽문은
서주이다. 살펴보건대『동파집·차운노직견증고풍이수』는 바로「춘
채」의 뒤에 있으니, 대개 통문하기 전에 먼저 이 시를 화답하였다.

　按實錄, 熙寧十年二月癸巳, 尙書祠部員外郞直史館權知河中府蘇軾知徐
州. 又按潁濱集詩序云,[1] 崇寧十年二月, 始會于澶淵, 相從赴彭城. 山谷時在
北京, 始通書幷二詩. 書云, 竊食於魏, 會閤下開幕府在彭門. 魏卽北京, 彭門
徐州也. 按東坡集次韻魯直見贈古風二首乃在春菜之後, 蓋未通問時, 先和此
詩也.

1　[교감기] '逍遙堂會宿' 다섯 글자는 원래 없었는데,『난성집(欒城集)』권7에 의거
　　하여 보충하였다.

北方春蔬嚼氷雪	북방의 봄 채소는 빙설을 씹는 것 같아
姸暖思采南山蕨	곱고 따뜻한 남산의 고사리 뜯고 싶어라.
韭苗水餠姑置之	구묘와 수병은 일단 놔두고라도
苦菜黃雞羮糝滑	고채와 황계, 국과 메밥도 부드럽구나.
蓴絲色紫菰首白	붉은 전사 흰 줄풀
蔞蒿芽甛蔊頭辣	쑥의 새순은 달고 한 채는 매워라.
生菹入湯翻手成	생저를 탕에 넣음은 손을 뒤집 듯 쉽고
芼以薑橙誇縷抹	생강과 등자로 간을 맞추니 실처럼 가늘구나.
驚雷菌子出萬釘	천둥 치자 버섯이 만송이로 나오고
白鵝截掌鼈解甲	백아 다리 자르고 자라 껍데기 띠어 내누나.
琅玕森深未飄籜²	낭간은 빽빽하여 분탁도 날리지 않고
軟炊香秔煨短苗	향그런 매벼 익히고 짧은 대를 태우네.
萬錢自是宰相事	만전은 따로 재상의 일이라
一飯且從吾黨說	한 끼 식사에 우리들은 즐거워라.
公如端爲苦筍歸	공은 쓴 죽순 때문에 돌아가리니
明日靑衫誠可脫	내일 청삼을 참으로 벗으리라.

【주석】

北方春蔬嚼氷雪 : 『시경·곡풍』에서 "나에게 쌓아 둔 채소가 있어 그로써 겨울을 날 수가 있네"라고 했는데, 전에서 "맛난 채소를 저장하여

2　[교감기] '林'이 영원본과 전본에는 '森'으로 되어 있다.

다 떨어진 추운 겨울을 지냈다"라고 했다. 대개 북방은 날이 추워 봄에 비로소 엄채와 한저를 먹는다.

詩谷風云, 我有旨蓄, 亦以御冬. 箋云, 蓄美菜, 以御冬月乏無時也. 大抵北方地寒, 春初猶食淹菜及寒菹.

姸暖思采南山蕨：「소남·초충」에서 "저 남산을 올라서, 그 고사리를 뜯네"라고 했다. 『진서·장한열전張翰列傳』에서 장한은 같은 고을의 고영顧榮에게 "천하가 이렇게 어지러우니 화가 그치지 않기는 어려울 것입니다. 나는 본래 산림에서 지내던 사람으로 지금 명망도 없습니다"라고 하자, 고영이 그의 손을 맞잡고서 "저 또한 그대와 마찬가지로 남산의 고사리나 캐고 삼강의 물이나 마셨을 따름이오"라고 하였다. 장한이 가을바람이 이는 것을 보고서 고향 오중吳中의 고미나물, 순채국, 농어회 생각이 나서 드디어 수레에 멍에를 매고 돌아왔다.

召南草蟲云, 陟彼南山, 言采其蕨. 晉張翰傳, 翰謂顧榮曰, 天下紛紛, 禍難未已. 吾本山林間人, 無望於時. 子以明防前, 以智慮後. 榮愴然曰, 吾亦與子采南山蕨, 飲三江水耳. 翰因見秋風起, 乃思吳中菰菜蓴羹鱸魚膾, 遂命駕而歸.

韭苗水餠姑置之：『남사·하집전』에서 "고제가 수인병을 좋아하여 하집이 항상 만들어 올렸다"라고 했다. 『사기·조사전』에서 왕이 "놔두지 말라"라고 했다.

南史何戢傳, 帝好水引餠. 史記趙奢傳, 王曰毋置之.

苦菜黃雞美糝滑:『장자』에서 "공자가 진과 채 사이에서 곤궁을 당하여 쌀 한 톨 없는 명아주국을 먹었다"라고 했다.[3]

史記, 藜藿不糝.

蓴絲色紫菰首白:『제민요술』에서 "4월에 순채는 줄기가 나오지만 잎은 아직 나오지 않으니, 그것을 치미라고 한다. 순채가 한 번 살이 오르고 잎이 아름다워지며 긴 발이 펼친 것을 사순이라 한다. 5~6월에 사순을 쓴다"라고 했다.『주례』에서 "물고기는 줄로써 알맞게 한다"라고 했는데, 주에서 "줄풀이다"라고 했다.『예기·내측』에서 "소라 젓갈을 먹되 조호미彫胡米 밥에는 꿩 고깃국이 어울린다"라고 했는데, 주에서 "줄풀이다"라고 했다. '苽'는 또한 '菰'로도 쓴다.『세설신어』에서 "왕제王濟가 손으로 양의 타락을 가리키면서 육기에게 이르기를 "그대의 고향 오중에는 어떤 식품이 이와 맞먹을 만한가?" 하자, 육기가 대답하기를 "천리에서 나는 순챗국과 말하에서 나는 된장입니다"라고 했다. 송옥의「풍부」에서 "주인집 딸이 신을 위해 줄풀 밥을 지었다"라고 했다. 두보의「백수최소부白水崔少府」에서 "나를 위해 고량밥 지어주니, 소요하며 기쁜 만남 펼치는구나"라고 했다.

齊民要術云, 四月, 蓴生莖而未葉, 名曰雉尾. 蓴第一肥美葉舒長足, 名絲蓴. 五六月用絲蓴. 周禮, 魚宜苽. 注, 彫胡也. 內則, 蝸醢而苽食. 注, 彫胡也. 苽亦作菰. 世說, 陸機曰, 千里蓴羹, 未下鹽豉. 宋玉諷賦, 主人之女爲臣炊彫

---

3   출전이『사기』라고 하였으나 이는 오류이다.

胡之飯. 杜詩, 爲我炊彫胡, 逍遙展良覿.

蔞蒿芽甜蕲頭辣:『제민요술』에서 "한채는 맛이 시다"라고 했는데,
'蕲'의 음은 '쫟'이다. 심존중의『망회록』에서 "석개와 한 채는 대단히
신데, 김치를 만들면 맛이 좋다"라고 했다.『우강지』에서 "한채는 마고
산과 마원에서 난다"라고 했는데, 우강은 즉 건창군이다.

齊民要術, 蕲菜味辛. 蕲音쫟. 沈存中忘懷錄云, 石芥쫟菜, 二物極辛, 爲菹
大佳. 旴江志云, 蕲菜生麻姑山, 及麻源, 旴江卽建昌軍.

生菹入湯翻手成:『한서 · 육가전』에서 "손을 뒤집는 것 같다"라고 했
는데, 안사고가 "매우 쉬움을 이른다"라고 했다. '反'의 음은 '飜'이다.

漢陸賈傳云, 如反覆手耳. 師古曰, 言其易也. 反音翻.

芼以薑橙誇縷抹:『시경 · 주남』에서 "좌우로 삶아 올리도다"라고 했
다.『문선』에 실린 매승의 「칠발」에서 "살진 개를 산부로 삶아 간을 한
다"라고 했는데, 주에서 인용한『예기』의 주에서 "모芼는 채소이다"라
고 했으니 채소로 맛을 조화롭게 한다는 의미이다. 한유의 「초남식初南
食」에서 "소금과 식초로 간을 맞추고, 산초와 등자로 조화롭게 하네"라
고 했다.

詩, 左右芼之. 文選枚乘七發云, 肥狗之和芼以山膚. 注引禮記注云, 芼, 菜
也. 謂以菜調和之也. 韓文公詩, 調以鹹與酸, 芼以椒與橙.

驚雷菌子出萬釘 : 『전등록』에서 백장이 황엽에게 묻기를 "어디에서 오는가"라고 하자, "대웅산 아래에서 버섯을 따다가 옵니다"라고 했으니, 여기서 그 글자를 차용하였다. 『수서·양소전』에서 "보석 만 알이 박힌 허리띠를 하사하였다"라고 했으니, 그 글자를 차용하였다.

傳燈錄, 百文問黃葉, 甚麼處來, 曰大雄山下采菌子來. 此摘其字. 隋楊素傳, 賜萬釘寶帶. 借使其字.

白鵝截掌鼈解甲　琅玕森深未飄籜　軟炊香秔煨短茁 : 『서경·우공』에서 "구림의 낭간"이라고 했으니 여기서는 대를 비유하였다. 원진의 「종죽」에서 "가련하다 반듯반듯한 줄기, 하나하나 푸른 낭간이로다"라고 했다. 「소남·추우」에서 "저 자란 것은 갈대로다"라고 했는데, 주에서 "'茁'은 나온 것이다"라고 했다. 여기서는 죽순이 땅에서 나온 것이다. 두보의 「문향강칠소부설회회증장기閬鄕姜七少府設繪戲贈長歌」에서 "보드랍게 지은 흰쌀밥도 내가 늙은이인 때문일세"라고 했다. '飯'은 달리 '秔'로 된 본도 있다.

禹貢, 球琳琅玕. 今以喩竹. 元稹種竹詩, 可憐亭亭幹, 一一靑琅玕. 召南騶虞云, 彼茁者葭. 注, 茁, 出也. 今言筍初出土. 老杜云, 軟炊香飯緣老翁. 飯, 一作秔.

萬錢自是宰相事 : 『진서·하증전』에서 "날마다 만 전의 음식을 먹었다"라고 했다. 두보의 「음중팔선가飮中八仙歌」에서 "좌상 이적지는 하루

유흥비로 만전이나 탕진하며"라고 했다.

晉何曾, 日食萬錢. 杜詩, 左相日興費萬錢.

一飯且從吾黨說 : 『논어』에서 "우리 고을의 곧은 자"라고 했다.

論語, 吾黨之直者.

2. 윤달에 하상에서 동년 이백 이자진을 방문하였는데, 자진이 시로 사례하기에 그 시에 차운하다

閏月訪同年李夷伯子眞於河上子眞以詩謝次韻

이 해는 윤정월이 있다.

是歲閏正月

十年不見猶如此	십 년 동안 보지 못해도 오히려 이와 같은데
未覺斯人歎滯留	나도 모르게 이 사람이 지체됨을 탄식하누나.
白璧明珠多按劍	백벽과 명월주에 대부분 칼을 만지는데
濁涇淸渭要同流	흐린 경수 맑은 위수는 같이 흘러가야 하리.
日晴花色自深淺	날이 맑아 꽃 경치 절로 깊고 옅으며
風軟鳥聲相應酬	바람 자니 새 소리 서로 부르는구나.
談笑一樽非俗物	술동이 놓고 담소하니 속물이 아닌데
對公無地可言愁	공을 마주하고 근심 말할 수 없구나.

【주석】

十年不見猶如此 : 치평 정미년 동창 과거로부터 숭녕 을묘년까지 10년이다. 산곡은 당시 북경에 있었으므로 하상이라 칭하였다.

自治平丁未同唱第, 至崇寧乙卯十年矣. 山谷時在北京, 故稱河上.

未覺斯人歎滯留 : 사마담의 『육가지요』에서 "태사공이 주남에서 지체하였다"라고 하였다.

司馬談六家指要云, 太史公留滯周南.

白璧明珠多按劍 : 『한서·추양전鄒陽傳』에서 "명월주와 야광벽을 어두운 밤에 길가에서 사람에게 던지면 모두들 칼을 어루만지면서 서로를 흘겨봅니다"라고 했다.

漢書鄒陽傳, 明月之珠, 夜光之璧, 以暗投人于道, 衆莫不按劍相眄者.

濁涇淸渭要同流 : 두보의 「추우탄秋雨歎」에서 "탁한 경수 맑은 위수 어떻게 구별할까"라고 했다. 『시경·곡풍谷風』에서 "경수가 위수 때문에 흐려 뵈지만, 그 물가는 아주 맑기만 하니라"라고 했는데, 주에서 " 위수와 경수가 서로 모여들어도 맑고 탁한 것이 구별된다"라고 했다

杜詩, 濁涇淸渭何當分. 詩, 涇以渭濁. 注, 涇渭相入而淸濁異.

日晴花色自深淺 風軟鳥聲相應酬 : 당나라 두순학의 「춘궁원春宮怨」에서 "바람이 따뜻하니 새 소리가 부서지고"라고 했다.

唐杜荀鶴詩, 風暖鳥聲碎.

談笑一樽非俗物 : 진나라 왕융이 완적과 죽림에서 노닐었다. 왕융이 일찍이 늦게 이르자 완적이 "속물이 다시 와서 사람의 흥취를 깨트린

다"라고 했다.

晉王戎與阮籍爲竹林之游, 戎嘗後至, 籍曰俗物復來敗人意.

對公無地可言愁 : 두보의 「설단설복연薛端薛復筵」에서 "승수의 술로 항상 즐거워하니, 궁핍과 근심이 어디에 있으랴"라고 했다. 이백의 「장진주將進酒」에서 "우선 술을 받아다 그대와 대작하리라 (…중략…) 그대와 함께 만고의 시름 잊어 보세"라고 했다.

杜詩, 如澠之酒常快意, 亦如窮愁安在哉. 李白詩, 且須沽酒對君酌, 與爾同消萬古愁.

3. 이자진이 하상에서 초대하면서 시를 보냈는데 자못 하상의 풍경을 자랑하기에 장난삼아 답하면서 애오라지 한 번 웃어본다

戲答李子眞河上見招來詩頗誇河上風物聊以當嘲云

渾渾舊水無新意	흐릿한 예전의 물 새로운 뜻이 없고
漫漫黃塵浣白鷗	아득한 누런 먼지 백구를 더럽히네.
安得江湖忽當眼	어찌하면 강호를 눈 앞에 두고서
臥聽禽語信船流	누워서 새 울음 들으며 배 가는 데로 맡기랴.

【주석】

渾渾舊水無新意 漫漫黃塵浣白鷗 安得江湖忽當眼 臥聽禽語信船流 : 두보의 「시종손제示從孫濟」에서 "많이 길으면 우물물이 흐려진다네"라고 했다. 왕안석의 「출공현出巩縣」에서 "다만 흐린 낙수만 흘러가네"라고 했다. 또한 「추풍秋風」에서 "강호가 어찌 눈에 있으랴, 어젯밤 꿈에 물을 긷더라"라고 했다.

杜詩, 汲多井水渾. 王荊公詩, 但有洛水流渾渾. 又, 江湖豈在眼, 昨夜夢汲濤.

4. 이자진의 「독도유시」에 화답하다

和答李子眞讀陶庾詩

樂易陶彭澤	『주역』 즐긴 도 팽택
憂思庾義城	근심 젖은 생각 유 의성.
風流掃地盡	풍류가 땅을 쓴 듯 없어졌으나
詩句識餘情	시구는 정취 넘침을 알 수 있네.
往者不再作[4]	죽은 사람 다시 일어날 수 없으니
前賢畏後生	전현이 후생을 두려워하랴.
君言得意處[5]	그대 득의한 곳이라 하는데
此意少人明	이 뜻을 아는 이 적으리.

【주석】

樂易陶彭澤 : 도잠의 자는 연명으로 팽택령을 지냈다.

陶潛字淵明, 爲彭澤令.

憂思庾義城 : 자산 유신은 의성공에 봉해졌다. 그의 문집에 실린 수
부愁賦에 "허다한 수성은 공략해도 끝내 부서지지 않고, 허다한 수문은
흔들어도 끝내 열리지를 않네. 문을 닫고 근심을 보내려 하지만, 근심

---

4 [교감기] '再'가 영원본에는 '可'로 되어 있다.
5 [교감기] '言'이 고본에는 '宜'로 되어 있다.

은 끝내 떠나지 않아라. 깊이 숨어 근심을 피하지만, 근심은 이미 사람 있는 곳을 아누나"라고 했다.

庾信子山, 封義城公, 集中有云, 攻許愁城終不破, 盪許愁城終不開. 閉戶欲遣愁, 愁終不肯去. 深藏避愁去, 愁已知人處.

風流掃地盡 : 당나라 축흠명이 태자에게 경전을 가르쳤다. 중종이 군신群臣에게 주연을 베풀었을 때 축흠명이 팔풍무八風舞를 춘답시고 온갖 채신없는 짓을 다 하자, 노장용盧藏用이 탄식하여 말하기를 "이런 행동거지에 오경이 땅을 쓴 듯 없어져 버렸다"라고 했다. 두보의 「곡태주정사호소소감哭台州鄭司戶蘇少監」에서 "호걸은 누가 남아있는가, 문장도 땅을 쓸 듯 없구나"라고 했다. 이백의 「증위시어황상贈韋侍御黃裳」에서 "봄빛 땅에서 다 사라지고, 푸른 잎이 누런 진흙 되었네"라고 했다. 이 말은 본래 『한서 · 위표등찬』에서 "상고의 남은 업적이 땅을 쓴 듯 사라졌다"라는 말에서 나왔다.

唐祝欽明授太子經. 帝與羣臣晏, 欽明自言能八風舞, 帝大笑. 盧藏用歎曰, 是擧五經掃地矣. 杜詩, 豪傑誰人在, 文章掃地無. 太白詩, 春光掃地盡, 碧葉成黃泥. 本出漢魏豹等贊, 上古遺烈, 掃地盡矣.

詩句識餘情 往者不再作 : 「단궁」에서 조문자가 "죽은 자가 다시 일어난다면 나는 누구와 돌아갈까"라고 했다.

檀弓云, 趙文子曰死者如可作也, 吾誰與歸.

前賢畏後生 : 『논어』에서 "후생이 두려울 만하다"라고 했다. 두보의 「희위육절구戱爲六絶句」에서 "유신의 문장은 늙어서 더욱 무르익어, 구름을 오르내리는 건필에 의사는 종횡무진이네. 지금 사람은 전해지는 작품을 비웃지, 유신이 후생을 두려워나 하겠는가"라고 했다.

論語, 後生可畏. 杜詩, 庾信文章老更成, 凌雲健筆意縱橫. 今人嗤點流傳賦, 不覺前賢畏後生.

5. 위소주를 본 떠서 병인일 14수를 짓다【서문을 함께 싣다】

丙寅十四首效韋蘇州【并序】

이월 병인일에 원언 이심, 음공 사정을 거느리고 백화주에서 노닐었다. 마침 어떤 노니는 사람이 독차지하여 문지기에게 쫓겨났다. 이에 "어떤 사람 술이 있는데 즐기지 못하니, 뉘집 대가 많아 두드릴 수 있을까"란 구절을 읊었다. 이 씨의 정원에 말을 묶고서 광제의 절간까지 걸어가서 내국공 구충민의 사당을 배알하고서 한 이부의 운자를 사용하여 시를 지었다.

二月丙寅, 率李原彦深謝惜公静游百花洲, 適爲游人所擅, 見拒於晨門, 因賦何人有酒身無事, 誰家多竹門可款之句, 行繫馬李氏園, 步至廣濟僧舍, 謁寇忠愍萊國公祠堂, 用吏部詩韻作.

【주석】

用吏部詩韻作 : 국사를 살펴보건대 원풍 원년 병오가 초하루인 이월은 즉 병인일이 21일이다. 산곡은 당시에 북경에 있다가 남양에 사는 사후에게 인사를 드리러 갔다. 후편의 「하후면기」에서 "배가 불록하니 때로 조롱도 받지만"이란 구절이 있으며 또한 「송주황중윤재송성」에서 "업왕의 누대 옆에 봄은 텅 비고, 다만 눈처럼 날리는 버들의 바람. 내가 남양에서 돌아가는 전대 풀어, 주렴 겹으로 친 학궁에 앉아 있네"라고 했는데, 당시 산곡은 휴가를 내거나 혹은 다른 일로 남양에 갔으

니, 겨울과 봄 사이에 있었던 일이다. 지금 여기에 첨부한다. ○ 백화주와 내공의 사당은 모두 등주에 있다.

據國史, 元豐元年二月丙午朔, 則丙寅乃二十一日, 山谷時在北京, 而謝師厚居南陽. 後篇夏雨眠起之什, 有腹便時蒙嘲之句, 又送朱晞中允宰宋城詩亦云, 郗王臺邊春一空, 但有雪飛揚柳風. 我從南陽解歸橐, 重簾復幕坐學宮. 當是山谷告假, 或因他故至南陽, 在冬春間耳. 今附于此. ○ 百花洲, 萊公祠堂, 皆在鄧州.[6]

첫 번째 수其一

雪霽草木動[7]	눈이 개니 초목이 움직이고
春融煙景和	봄이 무르익으니 경치가 화창하다.
嘉晨掩關坐[8]	좋은 날 문을 닫고 앉으니
如此節物何	이러한 절물에 어찌하리.
同游得二子	함께 노니는 두 벗뿐이라
晤對不在多	마주하여 이야기할 이 많지 않누나.

---

6 [교감기] '百花洲'에서 '鄧州'까지 원래 이 조목의 주가 없는데 전본에 의거하여 보충하였다.

7 [교감기] '雪霽'는 고본에는 '雪盡'으로 되어 있다.

8 [교감기] '辰'은 전본에는 '晨'으로 되어 있다. 살펴보건대 두 글자는 통용하니, 이후로 보이면 교주를 내지 않는다.

【주석】

雪霽草木動 : 『예기·월령』에서 "초목의 싹이 튼다"라고 했다.

月令, 草木萌動.

春融煙景和 嘉晨掩關坐 如此節物何 同游得二子 晤對不在多 : 『시경·동문지지東門之池』에서 "저 아름다운 여인이여, 더불어 애기할 만하구나"라고 했는데, 전에서 "오晤는 상대하다"라고 했다.

詩云, 彼美淑姬, 可與晤言. 箋云, 晤, 對也.

두 번째 수其二

不知鞍馬倦	말은 타는 피곤함 모르겠으니
想見洲渚春	물가의 봄을 볼 것이라.
清晝鎖芳園	맑은 그림이 방원에 가득하니
誰家停畫輪	뉘 집 화륜을 멈추는가.
高柳極有思	높은 버들에 매우 운치 있어
向風招遊人	바람 향해 노니는 사람 부르누나.

【주석】

不知鞍馬倦 想見洲渚春 清晝鎖芳園 誰家停畫輪 : 『진서·여복지』에서 "화륜거에 소를 멍에 지운다"라고 했는데, 채색 옷으로 바퀴를 칠하니

그러므로 화륜거라 명명하였다.

晉輿服志, 畫輪車駕牛. 以綵漆畫輪轂, 故名曰畫輪車.

高柳極有思 向風招遊人 : 한유의 「만춘晩春」에서 "버들 꽃과 느릅 열매
는 별다른 재주 없는데"라고 했는데, 여기서는 반대로 사용하였다. 도
연명의 「화유시상和劉柴桑」에서 "산과 물 좋은 곳으로 오랫동안 날 초대
했는데"라고 했다.

退之詩, 楊花榆莢無才思, 此反而用之. 陶詩, 山澤久見招.

세 번째 수其三

漸嘉樓外花	점가루 밖의 꽃
嘉賞亭邊柳	가상정 주변의 버들.
作者歸山丘	지은 이는 산언덕으로 돌아가니
今春爲誰有	이번 봄에 누굴 위해 남아 있나.
千秋萬歲後	천추 만세 후에
還復來游否	다시 와서 노닐 것인가.

【주석】

漸嘉樓外花 嘉賞亭邊柳 作者歸山丘 : 조식의 「공후인箜篌引」에서 "살아서
는 화려한 집에서 살더니, 죽어서는 산언덕으로 돌아갔구나"라고 했다.

曹子建詩, 生存華屋處, 零落歸山丘.

今春爲誰有 千秋萬歲後 還復來游否 : 원주에서 "점가루는 하양 사희심이 지었고, 가상정은 범문정공이 지었다"라고 했다. 환담桓譚의 『신서新書』에서 옹문자주가 거문고를 가지고 맹상군을 보고서 "그대는 백년 뒤에 높은 누대가 이윽고 기울고 구불구불한 연못이 또 평평하게 되며"라고 했다. 『전국책』에서 초왕이 안릉군에게 "과인은 만세 천추 후에 누구와 함께 이를 즐길까"라고 했다. 『한서·고제기』에서 "천추만세후에 혼백은 여전히 풍패를 그리워하리"라고 했다.

原注云, 漸嘉樓, 陽夏謝希深作. 嘉賞亭, 范文正公作. 桓子新論云, 雍門周說孟嘗君曰, 千秋萬歲後, 高臺旣已傾, 曲池又已平. 戰國策, 楚王謂安陵君曰, 寡人萬歲千秋之後, 誰與樂此矣. 漢高紀, 千秋萬歲後, 魂魄猶思沛.

네 번째 수其四

城南有佳園	성남에 아름다운 정원 있으니
風物迎馬首	풍경이 말 머리를 맞이하누나.
但賞主人竹	다만 주인의 대를 칭상하면서
不飮主人酒	주인의 술은 마시지 않누나.
紅日媚紫苔	붉은 해가 자색 이끼에 아첨하고
輕風泛春柳[9]	가벼운 바람은 봄 버들을 흔드누나.

【주석】

城南有佳園 : 왕일소의 첩에 "내가 근래 작은 정원을 가꾸었으니 자 못 아름답다"라고 했다. 『진서·산간전』에서 "제습씨는 형 지방의 호 족으로 아름다원 원지를 두고 있다"라고 했다.

王逸少帖云, 僕近修小園子, 殊佳致. 山簡傳, 諸習氏, 荊上豪族, 有佳園池.

風物迎馬首 : 『좌전』에서 "나의 말머리가 향하고 있는 곳을 보라"라 고 했다.

左傳, 惟予馬首是瞻

但賞主人竹 不飮主人酒 : 『진서·왕휘지전』에서 "오중吳中의 사대부 집 에 좋은 대나무가 있었는데 그것을 보고자 하면 곧 수레를 타고 나가 대나무 아래로 가서 아주 오랫동안 글을 읽고 시를 읊었다. 주인이 깨 끗이 치우고 앉기를 청하였으나 왕휘지는 돌아보지 않고 떠났다. 장차 나갈 때 주인이 문을 닫자 왕휘지는 곧 이로써 칭상하였다"라고 했다.

王徽之傳, 吳中一士大夫家有好竹, 欲觀之, 便出坐輿, 造竹下諷嘯. 主人 洒掃請坐, 徽之不顧. 將出, 主人乃閉門, 徽之便以此賞之.

紅日媚紫苔 : 심휴문의 「지승상제至丞相第」에서 "손님 계단에는 푸른 이끼 가득하고, 손님 자리엔 자줏빛 이끼 돋아났네"라고 했다

9　[교감기] '春'은 건륭본에는 '靑'으로 되어 있다.

沈休文詩, 賓階綠錢滿, 客位紫苔生.

輕風泛春柳 : 송옥宋玉의 「초혼招魂」에 "갠 바람은 혜초를 흔들고, 한 떨기 난초 꽃 향기 넘치어라"라고 했다.

楚辭, 光風轉蕙, 泛崇蘭些.

다섯 번째 수其五

三公未白髮	삼공은 아직 백발이 아닌데
十輩乘朱輪	열 명이 붉은 수레를 타누나.
只取人看好	다만 사람들이 보기 좋으니
何益百年身	백년의 몸에 무슨 이익이랴.
但顧長今日	다만 원컨대 지금 오래
淸樽對故人	맑은 술동이에 벗을 대하였으면.

【주석】

三公未白髮 : 삼공은 구래공, 화문정공, 사희심이다.

三公, 謂寇萊公花文正公謝希深也.[10]

---

10 [교감기] '深'은 원래 '聲'으로 되어 있으니, 잘못이다. 살펴보건대 사희심의 명은 강(絳)인데, 문학으로 이름이 났다. 지금 전본과 건륭본에 의거하여 고쳤다.

十輩乘朱輪 : 양운의 집이 바야흐로 홍성할 때 붉은 수레를 타는 자가 열 명이었다.

楊惲家方隆盛時, 乘朱輪者十人.

只取人看好 何益百年身 : 두보의 「중야中夜」에서 "길이 만 리의 나그네 되니, 백년의 몸에 부끄럽네"라고 했다.

杜詩, 長爲萬里客, 有媿百年身.

但顧長今日 淸樽對故人 : 도연명의 「영빈사詠貧士」에서 "다만 원컨대 길이 이와 같아서, 몸소 농사지으며 탄식하지 않기를"이라고 했다.

淵明詩, 但顧長如此, 躬耕非所歎.

여섯 번째 수其六

江梅香冷淡	강매는 향기가 냉담하니
開遍未全疏	두루 피어서 온전히 성글지는 않네.
已有耐寒蝶	이미 추위 견디는 나비 있어
雙飛上花鬚	쌍쌍이 날며 꽃 수술에 날아오르네.
今夜嚴城角	오늘 밤 성 모서리 추우니
肯留花在無	기꺼이 꽃이 남아 있으려나.

【주석】

江梅香冷淡 開遍未全疎 已有耐寒蝶: 『한서·조착전』에서 "호맥의 사람은 본성이 추위에 강하다"라고 했다.

晁錯傳 胡貉之人 其性耐寒

雙飛上花鬚: 두보의 「배리금오화하음陪李金吾花下飮」에서 "내키는 대로 꽃잎 헤아려보기도"라고 했다.

杜詩, 隨意數花鬚.

今夜嚴城角 肯留花在無: 『악부시집』에서 "한나라 횡곡에 「매화락」이 있으니, 본래 피리에 부르는 곡이다"라고 했다. 살펴보건대 당나라 대각곡에 또한 「대매화」, 「소매화」 등의 곡조가 있는데, 지금도 그 소리가 아직도 전해진다.

樂府詩集云, 漢橫曲有梅花落, 本笛中曲也. 按唐大角曲, 亦有大梅花小梅花等曲,[11] 今其聲猶有存者.

---

11 [교감기] 원래 '小梅花'에서 '小'자가 빠져 있었는데, 지금 영원본을 따르고 아울러 『악부시집·횡취곡사(橫吹曲辭)·매화락』의 곽무천의 제해에 의거하여 보충한다.

일곱 번째 수其七

我思五柳翁	내 생각하니, 오류옹은
解作一生事	일생의 일을 지을 줄 알았어라.
得錢送酒家	돈을 얻으면 주막으로 보내고
便靜尋山寺	고요하면 산사를 찾았구나.
念我還如此	생각건대 내 오히려 이와 같으니
翁應會人意	옹은 응당 사람의 뜻을 알리라.

【주석】

我思五柳翁 解作一生事 得錢送酒家 便靜尋山寺 念我還如此 翁應會人意 : 『진서·도연명전』에서 "일찍이 「오류선생전」을 지어서 자신을 비유하였다"라고 했다. 또한 이르기를 "안연지가 시안군수가 되어 심양을 지날 때 도연명을 찾아왔는데, 매번 갈 때마다 반드시 술에 취했다. 떠날 때 돈 2만 전을 도연명에게 주니, 도연명은 모두 술집으로 보내고서 조금씩 술을 가져다가 먹었다"라고 했다. 사령운의 「과시녕서過始寧墅」에서 "이제 고향으로 돌아가 조용히 지내는 것이 좋겠네"라고 했다. 두보의 「미피서남대渼陂西南臺」에서 "늙어가니 고요함이 너무나 좋구나"라고 했다.

淵明傳云, 嘗著五柳先生傳以自況. 又云, 顔延之爲始安郡, 過潯陽, 造淵明. 每往, 必酣飮致醉. 臨去, 留錢二萬與淵明, 淵明悉送酒家, 稍就取酒. 謝靈運詩, 還得靜者便. 杜詩, 老來苦便靜.

여덟 번째 수其八

庭空日色靜	뜰은 비고 날은 고요한데
樓迥鐘聲遲	누대 멀어 종소리 더디구나.
褐叟已爭席	갈옷의 노인은 이미 자리를 다투고
馴鴉更不疑	길들인 갈까마귀 다시 의심하지 않누나.
同來復同去	같이 왔다가 다시 같이 떠나는데
竟別我爲誰	끝내 이별하니 나 뉘와 함께 하리오.

【주석】

庭空日色靜 樓迥鐘聲遲 : 의산 이상은의 「즉목卽目」에서 "땅은 드넓어 누대 이미 멀리 보이는데, 사람은 더욱 누대에서 멀구나"라고 했다.

李義山詩, 地寬樓已迥, 人更迥於樓.

褐叟已爭席 : 『좌전』에서 춘추시대 오吳나라 신숙의申叔儀가 공손 유산씨公孫有山氏에게 양식을 구걸하며 말하기를 "패옥이 늘어졌으나 내게는 찰 패옥이 없고, 좋은 술이 그릇에 있지만 나와 비천한 사람들은 보기만 할 뿐이다"라고 했다. 『장자·우언寓言』에서 "이전 그가 올 때는 같은 여관에서 묵는 사람들이 그를 보면 자리를 피하였고 불을 때던 사람들도 아궁이를 피해 갔네. 노자의 가르침을 받고 돌아갈 때에는 사람들이 그와 자리를 다투며 어울리게 되었다"라고 했다.

左傳, 旨酒一盛兮, 余與褐之父睨之. 莊子曰, 其往也, 舍者避席, 其反也,舍者與之爭席矣.

馴鴉更不疑 同來復同去 竟別我爲誰 : 한유의 「귀팽성歸彭城」에서 "술을 만나면 곧바로 진탕 취하노니, 그대가 날 알아주지 않으면 누가 알아주리오"라고 했다.

退之詩, 遇酒旣酩酊, 君知我爲誰.

아홉 번째 수其九

謝甥有逸興	사생은 빼어난 흥취가 있고
李髥非不嘉	이염은 아름답지 않음이 없어라.
苦思夢春草	괴롭게 생각하다 춘초를 꿈에 꾸고
醉狂眠酒家	술에 취해 술집에서 자누나.
斯遊無俗物	이번 유람에 속물이 없는데
傲睨至昏鴉	거만하게 구경하니 저물녘 까마귀 날아드네.

【주석】

謝甥有逸興 李髥非不嘉 : 『촉지・관우전』에서 마초가 와서 항복하니 관우가 제갈량에게 편지를 보내 묻기를 "마초의 재주는 누구와 비슷합니까"라 하였다. 제갈량은 관우의 호승지심을 알고서 답하기를 "맹기는 마땅히 익덕과 나란히 내달려 앞을 다툴만하지만 미염장군이 무리

에서 뛰어난 것에는 미치지 못합니다"라고 했다. 관우는 수염이 아름다워 재갈량은 염이라고 불렀다.

蜀志關羽傳 馬超來降 羽書與諸葛亮, 問超人材, 可誰比類. 亮知羽護前, 答之曰孟起當與翼德並驅爭先, 猶未及髥之絶倫逸羣也. 羽美鬚髯, 故亮謂之髥

苦思夢春草:『남사·사혜련전』에서 "족형인 사령운이 일찍이 시상을 구상하였지만 하루가 저물어도 짓지 못하였다. 꿈에 사혜련을 보고서 곧바로 "지당에 봄풀이 자라네"라는 구절을 얻었으니 대단히 뛰어나다"라고 했다.

南史謝惠連傳, 族兄靈運嘗思詩, 竟日不就, 忽夢見惠連, 卽得池塘生春草, 大以爲工.

醉狂眠酒家:두보의 「음중팔선가飮中八仙歌」에서 "이백은 술 한 말에 시가 백 편, 장안 저자의 술집에서 곯아떨어지네"라고 했다.

杜詩, 李白一斗詩百篇, 長安市上酒家眠.

斯遊無俗物 傲睨至昏鴉:진나라 왕융이 완적과 죽림에서 노닐었다. 왕융이 일찍이 늦게 이르자 완적이 "속물이 다시 와서 사람의 흥취를 깨트린다"라고 했다. 두보의 「만성漫成」에서 "눈가에 속물이 없으니"라고 했으며, 또한 「대설對雪」에서 "기다리노라니 저물녘 까마귀 날아드

네"라고 했다. 이를 빌려 사정이 시를 잘 짓고 이심이 술을 좋아함을 말하였다.

俗物見上. 杜詩云, 眼前無俗物. 又云, 有待至昏鴉. 此借以言謝之能詩而李之好飲也.

열 번째 수其十

寺古老僧靜	오래된 절에 노승은 고요하고
亭陰脩竹多	그늘진 정자에 긴 대가 많아라.
萊公作州日	내공은 주를 다스리던 날
部曲屢經過	마을을 자주 지났어라.
衆推識公面	대중들은 공의 얼굴 아는 것으로
蒼石眠綠莎	파란 잔디에 잠들어 있는 푸른 바위라 하네.

【주석】

寺古老僧靜 亭陰脩竹多 萊公作州日 部曲屢經過 衆推識公面 蒼石眠綠莎: 구준의 자는 평중으로 내국공에 봉해졌으며 시호는 충민이다. 처음 참지정사가 되었고 등주 지사에서 파직되었다. 「석답죽石答竹」에서 "푸른 이끼가 내 얼굴에 도장 찍었고 비와 이슬이 내 피부 주름지게 했네. 이런대도 날 싫어하지 않으니, 우뚝이 지우를 입었어라"라고 했으니, 공의 얼굴을 아는 것은 지금은 다만 푸른 바위뿐이라는 말이다.

寇準字平仲, 贈萊國公, 諡忠愍. 始爲參知政事, 罷知鄧州. 盧仝詩, 蒼蘚印我面, 雨露皴我皮. 此不嫌故我, 突兀蒙相知. 以言識公面者, 今惟蒼石耳.

열한 번째 수其十一

盛時衆吹噓	흥성할 때 많은 사람 추천했는데
謫去衆毀辱	귀양갈 때 많은 사람이 모욕하네.
不爲公存亡	공의 존망과 상관 없이
幽蘭春自綠	그윽한 난초 봄에 절로 푸르네.
欲書名相傳	이름 써서 전하려고 하니
安得南山竹	어찌하면 남산의 대를 얻을까.

【주석】

盛時衆吹噓 : 두보의 「기잠가주寄岑嘉州」에서 "풍당은 이미 늙어 추천해주기만 바라네"라고 했으며, 또한 「알문공상방謁文公上方」에서 "이 이치를 혹 찾아볼까"라고 했다. 이백의 「증최시어贈崔侍御」에서 "벗은 동해의 나그네, 보자마자 추천을 빌리네"라고 했다.

杜詩, 馮唐已老聽吹噓. 又玆理儻吹噓. 李白詩, 故人東海客, 一見借吹噓.

謫去衆毀辱 不爲公存亡 幽蘭春自綠 欲書名相傳 安得南山竹 : 『한서·공손하전』에서 "남산의 대를 다 써도 나의 글을 받기에 부족하다"라고

했다. 조군언이 대신 지은 이밀의 격문에서 수양제의 열 가지 죄를 헤아리면서 "남산의 대를 다 써도 죄를 적기에 끝이 없다"라고 했는데, 이를 반대로 사용하였다.

前漢公孫賀傳云, 南山之竹不足受我詞. 祖君彦代李密檄, 數煬帝十罪, 罄南山之竹, 書罪未窮. 此反用.

열두 번째 수其十二

昔公調鼎實	옛날 공이 나라 다스림을 도울 때
指顧九廟尊	태묘를 높였었지.
郡國富士馬	군국은 전사와 말이 풍부하니
于今開塞垣	지금도 변방을 열었네.
誰能起公死	누가 능히 죽은 공을 일으켜서
爲國守北門	나라 위해 북문을 지키게 할까.

【주석】

昔公調鼎實 : 『주역』에서 "솥에 먹을 음식이 있다"라고 했다. 반악의 「금곡집시」에서 "왕생은 솥의 음식에 간을 맞추고"라고 했다.

周易, 鼎有實. 潘岳金谷集詩, 王生和鼎實.

指顧九廟尊. 郡國富士馬. 于今開塞垣 : 두보의 「도의擣衣」에서 "아득한

장성으로 옷을 부쳐야지"라고 했다.

杜詩, 一寄塞垣深.

誰能起公死 爲國守北門 : 『담원談苑』 권4에 구 내공이 북문을 지킬 적
에 요의 사신이 들러서 묻기를 "상공은 명망이 중한데 어찌하여 중서
에 계시지 않습니까?" 하자, 구준이 대답하기를 "주상께서 조정이 무
사하니 북문의 방어는 구준이 아니면 안 된다고 여겨서이다"라고 했다

守北門見上. 寇公鎭大名曰, 北使問公, 何以不在中書. 曰主上以朝廷無事,
北門鎖鑰,[12] 非準不可.

열세 번째 수其十三

出身世喪道	세상의 도가 없을 때 나와
解綏飢驅我	인끈 푸니 굶주림이 나를 몰아가네.
杯中得醉鄕	잔 안에 취향을 얻으니
去就不復果	거취는 다시 정하지 않아라.
豈爲俗人言[13]	어찌 속인을 위해 말하랴
達人儻余可	달인이라면 혹 내 말해보겠네.

---

12 [교감기] '鑰'자는 원래 빠져 있었는데, 지금 전본을 따르고 아울러 송나라 왕군옥
　　(王君玉)의 『국노담원(國老談苑)』 권2에 의거하여 보충하였다.
13 [교감기] '豈爲'는 고본에는 '豈謂'로 되어 있다.

【주석】

出身世喪道:『장자·선성繕性』에 "이로 말미암아 살펴보면, 세상은 도를 잃고 도는 세상을 잃어서 세상과 도가 서로 잃어버렸다"라고 했다. 이백의 「고풍古風」에서 "세도는 날로 무너져 가니, 경박한 풍속이 순수했던 덕을 흐려놓았네"라고 했다.

莊子曰, 世喪道矣, 道喪世矣. 世與道交相喪也. 李白詩, 世道日交喪, 澆風散淳源.

解綬飢驅我:도연명의 「걸식」에서 "굶주림이 와서 나를 몰아가는데, 끝내 어디로 가는지 알 수 없네"라고 했다.

淵明乞食詩云, 飢來驅我去, 不知竟何之.

杯中得醉鄉:당나라 왕적은 「취향기」를 지었다.

唐王績有醉鄉記

去就不復果 豈爲俗人言:사마천의 「보임안서報任安書」에서 "이것은 아는 자와 말할 수 있는 것이지 속인과는 말하기 어렵다"라고 했다.

司馬遷書, 可爲知者道, 難爲俗人言也.

達人儻余可:가의의 「복조부」에서 "달인은 대관하여 사물에 불가함이 없다"라고 했다. 백화주와 내공의 사당은 모두 등주에 있다.

賈誼鵩鳥賦, 達人大觀, 物無不可. 百花洲, 萊公祠堂, 皆在鄧州.[14]

열네 번째 수其十四

少小尙狷介	어려서 견개함을 숭상하여
與人常不款[15]	사람 대할 때 항상 부드럽지 않았네.
置身稍雍容	몸가짐 조금 옹용하게 하여
遇酒輒引滿	술을 만나면 문득 가득 마셨지.
自是鶴足長	절로 학의 다리 기나니
難齊鳧脛短	오리의 짧은 다리와 가지런하기 어려워라.

【주석】

少小尙狷介 : 한유의 「부독서성남符讀書城南」에서 "조금 자라 모여서 놀 적엔"이라고 했다.

退之詩, 少小聚嬉戲.

與人常不款 : 후한 광무제가 장릉에 행차하여 술과 음악으로 잔치를

---

14 [교감기] 영원본에는 이 시의 끝 보주에서 "이 시에서 "인끈 푸니 굶주림이 나를 몰아가네"라 한 것에서 북경에서 벼슬을 그만두고 변경의 회과등에 이른 것을 알 수 있다"라고 했다. 전본에는 원주 '百花洲, 萊公祠堂, 皆在鄧州'를 시의 제목 아래 주에 옮겨 달았다.
15 [교감기] '人常'은 고본에는 '常人'으로 되어 있다.

벌이니 종실의 제모들이 술에 취하여 기뻐하며 서로 말하기를 "문숙이 젊었을 때엔 근신하고 신실하여 남과 어울리지 않고 오직 다만 유순할 뿐이었는데, 지금 마침내 이와 같다"라고 하였다.

後漢光武幸章陵, 置酒作樂. 宗室諸母因酣悅, 相與語曰, 文叔少時謹信, 與人不款曲, 惟直柔耳, 今乃能如此.

置身稍雍容 遇酒輒引滿 : 『한서서전』에서 "모두 잔에 차도록 술을 따라 마셨다"라고 했다. 도연명의 「유사천遊斜川」에서 "술병 잡고 친구들과 마주하고서, 가득 부어 번갈아 주고받는다오"라고 했다.

漢書序傳, 引滿舉白. 陶淵明詩, 携壺接賓侶, 引滿更獻酬.

自是鶴足長 難齊鳧脛短 : 『장자·변무駢拇』에서 "오리의 다리가 비록 짧지만 이를 늘여 주면 근심하고, 학의 다리가 비록 길지만 이를 자르면 슬퍼한다"라고 했다.

莊子, 鳧脛雖短, 續之則憂. 鶴脛雖長, 斷之則悲.

6. 공정에게 차를 빻으라고 재촉하다

催公靜碾茶

雪裏過門多惡客	눈 속에 문을 지나니 나쁜 길손 많고
春陰只惱有情人	봄 그늘에 다만 정인이 그리워 괴롭구나.
睡魔正仰茶料理	수마를 차로 다스리려고
急遣溪童碾玉塵	급히 시내로 아이 보내 옥진을 빻네.

【주석】

雪裏過門多惡客 : 원주에서 "술을 마시지 않으면 나쁜 길손이 된다는 말은 원래『원차산집』에 보인다"라고 했다. 살펴보건대 문집의 「장선하처거將船何處去」 시에 "때로 악객을 만나고 나면"이라고 했는데, 주에서 "술꾼이 아니면 곧 나쁜 길손이다"라고 했다.

元注云, 不飲者爲惡客, 出元次山集中. 按集中有絶句云, 有時逢惡客. 注云, 非酒徒卽爲惡客.

春陰只惱有情人 睡魔正仰茶料理 : 석만경이 남긴 구句에서 "이미 물상을 시로 읊느라 팔리하게 되었네"와 "다시 그늘이 시원하니 길게 잠을 자네"라고 했다.『진서·왕휘지전』에서 "경이 부에 있은 지 오래되었으니, 근래 응당 일을 처리한 것이 있으리"라고 했다.

石曼卿詩, 已爲物象添詩瘦, 更被陰晴長睡魔. 晉王徽之傳云, 卿在府日久,比當相料理.

急遣溪童碾玉塵 :『유괴록』에서 귤 안의 네 노인이 이르기를 "그대가 나에게 옥진 9가마를 주었네"라고 했다. 백거이의 「유보칭사遊寶稱寺」에서 "새로운 차를 빻아 옥진이 되었네"라고 했다.

幽怪錄, 橘中四老人云, 君輸我玉塵九斛. 樂天詩, 茶新碾玉塵.

7. 앞의 운자를 사용하여 공정에게 장난치다

用前韻戲公靜

偶逢携酒便與飮	우연히 술 가지고 와 곧바로 함께 마시고
竟別我爲何等人	마침내 헤어지니 날 알아주는 누구리오.
兎月龍團不當惜	토월과 용단은 아깝지 않지만
長卿消渴肺生塵	장경은 소갈병인데도 허파에 먼지 일었지.

【주석】

偶逢携酒便與飮 : 연명 도잠이 중양절이 술이 없었는데, 마침 태수가 술을 보내와 곧바로 마시고 취하여 돌아왔다.

淵明九日無酒, 適太守送酒, 便飮醉而歸.

竟別我爲何等人 : 퇴지 한유의 「귀팽성歸彭城」에서 "술을 만나면 곧바로 진탕 취하노니, 그대가 날 알아주지 않으면 누가 알아주리오"라고 했다.

退之歸彭城詩, 遇酒卽酩酊, 君知我爲誰.

長卿消渴肺生塵 : 『한서・사마상여전司馬相如傳』에서 "항상 소갈병이 있었다"라고 했다. 노동盧仝의 「방함회상인訪含曦上人」에서 "돌아가는 나는 목마른 마음에 먼지가 생기누나"라고 했다.

司馬相如傳, 常有消渴病. 盧仝詩, 渴心歸去生塵埃.

8. 술을 대하고 노래하여 사공정에게 답하다

對酒歌答謝公靜

我爲北海飮	나는 북해의 술꾼이요
君作東武吟	그대는 동무의 시인이네.
看君平生用意處	그대가 평생 마음 쓴 곳을 보니
蕭灑定自知人心	깨끗한 그대 마음을 참으로 알겠어라.
南陽城邊雪三日	남양성 주변에 사흘 동안 눈 내려
愁陰不能分皁白	수심 속에 능히 시비를 분별하지 못하네.
摧輪跋¹⁶蹄泥數尺	몇 길의 진흙탕에 거마의 바퀴 부서져
城門晝閉¹⁷眠賈客	성문 낮에도 닫아걸고 가객은 잠자네.
移人僵尸在旦夕	사람들은 아침저녁으로 주검을 옮기니
誰能忍飢待食麥	누가 능히 주림 참으며 보리 먹을 때 기다리랴.
身憂天下自有人	천하를 근심하는 사람은 절로 있으리니
寒士何者愁塡臆	한사가 어찌해 마음 가득 근심하리오.
民生正自不願材	태어난 백성은 참으로 재목되길 원치 않으니
可乘以車可鞭策	수레 타게 할 수 있고 채찍질 하게 할 수 있지.
君不見	그대는 보지 못했는가
海南水沈紫栴檀	해남의 수침향과 자단전이

---

16 [교감기] '跋'이 본래 '涴'으로 되어 있는데, 영원본·고본에 의거해 고친다.
17 [교감기] '閉'가 영원본·전본에는 '開'로 되어 있는데, '閉'의 의미가 더 낫다.

碎身百鍊金博山　　박산향로에서 그 몸을 백 번이나 쪼개지는 걸.

豈如不蒙斧斤賞　　어찌 같으랴, 도끼로 베어지지 않은 채

老大絶崖霜雪間　　벼랑에서 서리와 눈 속에 늙어가는 것과.

投身有用禍所集　　한 몸 쓸모가 있으면 재앙이 모이니

何況四達之衢井先汲　　하물며 넓은 거리의 우물은 먼저 길어진다오.

昨日靑童天上回　　어제 청동은 하늘 위로 올라가서는

手捧玉帝除書來　　손수 옥황상제의 글 받고 돌아왔다네.

一番通籍淸都闕　　한 번 이름이 청도의 궁궐에 알려져

百身書名赤城臺　　적성의 대에 백 번이나 이름 썼다오.

飛昇度世無虛日　　태평시대 살아가며 허투루 보낸 날 없으니

怪我短褐趨塵埃　　내가 짧은 갖옷에 먼지 쫓는 것 괴이하다 하리.

顧謂彼童子　　돌아보면 말하노니, 저 동자야

此何預人事　　어찌 사람의 일에 관여하겠는가

但對淸樽卽眼開　　다만 맑은 술 대하면 눈이 떠지노니

一杯引人著勝地　　한 잔 술은 사람을 멋진 곳으로 이끄네.

傳聞官酒亦自淸　　전해 들으니, 관가 술 또한 절로 맑다 하니

徑須沽取續吾瓶　　곧바로 사서 내 술병을 채우리라.

南山朝來似有意　　남산의 아침 오는 것과 그 의미 같노니

今夜儻放春月明　　오늘밤 봄날의 밝은 달이 환히 비치리라.

【주석】

我爲北海飮 : 『후한서』에서 "북해 공융이 "자리의 길손은 늘 가득했고 술동이에는 술이 비지 않았다"라 했다"라고 했다.

後漢書, 孔北海云, 座上客常滿, 樽中酒不空.

君作東武吟 : 원명 포조의 악부 중에 「동무음東武吟」이란 작품이 있다.

鮑明遠樂府有東武吟.

蕭麗定自知人心 : '정자定自'는 진晉나라 사람의 말이다. 『세설신어』에서 "왕돈王敦이 "우리 형님은 고을에서 잘하고 계신 모양이오"라 했고 사태부謝太傅가 "그래서 훌륭하군, 그래서 훌륭해"라고 했다"라고 했다.

定自, 晉人語也. 世說, 王敦曰, 家兄在郡定嘉. 又謝太傅曰, 定自佳, 定自佳.

愁陰不能分皂白 : 『진서·천문지天文志』에서 "유익庾翼이 편지에서 "이는 더더욱 하늘이 어리석어 시비를 분간하지 못하는 징조입니다"라 했다"라고 했다.

晉天文志, 庾翼書曰, 此天公憒憒, 無皂白之徵也.

摧輪踠蹄泥數尺 : 퇴지 한유의 「조하귀朝賀歸」에서 "장안성 거리마다 회화나무 푸른데, 거리마다 거마들이 분주하게 달리네"라고 했다. 또한 「증원십팔贈元十八」에서 "누가 장보章甫의 관을 알아서, 준마의 발걸

음을 빠르게 하겠는가"라고 했다. 위무제魏武帝의 「고한행苦寒行」에서 "수레바퀴가 부러지고 만다네"라고 했다.

退之朝賀歸詩, 綠槐十二街, 渙散馳輪蹄. 又贈元十八, 何人識章甫, 而知駿蹄跣. 魏武苦寒行曰, 車輪爲之摧.

誰能忍飢待食麥 : 『좌전·성공成公 10년』 조에서 "진후晉侯의 꿈에 큰 여귀厲鬼를 보았다. 꿈에서 깨어나 상전桑田에 사는 무당을 불러 점을 치게 하니, 무당의 말도 꿈에서 들었던 것과 같았다. 진후가 "그 길흉吉凶이 어떠하냐"라고 물으니, 무당은 "새로 생산된 보리를 먹지 못하실 것입니다"라고 대답했다"라고 했다. 또 "진후는 새로 생산된 보리를 먹고자 하여 전인甸人에게 보리를 바치게 하고 막 그 밥을 먹으려 하는 데 갑자기 배가 팽창膨脹하여 변소에 갔다가 변소에 빠져 죽었다"라고 했다. 이 구절은 이 내용을 차용한 것이다.

左傳成十年, 晉侯夢大厲. 覺, 召桑田巫, 巫言如夢. 公曰, 何如. 曰, 不食新矣. 又曰, 晉侯欲麥. 使甸人獻麥, 將食, 張如厠, 陷而卒. 此借使.

身憂天下自有人 : 낙천 백거이의 「주중만기舟中晩起」에서 "물러난 몸이라 강해에서도 응당 쓸모없고, 나랏일 걱정은 조정의 어진 이들에게 맡긴다네"라고 했다.

白樂天詩, 退身江海應無用, 憂國朝廷自有賢.

民生正自不願材 : 『진서·사안전謝安傳』에서 "참으로 절로 그렇지 않을 수 없겠소"라고 했다. 퇴지 한유의 「제자후문祭子厚文」에서 "무릇 나무는 태어나면서 쓸모 있는 재목이 되길 원치 않는다"라고 했다.

晉謝安傳, 正自不能不爾. 退之祭子厚文, 凡木之生, 不願爲材.

可乘以車可鞭策 : 『열녀전』에서 "노래자老萊子의 처가 "술과 고기로 먹일 수 있는 사람은 채찍으로 따르게 할 수 있고, 벼슬과 녹봉을 받게 할 수 있는 사람은 부월斧鉞로 위협하여 따르게 할 수 있습니다"라 했다"라고 했다.

列女傳, 老萊子妻云, 可食以酒肉者, 可隨以鞭捶, 可授以官祿者, 可隨以斧鉞.

海南水沈紫栴檀 碎身百鍊金博山 : 『본초·침향문沉香門』에서 "흰 박달나무는 바다 남쪽에서 생산된다"라고 했다. 또한 "진자단眞紫檀이 예전에는 하품下品에 해당했다"라고 했다. 또한 "부남국扶南國 사람들의 말에 의하면, 모든 향기가 한 나무에 갖추어져 잇는데, 뿌리는 전단栴檀이고 가지는 침수沉水이며, 잎은 곽향藿香이고 진액은 훈육薰陸이다"라고 했다. 『문선』에서 "옛날에는 백 번 불린 쇠처럼 강했다"라고 했다. 『한고사漢故事』에서 "제왕이 합문閤門을 나서면 박산향로博山香爐를 주어 들고 따라가게 한다"라고 했다. 이백의 「고악부古樂府」에서 "박산향로에서 침향이 피어오르네"라고 했다.

本草沉香門, 白檀樹出海南. 又云, 眞紫檀, 舊在下品. 又云, 扶南國人言, 衆香共是一木, 根是栴檀, 節是沉水, 葉是藿香, 膠是薰陸. 選詩, 昔爲百鍊剛. 漢故事, 諸王出閣, 賜博山香爐. 李白詩, 博山爐中沉香火.

豈如不蒙斧斤賞 老大絶崖霜雪間 投身有用禍所集: 『장자』에서 "장석匠石이 집에 돌아오자, 상수리나무 사당의 나무가 꿈에 나타나서 "나는 쓸 데가 없어지기를 추구해 온 지 오래되었는데, 거의 죽을 뻔했다가 비로소 지금 그것을 얻었으니, 그것이 나의 큰 쓸모이다. 가령 내가 만약 쓸모가 있었더라면 이처럼 큰 나무가 될 수 있었겠는가"라 했다"라고 했다.

莊子, 匠石歸, 櫟社見夢曰云云, 且予求無所可用久矣, 幾死, 乃今得之, 爲予大用. 使予也而有用, 且得有此大也耶.

何況四達之衢井先汲: 『이아』에서 "사방으로 통하는 길을 것을 '구衢'라고 한다"라고 했다. 『장자·산목편』에서 "곧은 나무는 먼저 벌목되고 단 우물은 먼저 말라 버리오"라고 했다.

爾雅, 四達謂之衢. 莊子, 直木先伐, 甘井先竭.

昨日靑童天上回 手捧玉帝除書來: 『열선전』에 천동군靑童君 신선詩仙 형씨邢氏가 있는데, 그가 "청동은 가서 남산의 나무 베고, 들 손님은 와서 북제경北帝經을 찾누나"라고 했다. 『한서·왕망전王莽傳』에서 "왕망이 찬

탈을 모의할 적에 관리와 백성들이 다투어 부명符命을 거짓으로 만들어서 모두 봉후封侯를 얻으니, 부명을 만들지 않은 자들이 서로 희롱하여 말하기를 "어찌 그대만 홀로 천제天帝가 내린 글이 없는가"라 했다"라고 했다. 이 구절은 이것을 차용한 것이다.

列仙傳有靑童君詩仙邢氏, 有靑童去撅南山木, 野客來尋北帝經. 王莽傳, 是時爭爲符命封侯, 其不爲者相戲曰, 獨無天帝除書乎. 此借用.

一番通籍淸都闕:『열자』에서 "목왕穆王은 그곳을 상제의 맑고 깨끗한 자미궁이라 상제 사는 곳이라 생각했다"라고 했다. 낙천 백거이의 「심왕도사尋王道士」에서 "장수하려면 장부에 이름을 올려야 할까 두려우니, 선대에서 시험 삼아 이름을 살펴보시게"라고 했다. 또한 「상우傷友」에서 "평생도록 같은 문하의 벗은, 명패가 금마문에 걸려 있구나"라고 했다. 유우석의 「수원원장酬元院長」에서 "궁궐에 통적한 선비가 참으로 많은데, 황지의 임명서를 매일 듣네"라고 했다.

列子, 穆王以爲淸都紫微, 帝王之居. 樂天詩, 只恐長生須有籍, 仙臺試爲檢名看. 又, 平生同門友, 通籍在金閨. 劉禹錫詩, 金門通籍眞多士, 黃紙除書每日開.

百身書名赤城臺:『모시 · 황조黃鳥』에서 "만약 대속代贖할 수 있다면 사람마다 그 몸을 백번이라도 바치리라"라고 했다.『속선전續仙傳』에서 "사마승정司馬承禎의 몸은 적성赤城에 있었고 이름은 단대丹臺에 있었다"

라고 했다. 『묘군전茆君傳』에서 "적성산을 다스렸다"라고 했다.

毛詩, 如何贖兮, 人百其身. 續仙傳, 司馬承禎身居赤城, 名在丹臺. 茆君傳
云, 治赤城山.

顧謂彼童子 : 퇴지 한유의 「추회秋懷」에서 "동자를 돌아보며 말하기를
애, 동자야, 책 갖다 놓고 편히 쉬어라"라고 했다.

退之秋懷詩, 顧謂汝童子, 置書且安眠.

此何預人事 : 『진서·사현전謝玄傳』에서 "너희들은 또한 남의 일에 참
여하여 그들을 훌륭하게 만들고자 하느냐"라고 했다.

晉謝玄傳, 子弟亦何預人事, 而正欲使其佳.

一杯引人著勝地 : 『세설신어』에서 "왕위군王衛軍이 "술은 바로 사람을
상승의 경지로 이끈다"라 했다"라고 했다. 두보의 「배이금오화하음陪李
金吾花下飮」에서 "경치 좋은 곳으로 처음 나를 안내해, 천천히 걸으며 스
스로 즐기게 되었어라"라고 했다.

世說新語曰, 王衛軍云, 酒正自引人著勝地. 杜詩, 勝地初相引, 徐行得自娛.

南山朝來似有意 : 『진서·왕휘지전』에서 "왕휘지가 "서산의 이른 아
침에 상쾌한 기운을 불러옵니다"라 했다"라고 했다.

王徽之云, 西山朝來, 致有爽氣.[18]

9. 결명을 심다

種決明

后皇富嘉種	후황의 멋진 나무로 부유했지만
決明著¹⁹方術	결명은 방술을 부릴 수 있다오.
耘鋤一席地	한 자리 정도의 땅을 호미질 했는데
時至觀茂密	이따금 와보면 무성해짐 볼 수 있었지.
縹葉資芼羹	옥색 잎은 따서 술을 빚을 수 있고
緗花馬蹄實	담황빛 꽃에 말발굽 모양의 열매라네.
霜叢風雨餘	서리 맞고 비바람이 지난 뒤에
簸簸場功畢	쭉정이 날려 거두는 일 마치었네.
枕囊代曲肱	베개 만들어 팔베개 대신하니
甘寢聽芬苾	달게 자면서 향기 맡는다오.
老眼願力餘	노안에 남은 힘 있길 바라보니
讀書眞成癖	독서하며 진실로 벽을 이루리라.

【주석】

后皇富嘉種:『초사 · 귤송橘頌』에서 "후황의 가수嘉樹인 귤나무가 남쪽의 이 땅을 사모해 찾아왔네"라고 했다.

楚辭橘頌云, 后皇嘉樹, 橘徠服兮.

19　[교감기] '著'가 고본에는 '注'로 되어 있다.

決明著方術 : 『본초강목』 결명자決明子의 주注에서 "세속에서 눈을 치료해준다고 하니, 도술道術을 부릴 때에도 필수품이다"라고 했다.

本草決明子注云, 俗方惟以療眼也, 道術時須.

耘鋤一席地 : 두보의 「종와거種萵苣」라는 작품의 서序에서 "작은 밭을 정리하여 한두 자리 정도의 크기에 심었다"라고 했고 그 시에서는 "두어 자리 크기에 흙덩이를 부수고, 호미질 하니 쉽게 마쳤네"라고 했다.

老杜種萵苣詩序云, 理小畦, 種一兩席許. 詩云, 破塊數席間, 荷鋤功易止.

縹葉資芼羹 : 『내칙』 모갱芼羹의 주注에서 "'모芼'는 내莱이다"라고 했고 또한 "꿩과 토끼에게는 모두 '모'가 있다"라고 한 부분의 주注에서 "'모'는 따서 술을 빚는 것이다"라고 했다.

內則芼羹注云, 芼, 莱也. 又云, 雉兎皆有芼. 注云, 謂菜釀也.

緗花馬蹄實 : '상緗'은 옅은 황색을 말한다. 『본초강목』의 주注에서 "열매가 맺히면 콩꼬투리 모양이 되고 씨가 말발굽 같기에, 민간에서는 마제결명馬蹄決明이라 부른다"라고 했다.

緗謂淺黃色. 本草注云, 生子作角, 實似馬蹄, 俗名馬蹄決明.

霜叢風雨餘 簸簸場功畢 : 『국어』에서 "단양자單襄子가 진陳나라를 지나는데, 하천에 다리를 놓지 않았고 들에 노적가리가 방치되어 있으며,

타작을 끝마치지 않았었다"라고 했다.

國語, 單襄子過陳, 川不梁, 野有庾積, 場功未畢.

枕囊代曲肱 : 『본초강목』에서 "결명자를 주머니에 담아 베개를 만들어 베면, 두통을 치료할 수 있고 눈이 밝아진다"라고 했다.

本草, 決明子, 盛以囊作枕, 治頭風明目.

甘寢聽芬苾 : 『장자·서무귀徐无鬼』에서 "손숙오孫叔敖가 편안히 누워우선을 잡은 채 덕을 수양하자, 영인郢人이 병장기를 버리었다"라고 했다. 『시경·초자楚茨』에서 "향기로운 효손의 제사에"라고 했다.

莊子云, 孫叔敖甘寢秉羽, 而郢人投兵. 詩, 苾芬孝[20]祀.

老眼願力餘 : 『전국책』에서 "조왕趙王이 "진秦나라가 우리를 공격하는데 힘을 남기지 않았다"라 했다"라고 했다.

戰國策, 趙王曰, 秦之攻我也, 不遺餘力矣.

讀書眞成癖 : 『진서·두예전杜預傳』에서 "두예가 당시에 왕제王濟는 말을 좋아하는 벽[馬癖]이 있고, 화교和嶠는 돈을 좋아하는 벽[錢癖]이 있다고 하자, 무제武帝가 그 말을 듣고 두예에게 "경은 어떤 벽이 있는가"라 물었다. 이에 두예는 "신은 『좌씨전』에 벽[左傳癖]이 있습니다"라고 대

20　孝 : 중화서국본에는 '載'로 되어 있으나, '孝'의 오자이다.

답했다"라고 했다. 당唐나라 유가劉軻가 자리에 오르자, 주인이 "세월이
오래되어 점차 서벽書癖을 이루었다"라고 했다.

晉杜預傳, 時王濟有馬癖, 和嶠有錢癖. 武帝謂預曰, 卿有何癖. 對曰, 臣有
左傳癖. 劉軻上座, 主曰, 歲月悠久, 寢成書癖.

10. 세필과 함께 지어 제남에 있는 백씨에게 보내고 더불어 육구 사부에게 올리다

同世弼韻作 寄伯氏在濟南 兼呈六舅祠部[21]

山光掃黛水挼藍	산빛은 눈썹 정리한 듯 물빛은 쪽인 듯
聞說樽前愜笑談	듣자니, 술동이 앞에서 시원스레 담소 나눈다지.
伯氏淸修如舅氏	백씨의 청수함은 구씨와 같으리니
濟南蕭灑似江南	제남의 깨끗함도 강남과 같으리라.
屢陪風月乾吟筆	자주 모시고 풍월 읊느라 붓 마를 테고
不解笙簧醉舞衫	생황 소리에 취해 춤추는 것도 모를 테지.
只恐使君乘傳去	다만 사군이 수레 타고 떠날까 염려되니
拾遺今日是前銜	습유로 지금도 예전 관직이라오.

【주석】

山光掃黛水挼藍 : 탁군문卓文君의 눈썹은 먼 산의 빛과 같았다. 낙천 백거이 악부의 「억강남憶江南」에서 "봄 오자 강물은 쪽처럼 푸르네"라고 했고 또한 「춘지의이랑중春池戲李郎中」에서 "쪽으로 새로 물들인 색인 듯하니, 그대와 남원에서 비단 치마 물들리라"라고 했다.

卓文君眉黛如遠山色. 樂天樂府憶江南云, 春來江水[22]綠如藍. 又春池戲李郎中, 直似按藍新汁色, 與君南院染羅裙.

屢陪風月乾吟筆 : 『북사』에서 "수隋나라 문제文帝가 이덕림李德林을 불러 정역鄭譯을 복관復官시키는 조서를 지으라고 명했다. 이에 고경高熲이 농담으로 정역에게 "붓이 말랐다[筆乾]"라고 했다"라고 했다.

北史, 隋文令李德林作詔, 復鄭譯爵. 高熲²³戲謂譯曰, 筆乾.

只恐使君乘傳去　拾遺今日是前銜 : 『한서·고제기高帝紀』에서 "전거傳車²⁴를 타고 낙양에 올라왔다"라고 했다. 낙천 백거이의 「장십팔張十八」에서 "십 년 동안 옛 관함을 벗어나지 못했구나"라고 했다. 당唐나라 진자앙陳子昂과 두보杜甫는 모두 좌습유左拾遺였는데, 어찌 이 두 사람에게 비견하겠는가.

漢高紀云, 乘傳詣洛陽. 樂天詩, 十年不改舊官銜. 唐陳子昂杜甫皆左拾遺, 豈比之二子耶.

22　[교감기] '水'가 본래 '木'으로 되어 있는데, 지금 전본과 白居易의 「憶江南」의 시어에 따라 교정해 고친다.
23　[교감기] '熲'이 원래 '穎'으로 잘못되어 있는데, 지금 전본과 『北史』 권35 「鄭譯傳」에 따라 교정해 고친다.
24　전거(傳車) : 수레를 말한다. 준마(駿馬) 4마리가 끄는 수레를 치전(置傳)이라 하고 중마(中馬) 4마리가 끄는 수레를 치전(馳傳)이라 하며, 하마(下馬) 4마리가 끄는 수레를 승거(乘傳)라 하고, 말 1마리나 2마리가 끄는 수레를 초전(軺傳)이라 하는데, 급한 경우에는 4마리가 끄는 한 대의 수레를 탄다. 옛날에는 수레를 전거(傳車)라고 했었는데, 그 뒤에 말만 둔 것을 역기(驛騎)라고 하였다.

11. 백씨가 제남에 도착하여 시를 보내왔는데, 자못 태수가 거처하는 곳에 호산의 승경이 있다고 했다. 이에 같은 운으로 화운하다【제남은 제주이다. 이공택이 활주 통판으로 있었고 악주를 다스렸는데, 호주로 옮겨갔다가 다시 제주로 옮겨졌다】

伯氏到濟南 寄詩 頗言太守居有湖山之勝同韻和【濟南卽齊州. 李公擇自滑州通判

知鄂, 徙湖, 又移齊】

西來黃犬傳佳句	누런 개 서쪽에서 와 좋은 시구 전하니
知是陸機思陸雲	육기가 육운을 그리워함 알겠어라.
歷下樓臺追把酒	역하의 누대에서 뒤늦게 술잔을 잡고
舅家賓客厭論文	구가의 빈객들은 실컷 글을 논하리.
山椒欲雨好雲氣	산마루엔 비 오려는 듯 구름 기운 좋고
湖面逆風生水紋	호수엔 바람 불어와 비단 무늬 일겠지.
想得爭棊飛鳥上	상상해 보니, 바둑에 빠져 새 날아가고
行人不見只聽聞	행인도 보이지 않은 채
	바둑 두는 소리만 들리겠지.

【주석】

西來黃犬傳佳句　知是陸機思陸雲 : 『진서·육기전陸機傳』에서 "육기가 경사京師에 머물러 있으면서 오랫동안 집안 소식을 듣지 못했다. 그래서 황이黃耳라는 개가 있어 편지를 써서 그 개의 목에 걸었다. 개가 남

쪽으로 달려 육기의 집에 이르러서는 고향 편지를 얻어 다시 경사로 돌아왔다"라고 했다.

陸機傳, 機寓京師, 久無家問. 有犬名黃耳, 乃爲書, 繫其頸. 犬南走, 至其家, 得報還洛.

歷下樓臺追把酒 : 제남부濟南府의 치소治所는 역성歷城이다. 한신韓信이 제齊 땅 역하歷下의 군대를 습격해 깨트렸는데, 바로 이곳이다.

濟南府治歷城. 韓信襲破齊歷下軍, 卽此.

舅家賓客厭論文 : 두보의 「춘일억이백春日憶李白」에서 "다시 시문 이야기 나눌까나"라고 했다.

老杜春日憶太白云, 重與細論文.

山椒欲雨好雲氣 湖面逆風生水紋 : 숙원叔源 사혜련謝惠連의 「범호귀산루중완월泛湖歸出樓中翫月」에서 "슬픈 원숭이 울음 산마루에 울려 퍼지네"라고 했다. 사령운의 「종유경구북고응소從游京口北固應詔」에서 "말에서 내려 산마루 오르네"라고 했다. 의산義山 이상은李商隱의 「수두원외사군한식일도차송자도선기시사운酬竇員外使君寒食日途次松滋渡先寄示四韻」에서 "비단 무늬 같은 연못물을 제비가 차네"라고 했다. 유우석의 「죽지가竹枝歌」에서 "봄물에는 비단 무늬 이네"라고 했다.

謝叔源詩, 悲猿響山椒. 謝靈運詩, 稅駕登山椒. 李義山詩, 水紋如縠燕差池. 劉禹錫詩, 春水縠紋生.

12. 이육제의 「제남군성교정」의 시에 차운하여 보내다

【이육제는 덕수이다】

次韻 寄李六弟濟南郡城橋亭之詩【德叟】

客心如頭垢	길손 마음은 머리 먼지와 같아
日欲撩千篦	날마다 천 번의 빗질로 다듬고자 한다오.
聞人說江南	사람들 말 듣자니, 강남에서는
喜氣吐晴霓	좋은 기운이 맑은 무지개 토해낸다지.
伏枕夢歸路	베개에 기대니 돌아가는 길 꿈꾸고
子規吟翠微	자규는 산허리에서 노래하는구나.
濟南似江南	제남은 강남과 비슷했노니
舊見今不疑	예전에 본 모습 지금도 그대로 이리라.
洗心欲成游	마음 씻으며 유람을 하고자 하지만
王事相奪移	나랏일이 그 유람을 빼앗았지.
駑馬戀棧豆	둔한 말은 말구유에 있는 콩을 좋아하니
豈能辭縶縶	어찌 잡아 맺어두지 못하겠는가.
本無封侯骨	본디 제후가 될 골상이 없노니
見事又重遲	형사 파악하는데 또한 무겁고 느리네.
徒能多着酒	한갓 술을 많은 술 담아 놓을 수 있고
大腹如鴟夷	치이처럼 배만 볼록하다오.
惟思一漁舟	오직 고기잡이 배 한 척만 생각하며

載網橫渺瀰	그물 싣고 아득한 물에 두둥실.
矯貢歷下亭	역하의 정자를 고개 들어 바라보면
朱欄轉淸溪	붉은 난간을 맑은 개울이 휘감고 있네.
春風吹桃李	봄바람이 도리에 불어오면
三月自成蹊	삼월 봄날에 길 절로 생기리라.
翠葉張日幄	푸른 잎이 날마다 휘장 펼쳐 놓고
紅英鋪地衣	붉은 꽃이 땅에 옷처럼 펼쳐졌네.
此中有佳興	이 가운데 멋진 흥취가 있노니
不醉定自非	술 취하지 않고 진정 어찌하랴.
況當郡政成	게다가 고을에 임해 잘 다스리니
野繭麥兩岐	들 누에에 보리도 두 가닥이라오.
與民同觀游	백성과 함께 구경하고 노닐면서
永夜不闔扉	밤새도록 사립문도 닫지 않으리.
女墻上金樞	담장 위로 달빛이 떠오르면
天如靑琉璃	하늘은 마치 푸른 유리와 같으리.
想子果下歸	그대 생각해 보니, 과하마 타고 돌아오면서
馬飽生芻嘶	말은 싱싱한 꼴에 배 불러 울부짖으리.

【주석】

客心如頭垢 日欲撩千篦 : 『한서』에서 "머리의 먼지도 떨어내지 않은 상
태였다"라고 했다. 두보의 「수숙견흥봉정군공공水宿遣興奉呈群公」에서 "머리

짧아 비녀도 이기지 못하네"라고 했다.

漢書云, 頭塵不去. 杜詩, 髮短不勝篦.

喜氣吐晴霓 : 태백 이백의 「협객행俠客行」에서 "의기는 흰 무지개에서 생겨난다오"라고 했다.

太白詩, 意氣素蜺生.

伏枕夢歸路 子規吟翠微 : 두견杜鵑의 다른 이름은 자규子規이고 다른 이름은 제규鵜鴂이다. 『이아』에서 "산의 꼭대기에 미치지 못한 부분은 취미翠微라고 한다"라고 했다. 태충太冲 좌사左思의 「촉도부蜀都賦」에서 "산과 언덕 서로 이어져, 돌 사이에서 구름 토해내네. 산허리에 울창하게 맺히었네"라고 했다. 『문선』에 실린 좌공佐公 육수陸倕의 「석궐명石闕銘」에서 "옆으론 중첩된 산이 비치고 위로는 산허리와 연결되었네"라고 했다.

杜鵑一名子規, 一名鵜鴂. 爾雅, 山未及上曰翠微. 左太冲蜀都賦, 山阜相屬, 觸石吐雲. 鬱葐蒕以翠微.[25] 文選陸佐公石闕銘, 旁映重疊, 上連翠微.

濟南似江南 : 제남濟南은 지금의 제주齊州 제남군濟南郡인데, 뒤에 또한

25　[교감기] '左太 (…중략…) 翠微'라는 구절에 대해, 『文選』 권4에 실린 본래 작품은 '山阜相屬, 含谿懷谷. 岡巒紆紛, 觸石吐雲. 鬱葐蒕以翠微'라고 되어 있다. 사용(史容)이 단장(斷章)하여 인용했고 또한 오탈자가 있다. 지금 전본에 따라 몇 글자를 교정하여 문의(文義)를 통하게 했다.

승격되어 제남부濟南府가 되었다.

濟南, 今齊州濟南郡也, 後又升爲濟南府.

王事相奪移 : 『문선』에 실린 안원 조터曹攄의 「감구시感舊詩」에서 "전 씨와 두 씨가 서로 권력을 다투었네"[26]라고 했다.

文選曹顔遠詩, 田竇相奪移.

駑馬戀棧豆 : 간보干寶의 『진기』에서 "환범桓範이 세상에 나아가 조상曹 爽을 따랐다. 선왕宣王이 장제蔣濟에게 "꾀주머니가 가버렸구나"라 했다. 이에 장제가 "지혜롭기는 지혜롭습니다. 그러나 둔한 말은 말구유에 있는 콩을 좋아하니, 조상은 환범의 계책을 반드시 쓰지 못할 것입니 다"라 했다"라고 했다.

干寶晉紀曰, 桓範出, 赴曹爽. 宣王謂蔣濟曰, 智囊往矣. 濟曰, 智則智矣, 駑馬戀芻豆, 爽不能用也.

---

26 전 씨와 (…중략…) 다투었네 : '전두(田竇)'의 전(田)은 한(漢)나라 효경제(孝景帝)의 황후(皇后)의 아우인 전분(田蚡)을 가리키고, 두(竇)는 두 황후(竇皇后)의 조카인 두영(竇嬰)을 가리킨다. 두영이 세력을 떨칠 때 전분은 제조랑(諸曹郎)이 되어 현귀(顯貴)하지 못했다. 이 때문에 수시로 두영에게 술을 가지고 가 술바치기를 마치 친아들처럼 하였다. 효경제 말년에 전분이 현귀해지고 무제(武帝)가 즉위하자 전분을 무안후(武安侯)로 봉하고 태위(太尉)에 제배(除拜)하였다. 두 태후가 죽고 무제가 전분을 승상(承相)으로 삼자 전분과 두영이 서로 다투게 되었는데, 두영을 따르던 무리들이 모두 전분에게로 돌아갔다고 한다. 『사기·위기무안후열전(魏其武安侯列傳)』에 보인다.

豈能辭縶維 : 『시경·백구白駒』에서 "희고 깨끗한 망아지가, 우리 마당의 풀을 먹는다 하여, 발을 묶고 고삐를 매어, 오늘 아침 내내 있게 하네"라고 했다.

詩, 皎皎白駒, 食我場苗. 縶之維之, 以永今朝.

本無封侯骨 : 『한서·적방진전翟方進傳』에서 "적방진이 채보蔡父를 찾아가 관상을 물으니, 채보가 그의 모습을 보고 대단히 뛰어나다고 여겼다. 이에 "소사小史는 제후로 봉해질 골상을 지녔습니다"라 했다"라고 했다.

漢翟方進傳, 從蔡父相, 蔡父大奇其形貌, 謂曰, 小史有封侯骨.

見事又重遲 : 『사기·범수전范睢傳』에서 "양후穰侯는 지혜로운 선비인데, 형세를 파악함은 느리다"라고 했다. 『한서·두주전杜周傳』에서 "두주는 말이 적고 무겁고 느리게 보인다"라고 했다.

史記范睢傳, 穰侯, 智士也, 其見事遲. 漢杜周傳, 周少言重遲.

徒能多着酒 大腹如鴟夷 : 양웅의 「주잠酒箴」에서 "술 단지는 모난 데 없이 매끄럽고 배가 불룩한 호리병 같아서, 하루 종일 술을 담아둘 수 있고 사람들이 술을 사갈 수 있네"라고 했다.

揚雄酒箴曰, 鴟夷滑稽, 腹如大壺. 盡日盛酒, 人復借酤.

載網橫渺瀰 : 퇴지 한유의 「기최이십육입지寄崔二十六立之」에서 "노 저어 아득한 물로 나아가네"라고 했다.

退之詩, 擺棹出渺瀰.

矯貢歷下亭 : '교공矯貢'은 마땅히 '교수矯首'가 되어야 하니, 여러 판본이 모두 잘못되었다. 연명 도잠의 「귀거래사歸去來辭」에서 "이따금 머리 들고 멀리 바라다보네"라고 했다. 두보의 작품 중에 「배이북해연력하정陪李北海宴歷下亭」이라는 시가 있는데, 그 시에서 "세상에 이 정자 있는지 오래되었고, 제남에는 이름난 선비도 많다오"라고 했다.

矯貢當是矯首, 諸本皆誤. 淵明歸去來, 時矯首以遐觀. 老杜有陪李北海宴歷下亭詩云, 海內此亭古, 濟南名士多.

春風吹桃李 三月自成蹊 : 『한서·이광찬李廣贊』에서 "복숭아 오얏이 말이 없으나 그 아래 절로 오솔길이 생긴다"라고 했다.

李廣贊, 桃李不言, 下自成蹊.

翠葉張日幄 : 『문선』에 실린 사형 육기의 「초은시招隱詩」에서 "무성한 잎이 푸른 휘장 펼쳐 놓았네"라고 했다.

文選陸士衡詩云, 密葉張翠幄.

紅英鋪地衣 : "붉은 비단이 땅을 옷 입혀 걸음마다 주름졌구나"라는

구절이 있는데, 이것은 남당南唐 이 씨李氏의 궁주가사宮中歌詞이다. 구양수 공이 이 구절을 칭송한 바 있다.

紅錦地衣隨步縐, 此南唐李氏宮中歌詞也. 歐公稱之.

此中有佳興 : 노장용盧藏用이 종남산終南山을 가리키며 "이 가운데 진정으로 멋신 곳이 있다네"라고 했다.

盧藏用指終南山, 曰, 此中大有佳處.

不醉定自非 : '정자定自'는 위의 주에 보인다.

定自見上.

況當郡政成 野繭麥兩岐 : 『한서 · 광무기光武紀』에서 "건무建武 2년, 들누에가 고치가 되어 산언덕을 뒤덮었다. 장감張堪이 어양 태수漁陽太守가 되자, 백성들이 노래하기를 "뽕나무에는 곁가지가 없고, 보리에는 이삭이 두 개씩 달렸다"라 했다"라고 했다. 『후한서 · 장담열전張堪列傳』에 보인다.

漢光武紀, 建武二年, 野蠶成繭, 被於山阜. 張堪爲漁陽太守, 百姓歌曰, 桑無附枝, 麥穗兩岐. 見後漢書.

與民同觀游 : 『맹자』에서 "백성과 더불어 함께 즐긴다"라고 했다. '관유觀游' 2글자는 『유자후집柳子厚集』 가운데 많이 잇는 표현으로, 본래

자운 양웅의 「우렵부羽獵賦」에서 비롯된 것으로, 양웅의 「우렵부」에서 "이따금 이궁離宮에 가서 관유함을 그만둔다오"라고 했다. 자후 유종원의 「천설天說」에서 "담·성곽·누대와 사당과 유흥을 즐길 장소를 쌓아 올린다"라고 했고 「곽탁타전郭槖駝傳」에서 "장안長安의 부호 중에 관상觀賞을 위해"라고 했으며, 「영주신대기永州新臺記」에서 "이에 용마루를 만들어 관유하는 것으로 삼았다"라고 했고 「자가주기訾家洲記」에서 "대체로 한 시대에 명승지로 이름이 난 곳은 한 곳을 둘러볼 만한 정도에 불과하다"라고 했으며, 또한 「영릉삼정기零陵三亭記」에서 "고을에 관상觀賞과 유람遊覽을 제공할 곳이 있는 것에 대해 혹자는 정사를 행하는 것과는 무관하다고 한다"라고 했다. 한유의 글에도 또한 '관유'라는 말이 있는데, 「변주수문기汴州水門記」에서 "이곳을 새롭게 장식하신 것은 관람觀覽하기 위함이 아니다"라고 했고 「구양생애사歐陽生哀詞」의 서문에서 "관유할 만한 것이 있고 잔치가 있으면 반드시 불러 참석하게 하였다"라고 했다.

孟子云, 與民同樂也. 觀游二字, 惟柳子厚集中多有之, 字本出揚子雲羽獵賦, 罕徂離宮, 而輟觀游. 天說云, 築爲墻垣城郭臺榭觀游. 郭槖駝傳云, 長安豪富人爲觀游. 永州新臺記, 乃作棟字, 以爲觀游. 訾家洲記, 大凡以觀游名於代者, 不過視於一方. 又零陵三亭記, 邑之有觀游者, 或者以爲非政. 韓文亦有此語, 汴州水門記云, 因而飾之, 匪爲觀游. 又歐陽生哀詞序云, 觀游讌饗, 必召預之.

永夜不闔扉 : 바깥에 있는 문을 닫지 않았다는 말이다.

言外戶不閉也.

女墻上金樞 : 두보의 「상백제성上白帝城」에서 "누대 높고 게다가 담장 있어라"라고 했다. 『문선』에 실린 목화木華의 「해부海賦」에서 "크고 밝은 달이 금추달의 움푹 파인 곳의 구멍에 고삐 맺었네"라고 했는데, 그 주注에서 "달을 말한다. '금金'은 서방西方이다"라고 했다. 두보의 「대력삼년춘백제성방선운운大歷三年春白帝城放船云云」에서 "지는 달에 금구가 무너지네"라고 했다. 복도伏韜의 「망청부望晴賦」에서 "금구에 고삐를 맺어 놓으니, 밝은 달이 보름을 알리네"라고 했다.

杜詩, 樓高更女墻. 文選海賦, 大明鑛彎於金樞之穴. 注云, 月也, 金, 西方也. 杜詩云, 缺月壞金樞. 伏韜望晴賦, 金樞理彎, 素月告望.

天如靑琉璃 : 두보의 「미피행渼陂行」에서 "만 이랑의 파도는 푸른 유리인 듯"이라고 했다.

杜詩, 波濤萬頃靑琉璃.

想子果下歸 馬飽生芻嘶 : 『후한서』에서 "예국濊國에서 과하마果下馬가 생산된다"라고 했는데, 그 주注에서 "과하마는 크기가 삼 척으로, 이를 타고 과수나무 아래를 지나갈 수 있다"라고 했다. 두보의 「감림甘林」에서 "싱싱한 꼴은 말의 입맛 돋우네"라고 했다.

後漢書, 濊國出果下馬. 注云, 高三尺, 乘之可於果下行. 杜詩, 生芻適馬性.

13. 『시경』의 「먼동이 트도록 잠을 못자고 부모님 두 분을 생각하노라」를 운으로 삼아 덕수 이병이에게 부치다
用明發不寐有懷二人爲韻寄李秉彝德叟

진소유의 「이공택행장」에서 "형 포가 일찍 죽고, 그 아들을 병이를 자신의 아들처럼 어루만졌다"라고 하였다. 병이는 아마도 산곡 백구의 아들인 듯하다.

秦少游作李公擇行狀云, 兄布早卒, 拊其子秉彝如己子. 秉彝蓋山谷伯舅之子.

첫 번째 수其一

竹貫四時淸	대나무는 사계절 내내 푸르고
月通雲氣明	달빛은 구름 기운 속에서도 밝네.
外弟有佳質	외제에게 좋은 바탕이 있어
妙年推老成	젊은 나이지만 어른스럽다네.
後凋對霜雪	서리와 눈을 맞고서야 늦게 시들고
不昧處陰晴	흐리거나 맑거나 어둡지 않지.
盛德當如此	크고 훌륭한 덕이 응당 이와 같으니
古人畏後生	옛사람들이 후생이 두렵다고 한 것이네.

【주석】

竹貫四時淸 : "대나무 마디는 늦을수록 더욱 푸르다"라고 되어 있는 판본도 있다.

一作竹節晚逾綠.

月通雲氣明 : "달빛은 추울 때 더욱 밝다"라고 되어 있는 판본도 있다.

一作月華寒更明.

外弟有佳質 : '질質'이 '처處'로 되어 있는 판본도 있다.

一作處.

後凋對霜雪 : '서리와 눈'이 '얼음과 서리'로 되어 있는 판본도 있다.

一作到冰霜.

盛德當如此 : "사물을 보며 만남을 생각하네"라고 되어 있는 판본도 있다.

一作觀物憶相見

古人畏後生 : "멀리 떨어져 정을 나누기 어렵네"라고 되어 있는 판본도 있다. 『예기』에서 "마치 대나무와 살대에 푸른 껍질이 있는 것과 같으며, 소나무와 측백나무에 속이 있는 것과 같으니, 죽전과 송백 이 두

가지는 천하의 큰 절개를 차지한다. 그러므로 사시사철 가지가 바뀌거나 잎이 바뀌지 않는다"라고 하였다. 『논어』에서 "후생이 두려울 만하다"라고 했다. 두보 시에서 "찬란하다, 원 도주의 문장이여, 전성도 후생을 두려워하네"라고 하였다. 『통전』에서 "고자는 외형제, 구자는 내형제의 대칭이다. 법칙은 아니고, 성이 다른 친척을 통상 '외'로 부른다"라고 하였다.

一作契闊難爲情. 禮器云, 如竹箭之有筠也, 如松栢之有心也. 二者居天下之大端矣, 故貫四時而不改柯易葉. 論語, 後生可畏. 杜詩, 粲粲元道州, 前聖畏後生. 通典, 代稱姑子爲外兄弟, 舅子爲內兄弟. 非典言也, 異姓之親通謂之外.

두 번째 수其二

在昔授子書	옛날에 제자백가의 글을 주고
髧彼垂兩髪	저 두 다팔머리를 늘어뜨리네.
乖離今十年	어긋나 멀리한 이제 십 년
樹立映先達	선달을 비추네.
淸燈哦妙句	맑은 등불에 잘 지은 구절을 읊조리니
如酌春酒滑	봄술이 잔에서 미끄러지는 듯하네.
把書念携手	책 들고 손잡고 시를 읊으며
惆悵至明發	날 밝도록 슬픔에 젖어 있구나.

【주석】

在昔授子書 髧彼垂兩髦 : 『시경·용풍鄘風』의 「백주」 시에서 "두 갈래 머리 드리운 이"라고 하였고, 주에서 "모라는 것은 머리털이 눈썹까지 이른 것이니, 자식이 부모를 섬기는 꾸밈이다"라고 하였다.

詩栢舟詩, 髧彼兩髦. 注, 髦者, 髮至眉, 子事父母之飾.

乖離今十年 : 한유 시에서 "서로 어긋나 동떨어지니 믿을 수 없음이 생긴다"라고 하였다.

退之詩, 乖離生難憑.

樹立映先達 : 『세설신어』에서 "공상략 선생이 명성을 떨쳤다"라고 했다.

世說云, 共商略先生名達.

靑燈哦妙句 : "아름다운 구절을 읊조린다"로 되어 있는 판본도 있다.

一作誦佳句.

把書念攜手 惆悵至明發 : 이릉의 시에서 "손을 잡고 하량에 오르네"라고 하였다.

李陵詩, 携手上河梁.

세 번째 수其三

人生不如意	인생이 뜻처럼 되지 않음이
十事恒八九	늘 열 중에 여덟아홉이로다.
未見歷下人	아직 역하 사람은 만나지 못하고
徒傾歷城酒	다만 역성의 술만 기울였네.
從來親骨肉	예로부터 친골육
不免相可不	서로 옳으니 그르니 면하지 못했지.
但願崇事實	다만 바라건대, 사실을 존중하기를
虛名等箕斗	헛된 이름은 기두와 같으니.

【주석】

人生不如意 十事恒八九 : 『진서·양호전』에서 "양호가 상소를 올려 오나라를 정벌할 것을 청했는데 의자들이 동의하지 않자, 양호는 "천하의 일 가운데 뜻대로 되지 않는 것이 보통 열의 일고여덟이로다""라고 하였다.

晉羊祜傳, 祜上疏, 乞伐吳, 而議者不同, 祜曰, 天下事不如意, 恒十居七八.

未見歷下人 徒傾歷城酒 : 병이는 남강군 건창 사람으로 당시 제남에서 벼슬을 했다. 앞에 「기이육제」 시가 있는데, 바로 이 사람이다. 앞의 주에 보인다.

秉彛, 南康軍建昌人, 時仕於濟南. 前有寄李六弟詩, 卽此人也, 已見前注.

從來親骨肉 不免相可不 : 한유의 「기악악이대부」 시에서 "젊을 땐 새 친구 사귀기를 즐기고, 늙어지면 옛 친구 그리워하네. 말하자면 친형제가 어찌 서로 옳으니 그르니 따지겠는가"라고 하였다.

退之寄岳鄂李大夫詩云, 少年樂新知, 衰暮思故友. 譬如親骨肉, 寧免相可否.

但願崇事實 虛名等箕斗 : 『시경·소아』의 「대동」 시에서 "남쪽 하늘에 기성이 떠있어도, 나락을 까불 수 없다. 북쪽 하늘에 북두성이 있어도, 술을 떠 마실 수 없네"라고 하였다. 『문선·고시』에서 "남기와 북두처럼 유명무실하고, 견우성도 멍에를 매지 않는다"라고 하였다. 저 세 별은 멍에를 헛되이 매고 있고, 그 이름만 있다고 말한 것이다. 이백의 「의고십이수擬古十二首」 시에서 "북두성으로 술 따르지 못하고, 남기성으로 키질하지 못하네"라고 하였다.

詩大東, 維南有箕, 不可以簸揚. 維北有斗, 不可以挹酒漿. 文選古詩, 南箕北有斗, 牽牛不負軛. 言彼三星者, 虛負軛, 有其名. 太白詩, 北斗不酌酒, 南箕空簸揚.

네 번째 수其四

蚤知鵲山亭	작산정을 진작에 알았다면
李杜發佳思	이백과 두보가 아름다운 생각을 펼쳤으리.
彌年聽傳誇	일년 동안 전해오는 자랑을 듣고서

登覽通夢寐	등람하니 몽매지간에도 훤하네.
遙憐坐淸曠	저 멀리 맑고 밝은 기상에 앉아
落筆富新製	붓을 대면 새로 지은 옷에 풍성해지네.
尙因賓客集	여전히 빈객들이 모이니
瀝酒使我醉	술 한 방울 한 방울이 나를 취하게 하네.

【주석】

蚤知鵲山亭 李杜發佳思 : 『노두집』에 「배이북해연역하정」 시가 있는데, 북해군 태수 이옹과 역하 고성 원외에 있는 신정에 올라 쓴 것으로, 자주에서 "역하정이 작산호를 마주하고 있다"라고 했다. 호상산을 작산으로 부른다는 것을 알 수 있다.

老杜集有陪李北海宴歷下亭詩，又和北海郡太守李邕登歷下古城員外新亭，自注云，亭對鵲山湖.²⁷ 可見湖上山，名鵲山也.

遙憐坐淸曠 : 사령운의 「과시녕서過始寧墅」 시에서 "세파에 물들고 닳아버려 맑고 밝은 기상에서 멀어졌고"라고 하였다.

謝靈運詩，緇磷謝淸曠.

落筆富新製 : 도연명의 「도화원시」에서 "제물을 처리하는 것 옛 법

---

27 [교감기] '又和'부터 '鵲山湖'까지에서 '古城員外新'과 '山'자가 본래 빠져있었는데, 『두시상주(杜詩詳註)』卷1에 근거하여 보충하고 바로잡았다.

그대로이고, 입은 옷은 새로운 것이 없네"라고 하였다.

淵明桃源詩, 俎豆猶古法, 衣裳無新製.

다섯 번째 수其五

往在舅氏旁	과거에는 외숙 곁에서
獲帚堂上帚	비를 얻어 마루 위를 쓸었네.
六經觀聖人	육경 읽는 성인을 관찰하니
明如夜占斗	밝기가 밤중에 북두칠성 점치는 듯했네.
索居廢舊聞	혼자 사니 옛날에 들은 것 사라지고
獨學無新友	홀로 배우니 새 벗이 없구나.
羡子杞梓材	기재의 재목인 그대가 부럽구나
未曾離矯揉	나는 아직 바로잡음과 굽힘에서
	떠나지 못하거늘.

【주석】

往在舅氏旁 獲帚堂上帚 :『예기 · 소의』에서 "널리 쓰는 것을 '소'라고 하고, 자리 앞을 쓰는 것을 '분'이라 한다. 자리 위를 청소할 때는 비를 사용하지 않고, 쓰레받기를 잡고 청소할 때는 쓰레받기의 바닥이 자기의 가슴 앞을 향하게 한다. 주에 '렵'은 청소할 때 쓰는 비이다"라고 하였다.『석문』에서 "분은 불과 운의 반절이다"라고 하였다.

禮記少儀云, 氾埽曰埽, 埽席前曰拚, 拚席不以鬣, 執箕膺擖. 注, 鬣, 帚也.
釋文, 拚, 弗運反.

索居廢舊聞 : 『예기』에서 "벗들과 떨어져 외로이 혼자 살다"라고 하
였다.
禮記, 離群而索居.

獨學無新友 : 『학기』에서 "홀로 배우기만 하고 벗이 없으면, 고루해
지고 견문이 적다"라고 하였다.
學記, 獨學而無友, 則孤陋而寡聞.

羨子杞梓材 : 『좌전』에서 "성자가 초에 말하기를, "예를 들자면 기재
와 피혁이 초나라에서 간 것과 같으니, 초나라에 비록 재목이 있으나
실제로는 진나라가 그 재목을 쓰고 있습니다"라고 하였다. 원굉袁宏의
『삼국명신송』에서 "다투어 송죽을 캐고, 기재를 얻으려고 겨룬다"라
고 하였다.
左傳, 聲子說楚曰, 如杞梓皮革, 自楚往也, 雖楚有材, 晉實用之. 袁彦伯三
國名臣頌, 爭采松竹, 競收杞梓.

未曾離矯揉 : 『역경·설괘』에서 "감은 바로잡거나 휨이 된다"라고 하
였다. 『석음』에서 "'유輮'는 여와 구의 반절이고, 또 여와 우의 반절이

다"라고 하였다. 송충의 왕이본에서는 '유揉'라고 했고, 공영달孔穎達의
해설에서는 "굽은 것을 곧게 하는 것이 '교'이고 곧은 것을 굽게 하는
것이 '유'이다"라고 했다. 『순자·권학편』에서 "나무는 먹줄을 맞아 곧
게 되지만, 휘어 구부려서 수레바퀴가 된다"라고 하였다.

易說卦云, 坎爲矯輮. 釋音云, 輮, 如九反, 又如又反. 宋衷王廙本作揉, 孔
疏, 使曲者直爲矯, 直者曲爲揉.[28] 荀子勸學篇, 木直中繩, 輮以爲輪.

여섯 번째 수其六

安詩無恙時	안시는 양이 없을 때이고
學行超輩儕	학행은 동년배를 뛰어넘네.
華屋落丘山	화려한 집은 구산으로 몰락하고
百憂滿人懷	온갖 근심이 가슴에 가득하네.
此士如不亡	이런 선비는 죽지 않는 것처럼
仲子抱奇材	중자는 기이한 재주를 품었지.
不獨典刑在	전형이 존재할 뿐 아니라
神明還觀來	신명함을 다시 되찾았네.

---

28 [교감기] '宋衷'부터 '爲揉'까지에서, '衷'이 본래는 '忠'으로 되어 있고, '爲矯' 두
    자는 빠져있었으며, '孔疏'는 '宋云'으로 되어 있었는데, 『주역정의(周易正義)』에
    근거하여 보충하고 바로잡았다.

【주석】

安詩無恙時 學行超輩儕:『산곡집』에 있는 「이터자설」에서 "나는 어찌하여 이미 외사촌의 형제 이터에게 "시를 편안히 하라"고 하고는, 시를 편안히 하려 그 말을 청하기를 운운하는가"라고 하였다. 『풍속통』에서 "'양'은 독충으로 사람을 잘 문다. 옛 사람은 풀위에 노숙했기 때문에 서로 위문함에 꼭 "양은 없었는가?"라고 하였다"라고 하였다. 또 『이릉전』에서 "곽표가 상관에게 "양이 없는가?"했다"라고 하였다.

山谷集中有李攄字說云, 予旣字舅弟李攄曰安詩, 而安詩請其說, 云云. 風俗通, 恙, 毒蟲, 喜噬人. 古人草居露宿, 故相勞問, 必曰, 無恙乎. 又李陵傳, 霍與上官無恙乎?

華屋落丘山:『문선』에 실려 있는 조자건의 「공후인」에서 "살아서는 화려한 집에 살더니, 죽어서는 쓸쓸히 산언덕으로 돌아갔네"라고 하였다.

文選曹子建箜篌引云, 生存華屋處, 零落歸丘山.

仲子抱奇材 : '자子'가 '숙叔'으로 되어 있는 판본도 있다.

一作叔也

不獨典刑在 :『시경·대아』·「탕蕩」에서 "비록 노성인은 없다해도 전형은 여전히 있다"라고 하였다.

詩云, 雖無老成人, 尙有典刑.

神明還觀來:『법서요록』에 유익의 「여왕희지서」에서 "문득 그대가 형님에게 보낸 답신을 보니, 황홀함이 마치 신명이 나타난 듯하고, 대번에 옛 시력을 되찾은 듯했다"라고 하였다. 본 시집에 있는 「평이덕수시」에서 "장인 손신로가 일찍이 덕수의 시를 내게 보여주며 "자네가 나를 위해 이것을 한 번 평가해보게"라고 하여, 나는 "「재과보혜」 칠언은, 앞의 사람들의 말 중에 '표'자운인데, 조정이래 이것에 능한 자는 불과 한둘이었습니다"라고 답했다"라고 하였다. 한유의 「천사薦士」에서 "허공을 가로지르듯 경어를 구사하나니, 그 어려운 글자를 온당하게 놓는 힘은 오[29]를 밀어낼 정도일세"라고 했으니, 오직 이 시가 그 뜻에 부합한다.

法書要錄, 庾翼與王羲之書云, 忽見足下答家兄書, 恍若神明, 頓還舊觀. 集中又有評李德叟詩云, 孫莘老嘗以德叟詩一軸示予, 曰, 子試爲我評之. 予對曰, 再過普惠七言, 右人道中表字韻,[30] 國朝以來, 能者不過一二人而已. 韓退之所謂橫空蟠硬語, 妥帖力排奡, 惟此詩足以當之.

일곱 번째 수其七

少時誦詩書[31]　　　　어릴 적에 시경과 서경을 암송하며

29　오(奡) : 고대의 장사로 육지에서 배를 끌고 다닐 정도로 힘이 셌다고 한다.
30　[교감기] '右'가 영원본에는 '石'으로 되어 있고, 전본에는 '古'로 되어 있다.
31　[교감기] 고본 원교(原校)에 '소년으로 되어 있는 것도 있다(一作少年)'이라 하였다.

貫穿數萬字	수만 자를 꿰뚫었네.
邇來窺陳編	그동안 본 옛날 책
記一忘三二	하나를 기억하고 둘 셋을 잊어버리네.
光陰如可玩	세월이 만약 좋아하기만 한다면
老境翻手至	노경은 손 뒤집는 사이 온다네.
良醫曾折足	명의는 일찍이 발을 부러뜨려야
說病酒眞意	병을 말함에 비로소 진의가 있다네.

【주석】

貫穿數萬字 : 「사마천찬」에서 "또 사마천은 광범위하게 섭렵하였고, 경전을 꿰뚫고, 고금을 치달렸다"라고 하였다.

司馬遷贊, 亦其涉獵者廣博, 貫穿經傳, 馳騁古今.

邇來窺陳編 記一忘三二 : 유종원의 「기허경조서」에서 "지난날 글을 읽을 적에는 스스로 막히는 정도에 이르지는 않는다고 여겼었는데, 이제는 머리가 둔해져서, 더 기억을 잘 못합니다. 매번 옛사람이 기록한 한 편의 글을 읽노라면, 몇 장 이후부터는, 곧 두 번 세 번 앞 권을 펴서, 다시 성씨를 살펴보고, 잠시 뒤에 또 잊어버립니다"라고 했는데, 산곡은 아마도 이 뜻을 쓴 듯하다. 구양수의 「진양독서鎭陽讀書」에서 "앞쪽을 찾다가 뒤쪽을 잊어버리고, 하나를 기억하면 열을 잊어버리네"라고 하였다.

柳子厚寄許京兆書云, 往時讀書, 自以不至抵滯, 今皆頑然, 無復省錄. 每讀古人一傳, 數紙以後, 則再三伸卷. 復觀姓氏, 旋又廢失. 山谷蓋用此意. 歐陽文忠鎭陽讀書, 尋前顧後失, 得一念十忘.

光陰如可玩 老境翻手至 : 유종원의 「여이한림서」에서 "유유한 이 세상에서, 앞으로 30년간 나그네가 되는 데 지나지 않을 것입니다. 앞서 지나간 37년의 세월이, 눈 한 번 깜박이고 숨 한 번 들이쉬는 것과 다를 게 없었으니, 앞으로 무엇을 얻는 일이더라도, 크게 좋아할 것이 못 된다는 것 또한 분명합니다"라고 하였다.

柳子厚與李翰林書, 悠悠人世, 越不過爲三十年客耳. 前過三十七年, 與瞬息無異. 後所得者, 其不足把玩, 亦已審矣.

良醫曾折足 說病酒眞意 : 『좌전·정공定公 13년』에서, "제고강이 말하길 "팔뚝을 세 번 부러뜨린 다음에야 그 방면의 명의가 된다고 알고 있다"고 했다"라고 하였다. 굴원의 「구장」에서 "아홉 번 팔을 부러뜨리고서 의원이 된 지금에 와서야 그 말이 진실임을 알았다"라고 하였다.

左傳, 齊高彊曰, 三折肱知爲良醫. 屈原九章云, 九折臂而成醫兮, 吾至今而知其信然.

여덟 번째 수其八

桃李春成徑	복사꽃 오얏꽃이 봄날 오솔길을 이룸은
本自不期人	본래 사람들과 약속하지 않는다네.
歷下兩寒士	역하의 두 가난한 선비
簞瓢能悅親	단표³²로도 능히 어버이를 기쁘게 한다네.
耻蒙伐國問	나라 정벌에 대한 질문 받은 것이 부끄러운데
肯臥覆車塵	어찌 누워서 수레 먼지를 덮으리오.
子旣得此友	그대는 이미 이런 벗을 얻어
從之求日新	이로써 날마다 새로워짐을 구하리.

【주석】

桃李春成徑 : 앞의 주에 보인다.³³

見上.

本自不期人 : 복사꽃과 오얏꽃 아래 자연히 길이 이루어지니, 약속하지 않아도 사람들이 저절로 모인다.

桃李成蹊, 非與人期, 而人自至耳.

---

32 단표(簞瓢) : 한 그릇의 밥과 한 표주박의 물(一簞食一瓢飮)의 줄임말로 빈궁한 생활을 뜻한다.

33 도리성혜(桃李成蹊) : '복사꽃과 오얏꽃이 말을 하지 않아도 사람들이 알고 찾아와 그 아래 자연히 길이 이루어진다(桃李不言下自成蹊)'는 의미로, 말 없는 가운데 그 충심(衷心)이 드러나 사람들이 감복하는 것을 말한다.

耻蒙伐國問 : 『동중서전』에서 "동중서가 강도강이 되어 역왕을 섬겼다. 역왕은 동중서에게 물었다. "월왕 구천은 대부설용, 문종, 범려와 오나라 토벌을 꾀하여 결국 오나라를 멸망시켰소. 공자는 은나라에 어진 사람이 셋 있다고 칭찬했는데, 나도 월나라에 그 세 사람이 어진 사람이라고 생각하오. 환공이 관중에게 난제의 해결을 청했으니, 나도 그대에게 난제를 해결해달라고 청하오" 동중서가 대답했다. "예전에 노군께서 유하혜에게 "내가 제나라를 토벌하려 하는데 어찌 생각하시오?"라고 물었습니다. 유하혜는 "안됩니다"라고 대답했습니다. 돌아간 뒤에 걱정이 된 그는, "내가 듣기로 다른 나라를 토벌할 때는 어진 사람에게 묻지 않는다고 하던데, 이 말을 어째서 내게 물으신 것일까?"라고 말했습니다. 그저 질문을 받기만 했는데도 그것이 치욕스러운데, 하물며 계획을 세워 오나라를 토벌하다니요?" 역왕은 "좋은 대답이오"라고 말했다".

董仲舒傳, 爲江都相, 事易王. 王問曰, 粤王句踐與大夫泄庸種蠡謀伐吳, 遂滅之. 孔子稱殷有三仁, 寡人亦以爲越有三仁. 桓公決疑於管仲, 寡人決疑於君. 仲舒對曰, 昔者魯君問柳下惠, 吾欲伐齊, 何如? 柳下惠曰, 不可. 歸而有憂色, 曰, 吾聞伐國不問仁人, 此言何爲至於我哉? 徒見問耳, 且猶羞之, 況設詐以伐吳乎? 王曰, 善.

子既得此友 從之求日新 : 『역경』에서 "날로 새로워지는 것을 성덕이라고 이른다"라고 하였다. 『대학』의 탕지반명에 이르기를 "참으로 날로

새롭게 되려거든 날마다 새롭고 또 나날이 새롭게 하라”라고 하였다.

易, 日新之謂盛德. 禮大學, 湯之盤銘曰, 苟日新, 日日新, 又日新.[34]

34　[교감기] ‘禮大學’부터 ‘又日新’까지에서, ‘禮大學’은 본래 ‘書’로 되어 있었고, ‘苟’는 ‘德’으로 되어 있었다. 생각건대, 『서경·중회지고(仲虺之誥)』에 “덕이 날로 새로워지면(德日新)”이라고 했고, 또 『예·대학』에서 “탕 임금의 반명에 “참으로 날로 새롭게 되려거든 날마다 새롭고 또 나날이 새롭게 하라”라고 했다. 사주(史注)에서 “대개 이 둘을 하나로 합해졌기 때문에 문구가 뒤섞여 자못 혼란스러움이 있다”라고 했다. 지금 전본에 따라 대조하여 교정하였다.

14. 사후를 모시고 백화주에서 노닐다가 범문정 사당 아래에서 다리 뻗고 앉아서 양담이 사안을 생각하며 「생존화옥처, 영락귀산구」라를 시를 읊고 통곡한 것이 생각나 열 수를 짓다

陪謝師厚遊百花洲槃礴范文正祠下道羊曇哭謝安石事因讀生存華屋處零落

歸山丘爲十詩35

백화주는 래공, 범공의 사당으로, 모두 등 땅에 있다.

百花洲, 萊公·范公祠, 皆在鄧.

첫 번째 수 其一

憶在昭陵日	소릉에서의 날을 떠올려보니
傾心用老成	노련한 인재 쓰는 것에 마음을 기울였네.
功歸仁祖廟	공로는 인조 묘에 돌아가고
政得一書生	정사는 서생 하나를 얻었다네.

【주석】

憶在昭陵日 : 인종이 영소릉에 묻혔다.

---

35 [교감기] '배사사후' 구는, 영원본, 고본 건륭본에는 '范文正' 아래 '公' 자가 없다.
영원본 제목 주에서 "이 시와 앞의 7, 8편은 모두 등주(鄧州)에서 쓴 것이다. 백화
주는 萊公, 范公의 사당은 모두 등 땅에 있고, 사후의 집은 남양이니, 산곡이 북경
에서 관직을 그만두고 남양에 사후를 보러 간 것이다"라고 하였다.

仁宗葬永昭陵

政得一書生 : 문정공을 말한다.

謂文正公

두 번째 수其二

羊生但著鞭[36]   양담은 살아서 그저 말채찍을 잡았으니

勿哭西州門   서주의 문에서 통곡하지 마시오.

故有不亡者   옛날 죽지 않는 자가 있었으니

南山相與存   남산에서 그와 더불어 살아있으리.

【주석】

羊生但著鞭 勿哭西州門 故有不亡者 南山相與存 : 양담[37]의 일은 『사안
전』에 있다. '저편著鞭'은 『유곤전』에 보인다. 『장자 · 전자방田子方』에
"범나라가 망한다해도 내가 가진 것을 잃는 것은 아니다"라고 했다.

羊曇事在謝安傳. 著鞭見劉琨傳. 莊子曰, 凡之亡也, 不足以喪吾存.

---

36 [교감기] '著'는 본래 '箸'로 잘못되어 있어, 지금 영원본, 고본, 전본, 건륭본에
근거하여 바로잡았다.

37 양담(羊曇) : 남북조 진(晉)의 문인. 사안(謝安)의 생질로 시문에 능하였다. 사안
의 사랑을 받다가 그가 죽자 서주(西州)의 길을 차마 지나가지 못했는데 어느
날 술에 취해 자신도 모르게 서주의 성문에 이르자 슬퍼하며 통곡했다고 한다.

세 번째 수其三

慶州自不惡	경주에서 스스로 싫어할 일이 아니니
籍甚載聲華	정사에 화려한 명성[38]이 기록되었네.
忠義可無憾	충의는 유감이 없으리로다
公今有世家	지금 공의 명문집이 있네.

【주석】

慶州自不惡 籍甚載聲華 忠義可無憾 公今有世家 : 인종 때, 서하의 이원호가 반란을 일으켰다. 문정공이 부연을 지키겠다고 자청하여, 연주지주로 옮겼다가 다시 환경로경략안무사로 복귀했다. 마침내 계획을 결정하여 횡산을 취하기로 하고 영무를 회복하니 이원호가 사신을 보내 청신하며 화친을 청하였다. 문정의 둘째 아들, 충선공은 이름이 순인, 자는 요부로, 희녕 7년 10월에 지경주가 되었다. '세가'라고 한 것은 이것이다. 철종이 즉위하고 또 하중에서 경주로 옮겼는데 이때는 아니다. '不惡'은 앞에 보인다.

仁宗時, 元昊反. 文正公自請守鄜延, 徙知慶州, 又以爲環慶路經略安撫使. 決策取橫山, 復靈武, 而元昊稱臣請和. 文正仲子, 忠宣公純仁字堯夫, 熙寧七年十月知慶州. 所謂世家者, 此也. 哲宗卽位, 又自河中徙慶州, 此時未也. 不惡見上.

---

38 화려한 명성 : '성화(聲華)'는 문장가로서의 화려한 명성을 말한다.

네 번째 수其四

公歸未百年	공이 돌아간 지 백 년이 안 되었는데
鸛巢荒古屋	황새 둥지가 고옥을 덮었구나.
我吟殄瘁詩	내가 끊기고 병든 시를 읊으니
悲風韻喬木	슬픈 바람이 나뭇가지를 울리네.

【주석】

公歸未百年 鸛巢荒古屋 我吟殄瘁詩 悲風韻喬木 : 『시경』에서 "선인이 없으니, 나라가 끊기고 병들리로다"라고 했다.

詩, 人之云亡, 邦國殄瘁.

다섯 번째 수其五

傷心祠下亭	마음 상해 하정에 제사 지내니
在時公燕處³⁹	살아있을 때 공은 세상사에 얽매이지 않았네.
臨水不相猜	물을 굽어보며 서로 시기하지 않고
江鷗會人語	강물 위 갈매기, 사람 말소리에 모여드네.

---

39 세상사에 얽매이지 않았다 : '연처(燕處)'는 『도덕경』 26장에 연처초연(燕處超然)이라 했는데 한거(閑居)하며 세상사에 얽매이지 않고 사는 것을 뜻한다.

여섯 번째 수其六

公有一杯酒	공은 한 잔 술이 있으면
與人同醉醒	사람들과 함께 취했다가 깨곤 했었지.
遺民能記憶	유민이 기억할 수 있어
欲語涕飄零	말하려니 눈물이 바람에 날리네.

【주석】

公有一杯酒 與人同醉醒 遺民能記憶 欲語涕飄零 : 『남사·양간전』에서 "술을 마시지 않고도 노닐기를 좋아하여, 온종일 술잔을 올리며, 함께 취했다 깨곤 하였다"라고 했다. 『좌전』에서 "오나라 계찰이 「당풍唐風」을 노래하게 하고 말하기를, "생각이 깊으니, 과연 도당씨[40]의 유민이로다""라고 했다.

南史羊侃傳,[41] 不飮酒而好賓游, 終日獻酬, 同其醉醒. 左傳, 吳季札聞歌唐曰, 思深哉, 其陶唐氏之遺民乎.

---

40 도당씨 : 요 임금의 호. 『십팔사략·오제(五帝)』의 주에 "요 임금이 처음에 당후(唐侯)였다가 나중에 천자가 되어 도(陶)에 도읍했기 때문에 호를 도당씨라 한다"라고 하였다.

41 [교감기] '南史羊侃傳'의 '侃'은 본래 '祜'로 되어 있다. 생각건대 『羊祜傳』은 『晉書』에 있고, 전 안에 아래 인문이 없다. 또 전본에서는 『북사(北史)·배의선전(裴義宣傳)』으로 고쳤으며, 전 안에 또한 아래 인문이 없다. 지금 『남사』 권63 『양간전』에 의거하여 고쳤다.

일곱 번째 수其七

委徑問謠俗	굽은 길에서 세상의 풍속을 묻고
高丘省佃作	높은 언덕에서 농사일을 살피네.
昔游非苟然	그 옛날 노님이 구차하지 않았다면
今花幾開落	지금 꽃이 얼마나 피고 지겠는가.

여덟 번째 수其八

在昔實方枘	옛날에는 바탕이 모난 장부였는데
成功見圓機	공을 이루니 둥근 틀이 드러났네.
九原尚友心	땅속에서도 옛사람을 벗하려는 마음에
白首要同歸	흰 머리 되어 함께 돌아가고자 하네.

【주석】

在昔實方枘 成功見圓機 : 『이소경』에 "구멍을 재지 않고 자루를 끼우려다 진실로 옛 군자들 젓갈[42]이 되었네"라고 하였다. 『구변』에 "둥근 구멍에 모난 막대여, 나는 그것이 맞지 않아[43] 들어가기 어렵다는 것을 진정 알겠도다"라고 하였다. 문정이 평생 뜻이 어긋나 세상과 화합하

---

42 젓갈 : '저해(菹醢)'는 사람의 육신을 난도질하여 육장(肉醬)을 담는 형벌을 가리키는 말로 보통 처형하다는 뜻으로 쓰인다.
43 맞지 않아 : '저어(鉏鋙)'는 서로 어긋나는 톱니를 말한다.

지 못했고, 참지정사 또한 화합하지 못해 나왔지만, 변방을 다스림에
는 이치에 맞게 따르고 융통성 있게[44] 행하였으니, 처음부터 둥글지 않
았던 것은 아니다. 『문중자』에 "어찌하면 원기[45]지사를 얻을 수 있는
가, 더불어 구류[46]를 얘기해보라"라고 하였다.

離騷經云, 不量鑿而正枘兮, 固前修以菹醢. 九辯云, 圜鑿而方枘兮, 吾固
知其鉬鋙而難入. 文正平生鉬鋙不合多矣, 參知政事亦以不合出, 而其臨邊隨
宜制變, 未始不圓也. 文中子曰, 安得圓機之士, 與之言九流哉.

九原尚友心 : 『맹자·만장하』에서 "이것이 바로 옛 시대로 올라가서
벗하는 것이다"[47]라고 하였다.

孟子, 是尚友也.

---

44 융통성 있게 : '제변(制變)'은 사태의 추이에 따라 알맞게 잘 대처함을 말한다.
45 원기(圓機) : 고리의 정중앙. 『장자·제물론』에서 "도구는 곧 환중과 같다(圓機,
    猶環中也)"라고 했다. 세상의 선악 시비 등 상대적인 관계를 초월하여 외물에 구
    애받지 않고 소요자적(逍遙自適)하는 경지를 뜻한다.
46 구류(九流) : 선진(先秦) 시기에 분류된 제자백가의 아홉 유파. 반고의 『한서·예
    문지』에서 분류한 유가·도가·음양가·법가·명가·묵가·종횡가·잡가·농가의
    9학파를 말한다.
47 옛 (…중략…) 것이다 : '상우(尚友)'는 옛 사람과 벗하며 평론하는 사람을 말한
    다. 『맹자·만장하』에서 "이 세상의 훌륭한 선비와 벗하는 것으로 충분하지 못하
    면 다시 옛 시대로 올라가서 옛사람을 논한다. 그의 시를 낭송하고 그의 글을 읽
    으면서도 그가 어떤 사람인지 모른대서야 말이 되겠는가. 그렇기 때문에 당시의
    그의 삶을 논하게 되는 것이니, 이것이 바로 옛 시대로 올라가서 벗하는 것이다
    [以友天下之善士爲未足, 又尚論古之人. 讀其書誦其詩, 不知其人可乎, 是以論其世
    也, 是尚友也]"라고 하였다.

白首要同歸 : 반악의 시에서 "석숭石崇같은 친구에게 정분을 주어 의지하니, 흰머리 되어 함께 돌아가리라"라고 하였다. 문정공의 『약양루기』 끝에서 말하기를 "반드시 천하 사람들이 근심하기에 앞서 근심하고, 천하 사람들이 즐거워한 뒤에 즐거워할 것이다! 아, 이러한 사람이 아니면, 내 누구와 더불어 돌아가겠는가"라고 하였다. 여기서의 시의는 이것을 가리킨다.

潘安仁詩, 投分寄石友, 白首同所歸. 文正公岳陽樓記其末云, 其必先天下之憂而憂, 後天下之樂而樂乎. 噫, 微斯人, 吾誰與歸. 詩意端指此.

아홉 번째 수其九

人去洲渚在	사람은 가도 물가는 여전하니
春回花草斑	봄이 돌아와 꽃과 풀이 알록달록하게 덮였네.
淸談値淵對	청담으로 경연經筵할 만하고
發興如江山	흥취가 일어남은 강산에 있는 것 같구나.

【주석】

人去洲渚在　春回花草斑 : 두보의 「구일봉기엄대부九日奉寄嚴大夫」에서 "겹겹의 바위들 사이에 들국화 아롱졌는데"라고 하였고, 또 「절구이수絶句二首」에서 "봄바람에 꽃과 풀이 향기롭구나"라고 하였다.

杜詩, 重巖細菊斑. 又云, 春風花草香.

發興如江山 : 두보의 「춘일강촌오수春日江村五首」에서 "흥취가 일어남
은 숲과 샘이 있어서이네"라고 하였다.

杜詩, 發興自林泉.

열 번째 수其十

落日銜城壁	석양이 성의 담벼락을 머금어
祠東更一游	사당 동쪽에서 다시 한 번 노니네.
悲來惜酒少	밀려오는 슬픔에 적은 술 아쉽고
安得董糟丘	어찌 동조구 같은 이를 얻을 수 있으리오.

【주석】

落日銜城壁 : 소식의 「화도왕무군좌송객재송장중和陶王撫軍座送客再送張
中」 시에서 "유유히 서산의 해를 머금고, 형형한 맑은 달빛 내려앉았
네"[48]라고 하였다. 이백의 「오서곡烏棲曲」 시에서 "청산은 어느덧 반쪽
해 머금었네"라고 하였다.

淵明詩, 悠悠銜山日, 炯炯留淸輝. 太白詩, 靑山猶銜半邊日.

祠東更一遊 : 문정이 등주를 지킨 지 3년에 후인들이 사당을 짓고 제

---

48 悠悠銜山日, 炯炯留淸輝 : 이 시구는 소식의 「和陶王撫軍座送客再送張中」시의 구
절인데, 도연명의 시로 되어 있어, 바로잡아 번역하였다.

사하였다.

文正守鄧三年, 後人祠之.

悲來惜酒少 安得董糟丘：『남사』에서 "진훤이 형자 수에게 말하기를,
조구에 궁실을 짓게하여 내가 장차 그곳에 가서 늙으리라"라고 하였
다. 이백의 「기원참군寄元參軍」 시에서 "추억하노니 낙양의 동조구가 나
를 위해 천진교 남쪽에 주루를 지었었지. 황금과 백옥은 사도 가소롭
고, 한 번 취하면 몇 달은 왕후를 가벼이 보네"라고 하였다.

南史, 陳暄與兄子秀書曰, 速營糟丘, 吾將老焉. 李白寄元參軍, 憶昔洛陽
董糟丘, 爲予天津橋南造酒樓. 黃金白璧買歌笑, 一醉累月輕王侯.

15. 백화주에서의 잡제
百花洲雜題

『문정공집』에 있는 「답왕원숙억백화주견기」에서 "방주의 으뜸 옛 남도"라고 했고, 또 「헌백화주도상진주안상공」에서 "양하에는 승경이 적어서, 이 모래톱이 애오라지 시의 재료가 되네. 백화가 아름다움을 다투고, 하나의 물줄기 절로 잔잔하네"라고 하였다. 등주 남양군은 동한 때의 남도이다.

文正公集中有答王源叔憶百花洲見寄云, 芳洲名冠古南都. 又獻百花洲圖上陳州晏相公云, 穰下勝游少, 此洲聊入詩. 百花爭窈窕, 一水自漣漪. 鄧州南陽郡, 東漢爲南都也.

范公種竹水邊亭	범공이 대나무 심은 물가 정자에
漂泊來游一客星	떠돌다 노닐러 온 객성 하나.
神理不應從此盡	혼령도 이곳에서 다하기를 따르지 않으니
百年草樹至今靑	백 년 전 풀과 나무가 지금까지 푸르다네.

【주석】

范公種竹水邊亭 漂泊來游一客星 : 두보의 「희작기상한중정戲作寄上漢中王」 시에서 "서한의 친왕자, 성도의 늙은 객성"이라고 했다. 객성은 두보 스스로를 비유한 것으로 산곡 또한 이 뜻을 이용했다. 객성은 본래 『엄광

전』에서 비롯되었다.

老杜上漢中王云, 西漢親王子, 成都老客星. 客星, 老杜以自喻, 山谷亦用此意. 客星本出嚴光傳.

神理不應從此盡 : 사령운의 「술조덕」 시에서 "물에 빠진 이를 구함은 도정에서 말미암고, 감실의 난폭함은 혼령에 기댄다"라고 하였다.

謝靈運述祖德詩云, 拯溺由道情, 龕暴資神理.

百年草樹至今靑 : 두보의 「망악望嶽」 시의 "제나라와 노나라의 푸름이 끝이 없구나"의 뜻을 활용했다.

用老杜齊魯靑未了之意.

16. 대나무 아래에서 술잔을 들고

竹下把酒

竹下傾春酒	대나무 아래에서 봄술잔을 기울이니
愁陰爲我開	짙은 구름이 나를 위해 흩어진다.
不知臨水語	물을 굽어보며 할 말을 모르겠고
更得幾回來	다시 몇 년 지나야 돌아올 수 있을까.

【주석】

不知臨水語 更得幾回來 : 유종원의 「재상상강」 시에서 "잘 있었구나, 상강의 물이여, 오늘 아침 또 올라왔다네. 모르겠구나, 이곳 떠나면, 다시 몇 년 지나야 돌아올까"라고 하였다.

柳子厚再上湘江詩, 好在湘江水, 今朝又上來. 不知從此去, 更遣幾年回.

17. 저물녘 누각에 올라[49] 생각하다

砌臺晚思

目極江南千里春	멀리 강남을 둘러보니
	천리가 봄인데
誰今灑筆可招魂	지금 누가 붓을 잡고 혼백을 불러낼 수 있는가.
向人猶作故時面	사람을 바라보니 마치 옛날 얼굴 같은데
翠竹蒼煙一萬根	푸른 대나무는 울창하여 뿌리가 일만이구나.

【주석】

目極江南千里春 : 『초사·초혼』에서 "천리 멀리 둘러보니 깊은 봄빛에 애가 타네"라고 하였다.

楚辭, 目極千里兮傷春心.

誰今灑筆可招魂 : 송옥의 『초혼』이 있다. 두보의 「추수고고촉주인일견기追酬故高蜀州人日見寄」 시에서 "소주[50]의 시인[51] 경초선이여 고적의 넋을 위해 초혼가를 불러주오"라고 하였다.

宋玉有招魂一篇. 杜詩, 昭州詞翰與招魂.

---

49 누각에 올라 : '체대(砌臺)'는 옛날 제왕가에서 올라가 관상하던 누각을 가리킨다.
50 소주(昭州) : 사천성 안녕하(安寧河) 유역의 고을. 여기서는 두보의 친구로 소주사군(昭州使君)이었던 경초선(敬超先)을 말한다.
51 시인 : '사한(詞翰)'은 시나 문장을 가리킨다.

翠竹蒼煙一萬根: 황정견의 「위남」 시 마지막 연에서 "옛 측백나무에 오직 갈매기만 있는데, 사람을 대함에 오히려 지난날의 정이네"라고 했는데, 이것과 같은 뜻이다. 『진서·유담전』에서 "유담의 자는 진장이고, 저부가 손작에게 말하기를 "진장은 평생 언제 나를 동등하게 대해주겠소, 경이 오늘 이것을 지어 대면하리""라고 하였다.

山谷衛南詩, 落句云, 惟有鳴鷗古祠柏, 對人猶是向時情. 與此同意. 晉劉惔傳, 惔字眞長, 褚裒謂孫綽曰, 眞長平生何嘗相比數, 而卿今日作此面向人耶.

18. 사후의 「접화」에 화답하다

和師厚接花

妙手從心得	묘한 솜씨는 마음으로 터득한 것을 따르니
接花如有神	접화에 신들린 듯하네.
根株穰下土	뿌리를 양현 땅에 내리니
顔色洛陽春	안색이 낙양의 봄과 같네.
雍也本犂子	옹은 본디 얼룩소의 새끼이고
仲由元鄙人	중유는 비인의 으뜸이었네.
升堂與入室	마루에 오르는 것과 방에 들어가는 것은
只在一揮斤	단지 한 번 휘두른 도끼에 달려있을 뿐이라네.

【주석】

妙手從心得 : 윤편이 수레를 깎고 있다가 제 환공에게 말하기를, "신은 그 손으로 터득한 것을 마음에 호응케 하는 것이네"라고 하였다.

輪扁斲輪, 謂齊桓公曰, 臣得之於手, 應之於心.[52]

接花如有神 : 두보의 「봉증위좌승장이십이운奉贈韋左丞丈二十二韻」 시에서 "붓을 잡으면 신들린 듯 써 내려갔다"라고 하였다.

---

52 [교감기] '윤편(輪扁)' 등등은 생각건대, 이 조목의 주는 『장자・천도편』에서 나온 것으로, '제위공(齊威公)'은 '환공(桓公)'이고, '응지(應之)'는 '이지(而之)'이다.

杜詩, 下筆如有神.

根株穣下土 : 등주의 치소 양현이다.

鄧州治穣縣.

顔色洛陽春 :『찬이』촉본에서는 앞 네 구를 "묘하게 꽃삼매를 얻고, 누가 환상과 진실에 밝겠는가. 가풍은 양현 땅이 내리고, 웃는 얼굴은 낙양의 봄이네"라고 하였다.

纂異蜀本前四句作妙得花三昧, 誰明幻與眞. 家風穣下土, 笑面洛陽春.

雍也本犁子 :『사기·중니제자전』에서 "염옹의 자는 중궁이다. 공자께서 말하기를, "옹은 남면하게 할 만하다"라고 하였다. 중궁의 부친은 천인이다. 공자께서 말하기를, "얼룩소 새끼가 색깔이 붉고 또 뿔이 제대로 났다면, 비록 쓰지 않고자 하나 산천의 신이 그것을 어찌 버리겠는가"라고 하였다.

史記仲尼弟子傳, 冉雍字仲弓, 子曰, 雍也, 可使南面. 仲弓父賤人, 子曰, 犁牛之子騂且角, 雖欲勿用, 山川其舍諸.

仲由元鄙人 : 중유의 자는 자로이다. 성질이 거칠고 촌스러워 용력을 좋아하고, 수탉의 깃을 꽂은 모자를 쓰고, 수퇘지 가죽으로 장식한 검을 차고 다니면서, 공자를 무시하고 모욕했다. 이에 공자께서 예의를

설파하여 자로를 조금씩 교유하니, 그 뒤로는 유자의 옷을 입고 예물을 가지고 왔다.

仲由字子路, 性鄙好勇力, 冠雄雞, 佩猳豚, 陵暴孔子. 孔子設禮, 稍誘子路, 後儒服委質.

升堂與入室 只在一揮斤 :『논어』에서 "공자께서 말하기를, "자로는 마루에서 올랐으나 아직 방에는 들어오지 못하였다""라고 하였다. 『장자』에서 "장석이 도끼를 휘둘러 바람을 일으켜"라고 하였다. 낙양 모란을 등주에서 심어진 꽃과 붙이는 것은 마치 얼룩소 새끼가 되는 것처럼 비인이 어진 선비가 되는 것과 같음을 말한 것이다.

論語, 子曰, 由也升堂矣, 未入於室也. 莊子, 匠石運斤成風. 言以洛陽牡丹接鄧州所種花, 如化犂子鄙人爲良士也.

19. 사후의 「재죽」에 화답하다

和師厚栽竹

大隱在城市	큰 은자는 도시에 숨고
此君眞友生	차군이 진실한 벗이네.
根須辰日劚	뿌리는 모름지기 진일에 잘라야 하고
筍要上番成	죽순은 첫 번째 죽순이 대를 이루어야 하네.
龍化葛陂去	용이 되어 갈피[53] 호수에서 사라지고
鳳吹阿閣鳴	입으로 부니 봉황이 아각에서 울었네.
草荒三徑斷	거친 풀이 덮어 삼경[54]이 끊어지고
歲晚見交情	해가 저무니 사귐의 정이 보이네.

【주석】

大隱在城市 : 『문선』에 실린 왕강거의 「반초은反招隱」 시에서 "큰 은자는 조시에 숨는지라"라고 하였다.

文選王康琚詩, 大隱隱朝市.

此君眞友生 : 왕휘지의 「종죽種竹」 시에서 "어찌 하루라도 차군이 없이 지낼 수가 있겠는가"라고 하였다. 『시경』에서 "하물며 사람이, 벗을

---

53 갈피(葛陂) : 중국 하남성 신채현(新蔡縣)에 있던 늪의 이름이다.
54 삼경(三徑) : 세 오솔길, 은자의 문정(門庭)을 말한다.

찾지 않겠는가"라고 하였다.

王徽之種竹云, 何可一日無此君耶. 詩, 翏伊人矣, 不求友生.

根須辰日劚: 『예원자황』에서 "대나무는 진일에 많이 심는다"라고 했
으니, 산곡이 "뿌리는 모름지기 진일에 잘라야 하고"라고 한 것이다.

藝苑雌黃云, 種竹多用辰日, 山谷所謂根須辰日劚也.

筍要上番成 : 두보의 「삼절구三絶句」 시에서 "수많은 봄 죽순이 대숲
가득 자라나서, 사립문 굳게 닫아 사람 왕래 끊었노니. 반드시 첫 번째
죽순이 대를 이루는 걸 보려고, 손님이 와서 싫다건 말건 나가 맞이하
지 않네"라고 하였다. '번番'자는 원주에서 "거성이다"라고 했는데, 대
개 촉나라 사람의 방언을 쓴 것이다. 산곡은 평성으로 썼다.

杜詩, 無數春筍滿林生, 柴門密掩斷人行. 會須上番看成竹, 客至從嗔不出
迎. 番字元注云, 去聲. 蓋用蜀人方言也. 山谷姑作平聲.

龍化葛陂去 : 비장방의 대지팡이가 청용이 된 고사[55]를 활용했다.

用費長房竹化爲龍事.

---

55 비장방의 (…중략…) 고사: '비장방죽화위용사(費長房竹化爲龍事)'에 대해 『후
    한서·방술열전(方術列傳)·비장방』에서 "후한 비장방이 호공(壺公)에게서 신
    선술을 배운 뒤 죽장(竹杖)을 타고 집으로 날아와 갈피 호수에 죽장을 던지니
    그 정령이 청룡으로 화하여 구름 속으로 사라졌다"고 하였다.

鳳吹阿閣鳴：『한서 · 율력지』에서 "황제가 악공 영륜에게 악률을 만들라고 시키자. 영륜이 대하의 서쪽 곤륜산의 북쪽 해계㵎谿라는 골짜기에서 나는 대나무를 취하여 (균일하게 뚫은 구멍에서 소리가 났는데)[56] 양단을 자른 마디에 바람을 불어넣는 것이다. 황종지궁으로 삼으니 열두 구멍을 만들고 봉황의 울음소리를 듣고서 12음율을 구별했는데, 수컷 울음소리로 육율을 삼고 암컷 울음소리로 육려를 삼았다"라고 하였다.『제왕세기』에서 "황제 때에 봉황이 아각에 둥지를 틀었다"라고 하였다.

漢律曆志, 黃帝使泠綸,[57] 自大夏之西, 昆侖之陰, 取竹之解谷, 斷兩節間而吹之, 以爲黃鍾之宮, 制十二箭以聽鳳之鳴, 其雄鳴爲六, 雌鳴亦六. 帝王世紀, 黃帝時, 鳳巢阿閣.

草荒三徑斷 歲晚見交情 : '적공서문'[58] 고사를 활용하였다.

---

56 균일하게 뚫은 (…중략…) 났는데 : '生其竅厚均者'를 번역한 것이다. 원문이 빠져 있어 역자가 삽입하여 번역하였고 원문을 밝혀둔다.
57 [교감기] '泠綸'은 원래 '伶倫'으로 되어 있는데, 지금 전본 · 건륭본에 따르고 아울러『한서』권21「율력지상」에 근거하여 고쳤다. 생각건대『한서』권20「고금인표」는 '泠綸氏'라고 되어 있고,『여씨춘추 · 고락』에는 '伶倫'으로 되어 있다. 글자는 다르지만 음이 같기에 본디 한 사람(같은 사람)이다. 상전은 황제 때 악관이다.
58 적공서문(翟公書門) : 적공이 자신의 집 대문에 써 붙인 서문을 말한다.『사기 · 급정열전(汲鄭列傳)』에서 "하규의 적공은 이런 얘기가 있다. 처음에 적공이 정위가 되자 빈객들이 문전성시를 이루더니, 면직이 되고 나니 문 밖에 참새 그물을 쳐 놓을 수 있을 만큼 발길이 끊겼다. 적공이 다시 정위가 되자 빈객들이 다시 몰려들었다. 이에 적공이 대문에 이렇게 방을 써서 붙였다. "한 번 죽고 한 번 삶에 그 참다운 사귐의 정을 알게되고, 한 번 가난하고 한 번 부유해짐에 그 참다운 사귐의 태도를 알게되며, 한 번 귀하고 한 번 천해짐에 그 참다운 사귐의 정이

用翟公書門事.

---

20. 사후가 빗속에 낮잠을 자다가 강남의 누룩으로 빚은 술이 그리워 지은 시에 차운하다

次韻師厚雨中晝寢憶江南餠麴酒

雨砌無車馬	섬돌에 비 내리니 거마도 찾지 않고
風簾灑靜便	주렴에 바람 부니 상쾌하면서 고요하네.
忽思江外酒	문득 강남의 술이 그리워지는데
準擬醉時眠	으레 취하면 잠에 빠졌지.
隱几唯觀化	안석에 기대어 사물의 변화 관찰하며
開書屢絶編	책을 펼치니 여러 번 끈이 끊어졌네.
遙知煙渚夢	멀리서도 알겠네, 꿈속 이내 피는 강가에서
遣騎喚漁船	기마병 보내 어선을 부르는 것을.

【주석】

雨砌無車馬 風簾灑靜便 : 두보의 「추일기부秋日蘷府」에서 "가을바람은 상쾌하면서 고요하네"라고 하였다. '정편靜便'은 본래 강락 사령운의 「과시영야過始寧野」에서 "돌아와 고요하게 지내네還得靜者便"에서 나왔다.

老杜詩, 秋風灑. 靜便字本出謝康樂詩.

忽思江外酒 準擬醉時眠 : 「봉화괵주유급사奉和虢州劉給事」에서 "으레 술 취하면 와서 노니리"라고 하였다.

退之北湖詩, 準擬醉時來.

隱几唯觀化 :『장자 · 제물론』에서 "남곽자기가 안석에 기대어 앉아
있다가 하늘을 우러르며 긴 한숨을 내쉬었다"라고 하였다. 이 편의 마
지막에서 "장주가 꿈속에 나비가 되었는데, 장주와 나비 사이에는 반
드시 구별이 있을 것이니 이를 일러 만물의 변하라고 하는 것이다"라
고 하였다. 이백의 「증최애공贈崔公」에서 "빈 배는 물욕에 얽매이지
않고, 조화 살피며 강가에서 노니네"라고 하였다.

莊子齊物論, 南郭子綦隱几而坐, 仰天而噓云云. 篇末言, 莊周夢爲胡蝶,
周與胡蝶, 則必有分矣, 此之謂物化. 李白詩, 虛舟不繫物, 觀化遊江濆.

開書屢絶編 :『한서 · 유림전서』에서 "공자는 만년에 『주역』을 좋아
하여 가죽 끈이 세 번 끊어질 정도로 읽었다"라고 하였다.

漢儒林傳序, 孔子晚而好易, 讀之韋編三絶.

遙知煙渚夢 遣騎喚漁船 :『문선』에 실린 위문제의 편지에서 "지금 기
마병을 보내 업하에 이르게 하겠다"라고 하였다.

文選魏文帝書, 今遣騎到鄴.

21. 사후께서 원추리를 읊은 시에 차운하다

次韻師厚萱草

從來占北堂	이전부터 북당에 심어졌는데
雨露借恩光	비와 이슬이 은혜를 베풀었네.
與菊亂佳色	국화와 더불어 어지러이 아름답고
共葵傾太陽	해바라기와 함께 해를 바라보네.
人生眞苦相	인생은 참으로 고달프며
物理忌孤芳	사물의 이치는 외로운 꽃을 꺼리네.
不及空庭草	빈 뜰의 풀은 되지 않았으니
榮衰可兩忘	피고 지는 것은 잊을 수 있네.

【주석】

從來占北堂 : 『시경·위풍·백혜』에서 "어찌하면 원추리를 얻어 북당에 심어볼까"라고 했는데, 「모시」에서 "원추리는 사람으로 하여금 근심을 잊게 한다. '배背'는 어머니 처소이다"라고 하였다. 육덕명의 『석문』에서 "'훤諼'은 본래 '훤萱'이다"라고 하였다.

衛國風伯兮云, 焉得諼草, 言樹之背. 毛云, 諼草令人忘憂, 背, 北堂也. 釋文云, 諼本作萱.

雨露借恩光 : 『문선』에 실린 강엄의 「상서上書」에서 "대왕은 은혜로운

빛恩光을 내리셔서 안색을 돌아봐 주셨습니다"라고 하였다.

文選江淹書, 大王惠以恩光.

與菊亂佳色 : 도연명의 「음주飮酒」에서 "가을 국화 곱기도 하니, 이슬
이 내려앉은 국화를 따네"라고 하였다.

淵明詩, 秋菊有佳色, 裛露掇其英.

共葵傾太陽 : 『문선』에 실린 조식의 「구통친친표求通親親表」에서 "예를
들면 해바라기가 잎을 태양 쪽으로 기울이는데, 태양이 비록 햇빛을
보내주지 않아도 그쪽으로 향하는 것은 바로 정성입니다"라고 하였다.

文選曹子建表, 若葵藿之傾葉, 太陽雖不爲回光, 然向之者誠也.

人生眞苦相 物理忌孤芳 : 안연년의 「제굴원문」에서 "사물은 지나치게
화려함을 꺼리고 사람은 너무 깨끗한 것을 싫어한다"라고 하였다. 한
유의 「맹생孟生」에서 "남다른 자질은 잡목 사이 있기 싫어하며, 외로운
꽃은 나무 사이에 살기 어렵네"라고 하였다.

顔延年祭屈原文, 物忌堅芳, 人諱明潔. 退之詩, 思質忌處羣, 孤芳難寄林.

22. 외숙이 병으로 복관에 사배謝拜하지 못하고서 비 내리는 여름날에 잠들다 일어나 지은 시에 차운하다

次韻謝外舅病不能拜復官, 夏雨眠起之什

복관은 아마도 희년 십 년이었을 것이다.

復官蓋熙寧十年

丈人養痾卧	어른께서는 병을 치료하느라 누워 계시니
此道取衆棄	이 도는 뭇 사람들이 취하지 않는 것이네.
強飯尙可飽	억지로라도 식사하여 배불리 드셔야 하는데
力田苦常匱	힘써 농사지어도 항상 빈궁함이 괴롭네.
欲從羣兒嬉	뭇 어린놈들과 희롱하고 싶지만
出語不斌媚	내뱉은 말은 부드럽지 않네.
軒窗坐風凉	창가에 앉으니 바람이 서늘하고
編簡勘遺墜	책을 엮으면서 빠진 것을 살펴보네.
自安井无禽	새도 찾지 않는 우물을 스스로 편안히 여기는데
未歎旅焚次	나그네가 숙소를 태우는 탄식을 일으키지 않았네.
夏暑極陽功	더운 여름은 양의 힘이 대단한데
時霖作陰事	장마철에는 음한 일이 일어나네.

呼兒疏藥畦	아이 불러 약 밭을 매게 하고
植杖按瓜地	지팡이 세우고서 오이 밭을 살펴보네.
南山雲氣佳	남산의 구름은 아름다우며
北極冕旒邃	북극의 면류관 수술은 길게 드리웠네.
自欣鬚髮白	수염과 머리칼이 흰 것을 스스로 기뻐하며
得見衣裳治	별일 없이 천하가 다스려짐을 보는구나.
山林收枯槁	산의 숲은 비쩍 마른 이를 품어주고
草木洗憔悴	초목은 초췌한 이를 씻어주네.
舐痔以車來	치질을 핥으면 수레를 받았으며
探珠遭龍睡	구슬을 얻은 것은 용이 잤기 때문이네.
腹便時蒙嘲	배가 불룩하니 때로 조롱도 받지만
身退得自恣	은퇴한지라 제멋대로 하여도 괜찮네.
伊優無下僚	아첨꾼은 낮은 관리가 없고
骯髒謝高位	강직한 신하는 높은 자리에서 물러나네.
誰能領斯會	누가 능히 이 운명과 어울려
好在漆園吏	칠원의 관리로 잘 지내랴.

【주석】

丈人養痾臥 : 『후한서·고표전』에서 "고표가 마음에게 "공은 지금 병을 치료한다고 핑계를 대면서 선비들에게 오만하게 대하니, 참으로 마땅합니다"라고 하였다. 『문선』에 실린 사령운의 「전남수원田南樹園」에

서 "또한 정원에서 병을 치료하네"라고 하였다. 또한 「등지상루登池上
樓」에서 "병들어 누워 빈 숲을 바라보네"라고 하였다.

後漢高彪傳, 公今養痾傲士, 固其宜也. 文選謝靈運詩, 養痾亦園中. 又云,
臥痾對空林.

此道取衆棄 : 『사기·백규전』에서 "사람이 버리면 나는 취하고 사람
이 취하고자 하면 내가 주었다"라고 했는데, 이것을 인용하여 "취하고
버리는 것이 다른 사람들과 다르다"는 것을 말하였다. 산곡의 「제유의
지문」에서 "자연의 변화를 깨우쳐 타인을 교화하고, 사람들이 버린 것
을 취하여 많은 것을 이뤘네"라고 했으니, 이는 백규의 방법을 사용한
것을 말한다.

史記白圭傳, 人棄我取, 人取我與. 引此以言, 取捨與衆異耳. 山谷祭劉疑
之文云, 執盈虛以化物, 取衆棄而致夥. 此乃言用白圭之術.

強飯尙可飽 : 『한서·공우전』에서 "황제가 "그대는 억지로라도 밥을
떠서 병을 조심하여 스스로를 지켜라""라고 하였다.

漢貢禹傳, 生其強飯, 愼疾以自輔.

力田苦常匱 : 이 구는 힘써 학문을 하여도 때를 만나지 못하는 것은
마치 힘써 농사를 지어도 풍년이 되지 않는 것과 같음을 말한다.

言力學而不遇時, 如力田而不逢年也.

欲從羣兒嬉 出語不斌媚 : 한유의 「송장도사送張道士」에서 "또 아첨하여 웃으며 말하지 않으며, 어린 놈들과 희롱하지 않네"라고 하였다. 『당서·위징전』에서 "태종이 "사람들은 위징의 거동이 거만하다고 하는데, 나는 그저 애교스럽게 보일 따름이다""라고 하였다.

退之詩, 又不媚笑語, 不能伴兒嬉. 唐魏徵傳, 帝曰, 人言徵擧止疎慢, 我但見其斌媚耳.

軒窓坐風凉 編簡勘遺隆 : 『한서·유흠전』에서 "학관에 전한 것을 살펴보면 경은 간혹 죽간이 떨어졌거나 전은 간혹 순서가 뒤바뀌었다"라고 하였다.

漢劉歆傳, 經或脫簡, 傳或間編.

自安井无禽 : 『주역·정괘』 초육에서 "우물바닥에 진흙이 쌓이면 마실 수 없으니, 폐정이 되면 새도 찾아오지 않는다"라고 했는데, 주에서 "우물을 깨끗이 치우지 않으면 새도 향하지 않는데, 하물며 사람에랴"라고 하였다. 일시에 모든 사람이 버린 것을 사후는 능히 편안하게 여긴다는 말이다.

易井卦初六, 井泥不食, 舊井无禽. 注謂井不渫治, 禽所不向, 而況人乎. 一時所共棄, 師厚能安之焉.

未歎旅焚次 : 『주역·여괘·구삼』에서 "나그네가 제 숙소에 불을 지

르고, 충직한 종까지 잃고 말았다"라고 했는데, 주에서 "숙소에 불이 나니 종을 잃고 자신도 위태롭게 되었다"라고 하였다. 사후는 이런 다행히 지경에는 이르지 않았다.

旅卦九三, 旅焚其次, 喪其童僕. 注謂次焚, 僕喪而身危也. 師厚幸未至此.

夏暑極陽功 : 동중서의 「천인삼책天人三策」에서 "양은 항상 여름에 거처하여 한 해 농사를 맡았다"라고 하였다.

董仲舒策, 陽常居大夏, 以主歲功.

時霖作陰事 : 『예기·혼의』에서 "월식이 일어나면 황후는 소복을 입고 육궁의 일을 다스려 천하의 음한 일을 쓸어 없앤다"라고 하였다.

禮記昏義, 月食則后素服, 蕩天下之陰事.

呼兒疏藥畦 植杖按瓜地 : 「귀거래사」에서 "간혹 지팡이를 세워놓고 김매고 밭 간다"라고 했는데, '식장植杖'이란 말은 『논어』의 "자로에게 면박을 주고서 지팡이를 꽂아놓고 김을 매었다[植其杖而芸]"에서 나왔다. 두보의 「투간함화량현제지投簡咸華兩縣諸子」에서 "청문의 오이는 막 얼어 터졌구나"라고 하였다.

歸去來辭, 或植杖而耘耔. 字本出論語. 杜詩, 靑門瓜地新凍裂.

南山雲氣佳 北極冕旒邃 : 『이아』에서 "북극을 북신이라고 부른다"라

고 하였다. 『예기』에서 "천자의 면류관은 12줄의 수술이 달렸는데, 앞 뒤로 길게 드리운다"라고 하였다. 두보의 「지일견흥至日遣興」에서 "옥 안석의 임금은 여전히 하늘의 북극성과 같고"라고 하였다.

爾雅, 北極謂之北辰. 禮, 天子冕十有二旒, 前後邃延. 杜詩, 玉几由來天北極.

自欣鬚髮白 得見衣裳治 : 『주역 · 계사전』에서 "의상을 드리우고 있어 도 천하는 다스려진다"라고 하였다.

繫辭, 垂衣裳而天下治.

山林收枯槁 : 『장자』에서 "심산유곡을 방황하는 사람과 세상을 비난 하는 사람들로, 말라비틀어진 모습으로 연못에 몸을 던지는 자들이 좋 아하는 태도이다"라고 하였다.

莊子, 此山谷之士, 非世之人枯槁赴淵者之所好也.

草木洗憔悴 舐痔以車來 : 『시경 · 위풍』에서 "그대는 수레 몰고 와서" 라고 하였다. 『장자 · 열어구』에서 "진왕이 병이 나서 의원을 부르니 종기를 터뜨리고 부스럼을 없애주는 자는 수레 한 대를 얻고 치질을 핥아 고쳐준 자는 수레 다섯 대를 얻었다"라고 하였다.

衞國風, 以爾車來. 莊子列禦寇篇, 秦王有病, 召醫. 破癰潰痤者, 得車一乘, 舐痔者, 得車五乘.

探珠遭龍睡 : 『장자·열어구』에서 "황하 물가에 집이 가난하여 갈대와 쑥대를 짜서 삼태기로 만들어 파는 것을 업으로 삼는 자가 있다. 그 아들이 깊은 물에 자맥질하여 천금의 구슬을 얻었다. 이에 그 아버지가 "천금의 연못은 반드시 깊숙한 물속의 검은 용의 턱 아래에 있는 것이다. 네가 그 구슬을 얻은 것은 분명 용이 자고 있었기 때문이다""라고 하였다.

列禦寇篇又云, 河上有家貧恃緯蕭而食者, 其子沒於淵, 得千金之珠. 其父曰, 千金之珠, 必在九重之淵, 而驪龍頷下. 子能得珠者, 必遭其睡也.

腹便時蒙嘲 : 『후한서·변소전』에서 "일찍이 낮에 졸고 있었는데, 제자들이 놀리면서 "변효선[59]은 배가 배불뚝이, 독서는 게으르고 잠만 자려하네""라고 하였다.

後漢邊韶傳, 曾晝日假卧, 弟子私嘲之曰, 邊孝先, 腹便便. 懶讀書, 但欲眠.

身退得自恣 : 『사기·장주전』에서 "그의 말은 바다처럼 넓으면서 거침이 없지만 제멋대로였다"라고 하였다.

莊周傳云, 其言汪洋自恣以適己.

伊優無下僚 骯髒謝高位 : 『후한서·조일전』에서 "이우는 북당 위에서 뻐기는데, 항장은 문간에서 시름겨워 하누나"라고 노래하였다. 그 주注

59　변효선 : 효선은 변소의 자이다.

에서 "'이우伊優'는 굽신거리며 아첨하는 모습이다. '항장抗髒'은 강직하고 곧은 모습이다"라고 하였다. 『문선』에 실린 좌사의 「영사詠史」에서 "영준이 낮은 관리에 머물고 있네"라고 하였다.

後漢趙壹傳, 有秦客者爲詩曰, 伊優北堂上, 抗髒倚門邊. 選詩, 英俊沈下僚.

誰能領斯會 : 『문선』에 실린 상수의 「사구부」에서 "운명에 맡겨 영회를 만나네"라고 했는데, 그 주注에서 "'영회領會'는 운명과 서로 만나는 것이다"라고 하였다.

文選向秀思舊賦, 託運遇於領會. 注云, 領會, 冥理相會也.

好在漆園吏 : 『문선』에 실린 곽박의 「유선시遊仙詩」에서 "칠원에 오만한 관리가 있네"라고 하였다. 『사기』에서 "장자는 몽 땅 사람이다. 일찍이 몽의 칠원의 관리가 되었다"라고 하였다. 두보의 「송채희노送蔡希魯」에서 "그대 통해 소식 물어보니, 완 원유는 잘 지내시는가"라고 하였다. 유종원의 「재상상강」에서 "상강의 물이여 잘 있었느냐, 오늘 아침에 또 왔구나"라고 하였다.

選詩, 漆園有傲吏. 史記, 莊子, 蒙人也. 嘗爲蒙漆園吏. 杜詩, 因君問消息, 好在阮元瑜. 柳子厚再上湘江詩, 好在湘江水, 今朝又上來.

23. 사후께서 지은 「병간」에 차운하다. 10수

次韻師厚病間. 十首[60]

첫 번째 수其一

貝錦不足歌	참소는 노래로 부를 것도 아니니
請陳江漢詩	청컨대 「강한」을 읊어보겠네.
美人出江漢	미인이 강한에서 나왔지만
窈窕世未窺	얌전한 모습은 세상이 보지 못하였네.
折蘭不肯佩	난초를 꺾었는데 몸에 차지도 않으며
告我以蠶飢	나에게 누에가 주린다고 말하네.
獨歸豈憚遠	홀로 돌아가는데 어찌 멀다고 꺼리랴
三危露如飴	삼위산의 이슬은 엿처럼 달다네.

【주석】

貝錦不足歌 : 『소아·항백』의 모서毛序에서 "내시가 참소하는 말에 피해를 입었기 때문에 이 시를 지은 것이다"라고 했는데, 시에서 "문채가 조금 있는 것으로, 자개의 비단 무늬를 이루도다"라고 하였다. 『실록』에 의거하면, "희녕 5년 5월에 전 제점성도부로형옥, 사봉낭중 사경초의 두 직무와 도관낭중 이고경의 한 직무를 모두 정지시켰으니, 성도에 있을 때 비리를 저질렀기 때문이다"라고 하였다. 지금 이 시를

---

60 [교감기] 영원본(影元本)의 목록에는 '師厚' 위에 '外舅謝' 세 글자가 있다.

보니 아마도 분명히 그 죄를 얽어낸 자가 있을 것이다. 『전집 · 화형돈부추회和邢惇夫秋懷』에서 "사공은 풍류가 온축되어, 시는 포조의 문사를 구사하네. 거미줄이 초고를 얽어맸어도, 필력은 비바람을 담고 있네. 머나먼 만 리에서 올려진 상소에, 돌 같던 교유가 원수처럼 되었네"라고 했는데, '돌 같던 교유'는 누구를 가리키는지 알 수 없다.

小雅巷伯, 寺人傷於讒, 故作是詩也. 萋兮斐兮, 成是貝錦. 據實錄, 熙寧五年五月, 追前提點成都府路刑獄, 司封郎中謝景初兩官, 都官郎中李杲卿一官, 竝勒停, 坐在成都府路踰濫故也. 今觀此詩, 蓋必有織成其罪者. 前集和邢惇夫秋懷云, 謝公蘊風流, 詩作鮑照語. 絲蟲縈諫草, 筆力挾風雨. 萬里投東書, 石交化豺虎. 石交不知謂何人.

請陳江漢詩 : 「강한」61은 「대아」 편명이다. 『순자 · 부편』에서 " 천하가 다스려지지 않으니 청컨대 괴이한 시를 읊어보겠습니다"라고 하였다.

江漢, 乃大雅篇名. 荀子賦篇, 天下不治, 請陳詭詩.

美人出江漢 窈窕世未窺 : 『시경』에서 "요조숙녀여"라고 하였다. 『문선』에 실린 평자 장형의 「사수」의 서에서 "굴원이 미인이라 한 것은 군자를 뜻하고 보배라 한 것은 인의를 뜻하며 물이 깊고 눈이 차다는 표현은 소인을 뜻하는 것을 모방하였다"라고 하였다.

---

61 「강한」 : 주 선왕이 소공을 명하여 회이(淮夷)의 난을 평정하게 하였는데, 그 업적을 찬미한 시이다.

詩, 窈窕淑女. 文選張平子四愁詩序云, 依屈原以美人爲君子, 以珍寶爲仁
義, 以水深雪雾爲小人

折蘭不肯佩 : 한유의 「의란조」에서 "난초는 하늘거리며, 그 향기를 내
뿜네. 캐지 않아도 옷에 배니, 난초에 어찌 해를 가할까"라고 하였다.

韓退之猗蘭操, 蘭之猗猗, 揚揚其香. 不采而佩, 於蘭何傷.

告我以蠶飢 : 비경 온정균의 「작기사猎騎辭」에서 "태수의 말 때문에 누
에가 굶주리고, 장군의 활을 기러기는 피하네"라고 하였다. 『옥대신영
·맥상상』의 그 대략은 다음과 같다. "진 씨에게 어여쁜 딸이 있으니,
스스로 이름이 나부라고 하네. 나부는 누에를 잘 키우는데, 성 남쪽에
서 뽕잎을 따네. 태수가 남쪽에서 오다가 다섯 말을 세우고 머뭇거리
네. 태수가 아전을 보내 묻기를, "나와 함께 수레를 타겠는가" 나부가
앞으로 나아가 사양하면서, 태수는 어찌도 그리 어리석소." 무공 왕적
王績의 「삼일부三日賦」에서 "새 울음 듣고서 저녁인가 의심하고, 누에 굶
주릴까봐 늦음을 걱정하네"라고 하였다. 이백의 「고악부」에서 "진 땅
에 나부란 처녀는, 푸른 강가 옆에서 뽕잎 따네. 푸른 가지 위의 흰 손,
햇볕 아래 붉은 얼굴. '누에 굶주리니 소첩은 가겠나이다' 태수는 붙들
지 못하네"라고 하였다.

溫飛卿詩云, 蠶飢使君馬, 雁避將軍箭. 玉臺新詠陌上桑其略云,[62] 秦氏有

---

62 [교감기] 원래 이 편의 이름이 없었는데, 지금 전본을 따르고 『옥대신영』에 의거

好女, 自言名羅敷. 羅敷善蠶桑, 采桑城南隅. 使君從南來, 五馬立踟躕. 使君
遣吏問, 寧可共載不. 羅敷前置辭, 使君一何愚云云. 王無功賦, 聞烏啼而訝
夕, 憶蠶飢而慮晚. 李白古樂府, 秦地羅敷女, 採桑綠水邊. 素手青條上, 紅妝
日色邊.[63] 蠶飢妾欲去, 五馬莫留連.

　　獨歸豈憚遠 三危露如飴：『여씨춘추·본미편』에서 "이윤伊尹이 탕湯에
게 "물 가운데 맛이 좋은 것으로는 삼위산三危山의 이슬과 곤륜의 샘물
이 있습니다"라고 하였다. 「대아·면」에서 "주원 땅이 기름지니 씀바
귀도 엿처럼 달도다"라고 하였다. 한악의 『향렴집』 자서에서 "삼위의
상서로운 이슬을 마시니 그 맛이 칠정을 움직인다"라고 하였다.

　　呂氏春秋本味篇云, 水之美者, 三危之露, 崑崙之井. 大雅緜云, 周原膴膴,
菫荼如飴. 韓偓詩序云, 咽三危之瑞露, 美動七情.

두 번째 수 其二

德人更疾疢	덕스런 사람은 고통 속에 있을수록
術智益灑落	기술과 지혜는 더욱 선명하다네.
及身見萬古	몸에 돌이켜 만고를 살펴보면

하여 보충하였다.
63　[교감기] '紅妝日色邊'은 『이태백전집』 권6 「악부·자야오가」에서는 '紅妝白日
鮮'으로 되어 있다.

道不在卜度	도는 지식으로 헤아림에 있지 않네.
曽中有鏌鋣	흉중에 막야가 있지만
老境要志弱	노경에는 뜻을 약하게 해야 하네.
謝公賦達生	사공께선 달생을 받았으니
達生眞可託	달생은 참으로 의탁할 만하네.

【주석】

德人更疾疢 術智益灑落 : 『맹자』에서 "사람이 덕스러움과 지혜와 기술과 깨침이 있는 이는 항상 어려움 속에서 생긴다"라고 하였다.

孟子曰, 人之有德慧術知者, 恒存乎疢疾.

及身見萬古 : 『맹자』에서 "만물이 모두 나에게 갖추어져 있으니, 몸에 돌이켜 진실되면 그 즐거움은 더할 나위없다"라고 하였다.

孟子曰, 萬物皆備於我矣, 反身而誠, 樂莫大焉.

道不在卜度 曽中有鏌鋣 老境要志弱 : 외유내강을 말한다. 『오월춘추』에서 "간장은 오나라 사람이다. 합려가 그에게 검 두 개를 만들게 하였는데, 간장과 막야이다. 막야는 간장의 아내이다"라고 하였다. 『도덕경』에서 "마음을 비게 하고, 배를 부르도록 하며, 뜻을 약하게 하며, 골격을 튼튼하게 한다"라고 했는데, 주에서 "온화하고 부드러우며 겸손하여 권력에 처하지 않는다"라고 하였다.

言內剛外柔也. 吳越春秋, 千將, 吳人也. 闔閭使作劍二, 曰干將曰鎮鋣. 鎮鋣, 干將之妻也. 道德經云, 實其腹, 弱其志. 注云, 和柔謙讓, 不處權也.

謝公賦達生 達生眞可託 : 『장자』에 「달생편」[64]이 있다. 사령운의 「재중독서」에서 "모든 일에는 고난과 기쁨이 함께 있나니, 다행이도 달생에 의탁하였네"라고 하였다.

莊子有達生篇. 謝靈運齋中讀書詩, 萬事難竝懽, 達生幸可託.

세 번째 수其三

引鏡照淸骨	거울을 당겨 맑은 모습을 보면
驚非曩時人	예전 그 사람이 아님에 놀랄 것이네.
天地入喻指	천지는 실상實相이 아니며
芭蕉自觀身	파초에서 자신의 몸을 보네.
陳力則已病	힘을 다 쏟다가 이미 병이 나고
征財又室貧	세금을 내니 또 집은 가난해졌네.
古來支離疏	옛날에 지리소란 자는
粟帛王所仁[65]	임금의 은덕으로 곡식과 베를 받았지.

---

64 「달생편」 : 주로 삶에 통달한 사람에 관한 논의를 펼치고 있다.
65 [교감기] '王所仁'은 고본의 원교에서 "달리 '主至仁'으로 된 본도 있다"라고 하였다.

【주석】

引鏡照淸骨⋅驚非曩時人 : 조법사의 「물불천론」에서 "범지가 출가하였다가 흰 머리가 되어 돌아오니, 이웃들이 "옛날의 그 사람인가?"라고 물었다. 출가자가 "나는 여전히 옛날의 그 사람이다. 그러나 옛날의 그 사람이 아니기도 하다""라고 하였다.

肇法師物不遷論云, 梵志出家, 白首而歸. 鄰人曰, 昔人尙存乎. 志曰, 吾猶昔人, 非昔人也.

天地入喩指 : 『장자 · 제물론』에서 "손가락을 가지고 손가락이 손가락 아님을 밝히는 것은 손가락 아닌 것을 가지고 손가락이 손가락 아님을 밝히는 것만 못하고, 말을 가지고 말이 말 아님을 밝히는 것은 말이 아닌 것을 가지고 말이 말 아님을 밝히는 것만 못하다. 천지天地도 한 개의 손가락이고, 만물萬物도 한 마리의 말이다"라고 하였다.

莊子齊物論, 以指喩指之非指, 不若以非指喩指之非指也. 以馬喩馬之非馬, 不若以非馬喩馬之非馬也. 天地, 一指也. 萬物, 一馬也.

芭蕉自觀身 : 『유마경』에서 "이 몸은 파초와 같으니 속은 비어 차지 않았다"라고 하였다.

維摩經, 是身如芭蕉, 中無有堅固.

陳力則已病 : 『논어』에서 "온 힘을 다하여 직무를 수행하되 능하지

못하면 그만둔다"라고 하였다.

論語, 陳力就列, 不能者止.[66]

征財又室貧 古來支離疏 粟帛王所仁:『장자·인간세』에서 "지리소라
는 자는 턱이 배꼽에 닿고 어깨는 정수리보다 높다. 나라에 큰 일로 부
역을 부려도 지리소는 병신이라서 끌려 나가는 일이 없었다. 그런데도
나라에서 병든 이에게 곡식을 내리면 석 종의 곡식과 열 단의 섶을 받
았다"라고 하였다.

莊子人間世篇. 支離疏者, 頤隱於齊, 肩高於頂.[67] 上有大役, 則支離以有常
疾, 不受功, 上與病者粟, 則受三鍾與十束薪.

네 번째 수其四

菹寒知園秋	신선한 채소에 채마밭 가을 온 걸 알고
飯白問米賤	쌀밥을 먹으면서 쌀값이 싸냐고 묻네.
婦孫勸甘旨	부인과 손자는 좋은 음식 권하니
霜兎頗宜麫	서리 맞은 토끼 국엔 면이 좋다네.
黃花不擧酒	국화 술을 마시지 않지만

---

66 [교감기] '論語'는 원래 서명이 빠져 있었는데, 전본에 의거하여 보충하였다.
67 [교감기] '頂'은 원래 '項'으로 되어 있었는데, 지금 전본을 따르고 아울러『장자』
    원문에 의거하여 바로잡았다.

佳句餘嬝戀	아름다운 시구는 가슴에 넘치네.
經行宴坐堂	경행[68]하고 당에서 참선하는데
鼠跡書几硯	책상의 벼루에는 쥐가 걸어 다녔네.

【주석】

萉寒知園秋 : 가의의 『신서』에서 "초혜왕이 날채소를 먹다가 거머리가 나오자 아랫사람이 처형될까 걱정하여 그것을 삼켰다"[69]라고 하였다.

賈誼新書曰, 楚惠王食寒萉而得蛭, 遂吞之.

飯白問米賤 : 두보의 「입주행入奏行」에서 "종에게 흰 밥을 말에게 싱싱한 꿀을 주리라"라고 하였다. 또한 「견민遣悶」에서 "회남의 쌀값이 비싸냐고 물어보니"라고 하였다.

老杜云, 與奴白飯馬靑芻. 又云, 爲問淮南米貴賤.

婦孫勸甘旨 霜兎頗宜炙 : 『예기·내칙』에서 "좋은 음식을 드린다"라고 하였다. 또한 "소고기 국에는 고운 쌀밥이 좋고 양고기 국에는 찰기장 밥이 좋고 돼지고기 국에는 메기장 밥이 좋고 개고기 국에는 기장 밥이 좋고 기러기 국에는 보리밥이 좋다"라고 하였다.

內則云, 慈以旨甘. 又云, 牛宜稌, 羊宜黍, 豕宜稷, 犬宜粱, 鴈宜麥.

68 　경행 : 일정한 장소에서 이리저리 돌아다니는 것을 의미하는 불교용어이다.
69 　초혜왕이 (…중략…) 삼켰다 : 초 혜왕의 고사가 아니라 초 장왕의 고사이다.

黃花不舉酒 佳句餘嫽戀 : '嫽'는 음이 '郞'과 '到'의 반절법이다. 한유
의 「천사薦士」에서 "그대 결연히 떠날 것을 생각하니, 경치를 보며 그리
움이 더하네"라고 하였다.

嫽, 郞到切. 退之薦士詩, 念將決焉去, 感物增戀嫽.

經行宴坐堂 : 『유마경』에서 "일찍이 숲속에서 좌선을 하고 있었다"라
고 했다.

維摩經, 曾於林中宴坐

鼠跡書几硯 : 『어림語林』에서 "간문제가 무군이 되었을 때, 앉는 의자
에 먼지가 깔려도 좌우에서 청소하는 것을 허락하지 않고서 쥐의 발자
국을 보고서 길흉을 점쳤다"라고 하였다.

語林曰, 簡文爲撫軍時, 所坐床上生塵, 不聽左右掃去, 見鼠行跡, 視以爲佳.

다섯 번째 수其五

桃李一春期	도리는 봄철 한 때요
松栢千歲永	송백은 천년 오래 가네.
經玄事寂寞	『태현경』 읽으며 고요하게 지내는데
髮白官閑冷	흰머리 노인 직무는 한가하네.
草綠艾如張	풀은 푸르고 쑥대는 자라며

波淸蜮司影[70]	맑은 물가에 물여우는 사람 그림자를 쏘네.
東里與無趾	동리[71]와 숙산무지
渠有幸不幸	누가 다행이고 불행인가.

【주석】

桃李一春期 松栢千歲永 經玄事寂寞 : 양웅의 「해조」에서 "생각건대 완전히 검어지지 않고 아직도 흰 부분이 있는가"라고 하였다. 또한 "오직 고요하고 쓸쓸함은 덕을 지키는 집이라오"라고 하였다.

揚雄, 有解嘲云, 意者玄得無尙白乎. 又云, 惟寂惟寞, 守德之宅.

髮白官閑冷 草綠艾如張 : 「애여장」은 『악부』 편명이다.

艾如張, 樂府篇名.

波淸蜮司影 : 『춘추·장왕 8년』에서 "가을에 역충이 나타났다"라고 했는데, 주에서 "역蜮은 물여우短狐다. 모래를 머금어 사람에게 쏘면 병이 난다고 한다"라고 하였다. 음은 '或'이다. 관官 운통韻通의 역域과 혹或의 음이 둘이다. 『박물지』에서 "강남의 시냇물에는 사공이라는 벌레가 사는데, 길이가 1촌이다. 입에는 쇠뇌 같은 것이 있어서 사람의 그림

---

70 [교감기] '司'는 고본과 건륭본에는 '伺'로 되어 있다.
71 동리 : 정자산이다. 이 구절을 이해하려면 『덕충부』의 내용을 좀 더 알아야 하는데, 두 사람이 대화를 주고받을 때 정자산은 이미 대부의 벼슬에 있었다.

자를 쏘면 병이 나는데, 고치지 않으면 사람이 죽게 된다"라고 하였다.

春秋莊十八年, 秋有蜮. 注, 短狐也, 含沙射人爲災. 音或. 官韻域, 或兩音. 博物志, 江南溪水中, 有射工蟲, 長一寸, 口中有弩形, 氣射人影, 不治則殺人.

東里與無趾 渠有幸不幸: 『장자·덕충부』에서 "신도가는 형벌로 다리가 잘린 자인데, 정자산과 함께 백혼무인에게 배웠다. 자산이 신도가에게 "내가 먼저 나가거든 자네가 머물러 있고, 자네가 먼저 나가면 내가 머물러 있겠네'"라고 하였다. 또한 "노나라에 형벌로 다리가잘린 숙산무지라는 사람이 공자를 찾아왔다. 공자가 "그대는 과거에 삼가지 않고 죄를 범하여 이처럼 되었네. 비록 지금 찾아왔으나 달라질 것은 없네'"라고 하였다. 두 사람이 모두 죄를 받아 다리가 잘렸기 때문에 신도가를 무지로 착각하였다. 동리는 자산이다.

莊子德充符篇, 申徒嘉, 兀者也, 而與鄭子産同師於伯昏無人. 子産謂申徒嘉曰, 我先出則子止, 子先出則我止. 又云, 魯有兀者叔山無趾, 踵見仲尼, 仲尼曰, 子不謹, 前旣犯患若是矣. 雖今來, 何及矣. 兩人皆兀者, 故誤以申徒嘉爲無趾. 東里, 子産也.

여섯 번째 **其六**

病餘兒廢鋤[72]　　　　　병들어 누우니 아이는 호미질 하지 않아

72　[교감기] '兒廢鋤'는 고본의 원교에서 "달리 '呼兒鋤'로 된 본도 있다"라고 하였다.

門巷草芋眠	문 앞 골목에는 풀이 무성하네.
來者何所聞	찾아오는 자는 무엇을 들었는지
披草足跫然	풀을 헤치고 오는 발소리 들리네.
封侯謝骨相[73]	제후로 봉해질 골상은 아니며
使鬼無金錢[74]	귀신을 부릴만한 돈도 없네.
夢作白鷗去	꿈속에서 흰 갈매기가 되어 나니
江湖水黏天	강호의 물은 하늘에 닿았네.

【주석】

病餘兒廢鋤 門巷草芋眠 : 『초사』에서 "멀리 바라보니 숲이 무성하네"
라고 하였다. 사형 육기의 「부낙양도중赴洛陽途中」에서 "숲에 아득히 무
성하고"라고 하였다. 사조의 「화왕저작和王著作」에서 "무성하게 여러 나
무들이 서 있네"라고 하였다.

楚辭云, 遠望兮芋眠. 陸士衡云, 林薄杳芋眠. 謝朓云, 芋眠起雜樹.

來者何所聞 披草足跫然 : 『진서·혜강전』에서 "혜강은 가난하여 큰 나
무 아래에서 쇠를 단련하여 살림을 꾸려갔다. 종회가 혜강을 만나러
왔는데, 혜강은 예를 갖추지 않고서 쇠 불리는 일을 계속하였다. 한참
지나 종회가 떠나려고 하자 혜강은 "무엇을 듣고 와서 무엇을 보고 갑

---

73 [교감기] '謝'는 고본에는 '無'로 되어 있다.
74 [교감기] '使鬼無'는 고본에는 '爲賈寡'로 되어 있다.

니까"라 하자, 종회가 "들리는 바를 듣고 왔다가 보이는 것을 보고 가네"라고 하였다. 종회는 이 일로 좋지 않은 감정을 지녔다가 문제에게 말하여 드디어 그를 죽였다"라고 하였다. 『문선』에 실린 경진 조지趙至의 「여혜무제서與嵆茂齊書」에서 "덤불을 헤치고 길을 찾았다"라고 하였다. 『장자』에서 "혼자 빈 골짜기에 도망쳐 사는 자가 명아주가 우거져 겨우 족제비나 다닐법한 좁은 길에서 서성거릴 때 저벅저벅 사람의 발소리만 들어도 기쁘기 마련입니다. 더구나 형제나 친척들이 그의 곁에서 웃고 이야기한다면 어떻겠습니까"라고 하였다.

晉嵆康傳, 康居貧, 鍛於大樹之下, 以自贍給. 鍾會往造焉, 康不爲之禮, 而鍛不輟. 良久, 會去. 康謂曰, 何所聞而來, 何所見而去. 會曰, 聞所聞而來, 見所見而去. 會以此憾之, 言於文帝, 遂害之. 文選趙景眞書云, 披榛覓路. 跫然, 見上注.

封侯謝骨相:「이광전」에서 "이광이 점술가와 이야기를 하면서 "어찌하여 나의 관상이 제후로 봉해지기에 합당하지 않은가"라고 하였다. 『후한서·반초전』에서 "관상쟁이를 찾아가니 관상쟁이가 "제비의 턱에 호랑이 머리니 날아다니며 고기를 먹을 것이니 만리후가 될 상이다""라고 하였다. 『한서·적방진전』에서 "소사는 제후로 봉해질 골상을 지녔습니다"라고 하였다.

李廣傳, 豈吾相不當封耶. 班超傳, 此萬里侯相也. 翟方進傳, 小史有封侯骨.

使鬼無金錢 : 서진西晉 노포의 「전신론」에서 "돈은 귀가 없지만 귀신을 부릴 수 있다"라고 하였다.

晉魯褒錢神論云, 錢無耳, 可使鬼.

夢作白鷗去 江湖水黏天 : 한유의 「제장원외문」에서 "동정의 아득한 물결은 하늘에 닿아 끝이 없네"라고 하였다. 『전집 · 차운양명숙견전次韻楊明叔見餞』에서 "꿈에 흰 갈매기 되어 날아가니, 강남의 물은 하늘같구나"라고 하였다. 『장자』에서 "또한 그대는 꿈에서 새가 되어 하늘에 오르기도 하고 꿈에서 물고기가 되어 연못에 헤엄칠 수도 있네"라고 하였다. 『남사 · 양충열세자방등전梁忠烈世子方等傳』에서 일찍이 논論을 저술하여 "내가 일찍이 꿈에서 물고기가 되었다가 변하여 새가 되었었다. 꿈을 꾸고 있을 때에는 어떤 즐거움이 이와 같겠는가.

退之祭張員外文云, 洞庭漫汗, 黏天無壁. 前集有詩云, 夢作白鷗去, 江湖水如天. 莊子曰, 且汝夢爲鳥而厲乎天, 夢爲魚而没於淵. 南史梁忠烈世子方等傳, 嘗著論曰, 吾嘗夢爲魚, 因化爲鳥, 方其夢也, 何樂如之.

일곱 번째 수其七

民生自煎熬	백성을 삶은 절로 들볶이는데
煮豆以其萁	콩대를 태워 콩을 볶는 듯하네.
居然忘本根	어느덧 근본을 잊어버리니

光陰不供翫	허송세월이라 볼 만한 것이 없네.
藏山夜半失	산에 숨겨도 한밤중에 도둑맞고
烏合歸星散	까마귀가 모이니 결국 뿔뿔이 흩어지네.
因病見不生	병 때문에 불생불명의 불법을 보니
達人果大觀	달인은 마침내 대관을 하였네.

【주석】

民生自煎熬 : 두보의 「술고述古」에서 "기름 부으니 뜨거운 불이 솟구쳐, 지글거리며 스스로를 태우네"라고 하였다. 이백의 「고풍古風」에서 "명리는 부질없이 사람을 들볶는데"라고 하였다.

杜詩, 置膏烈火上, 哀哀自煎熬. 太白詩, 名利徒煎熬.

煮豆以其箕 : 『세설신어』에서 "위문제가 동아왕으로 일곱 걸음 안에 시를 짓게 하고서 만약 짓지 못하면 죽이겠다고 하였다. 동아왕은 숫자 세는 소리에 응하여 "콩대는 솥 아래에서 불사르고, 콩은 솥 안에서 우네. 본래 같은 뿌리에서 낳는데, 어찌 그리 심하게 들볶는가""라고 하였다.

世說, 魏文帝使東阿王七步作詩, 不成, 當行大法. 王應聲曰, 其在釜下燃, 豆在釜中泣. 本是同根生, 相煎何太急.

居然忘本根 : 『시경·생민』에서 "정결한 제사를 흠향하지 않으실까?

편안하게 아들을 낳으셨네"라고 하였다. 『문자』에서 "형체와 이름은 분명하게 구별된다"라고 하였다.

詩生民, 不康禋祀, 居然生子. 文子云, 形之與名, 居然別矣.

光陰不供翫 : 유종원의 「여이한림서」에서 "아득한 사람의 일생이여! 불과 사십 년의 길손일 뿐이네. 앞에 지나갔던 서른 일곱의 세월은 숨 한 번 내쉬는 것과 다르지 않네. 이후에 얻을 것도 구경할 만한 것이 없을 것은 분명하도다"라고 하였다.

柳子厚與李翰林書, 見上.[75]

藏山夜半失 : 『장자』에서 "산골짜기에 배를 보관하며 연못 속에 산을 보관하고서 단단히 보관하였다고 말한다. 그러나 밤중에 힘이 센 자가 그것을 등에 지고 도망치면 잠자는 사람은 알지 못한다"라고 하였다. 이에 대해 사마표는 "배는 물에 있는 사물이고, 산은 육지에 있는 것이다. 깊은 연못에 숨겨서 사람들이 훔칠 수 없다고 생각하니 단단히 보관하였다 할 만하다. 그러나 힘이 센 자가 그것을 훔치는 것은 마치 사람이 세상에 살면서 스스로 견고하다고 하지만 사시가 변화하여 머물지 않으니, 어찌 견고하겠는가"라고 하였다.

莊子大宗師篇云, 藏舟於壑, 藏山於澤, 謂之固矣. 然而夜半有力者, 負之

75　[교감기] '見上'은 영원본에는 본래 '悠悠人世, 不過爲四十年客耳. 前過三十七年, 與瞬息無異. 後所得者, 其不足把翫, 亦已審矣'로 되어 있다.

而走. 司馬彪曰, 舟, 水物. 山, 陸居者也. 藏之壑澤, 非人意所求, 謂之固. 有力者或能取之. 亦如人生於世, 自以爲固, 四時遷移, 不可留止.

烏合歸星散: 『문선』에 실린 간보干寶의 「진기총론」에서 "새로 일어나는 도둑은 까마귀가 합친 군대이다"라고 했는데, 주에서 『관자』를 인용하여 "까마귀가 모인 군대는 비록 처음에는 서로 좋다고 하지만 나중에는 반드시 서로 물어뜯는다"라고 하였다. 『촉지·강유전』에서 "병사들이 뿔뿔이 흩어져 죽은 사람이 대단히 많았다"라고 하였다.

文選晉紀總論云, 新起之寇, 烏合之衆. 注引管子書云, 烏合之衆, 初雖相歡, 後必相噬. 蜀志姜維傳曰, 星散流離, 死者甚衆.

因病見不生 達人果大觀: 『유마경』에서 "나는 그 병문안을 감당할 수 없습니다. (…중략…) 제법은 끝내 생하지도 않고 멸하지도 않으니, 이것의 무상無常의 뜻이다"라고 하였다. 또한 "제법은 본래 생하지 않으니 지금 멸하지도 않는다"라고 하였다. 가의의 「복조부」에서 "작은 지혜는 자신에게 사사로워, 남을 천하게 여기고 자신을 귀하게 여긴다. 통달한 사람은 대관하여 누구에게든지 귀하게 여긴다"라고 하였다.

維摩經云, 我不任詣彼問疾云云. 諸法畢竟不生不滅. 又云, 法本不生, 今則無滅. 賈誼鵬鳥賦,[76] 小智自私, 賤彼貴我. 達人大觀, 物無不可.

76　[교감기] '鵬鳥賦' 세 글자의 편명은 원래 없었는데 지금 전본에 의거하여 보충하였다.

여덟 번째 수其八

開田種白玉	밭을 개간해 백옥을 심고
飽牛事耕犁	소를 먹여 쟁기질을 하네.
雨露非無澤	비와 이슬이 은택 아님이 없지만
得秋常苦遲	추수는 항상 더뎌 고생이네.
猛虎擅文章	사나운 범의 털을 벗겨서
斑斑被諸兒	얼룩덜룩 여러 아이 입히네.
長松抱勁節	큰 소나무 굳센 절개를 안으니
惟有歲寒知	다만 날씨가 추워야 알아볼 수 있다네.

【주석】

開田種白玉 : 『수신기搜神記』에서 "양공羊公 옹백雍伯은 성품이 독실하게 효성스러웠다. 부모님이 죽자, 무종산無終山에 장사지내고 마침내 그곳에서 살았다. 산은 높고 물은 없어서 공이 의장義漿을 만들었다. 한 사람이 와서 물을 마시고는 돌 한 되를 꺼내어 심게 하면서 "이 돌을 심으면 옥이 그 가운데서 마땅히 나올 것이다"라 하였다. 공이 이를 심어서 백옥 다섯 쌍을 얻었다"라고 하였다.

種玉事, 出搜神記. 見上注[77]

77　[교감기] '見上注'는 영원본에는 '羊公雍伯, 性篤孝. 父母亡, 葬無終山, 遂家焉. 山高無水, 公作義漿. 有一人就飮, 以一斗石子與種之, 云, 玉當生其中. 種之得白璧五雙'로 되어 있다.

飽牛事耕犂 雨露非無澤 得秋常苦遲 猛虎擅文章 : 『논어』에서 "호랑이와 범의 털을 제거한 가죽이 개와 양의 그 가죽과 같게 될 것이다"라고 했는데, 『논어정의』에서 "이 장은 문장을 귀하게 여겨 숭상하였다"라고 하였다.

論語, 虎豹之鞟, 猶犬羊之鞟. 正義曰, 此章貴尙文章.

斑斑被諸兒 : 『문선』에 실린 사마상여의 「상림부」에서 "얼룩무늬 옷을 입었네"라고 하였다. 『문선』에 실린 장협張協의 「칠명」[78]에서 "호랑이를 쳐서 털무늬를 누른다"라고 하였다.

文選上林賦曰, 被斑文. 文選七命云, 拉虎摧斑.

長松抱勁節 惟有歲寒知 : 『논어』에서 "세상이 추워진 뒤에 송백이 뒤에 시듦을 안다"라고 하였다. 반악의 「서정부」에서 "굳센 소나무는 날이 추워야 드러나고, 곧은 신하는 위태로운 나라에 보인다"라고 하였다.

見論語. 潘安仁西征賦, 勁松彰於歲寒, 貞臣見於危國.

아홉 번째 수其九

| 謝公蒔蘭茝 | 사공은 난초를 심어 |
| 眞意付此物 | 참된 뜻을 여기에 부쳤네. |

---

78 「칠명」 : 조식의 「칠계(七啓)」에 보이는 말이다.

惠然風肯來	고맙게도 바람이 기꺼이 불어와
香爲一披拂	향을 한 번 부채질해주네.
遙知醉吟姿	멀리서 알겠네, 취하여 시 읊조리다가
黽勉向朱紱	붉은 인끈 잡고 열심히 힘쓸 것을.
揩節橘柚黃	노란 귤밭에서 지팡이도 멈출 거고
僧屋對像佛	절간에서 불상을 바라보기도 할 테지.

【주석】

謝公蒔蘭苕:『문선』에 실린 곽박의 「유선시遊仙詩」에서 "비취새 난초를 희롱하니, 모습과 색이 더욱 서로 선명하네"라고 하였다.

文選郭景純詩, 翡翠戲蘭苕, 容色更相鮮.

眞意付此物 惠然風肯來:『시경·종풍』에서 "하루내내 바람 불고 또 흙비가 내리나, 고맙게도 기꺼이 찾아주시네"라고 하였다.

詩終風, 惠然肯來.

香爲一披拂:『장자』에서 "바람이 북방에서 일어나 어떤 때는 서쪽으로 불고 어떤 때는 동쪽으로 분다. 누가 무위에 거하여 이를 부채질하는가"라고 하였다.

莊子天運篇, 孰居無事, 而披拂是.

遙知醉吟姿 電勉向朱紱 : 『시경·곡풍谷風』에서 "무엇은 있고 무엇은 없는가 하며 부지런히 구하였네"라고 하였다. 『주역·곤괘困卦』에서 "주불朱紱[79]이 바야흐로 오니"라고 하였다. 두보의 「독좌獨坐」에서 "붉은 인끈이 평생을 저버렸네"라고 하였다. 사후가 처음 복관했을 때 양양 태수가 되었다.

詩, 電勉求之. 易困卦, 朱紱方來. 杜詩, 朱紱負平生. 師厚初復官, 得襄陽倅.

揣節橘柚黃 僧屋對像佛 : 이백의 「추일등양주秋日登揚州」에서 "이슬 젖은 오동, 가래나무는 희고, 바람에 꺾인 귤나무는 노랗네"라고 하였다. 『문선』에 실린 왕간서王簡棲의 「두타사비頭陀寺碑」에서 "불상이 이윽고 열리고"라고 했는데, 주에서 "상象은 부처의 형상이다"라고 하였다.

李太白詩, 露浴梧楸白, 風催橘柚黃. 文選頭陀寺碑, 象設旣闢. 注, 象, 佛之形像也.

열 번째 수其十

| 身病心輕安 | 병이 나면 마음을 가볍고 편안하게 먹어야 하니 |
| 道肥體癯瘦 | 도는 살쪘는데 몸은 야위었네. |

---

79 주불(朱紱) : 고대 예복 가운데 붉은 색을 띠는 폐슬(蔽膝) 즉 무릎 덮개를 지칭하는 말로, 전하여 관복, 관직 등을 의미한다.

好懷當告誰	좋은 시구는 마땅히 누구에게 알릴까
四牆棗紅皺	사방 담장엔 대추가 붉게 익어가네.
負暄不可獻	햇볕 쬐어도 진상하지 못하고
捫蝨坐淸晝	맑은 대낮에 앉아 이를 잡네.
端有眞富貴	정말 참된 부귀를 지녔으니
千秋萬年後	천추 만대 후까지.

【주석】

身病心輕安 道肥體癯瘦 : 『한비자』에서 "자하가 증자를 만났는데, 증자가 "어째서 살이 쪘는가"라 묻자, 대답하기를 "싸움에서 이겼기 때문에 살이 쪘네. 내가 집에서 책을 보며 선왕의 도를 배울 때는 그것을 부러워하였고, 집에서 나와 부귀한 이들의 환락을 보면 또 부러워하였네. 두 가지가 흉중에서 다퉜는데 어느 쪽이 이길지 알지 못하였기에 파리해졌다가 지금 선왕의 의리가 이겼기 때문에 살이 쪘네""라고 하였다.

韓非子云, 子夏見曾子, 曾子曰, 何肥也. 曰戰勝故肥. 吾入見先王之義則榮之, 出見富貴之樂, 又榮之. 兩者交戰於胷中, 未知勝負, 故癯. 今先王之義勝, 故肥.

好懷當告誰 四牆棗紅皺 : 한유의 「성남연구城南聯句」에서 "붉은 대추는 처마에서 말리고, 귤은 문설주에 매달렸네"라고 하였다.

退之聯句, 紅皺曬簷瓦, 黃團繫門衡.

負暄不可獻 :『열자 · 양주』에서 "옛날 송나라의 한 농부가 있었는데, 항상 핫옷을 입고서 근근이 겨울을 넘겼다. 봄이 되어 농사를 시작하여 햇볕을 쬐게 되었는데, 그는 천하에 고대광실과 비단옷, 담비가죽옷 등이 있는 것을 알지 못하였다. 이에 그 아내를 돌아보며 이르기를 "햇볕을 등에 받는 따뜻함을 우리 임금에게 바치면 장차 후한 상을 내릴 것이오'"라고 하였다.

列子楊朱篇云, 宋國有田夫, 常衣緼黂, 僅以過冬. 暨春東作, 自曝於日, 不知天下之有廣廈隩室, 縣纊狐貉. 顧其妻曰, 負日之暄, 人莫知者, 以獻吾君, 將有重賞.

捫蝨坐淸晝 :『진서 · 왕맹전』에서 "환온이 관문에 들어오자 왕맹은 갈옷을 입고 그에게 나아가 이를 잡으면서 이야기하는데, 마치 옆에 아무도 없는 듯하였다"라고 하였다.

晉王猛傳, 桓溫入關, 猛被褐詣之, 捫蝨而言, 旁若無人.

端有眞富貴 : 백거이의 「군중즉사郡中卽事」에서 "귀인 되어 높은 수레 으스대는 건, 아마도 진짜 부귀는 아닌 듯하네"라고 하였다

樂天詩, 爲報高蓋車, 恐非眞富貴.

千秋萬年後 : 두보의 「몽이백夢李白」에서 "천추만세에 이름 남긴다 해도 죽은 뒤엔 적막하기만 한 것을"이라고 하였다.

杜詩, 千秋萬歲名, 寂寞身後事.[80]